图书在版编目（CIP）数据

金马：巴拿马铁路悲歌 /（巴拿马）胡安·大卫·摩根著；高冀蒙译. -- 广州：广东人民出版社，2024.6. --（万有引力书系）. -- ISBN 978-7-218-17696-3

Ⅰ. I747.45

中国国家版本馆 CIP 数据核字第 2024JB8901 号

著作权合同登记号：图字19-2024-106号

JINMA：BANAMA TIELU BEIGE

金马：巴拿马铁路悲歌

［巴拿马］胡安·大卫·摩根　著　　高冀蒙　译　　　　版权所有　翻印必究

出 版 人：肖风华

丛书主编：施　勇　钱　丰
责任编辑：陈　晔
营销编辑：张　哲
责任技编：吴彦斌

出版发行：广东人民出版社
地　　址：广州市越秀区大沙头四马路 10 号（邮政编码：510199）
电　　话：（020）85716809（总编室）
传　　真：（020）83289585
网　　址：http://www.gdpph.com
印　　刷：广州市豪威彩色印务有限公司
开　　本：889 毫米 ×1194 毫米　1/32
印　　张：15.625　　字　　数：350 千
版　　次：2024 年 6 月第 1 版
印　　次：2024 年 6 月第 1 次印刷
定　　价：98.00 元

如发现印装质量问题，影响阅读，请与出版社（020-85716849）联系调换。
售书热线：（020）87716172

目 录 ● ● ● ● ● ● ● ●

楔 子

第一部分

尾 声

楔
子

在托滕上校作为办公室使用的车厢里，亮着一盏昏暗的小煤油灯。在灯下，他再次核对了当天的记录。"最后的审核。"他自言自语道。

他小心地把文件放进写字桌的抽屉，这时，一道闪电照亮了车厢，几秒钟后，一声熟悉的雷声在他耳边响起。乔治·托滕苦涩地笑了笑。"就连最后一天，都还要对我穷追不舍吗？"

他站了起来，走到窗前，俯身望向窗外，凝视着夜空。一道新的闪电照亮了他那严肃而枯瘦的面容，黑色浓密的胡须中已经生出几缕白发。

他喊道："你已经折磨了我五年之久，现在你还等什么？"他的声音与更近的一声雷声回响在一起。

就在那一刹那，车厢的门被打开了，詹姆斯·鲍德温那张沉着的脸出现在门口。

"上校，有什么事吗？"鲍德温问道。

托滕挺直了身子，一种怪异的表情浮现在他的脸上。

他说道："没有，我在向我们的老敌人发起挑战。准备好了吗？"

鲍德温答道："工人们在已经选好的地方等着我们。请带上你的斗篷，虽然我们现在还在旱季，但一会儿就会下雨。"

托滕取下斗篷，走下三级台阶，开始与工程师鲍德温并排走着。

托滕抱怨道："总是下雨，对吧？总是这样……"

在间歇性闪电的照耀下，铁路工程总负责人的身影高大而瘦削，他的助理相比显得更低矮而精壮。两个人一离开两个车厢、平台和机车，就沿着枕木继续前行。他们默默地行进着，心里清楚这一行动的重大意义。闪电似乎是某种预兆，雷声越来越频繁。当他们到达工人们等候的地方时，绵密而沉重的雨开始落下。

"大自然赐予了我们光明，用不着火把了，伙计们。"托滕嘟囔着说。

鲍德温走到前面，拿起一名工人手持的铁锤，递给他的上司。

他庄重地说道："时刻到了，上校。"

工人们递过火把，托滕仔细观察那一段需要奠基的铁轨，这是为了给多年努力画上句点。

"给我一些坚固的螺栓吧！希望这根枕木不是黑檀

3

木。"上校开玩笑说道。

鲍德温以同样轻松的语气回应道："我们选了一根柔软的木头。明天我们会换掉它。"

负责人小心地把螺栓放入钩环的孔中，准备插入最后一根轨道，而这条铁路线是连接大西洋与太平洋的第一条铁路，这是他所从事的最艰巨、最煎熬也是条件最恶劣的工程。

第一锤下去，天空似乎爆炸了。新一轮的闪电使这个地方亮如白昼，雷声震动了天穹，一场巨大的暴雨倾泻而下，淋湿了正在进行奠基的二十几个人。托滕的激情被点燃了，他扔掉披风，开始猛烈地敲打。

"你以为你会胜利吗，该死的恶魔？这一锤是献给那些戛然而止的梦想，这一锤是献给那些巨大的痛苦，这一锤是献给所有死去的人……"

雨水、摇曳的火把和闪烁的闪电营造出幽森的氛围。当托滕咒骂、拍打枕木时，工人们湿透的脸庞上期待的神情消失了，他们的脸上不时闪现出难以置信、嘲讽和怜悯。有些人认为，领导在经历了五年的痛苦、奋斗、挫折和困惑之后，已经失去了理智，而鲍德温则非常了解他上司的性格。

就像是事先约定好的信号一样，随着最后一锤的敲打，暴风雨也停了下来。托滕缓缓站起身，将锤子交给工头。

"伙计们，我们完成了。经过巨大的努力和牺牲，我们已经征服了自然，建成了有史以来第一条连接了两个大洋的铁路。你们应该为自己见证了这一时刻而感到骄傲。我谢谢你们，并请你们一同向上帝表示感谢。"

工人们对领导突然表现出的虔诚感到惊讶，于是戴帽子的人脱帽致意，其他人也纷纷点头。

"上帝啊，在这场冒险中幸存下来的人们向你表示感谢，并请求你接纳那些逝去的兄弟。阿门。"

其他人如释重负地接口："阿门。"因为他们发现乔治·托滕依然保持着理智。

在回程途中，工程师们默默无言地走在铁轨上，直到鲍德温好奇地询问火车的目的地。

"今晚我们回库莱布拉①车站。"上校宣布道，"明天我们将转移到大西洋终点站，为从阿斯平沃尔到巴拿马城的首次全程通车做准备。"

托滕重新坐回他的办公车厢，当火车头开始鸣汽笛时，托滕坐下来写下了他最后报告的草稿。为了防止车辆的震动让他写不清楚字，他将笔记本紧紧地贴在右腿上。

　　1855年1月27日，库莱布拉
　尊敬的各位先生
　巴拿马铁路公司纽约总部的董事会成员
　尊敬的各位董事：
　　本人荣幸地向各位通报，在1855年1月27日的晚

---

① Culebra，意为"大蛇"，距巴拿马城约17公里，曾作为巴拿马铁路南端终点站，经历过短暂繁荣。——译者注，后文注释皆为译注。

上，巴拿马铁路连接阿斯平沃尔和巴拿马城两个终点站的铁路线已经完工。仅仅几分钟前，我亲自在库莱布拉站下方十英里的位置钉下了最后一根铁轨。明天我们将进行第一次联通两个大洋的旅程。

通过这封信，我将该公司这五年来所收到的资料补充完整。尊敬的董事们，你们可以看到，这项工程的近似成本总计八百万美元……

在此处，乔治·托滕停笔了。谈到工程成本，就无法忽略如此多的艰难困苦。不，巴拿马铁路的代价不能仅仅用花了多少美元多少美分来衡量。上校从椅子上站了起来，在车厢的摇晃中向他的铺位走去，他疲惫时惯常在这里休息。在闭上眼睛之前，他再次提出了这个问题，而这个问题已经困扰他很久了：这一切是否值得？

在他46年的生命中，乔治·穆尔森·托滕参与了许多重大建设项目。在他的祖国美国，他协助建造了多条河流和湖泊的运河，还有宾夕法尼亚州最早的几条铁路线。在国外，与他的前合作伙伴约翰·特劳特温一起，他设法从新格拉纳达政府获得了扩建马格达莱纳河①和卡塔赫纳湾②之间的迪克运河③的特许权。为了推进这项伟大工程，他克服了许多

_____

① 马格达莱纳河（río Magdalena），是今哥伦比亚境内的主要河流。

② 卡塔赫纳湾（bahía de Cartagena），是加勒比海上的一个海湾，位于今哥伦比亚西北部。

③ 迪克运河（Canal del Dique），长约118公里，是小说《霍乱时期的爱情》的主要背景之一。19世纪中叶，乔治·托滕帮助重建了这条运河的一部分。

困难，但与建设巴拿马铁路的艰辛相比，这些都不值一提。有多少人在这个努力中丧生？有多少人永远失去了健康和快乐？有多少人消失了，连一座守护他们去往彼岸旅途的十字架都没留下？在他的内心深处，他相信瘟疫、流行病和极度痛苦是上天降临的，以惩罚金矿热激发出的人类无止境的贪婪。托滕从未想象过会有如此多的自私、无知、仇恨和人间悲惨会像对淘金热的惩罚一样，被上帝降临到地峡和铁路公司。然而，对于他的宝贵助手鲍德温来说，工作取得成就的重要性远胜他们所经历的苦难。他常常说："像所有壮举一样，我们正在进行的这项伟大工程，要付出巨大牺牲才能完成。"但对于托滕上校来说，这个问题仍然萦绕在脑海中：这一切是否值得？

第一部分

创造历史的人无暇书写历史。

——梅特涅

第一章

威廉·亨利·阿斯平沃尔从书桌前起身，走到落地窗前，窗户正对着南街码头。他很优雅，四十岁的年纪，中等身材，健硕而不臃肿。精心梳理的头发垂在胡须边，黑色的胡须、白皙的脸庞和天蓝色的眼睛之间形成鲜明的对比。阿斯平沃尔的眼睛如此清澈，仿佛在诉说着他的坦荡。从相貌到表情，无不透露出他的真诚、和蔼可亲、忠厚善良，这些品质使得他有别于纽约商界的其他领袖。作为霍兰德与阿斯平沃尔公司的董事长兼首席执行官，他在同行和朋友中素来以公正理性著称，这在粗鲁的航海贸易领域着实难能可贵——在这行，不只有老练的船长会被形容为"海狼"①。

威廉身着长礼服，背着手，凝望着远方，仿佛陷入沉思，远处光秃秃的索具和桅杆如树林般竖立着，在临近傍

① 原文为"Lobo del mar"，在中文语境中一般指"海狮""海狗"，直译为"海狼"。杰克·伦敦著有小说《海狼》，塑造了一位绰号为"海狼"的残暴船长形象。文中指航海贸易商人大多风格粗犷。

晚的昏暗中沉浮摇晃。1847年，严冬早早地降临在纽约，白日将尽之时，码头上几乎一片沉寂。在众多桅杆中，威廉可以轻易地分辨出"彩虹"号——最高、最窄的那些桅杆，这是霍兰德与阿斯平沃尔舰队中最快的帆船。为建造这些高速船只来迎合不断加速的商业节奏，威廉凭借极大的耐心，终于说服了其他合作伙伴。多亏了他的远见和热情，公司现已拥有四艘在太平洋水域航行最快的帆船，往返于远东各地。除"彩虹"号之外，快船"纳奇兹""安·麦克金"和"海巫"让霍兰德与阿斯平沃尔成为广阔中国市场上实力雄厚的公司。此外，其他在地中海、西印度群岛、南美洲航行的船只也在商业贸易中取得了同等的成就。然而，威廉·阿斯平沃尔对"彩虹"号有一种特殊的喜爱，毕竟在航海领域中，一艘船率先以前所未有的速度横渡大海，这总是极大的荣耀，老式帆船的船尾太过于圆润了，而这艘船的优美船体则不同。威廉知道蒸汽轮船很快就会取代帆船，但在航海年鉴上，霍兰德与阿斯平沃尔建造的世界上第一艘快船，将名垂青史。

不过，即将召开的合伙人会议与建造新船并不直接相关。霍兰德与阿斯平沃尔董事长的脑海中涌动着许多念头，这些念头在日后将造成更大的影响，此时传达员的声音将他的思绪拉回现实："所有的合伙人都已经到了。"

"塞缪尔舅舅也来了吗？"

"是的先生，尽管外面很冷，但他是第一个到的。"

图书室位于二楼尽头，这里有时兼做会议室，距离董事长办公室仅几步之遥。和其他办公室一样，这是一间朴素的房间，深色木质装修，家具结实、厚重。与房间的大小相比，窗户很小，对着琼斯路——一条昏暗偏僻的小巷，直通往南街。因此即使在白天，会议室也需要烛光来照亮。房间后墙上挂着霍兰德与阿斯平沃尔舰队船只的油墨版画，旁边挂着一张巨大的世界地图，它们正对着房屋的窗户，一面蓝白相间的小旗放在桌子中央，这些便是仅有的装饰。威廉从正对走廊的门进来时，公司的另外两位创始人——他的舅舅塞缪尔·霍兰德和加德纳·格林，他的兄弟约翰·劳埃德·阿斯平沃尔，以及塞缪尔舅舅的独生子——他的表兄威廉·埃德加·霍兰德，都已坐在桌旁等他。

"下午好，开会通知得很紧急，感谢诸位都能够前来，尤其是你，塞缪尔舅舅。"威廉说道。

大家都知道，老塞缪尔·霍兰德的到来意味着下午要讨论的事情很重要。

"这次是什么情况？"塞缪尔舅舅单刀直入地问道。

"关于一件极其重要的事情，需要合伙人委员会的建议和决定。"威廉在会议桌主位坐下，回答道，"昨天，经过漫长的等待，通过阿诺德·哈里斯的帮助，政府终于批准，将巴拿马和俄勒冈州之间通航服务的开发特许权转让给我们公司。"

"就是说，那个流氓投机商彻底出局了？"

"没错，塞缪尔舅舅。邮件运输特许权和补贴现在只属于我们的新企业——太平洋邮轮公司。特许权期限为十年，可延长，每年政府给予我们19.9万美元的邮件运输补贴。本次会议有一个目的，就是正式批准特许权中包含的三艘船舶的建造合同。正如我们所知，这些船重约1000吨，长200英尺，宽34英尺，深21英尺，带有蒸汽动力驱动的木制桨轮和三个带有支撑帆的桅杆。威廉·韦伯船厂给我们的报价最好，每艘船的建造价格20万美元，并分别命名为'加利福尼亚'、'俄勒冈'和'巴拿马'。"

"除了那些无关紧要的名字之外，其他事情大家都知道了，威廉。"塞缪尔·霍兰德不耐烦地打断了他，"关于此事所需承担的风险，我们已经充分讨论过了——成立一家拥有50万美元资本的公司，另外再贷款50万美元，就是为了开发一条至今还没有港口，也没有贸易的航线。但是，我们给你投了信任票，我们就是要勇往直前。如果你现在需要批准正式签署建造合同，我同意。"

威廉·阿斯平沃尔看着他的舅舅，神色认真，而后温驯地笑了笑。

"初始投资和贷款用不了那么多，我手里有潜在投资者签署的文件，他们愿意为新航运公司提供最多可达40%的资本。"

威廉起身走到墙边，在世界地图上四处寻找，最后找到了他想要的地方。

"我一直在分析，什么因素会促使政府对海上运输给予特许和补贴。这两条海上运输路线，一条在美国东海岸和巴拿马之间的大西洋，另一条在巴拿马和西海岸之间的太平洋。当然，政府最根本的目标是建立邮政服务，使俄勒冈州和加利福尼亚州能够保持长久顺畅的联系。此外，那些管理和监督新领地的官员和军队，也需要船只能够定期安全地运送他们。这片区域发展空间很大，潜力极强，发展需要什么，我们的船就能运什么，包括那些准备开拓一片新天地的家庭。不久的将来，这些地方就能对外出口毛皮、兽皮和珍贵木材，尽管最初数量可能很少。这种对西海岸的开发……"

"抱歉打断你，威廉，但我认为我们在这里聚会的人都已经知道这些了。而且，我们也知道，最能赚钱的合同已经被乔治·劳签走了，他以后会垄断更具生产力的大西洋航线。"

"是的，塞缪尔舅舅，是的。但是为了解释我的提议，有必要介绍一下背景。"

"让我们一次听完！"老霍兰德焦急地呼喊道。

"我说的是，美国政府的计划中优先考虑加利福尼亚州的发展，尤其是现在与墨西哥的战争即将结束，并且战争赢得的土地会加入联邦作为我们的领土。无论如何，东西方之间的交通将变得越来越频繁，而巴拿马航线是最快速、最经济的。经过好望角的航线非常漫长和危险，就像驾车或骑马穿越美国一样。我想说的是，我们必须将注意力集中在巴拿马航线的发展上。目前，乘客和货物只能到达地峡一个靠大西洋海岸的小镇查格雷斯①，那里基本上只有一个码头。然

---

① 查格雷斯（Chagres），位于查格雷斯河口的圣洛伦索城堡对面。

后他们乘坐同名河流上的船只，再骑骡子到巴拿马，接着再次登船前往旧金山。我必须补充一点，我们的政府非常清楚地意识到地峡航线的重要性，去年与新格拉纳达签订了一项条约来保护并确保对这条航线的控制。我提议的事情，简而言之，就是在巴拿马建设一条高效的交通路径。"

阿斯平沃尔最后的话让合伙人纷纷从昏睡中醒来。

"是哪种类型的交通路径？"塞缪尔舅舅随即问道。

阿斯平沃尔与他的兄弟约翰和表兄威廉·埃德加交换了眼神。

"实际上，我们还不清楚。我们需要深入研究这个问题。我们知道，如果我们成功了，我们不仅将成为开发西部新领土最重要的交通公司，而且我们将同时在与中国和远东的贸易中缩减成本和距离。看看这张世界地图，你就明白了。"

在塞缪尔·霍兰德的带领下，几位合伙人走近了地图，聚精会神听着威廉·阿斯平沃尔的解释。

"目前，我们最重要的贸易领域，是加勒比海、南美和欧洲市场，占收入的近四分之三。然而，我们都知道，远东是潜力最大的市场，只是距离阻碍了其充分发展。如果我们在巴拿马开辟一条连接两大洋的通道，中国就近在咫尺了。"

"你难道是在考虑修建一条运河吗？"加德纳·格林几乎嘲弄地问道。

"就如我所说，我还不确定。"

"醒醒吧，威廉！"老霍兰德高呼道，"殖民地时代以来，大家一直都在谈论要在巴拿马修建一条运河，但从未成功过。"

"我知道，我知道。我承认，修建运河是一项非常有野心、有风险的事业，但修建一条铁路将更为可行。你们觉得呢？"

"一条铁路？"塞缪尔舅舅思考了一会儿。这不也是一个疯狂的想法吗？至于约翰和威廉·埃德加，到目前为止他们都没有开口发言。"你们怎么看？"

年轻的霍兰德回答了。

"威尔^①一直在与我们商讨这个问题，爸爸。我们认为值得探索。"

"为什么之前没有人提过？"

"因为我们先要确保在太平洋获得邮政特许权。"约翰·阿斯平沃尔回答道。

"一条铁路……"合伙人中最年长的人平静下来，坐回到了他的椅子上。

威廉·阿斯平沃尔等待着所有人坐下后继续发言。

"我需要你们的授权，来探索在巴拿马地峡修建运河或铁路的可能性。"

"为什么你执意要修一条运河？建设一条铁路已经够复杂了，我们没有任何经验可言。"

---

① 对威廉的昵称。

"确实是这样，加德纳舅舅。所以我邀请了两个可以帮助我们做出决策的人。他们正在外间等着，如果你们允许的话，我让他们进来。"

　　"让他们进来，让他们进来。"塞缪尔舅舅嘟囔道。好奇心似乎已经取代了不耐烦的情绪。

　　几十分钟以后，威廉·阿斯平沃尔重新走进房间，后面跟着两个人，他介绍说是律师约翰·劳埃德·斯蒂芬斯和工程师詹姆斯·鲍德温。两人看上去都约莫三十五岁，但是外表和气质差别很大：斯蒂芬斯高高瘦瘦，面容精致，穿着优雅；而鲍德温矮小而结实，身上的外套看起来已经穿了许多年，无情地显示出时间的痕迹。劳埃德先生礼貌地与每一位合伙人握手，而鲍德温则简短地说了些人们听不懂的话，并稍微点了点头，然后就坐下了。

　　"工程师詹姆斯·鲍德温在铁路建设方面拥有丰富的经验。此外，他最近刚刚在新格拉纳达工作，就在地峡附近开凿了迪克运河，这条水道将马格达莱纳河与卡塔赫纳湾连接起来。斯蒂芬斯律师多年前就退出了法律界，成为一位经验丰富的旅行者，了解中美洲地区，包括巴拿马，他的了解比任何其他人都更加深入。此外……"

　　加德纳舅舅打断了威廉。

　　"你就是那位有名的作家吧？"他问道。

　　斯蒂芬斯回答说："很荣幸能为你效劳。"

　　"我读过你的所有作品，是你的忠实读者之一。多亏你，我能够参观很多永远不会去的国家：埃及、阿拉伯、土耳其、俄罗斯，还有不知道多少其他国家。你还向世界揭示了玛雅文化的悠久，你能来这里我真是感到非常荣幸。"

"我非常感激你。"他微微鞠躬道。

"我还要补充一点，"阿斯平沃尔满意地插话说，"应范布伦①总统的要求，约翰·劳埃德于1839年游历了中美洲，正是为了探索修建海洋之间运河或铁路的可能性。此外，他还会说西班牙语，并且通过他的旅行与新格拉纳达的官员保持着良好的联系，这在协商我们选择的建设方案时将非常有用。"

"我希望你不会像我外甥一样对修建穿越地峡的运河抱有幻想。"塞缪尔舅舅不满地嘟囔道。

"这将是一项伟大的工程，但在我看来，现在无法实现。有一天，船只终将会通过巴拿马地峡从一个海洋到另一个海洋，但恐怕在场的任何人都活不到那一天。"

老霍兰德心想："又一个梦想家。"他用右手瘦骨嶙峋的手指在桌子上轻轻敲打着。

"然而，修建一条铁路是完全可行的。"

说话的是鲍德温。

"你是否可以跟我们解释一下，你为什么这样认为？"加德纳舅舅问道。

"地峡两岸的距离相对较短，大约50英里。而且，据我

---

① 马丁·范布伦（Martin Van Buren，1782年12月5日—1862年7月24日），美国第八任总统（1837—1841年）。

了解，虽然需要在现场进一步验证，山脉的高度似乎比该地区的其他地方要低。我不知道你是否知道，但建造一条铁路需要保证最高点海拔不超过600英尺；否则，火车头就无法牵引车厢。"

"不，我们并不知道，"加德纳回答道，"实际上，我们对铁路一无所知。"

"我们已经制订了计划。"阿斯平沃尔说道，"让斯蒂芬斯和鲍德温立即启航前往巴拿马，以验证这个项目的可行性。我们已经约定了他们为霍兰德与阿斯平沃尔公司工作的一般条件，只剩下一些细节需要调整。"

"有哪些条件？"塞缪尔舅舅问道。

"除了支付我工资外，我对前往巴拿马并没有其他要求。"斯蒂芬斯先行表态，"对我来说，这次旅行是继续与读者们分享我在未知地区的经历的新机会。不过，如果公司决定修建铁路，威廉知道的，我有兴趣以股东和董事的身份参与这次冒险。"

"此外，"阿斯平沃尔补充道，"如果他们认为这个项目是可行的，他们将继续前往波哥大，以便从新格拉纳达当局获得一项让我们能够推进这个项目的承诺。"

"如果他们从新格拉纳达人那里得不到任何回应，我们这位旅行家律师会写另一本书。"老塞缪尔开了个玩笑。

斯蒂芬斯开怀大笑，露出一口白牙，藏在细心修剪的胡须下。

"亲爱的先生，请不要怀疑。想象一下，我经过地峡后能够讲述的事情——乘船到达布埃纳文图拉港①，再步行和骑骡子爬上3000米高的山峰，穿过庄重的波哥大，其中的原因只有他们和上帝能够理解。"

现在是老塞缪尔开心地笑了起来。

"年轻人，我敬佩你的热情。你们计划什么时候出发？"

"如果你们同意，明天就能从这个办公室对面的码头出发了。鲍德温和我已经预订了船票。"

"祝你们一路顺风！不要因为我快八十岁，就以为我没有梦想了。"

---

① 布埃纳文图拉港（Buenaventura），哥伦比亚西部港口城市。

第二章　约翰·劳埃德·斯蒂芬斯的旅行日志

1847年12月17日

今天，我开始了新的叙述。

十天前，我们从纽约启航，在萨凡纳①和哈瓦那停留后，我们逐渐靠近巴拿马地峡海岸，明天日出时我们就会抵达那里。在航行过程中，我们没有遇到什么麻烦。"自由"号一路顺风顺水，我们离赤道越近，风力就越强。与我同行的是工程师詹姆斯·鲍德温，他是一个沉默寡言的人，似乎只对自己的职业内容感兴趣。我们两人本次旅行代表美国最大的航运公司霍兰德与阿斯平沃尔，我们受委托执行一项秘密任务，看看有没有可能修建一条运河或铁路，通过赤道连接大西洋和太平洋。我相信，从历史发展的角度来看，在这儿建运河还是非常遥远的事情，但公司明智的领导者——威

① 萨凡纳（Savannah），美国佐治亚州大西洋沿岸港口及旅游城市。

廉·阿斯平沃尔，他的态度很坚定，让我们不要轻言放弃。如果鲍德温的分析能证明修建铁路是可行的，我们就会继续旅行，前往波哥大，向新格拉纳达当局请求一份合同，允许霍兰德与阿斯平沃尔公司进行施工。我在政府高层有很多好友，这是我参与这次冒险的主因。此外，我还要做向导，带领鲍德温探险，穿越地峡。

霍兰德与阿斯平沃尔航运公司的合伙人兼具传统与大胆的特质，这很有趣。公司的创始人，尤其是老山姆^①·霍兰德，对航运业的飞速发展感到忧虑，但他们足够聪明和灵活，能让年轻的合伙人放手去干，使公司跟上时代。

威廉·阿斯平沃尔是我的挚友，无论怎么讲，他都是一位绅士，他的正义之名当之无愧。他的一举一动都透露着对社会问题的深刻理解和对他人观点的尊重。毫无疑问，他是集团里很有远见的人。他认为，霍兰德与阿斯平沃尔公司如果掌握了巴拿马航线，就能成为世界上最重要的运输公司。他的热情感染了我，让我也向他提出要参与这个跨地峡铁路项目，而他不仅接受了这一提议，还立即提出让我担任未来公司的总裁。他说："你如果是项目的负责人，项目就会更具有可信度，公司的股票就更容易发行。"虽然我很怀疑我这样一个旅行作家的名字是否真能吸引投资者，但我还是接受了这一殊荣，并感谢了他。

---

① 对塞缪尔的昵称。

12月18日

天亮了。鲍德温和我上到甲板上，观看船抵达的情况。海面上波涛汹涌，我们只得紧紧抓住栏杆以保持平衡。太阳挣扎着，努力想要穿透云层，残存的云斑正设法贴住山脉的蓝色脊梁，从西面逼近的暴风雨积云则试图遮蔽太阳。四面寂静无声，只能听到风不停地拍打船帆、海浪急促地拍着船身的声音。我们即将接近海岸时，船长下令收帆抛锚。

我对鲍德温说："在这种海况下，肯定没办法放救生艇。"鲍德温问："我们就不能离港口再近一点吗？"

我解释说，其实查格雷斯是一个条件很差的小镇，坐落在河流的入海口处，它的名字就是这条河流的名字。因为有沙洲，我们无法接近海岸，同时沙洲也让河口内的水域保持平静，因此查格雷斯勉勉强强能充当港口。

水手们已经完成了靠岸操作，当船停稳后，浪头开始更剧烈地翻腾，和我们一起登船的几名乘客返回了船舱。尽管甲板上溅起的水花和泡沫已经把我们打湿，给我们留下了咸咸的味道，但鲍德温和我决定继续观看这个暗淡的黎明。阳光已经不再照耀。

鲍德温靠在栏杆上说："看，斯蒂芬斯，他们好像要放下一艘小船。"我回答说："这太轻率了。这种天气根本没法让乘客下船。"但鲍德温说对了。一些水手费了九牛二虎之力，才解开了其中一艘救生艇的钩子，船上的两名水手明显吓坏了，他们正在努力保持平衡。救生艇入水后，他们紧紧抓住船桨，拼命地想把船划动。越来越猛烈的海浪阻止了他们前进的脚步，还不到十秒钟，小船就撞上了"自由"号船体，在空中翻了个跟头，翻倒进了海浪中。水手们都不见了，人们焦急地等待了一分多钟，其中一人才挣扎着浮出水面，大口喘息。最后，他终于抓住了同伴扔给他的救生圈。救生艇一次又一次地撞向"自由"号船体，直到粉身碎骨。另一名水手从此杳无音信。

12月21日

悲剧发生后不久，一场雷电交加的暴风雨暴发了，雨几乎毫不间断地下了两天。鲍德温不时冒着风雨陪我到甲板上目睹这一奇观，尤其是在夜晚，闪烁着闪电的海岸看上去就像一个即将站起来的巨人，令人印象深刻。

"我还以为现在是旱季呢。"工程师评论道，毫无疑问，他在思考在这样的天气里铺设铁路所要面临的困难。我回答说："我们确实处于旱季的头几天。"随后补充说，在4月至12月的雨季，雨水要多得多。

第三天，太阳冲破云层，高地呈现出一片蔚蓝，海面风平浪静。鲍德温和我乘坐第一艘船，当我们接近陆地时，我趁机开始了导游工作。

我指着平缓的山脉告诉他，这里是安第斯山脉逐渐变得平缓、消失的地方。然后指着圣洛伦索城堡的废墟说，200多年来，这座城堡一直矗立在三角洲东部斜坡的顶端。我解释说，这座城堡是西班牙人为了保卫查格雷斯河口而修建的，查格雷斯河口是通往地峡的捷径。"海盗摩根就是通过这条路线渗透进来的。占领要塞后，他沿河而上，越过大陆分界线，在巴拿马登陆，当时巴拿马是西班牙殖民地中最富有的城市之一。""大炮还在吗？"鲍德温问道。他对历史的兴趣令我感到惊喜，我对他说，8年前，当我第一次参观要塞时，大炮还在那里，几乎完好无损。"我不太关心历史，"他回答道，"但大炮的老化程度有助于我们确定铁轨的规格。"我们都笑了。

鲍德温对查格雷斯镇的第一印象是失望，当船驶近岸边时，他的失望之情更浓了。自从我第一次到访以来，这里似乎没有任何变化。这里的人口不超过700人，居民由原住民和黑人混合组成，从他们的肤色和特征上几乎看不出他们的祖先里面有白人的痕迹。所有房屋的墙壁都是用藤条砌成的，茅草屋顶、土炕，门窗上都覆盖着茅草。街道长期泥泞不堪，道路没有规律可循，孩子们在鸡群、摇摇晃晃的狗、肮脏的猪和苍蝇中玩耍。这里没有警察，没有牧师，没有任何权威。社区的首领是最富裕的船夫，当地人中唯一靠在河上来回摆渡旅客而获得稳定收入的人。15个长12英尺、宽4英尺的邦戈船是用坚硬的檀木树干粗制而成的，它们面朝下停在岸边的泥浆中，湿热的空气中飘浮着一种传染性的冷漠。

"多么悲惨！整个国家都是这样吗？"

我明确表示，虽然沿途的其他镇子也同样落后，但一旦我们到达巴拿马城，情况就会有所改善。"从此刻开始，"我补充道，"我们就只吃我带来的食物，喝我带来的水和酒。除了偶尔吃点水果，最好不要吃本地食物、喝本地饮料，除非是在我们眼前做好的。"

在前来迎接我们的人中，有一个人因其白种人特征而引人注目。他身材高大，穿着当地人的服装，此人毫无疑问来自北欧地区，胡须都是淡淡的金色，只有离近了才能看出来。他用流利的英语自我介绍："欢迎来到查格雷斯。我是彼得·埃斯基尔森，镇里最好的旅店的老板。如果尊贵的客人能住在这里，我会感到非常荣幸。"我说话的时候，埃斯基尔森对装有鲍德温工作工具的木箱越来越感兴趣，鲍德温开始坐立不安。"你好。"我回答道。我表明了身份，并介绍詹姆斯·鲍德温是我的助手。我补充说，我们是代表美国自然科学研究所，来这里研究和收集地峡动植物标本的。我欣然接受了他的提议，我们还请他帮助我们雇用一支最好的船队，明天带我们去戈尔戈纳①。鲍德温给了我一个放心的眼神，这位北欧人让我们跟着他走。

毫无疑问，旅店是这里最好的建筑，比其他建筑都更宽敞，建在镇子的底部，也就是山坡的起点处。虽然它的建筑材料与其他房屋相同，但更新、更整洁，而且由于雨水不会在这里淤积，因此不会受到泥泞的影响。它有四个房间，用粗布帷幔隔开，每间房挂着两张吊床。这里没有蚊帐，我暗自庆幸我们预先带了蚊帐。角落里有一张放着盘子的桌子，

---

① 戈尔戈纳（Gorgona），意为"水流漩涡"，查格雷斯河畔小镇，1913年8月因被加通湖淹没而废弃。

旁边放着一个洗脸盆。几间房通向旅店的中央，那里的厨房有明火灶台和一张配了八把椅子的桌子。那天晚上，当我们品尝第三瓶葡萄酒时，彼得·埃斯基尔森的怀旧之情因酒精而加剧，他讲了一个很长的故事，我在这里对这个故事进行了总结。

32年前，我们新结识的这位朋友出生在挪威北部的一个小镇诺福尔，在那里，他和他的祖父、父亲以及镇里几乎所有的男人一样，从7岁起就是一名水手。1842年，他来到查格雷斯，在船上担任三副，船长以不服从命令为由，不公正地判处他流放，并将他遗弃在穆拉塔斯群岛①的一个岛上。北欧人说："我很幸运，那些岛上的原住民认为白化病具有超自然的含义，由于我身材高大、皮肤白皙、金发碧眼，他们把我当作月亮的特使来接待。一切都很顺利，直到我对肉体的需求占据了上风，与一位女土著结合了。我们俩不得不躲避愤怒的当地人，历经千辛万苦，最终来到了这里。不久之后，我的妻子被她的同胞绑架，我努力寻找她，但徒劳无功。"停顿了一下，埃斯基尔森轻声补充道："厨房里的黑人女子是她的替代者。"当这个北欧人想更多地了解我们的任务时，鲍德温在酒精的作用下侃侃而谈，编造了对地峡丰富的动植物的科学解释，他自己也不懂自己在说什么。同样是酒的功劳，那天晚上吊床变成了软床，我们睡得很香，老鼠、蚊子、苍蝇和蟑螂都没能影响我们的睡眠。

---

① 穆拉塔斯群岛（Mulatas），位于巴拿马地峡的东北，靠近哥伦比亚。

12月22日

清晨，我猛然惊醒。一只公鸡决定把我卧室的窗户当作舞台，热情地宣布黎明的到来。同样起得很早的鲍德温正在等我吃早餐。在灶台旁，埃斯基尔森的伴侣正在炉子前忙着搅拌锅里的食物。我婉言谢绝了她提供的猪肉和玉米煎饼。鲍德温看着食物流口水，失望地看着我。

"几年前在尼加拉瓜，我屈服于食物的诱惑，花了三个月才从痢疾发作中恢复过来。我建议你吃我们带来的东西：熟火腿、肉、干果、香草饼干和茶。""但这就是我们昨晚吃的东西啊。"他遗憾地回答。"除了我们采摘的水果或自己狩猎、烹饪的猎物外，接下来的旅途中，我们只吃这些东西。路途遥远，我们可不能生病。"

我们正在吃早餐时，彼得出现了，身边跟着一个非常高大的黑人，他介绍自己是何塞，是查格雷斯最好、最正直的船夫。"你可以完全信任他。此外，他会说一些英语。"我告诉他们，我可以流利地讲他们的语言，然后我们开始用西班牙语谈判。这个北欧人无疑会收取中介费，帮助船夫讲价。最后，我们同意以25美元金币①的价格雇用两艘船，一艘用来载重和装备，一艘用来载我们自己。此外，如果他12天内到达戈尔戈纳，我再给他10美元金币。"但我每次只用五天就能到。"黑人惊讶地回答。"我知道，但为了完成我们的任务，我和我的伙伴必须在途中多次停下来，采集和

---

① 1美元金币是美国铸币局1849年至1889年间常规生产的1美元面额金币。

分析植物和昆虫。"黑人挠了挠头："那就再给我20美元金币吧。"我表示可以给他15美元金币，他接受了，我们握手成交。当我们走向小船时，埃斯基尔森警告我们，要时不时防备猫科动物和鳄鱼，尤其是当我们要上岸时。"我希望你们带了枪，因为何塞和他帮手的砍刀不够用。"为了以防万一，我没说自己随身带着一支新型号的步枪，鲍德温带着一支六连发的柯尔特左轮手枪。"我随身携带一把多年未用的旧手枪，希望用不着它。"埃斯基尔森摇了摇头，在告别时，他递给我们一个信封，并解释说，自从5年前他抵达查格雷斯以来，他一直在给家人写信，但没有收到回信。"也许从纽约寄出的信有一天会到达诺福尔。"

我们的计划是每隔3英里停下来，让鲍德温研究一下地形和可能的路线。我们都觉得河东岸的地形是最合适的，因为这里地形平缓。每条船上有两个船夫，他们用桨杆插入河底推进船只前进，但偶尔也用船桨划水加快速度。他们离岸边很近，因为那里的河面比较平坦，水流也不是很急。为了防虫，我们尽量用蚊帐遮住脸。然而，蚊虫叮咬又猛又频繁，而且酷热难耐。

三角洲已被抛在身后，当我们进入灌木丛时，查格雷斯河的河道变窄了。在我们的头顶上，树木开始交织在一起，形成一个巨大的树木穹顶，其绿色随着阳光的照射与否而变化。鲍德温说："就像进入了一座大教堂，彩色玻璃窗上的绿色深浅不一。"随着邦戈划过水面，羽毛和体型各异的鸟儿缓缓飞起。树上，有一群群好奇的猴子，有的在嚎叫，有的则缄默无声，它们短暂地陪伴着我们的旅程。

鲍德温说："停在这里。"他刚刚发现芦苇丛中有一块空地。船夫不情愿地把邦戈靠岸，我们跳上岸。当我们卸下装备时，发现离我们只有20米远的地方有两条鳄鱼。为了以防万一，我给步枪上膛，这立即吸引了向导觊觎的目光。几名向导用砍刀开路，鲍德温开始工作。他首先从地面上采集样本，架起经纬仪，把卷尺交给他指定的助手船夫，命令他向前走约50步，用望远镜观察，在笔记本上做记录，然后拿着卷尺再向灌木丛中走一段，再做记录。两个小时后，我们又回到了邦戈上。"如果我们继续浪费时间，天黑前到不了加通①，就得在河边过夜了。"何塞警告我们说。我解释说，我们必须完成我们的工作，在第一天的行程中，我们将再停留两次，让工程师重复这一套流程。在到达加通之前，黑夜已经降临，我们匆忙清理出一块地方，在那里搭帐篷过夜。不高兴的船夫驻扎在他们拖上岸的邦戈旁。在篝火的吸引下，各种昆虫不断侵袭我们。即使在帐篷里，我们也无法躲避哪怕是个头最小的昆虫。丛林中充斥着各种奇怪的声音，而且声音越来越大，鲍德温问我，难道我不怕船夫带着我们的财物消失吗？我回答说，尽管埃斯基尔森说不会发生这样的事情，但我们还是必须保持警惕，尽管睡袋已经遮住了我们的脸，但这第一晚几乎无法入睡。

---

① 加通（Gatún），位于查格雷斯河西岸，加通湖与加勒比海的海峡交汇处。

12月25日

今天是圣诞节。这个日子让我觉得有些遥远。这种感觉已经有一段时间了，自从12年前我妻子去世后，圣诞节就失去了意义。单身的鲍德温想念他的母亲和三个姐姐："自从父亲去世后，我就成了家里唯一的男人。"

3天来，我们一直按部就班，尽管在第一晚之后，我们计算了应该在哪些位置停留，这样我们就可以在查格雷斯河沿岸的镇子里过夜。前两个晚上，我们分别在阿俄卡拉加托①——什么名字啊！——还有布埃纳维斯塔②过夜。

突然，尽管是正午时分，河面的天幕开始变暗。船夫们惊慌失措，他们大声呼喊，互相打手势，把邦戈引向岸边。当我询问时，他们解释说，上游下起了大雨，我们必须尽快躲到安全的地方，等洪水过去。我们登上邦戈，将船引到河岸一个凸起的地方，离丛林约30米。鲍德温疲惫不堪地讽刺说："他们非常谨慎。"我回答他，即使在夏天，查格雷斯的洪水也可能非常危险。过了一个多小时，我们才察觉到一阵低沉的隆隆声，就像是河水在带着雷鸣奔流一般。随着时间的推移，声音越来越大，淹没了热带丛林的喧嚣。一阵潮湿的风吹动灌木丛，查格雷斯河在我们眼前汹涌澎湃。河

---

① 阿俄卡拉加托（Ahorca Lagarto），意为"吊死蜥蜴"。1549年，圣地亚哥骑士团（Order of Santiago）"清剿"起义者（被称为"Los Cimarrones"，野人，其中大部分是非洲逃亡奴隶）。团徽是一只蜥蜴。在查格雷斯河露营一晚后，骑士团遭到了起义者的袭击，全军覆没。袭击时，起义者高喊"吊死蜥蜴"，三百年后，为了纪念这次袭击，这个村庄仍叫这个名字。现已被加通湖淹没。

② 布埃纳维斯塔（Buena Vista），意为"风景优美"，加通湖区的小村镇。

水拖着泥浆、石头和木头，气势汹汹地向前推进，距离我们站立的地方不到10米。而后，河水渐渐恢复平静，动物们又开始喧哗，丛林里恢复了回声和窸窸窣窣。我们顺着山坡滑回到河边，河水再次平静地流淌，鲍德温停下来测量涨水的宽度。他告诉我们，河水已经上涨了10米，这对建造桥梁非常重要。何塞用基础的英语提醒他现在是夏天。鲍德温问："那冬天水位会上涨多少？""有时涨水两倍。"何塞毫不犹豫地回答。

12月29日

旅途没有遇到大的挫折。昨晚，我们有幸吃到了新鲜的肉，这要归功于一头野猪，当地人称它为"saíno"。令船夫们高兴的是，我第一枪就打中了它。下午，我们到达巴瓦科阿①，这个镇子在雨季是河流路线的终点，也是骑骡子前往巴拿马的起点。教堂和一些土坯房表明，这个镇子从殖民时代就已经存在。虽然我们离大陆分界线还很远，但从巴瓦科阿开始，山势开始上升，河水也变得更加湍急。何塞提醒我们雨下得很大，建议我们继续走陆路，但我坚持认为，为了完成任务，我们必须沿河一直走到戈尔戈纳。何塞反对这个提议，在随后的讨论中，其他船夫带着威胁靠近我们，其中两人挥舞着砍刀。鲍德温手持左轮手枪，以出人意料的

---

① 巴瓦科阿（Barbacoa），查格雷斯河畔的一个小村镇，当地人在这里建造了一座摇摆桥。

决心命令他们退后。为了避免更严重的麻烦，我出面与何塞谈判，为剩下的行程多付了10美元金币。不信任迫使我们将设备和货物转移到我们将在夜晚休息的旅店。第二天早上，当我们迎着朝阳出发前往戈尔戈纳时，我们的向导显得很平静。然而，鲍德温却把左轮手枪挂在腰间，所有人都能看到。

1848年1月1日

今天是1848年的开始。我们的祝酒词和喜悦之情让船夫们大吃一惊，他们根本不知道我们庆祝的是哪一天。很难理解有些人对时间如此漠不关心，他们的生活日复一日，不考虑未来，不回忆过去。鲍德温独到的哲理让我惊叹不已，他说，贫穷让他们不在意日期："当你生活在持续不断的痛苦中时，日期又有什么意义呢？"

由于没有再下雨，我们顺利地走完了最后一段路程。比约定的时间少了两天，我们用10天走完了这段河路，但我还是按约定付给了何塞钱。看到他工作的艰辛，我对自己为了还价而与他争吵感到有点内疚。船夫把我们送到戈尔戈纳，我们在傍晚时分抵达。我们刚下船付了船费，何塞和他的同伴们就踏上了返程。临走前他告诉我，他们将在不到两天的时间内回到查格雷斯。看到我不太相信，他提醒我说，他们现在不再用木杆推船，而是顺着水流划船。"而且我们轮流在船上睡觉，从不停下。"当我思考他们缓慢单调的生活，看着他们划着简陋的小船顺流而下时，一种怜悯之情油然而生。

戈尔戈纳和查格雷斯河畔的其他镇子一样，都建在一座小山上，在河道的一个弯曲处形成了一个宁静的水域，可以抵御频发的洪水。它也是我们到过的镇子中唯一一个有牧场的地方，那里有几头牛在吃草。教堂虽然破旧，但非常漂亮，钟声告诉我们有牧师在主持祭坛仪式。鲍德温和我决定在这里休息几天。当天晚上，我们吃着旅馆老板提供的香煎鸡肉，回顾了我们走过的路。根据工程师的计算，在这10天相同的工作模式之中，我们总共走了30英里，查格雷斯和巴瓦科阿之间22英里，巴瓦科阿和戈尔戈纳之间8英里。"在河东岸修建铁路似乎没什么问题。"他总结道，并补充说，"现在最重要的是在大陆分水岭上找到一条高度低于600英尺的通道。不过，我们将在后天解决这个问题。"

1月3日

在戈尔戈纳的停留很愉快，我们得到了所需的休息。这个镇子比查格雷斯整洁得多，更有秩序，居民大多是混血儿，而且许多当地人都有欧洲血统。镇长是混血儿中的一员，长得更像是西班牙人，他来拜访我们，询问我们此行的目的，我们也向他讲了植物和昆虫那一套说辞。在他的推荐下，我们雇了一个骡夫，他叫布拉斯，他以25美元金币为条件，答应给我们两个帮手和三头骡子，把我们送到巴拿马。我没有讨价还价就接受了。今天上午，我们开始骑骡子爬山，沿着两个多世纪前西班牙人为运输金银而修建的鹅卵石路面，穿过峡谷。虽然泥土覆盖了仅存的鹅卵石路面，但对于鲍德温来说，安装经纬仪和进行测量更加方便。晌午时分，我们停下来休息，回头望去，峡谷深处是奥维斯波河汇入查格雷斯河主要支流的地方，深蓝色的天空下，两股水脉在灌木丛中交错。鲍德温说："这里的景色很美。""如果我们修建铁路的话，我会在这里建一个小屋，一个用来写作的避风港。"我告诉他。鲍德温回答说："我希望它能留出空间招待客人。"他比我更热爱大自然。

下午时分，我们到达向导指出的大陆分水岭最低点。由于必须偏离道路，我们把骡子交给助手照看，鲍德温只带了他用来测量海拔高度的仪器。犹豫片刻后，在布拉斯的惊讶声中，他欢呼道："320英尺！能建横跨地峡的铁路！"旅行的根本目的已经达到，我们拥抱庆祝。夜幕降临，我们到达了克鲁塞斯，这是西班牙人在跨地峡路线上建造的最古老、最有吸引力的镇子，位于山脉的顶端。虽然繁荣年代已经远去，这里的环境明显恶化，但街道布局合理，教堂很漂亮，石灰和石头建筑更多。"从明天起，到巴拿马的路都是下坡路。"当我们到达旅馆时，布拉斯告诉我们。

1月5日

我们终于快到巴拿马了，这是我们探险任务的终点。陡峭湿滑的斜坡使得下坡比上坡更加艰难。一跨过大陆分界线，我们就注意到天气和自然的巨大变化：尽管仍然非常泥泞，但在太平洋一侧，夏天已经来临，几乎没有云彩，北风更加凉爽，也更加持续。鲍德温和我，我们第一阶段的任务即将圆满结束；我们的向导，他们即将完成旅程。就连一向沉默寡言、喜欢退缩的骡子也显得更加骄傲了。我们在格兰德河畔一个被称为"天堂"①的镇子过夜。除了一个美丽的观景点外，这个镇子名不副实。稻草色的房屋，毫无章法的街道，人们似乎永远都只能坐在自家门前的小凳子上，漠然地看着我们从他们身边经过。几乎每个人，包括孩子和妇女，都抽着软绵绵、歪歪扭扭的雪茄，不停地吐口水。镇中唯一的旅馆非常肮脏，有各种昆虫和害虫入侵，我们决定在镇子外围搭帐篷过夜。我们在黎明时分出发，中午过后不久，我们从山脉的最后一个支脉上俯瞰巴拿马城这座迷人的城市，它就建在一片濒临大海的小岛上。

离开郊区后，我们穿过城外的贫民窟、护城河和老城的大地之门。虽然城墙已荒废，但它仍在诉说着那个辉煌和美好的时代，诉说着巴拿马作为西班牙殖民轴心的辉煌过去。在这座城市里，可以看到美好时代的痕迹，就像一位老妇人，尽管岁月流逝，但仍然骄傲地展示着她昔日的魅力。街道的设计无可挑剔，广场热情洋溢，众多教堂的钟楼直插天际。巴拿马人在历史长河中见证了无数人的来来往往，他们保留着18世纪的英勇和高贵气质，以一种自然、朴实和家庭式的热情欢迎外国人的到来。

在大教堂广场对面舒适的中央饭店下榻后，鲍德温和我立即开始准备我们的报告和建议。我们一致认为，开辟穿

---

① 天堂（Paraíso），是大西洋和太平洋之间"旱季小径"上的一站。

越地峡路线的最快捷方式是将内河航运与铁路结合起来，这样，最初到达大西洋的旅客和货物可以乘坐小轮船沿查格雷斯河驶向戈尔戈纳，然后登上开往巴拿马的火车。一旦路线确定并最终被接受，河道就可以被取代，铁道可以通往查格雷斯。

我们还决定，鲍德温应立即返回纽约提交报告，以便阿斯平沃尔能够继续执行他的计划。我将前往波哥大，从新格拉纳达当局那里获得正式特许权，使铁路的修建和我们所设想的路线的运营合法化。

1月30日

两天前我抵达波哥大，昨天我见到了外交部部长维多利亚诺·德·迭戈·帕雷德斯，六年前我第一次访问新格拉纳达首府时就见过他。据帕雷德斯称，巴拿马政府迫切希望建设跨地峡铁路项目，该项目将为被忽视的巴拿马带来经济繁荣。最近，新格拉纳达政府授予上一家公司修建这条铁路的特许权，但该公司未能在其母国法国吸引到足够的投资者。帕雷德斯部长允许我阅读该合同的副本，并告诉我，政府愿意给予类似的条件，只是这次他们将要求有关公司提供现金保证金，以保证遵守协议。其中规定的权利和义务在我看来是合理的，我们同意在接下来的两天内签署一份初步协议，让霍兰德与阿斯平沃尔公司开始在美国注册公司并获得资本金。

我应该指出的是，1月5日，在我抵达巴拿马之后，我中断了记述，因为一些私密和个人性质的事件导致我的计划改变，并迫使我将行程推迟了几天。当我恢复行程时，巴拿马和布埃纳文图拉之间的海上行程已经过去，除了乘坐沿海船只在一片并不平静的海洋中旅行所带来的不适之外，没有发生任何重大事件。然而，从海岸到这个阴沉沉的安第斯山首府，云层似乎永远不会散去，这一路上的情况值得一说。

在布埃纳文图拉，我发现这是一座典型的港口城市，一切似乎都围绕着海洋展开。商业活动在码头上进行，不是水手就是忙着装卸货物的搬运工。由于布埃纳文图拉也是那些想通过太平洋到达波哥大的人的必经之路，因此有一些公司负责将旅客运送到安第斯高地。我写的是"公司"，而实际上他们都是个体经营者，拥有三四匹骡马，收取较高的价格提供服务。虽然大部分人口是黑人，但骡夫都是印第安人，他们是唯一能够在格拉纳达高原上忍受寒冷和缺氧的种族。在我抵达两天后，我骑在一匹不知有多大岁数的老马的背上，开始了我到达波哥大的500英里路程。安第斯山脉进入格拉纳达后，分为两条山脉：西部山脉与太平洋平行，中部山脉横穿格拉纳达的地理中心。我们必须穿越这两条山脉才能完成我们的旅程。我由两名印第安人陪同，他们徒步行进，并赶着满载行李和给养的骡子。旅途通常需要四周时间，我额外给了钱，希望能够在1月底之前到达。一位赶骡人在接受我的提议之前警告我说："山上已经下雪了。"达瓜河峡谷崎岖不平，几乎是垂直的峡谷；考卡河美丽的河谷，一望无际；金迪奥的雪峰，足以让最有经验的旅行者都感到恐惧；通往翁达的是较平缓的道路；最后是一望无际的波哥大草原，它的广袤和肥沃无疑影响了第一批征服者，使他们决定将未来西班牙总督辖区的首府建在如此高的地方。不幸的是，在到达翁达之前，还有一个星期的路程和两千米的爬升高度时，我骑的那匹马突然死了。我到达波哥大时已经筋疲力尽，肺很不舒服。尽管在撰写本文时我仍被咳嗽困扰，但我的健康状况已经大有好转。不过，我向自己保证，一到纽约就休息一段时间。拿着合同，我沿着以前的游记中已经描述过的路线返回美国。我从波哥大下到翁达，然后乘船沿马格达莱纳河返回，尽管它洪水猛烈，但很亲切，最终汇入大西洋。通过这次旅行，我意识到了新建成的迪克运河大桥的重要性，我的朋友鲍德温曾在这座大桥上工作，他对这座大桥赞不绝口。这是一个令人印象深刻的工程，通过将马格达莱纳河与卡塔赫纳湾连接起来，将与这个大西洋港口的交通缩短了100多英里。幸运的是，一到卡塔赫纳，不到48小时，我就在开往纽约的"奥里诺科"号货轮上订到了一个位置。正是在这艘旧船上，我记录了下面这些内心深处的感想，当然，这些感想并不打算写进我即将出版的关于中美洲和新格拉纳达旅行的书中，但我写下这些感想，是因为我感受到强烈的情感和深深的孤独。

我在巴拿马逗留的第二天，鲍德温已经在返回纽约的路上了，我在旅馆里遇到了一位美国女士，一位年轻的同胞，有着出众的美貌和敏锐的智慧。她要求住一个大一点的房间，以便和一个黑人女奴住在一起，她把这个黑人女奴当作自己的同胞看待，但门房拒绝了她的要求，理由是没有两张床的房间了。当时正在进入旅馆的我上前向门房建议，既然我的同伴已经离开，不再需要双人间了，我愿意住一间小一点的房间，可以把自己的房间让给这位新客人。门房露出了一个微笑，微笑中夹杂着同情、感激和狡黠，再加上有机会在如此有利的条件下接近那位女士，这足以报答我的好意。我做了自我介绍，然后邀请我的这位新朋友当晚到酒店餐厅用餐，她接受了邀请，并告诉我她已婚。"我的婚前名字是伊丽莎白·本顿，我是美国陆军少校罗伯特·弗里曼的妻子。"

在我的记忆中，很少有哪一个夜晚能像那天晚上这样愉快，那是我妻子去世后我第一次被另一个女人吸引。弗里曼夫人告诉我，她正赶往旧金山去见她的丈夫，她的丈夫率领一个骑兵中队两个月前从密苏里州的圣路易斯出发，前往加利福尼亚。"他的任务是考察，因为他负责为军队今后从一个海岸到另一个海岸的行动寻找最佳路线。我将在旧金山等他，我们打算在那里安家。"我很羡慕弗里曼少校，他能与一位集聪明、美丽和忠诚于一身的女人共度余生。我没有向她透露我去巴拿马和新格拉纳达旅行的原因，但我指出了一个巧合，从某种程度上说，我也是一个旅行者，我探索未知的地方，收集经验，然后发表出来，为普通人服务。我有点失望地得知，我的新朋友并不知道我是著名作家，不过我还是很高兴地向她赠送了一本书，在这本书中，我借助卡瑟伍德的精湛绘画，讲述了发现玛雅文明遗址的经过。她答应一启程前往加利福尼亚就开始阅读这本书。

由于接伊丽莎白的船还没有到，我推迟了去布埃纳文图拉的行程，以便每时每刻都能与她相伴。她的已婚身份给我们的交往带来了一定的限制，我尽量尊重她的这种身份，但我有机会就在她身边，享受与她共处的乐趣。我们最喜欢的地方，无疑也是巴拿马城最惬意的地方之一，就是环城的老城墙上，从那里我们可以眺望海湾，平静的海面上，海鸟在傍晚飞翔，小帆船来来往往，驶向邻近的岛屿。她对我说："在这里，在这个美丽而宁静的地方，人们会忘记巴拿马的落后，忘记它被世界忽视。"然后我告诉她这座城市过去的辉煌，在西班牙统治美洲时，这里曾是殖民和贸易中心。伊丽莎白饶有兴趣地听我讲故事，她清澈的眼睛里闪烁着学习新事物的热情和好奇。一天傍晚，我站在城墙顶上目睹了"地峡"号的到来，这艘船将很快会把她送往目的地，投入弗里曼少校的怀抱。

在她启程的前一天晚上，我们一起吃了饭，尽管她脸红心跳，我还是鼓起勇气向她表白了，她唤醒了我的感情。尽管她恳求我不要再多说什么，但她用近乎孩子气的笑容让我知道她是多么享受这几天的时光。第二天一早，我陪她来到码头，在上船之前，我拥抱了她，她将永远离开我的生活。她不知所措地试图反抗，但没有成功，很快我感觉到她也拥抱了我。然后我就可以给她一个渴望已久的吻了，我知道她的唇齿对于说出再见也感到苦涩。"我不能，我不能这样。"她说着从怀抱中抽身而出，深蓝的眼睛里噙满了泪水。

伊丽莎白·本顿·弗里曼，我还能再见到你吗？

第三章 伊丽莎白·本顿·弗里曼的日记

1847年11月6日

经过深思熟虑，我们决定将新家迁往西部。尽管冬天已经来临，军队还是命令罗伯特立即开始探索圣路易斯和新占领土加利福尼亚之间的最佳陆路路线。在权衡利弊之后，我们得出结论，对于一对年轻夫妇来说，新的领地比东部城市或圣路易斯本身提供了更多的机会。而且，现在我们还没有孩子，行动起来也方便得多。由于罗伯特之行实际上就是一次军事冒险，我将继续前往纽约，然后从那里登船前往巴拿马，在那里穿越地峡后，我将登上最终把我运往旧金山的轮船。在等待丈夫的日子里，我要寻找一个可以让我养家糊口的地方。罗伯特认为最好在新城区买房或建房，但我更喜欢牧场，在那里我们可以有更多的空间和自由，这是我对西部的印象，也是我对孩子们的期望。我必须指出，尽管我努力掩饰，但旅途还是让我感到恐惧，因为它是如此漫长和陌生。我不了解大海，我必须横渡两个大到难以想象的大洋。

11月8日

今天我们到达了西港①，这是通往西部道路上最后一处文明的痕迹。一天半前，我们乘一艘小船离开圣路易斯，沿密苏里河逆流而上，我们到达了这个地方。这里甚至没有一个可以停靠船只的码头，这个只有二十座房屋和一条泥土路的地方，很难称之为城市。罗伯特指挥的分遣队正带着马匹和两辆牛车在此等候，这两辆牛车将运载武器装备和货物。出发时间定在我们抵达后的第二天。当晚，在为我们提供住宿的简陋小旅店的房间里，罗伯特与我分享了他的恐惧：在隆冬时节穿越落基山脉将是非常危险的，没有多少冒险家能活着讲述这样的壮举。他第一次向我坦言，完成这次旅程并在明年1月的冷雪中找到正确的路线对于他的任务来说至关重要。当我要求他放弃这项任务时，他回答说这是不可能的："没有人比我更有资格探索和找到通往西部的最佳路线。军队为我提供了名声、荣誉和职业快速发展的机会，甚至有人暗示我，如果我的努力获得成功，我将很快负责新加利福尼亚领土的军事分遣队。"昨晚，我们不顾一切地做爱，充满了对未来的不确定的冲动。

---

① 西港（Westport），是美国康涅狄格州费尔菲尔德县的一个城镇。

11月9日

罗伯特用一个正式的拥抱和一个近乎偷偷摸摸的吻告辞了。我想，他不希望一个不合时宜的软弱姿态让他的下属们觉察到他开始工作时的忧虑，我徒劳地等待着他在他的车队中转过身来做最后的告别。同一天下午，我踏上了前往圣路易斯的旅程，在那里等待我的又是一次告别，这次是我父亲的告别，我与他几乎没有交流。他不知道，他那暴躁的脾气和对人性的蔑视是我离开密苏里州的主要原因之一。他从我出生起就是个鳏夫，他永远无法释怀我母亲生我时死于难产。这将是我第一次与露西分离，她是家里的奴隶中最年长也是我最喜爱的一个。让我非常难过的是，由于她年龄太大，不能陪我去加利福尼亚，但代替她的将是杰西，她的大女儿，和我一样大。虽然杰西有些叛逆，但我们是一起长大的，我知道她很爱我。此外，她对这次旅行感到很兴奋。

12月14日

昨天，经过一个多月的辛劳，我终于收拾好家具和用具，解除了家庭的束缚，动身前往纽约。对父亲的告别比预想的还要痛苦。"你和你丈夫都疯了。遥远的西部是不存在的，它只是那些宁愿追逐幻想，也不愿面对日常工作现实的人编造出来的虚构的东西。"我的父亲是个巧舌如簧的人，口才好又急躁。他既能言善辩，又粗鲁无礼，习惯于我行我素。据说，他年轻时曾与前总统杰克逊发生过激烈争吵，杰克逊总统的肩膀上就有一颗来自我父亲手枪的子弹。这些品质无疑能为他赢得下一届参议员选举，正如杰克逊总统就是凭借他善于用强硬手段解决问题的特质一举当选总统一样。显然，在密苏里州，行动派比知识分子更受尊重，暴力比良好的判断力更受重视。也许这就是女性不受重视的原因。是的，下次选举之后，我父亲将成为参议员托马斯·本顿。这也是我很高兴此行的另一个原因。

12月19日

纽约是一个令人神往的地方。在那里的一天足以让我意识到，这座繁忙、繁荣的城市是一个重要的经济中心。码头上的活动持续不断，极具感染力：人们从四面八方来来往往，船只靠岸离岸，货物不停移动。

今天上午，我登上了太平洋邮轮公司的一艘美丽的大型帆船"大西洋漫步者"号。我将与杰西共用的船舱虽然简朴但很舒适。到目前为止，我在船上唯一见到的其他女性是一对与传教士团队同行的修女。不出所料，其他乘客都是男性。开船前几分钟，我收到了船长送来的信。信的署名是威廉·亨利·阿斯平沃尔先生，他是太平洋邮轮公司的董事长，信中他欢迎我上船，并让船长克利夫兰·福布斯和他的所有水手为我服务，使我的航行更加安全和愉快。阿斯平沃尔先生还提到了他和我父亲的关系。我父亲是密苏里州未来的参议员，他已经通知了阿斯平沃尔先生有关我上船的消息。我感到父亲一直在关心我，不仅关心我的幸福，也要让我知道，他对我的生活一直有影响力，即使是在公海上，即使是在大陆的另一端。但是，这就是我的父亲，不管他的动机如何，这次我必须感谢他的关心。这位船长是一个与众不同且令人难以忘怀的男子，他一再表示，希望我遇到什么麻烦都可以去找他。当我们驶离大陆，我发现自己置身于大西洋的无边孤寂之中时，我大大地松了一口气，因为我知道，在这无疑是我短暂生命中最伟大冒险的开端，我得到了他的保护。

12月22日

我们已经航行了三天。头两天，船在水面上滑行得比送我去纽约的汽车还平稳。只是偶尔的颠簸和翻滚让我们觉得是在大西洋上航行。然而到了第三天，风突然大了起来，我们突然发现自己正处于狂风暴雨之中。船长命令收帆，并要求所有乘客待在船舱里，因为在船舱里无法站立、坐下或躺下，杰西和我很快意识到最好躺在地板上，我们一直待在那里直到狂风减弱。更糟的是，杰西头晕得厉害，呕吐了两天，吃不下东西。我担心她会生病。

12月25日

暴风雨过后，船停下来修理船帆。正如我担心的那样，杰西病倒了，虽然船上的医生说她只是身体虚弱，但我觉得她的神色很不好。有色人种的苍白更加引人注目。船长向我暗示，如果我的奴隶病情没有好转，我继续独自航行到加利福尼亚就太危险了。我提议雇一名水手陪我穿越地峡。他说他会考虑的。当我和杰西待在房间里时，其他乘客都在庆祝圣诞节，有些人在大吃大喝，传教士们在祈祷和唱宗教圣歌。当孤独和彷徨压得我喘不过气来的时候，我就会想到可怜的罗伯特，他现在正在落基山脉的寒冷和冰雪中挣扎，以此来安慰自己。我进行这次旅行的决定是正确的，还是像我父亲说的那样，只是个疯狂的念头？我不愿承认，我想念父亲的家……也想念父亲。

12月27日

今天杰西醒来后胃口大开，想上甲板呼吸新鲜空气——谢天谢地！在过去的几天里，海面风平浪静，船只再次向我们的目的地滑行。船长带着自豪和满意的神情向我们保证，两天后我们将抵达查格雷斯。我再一次感受到了对这次未知之旅的兴奋，一个广阔而不确定的未来，一个与我短暂的过去截然不同的诱人的未来。

12月29日

我们终于抵达巴拿马。当我们靠近海岸时，我从未见过如此多的绿色。我也从未目睹过如此多的苦难，我的鼻子也从未闻到过在查格雷斯遇到的那样令人作呕的气味。我原本以为这里会是一个小而舒适的港口，而我们到达的这个地方炎热潮湿，根本无法用"舒适"来形容。没有地板和窗户的草房；在被苍蝇包围的泥塘中，猪、鸡和狗在打滚；赤身裸体的孩子和衣衫不整的男人和女人，他们漠不关心地注视着旅行者。人们怎么能这样生活呢？突然，仿佛来自另一个星球的金发美男子出现了，他给我们提供了住处。在公司董事长的推荐下，"大西洋漫步者"号的船长和我们一起上了岸。他亲自安排船夫，并命令他的一名水手陪我走到旅程的终点。我说没有这个必要，因为杰西和其他乘客会和我在一起，但船长坚持要这样做，而且还把他的一艘船交给我使用。虽然他的举动有些殷勤，让我感到不安，但我还是向他表示感谢，并亲吻了他的脸颊。当我们最后一次对视时，我注意到他灰色的眼睛里闪烁着新的光芒。

下船两小时后，我们开始沿河上行。杰西、蒂姆·奥哈拉（船长指派给我们的红头发、豪放的水手）、一名当地人和我乘坐"大西洋漫步者"号的船；另外两名水手长和货物在邦戈上。我们很快意识到，查格雷斯的船夫的独木舟造型简单、又长又窄，比我们宽大笨重的船跑得快多了，于是我让蒂姆带我们回去换船。虽然其他同行者会走在我们前面，但船夫向我们保证，我们会在加通赶上他们。加通是沿途的第一个镇子，我们将在那里过夜。当我们回到查格雷斯时，"大西洋漫步者"号已经起锚，我们不得不把船交给当地人照看，他们在笑声和我听不懂的评论声中接受了这项任务，但毫无疑问，他们对自己的小船的优越性表示满意和自豪。

划船沿河而下是一种令人兴奋的体验。各种我从未见过的鸟类和动物在岸边注视着我们，这里的热带风光与我们的生活多么不同！在回答我的问题时，我们的向导用他们的本土语言背诵着每一种动物的名字，除了鳄鱼，我记不住它们的名字。鳄鱼半浸在水里，用眼睛看着我们，毫无疑问，在洞穴时代，它们的眼睛就已经那么可怕了。我们到达加通的时候，太阳已经落山了，我们下了船，一个船夫提着一盏乡镇石蜡灯照明。我们很快就在其他旅行者的帐篷旁搭起了帐篷。篝火旁徘徊着那些还未入睡的人，他们对我们的到来佯装松了一口气，尽管在传教士中也有一些真正关心他人命运的。嘈杂的环境和各种昆虫的骚扰让我难以入睡。当我终于入睡时，却又惊醒了。尽管蒂姆提出反对意见，但我们还是带头在黎明前回到了独木舟上。

12月31日

我从未想过我会在如此荒凉偏远的地方度过一年中最后一夜，尽管在查格雷斯河畔的所有镇子中，克鲁塞斯是最有吸引力的，它有草地、羊群、整齐的街道、殖民时期的教堂和人种不太混杂的人们。我有些不安，因为匆忙中我无法与其他同行者交换传统的祝福，据导游说，他们至少比我们晚两天。我们已经接近大陆分界线，河流之旅已经结束。从昨天开始，我们就一直在骡背上行进，明天我们将继续下行，前往太平洋。没有人生病，但蒂姆仍然坚持每天晚上让我们喝几杯杜松子酒，他说这有助于控制查格雷斯热。我不喜欢喝酒，如果我有时喝一口，那也是为了不冷落我们的同伴，他会毫不犹豫地喝下分给杰西和我的酒。

1848年1月4日

一件不愉快但令人警醒的事情推迟了我们前往巴拿马的行程,使我们不得不留在这个被当地人莫名其妙地称为"天堂"的可怕地方。前天傍晚,我们抵达这里,像往常一样,我们在镇子外围搭帐篷。午夜过后,我被杰西的呼救声惊醒。"有人想强奸我。"当我设法让她平静下来时,她说。"谁?"我问。"我不知道。一个男人,我看不清他是谁。"我怀疑是骡夫中最坏的一个,一个独眼的家伙,他一直盯着杰西,我去蒂姆的帐篷向他打听并寻找这个骡夫。蒂姆拿出他的左轮手枪,我们一起出发去骡子睡觉的地方。两个骡夫醒了,非常紧张,蒂姆立即着手逮捕嫌疑人,他和他的同伴一样,愤怒地抗议。这场骚乱引来了许多围观者,其中一名黑人自称是镇长,另一名黑人主动提出充当翻译,尽管他基本上不会英语。他们把被告拖走,关在一间用作监狱的小木屋里。镇长说:"明天一早,我们将开始调查。"回到帐篷里,我告诉杰西发生了什么事,并遗憾地表示,由于调查,而且我们必须更换骡夫,这个不幸的插曲将耽误我们的行程。"不是骡夫干的。"她说。"你怎么这么肯定?"我问。"因为袭击我的人身上有杜松子酒的味道。"我的心颤了一下,因为我也闻到了弥漫在蒂姆帐篷里的难闻的杜松子酒和呕吐物的气味。"原来是蒂姆……"我不相信地嘟囔道。杰西睁大眼睛看着我,肯定地点头。我们现在该怎么办?首先,我对自己说,不要轻举妄动。

天一亮,我就带着清醒的头脑,在杰西的陪伴下进城寻找市长。他衣衫不整地打开门，立即叫来翻译。我用手势和语言向他解释，我的奴隶不会提出指控，他必须释放因犯，这样我们才能继续旅行。那人摇了摇头，告诉我会继续调查，首都的法官很快就会到来接手此案。我坚持认为杰西搞错了，她只是做了一场噩梦。市长微笑着再次摇头。我冒着最坏的风险，但又急于离开那个可恨的地方，于是把他叫到一边，给他看了一张20美元的纸币。我的对话者再次否认，并告诉我，他要两张。我把钱给了他，然后我们一起去监狱解救骡夫。我向他解释说这是个误会，我想立即启程，这时他说不行，并带着冒犯的口气告诉我，他将返回克鲁塞斯，我应该付给他约定的金额。我又加了一张20美元的纸币，这起了作用；骡夫们去寻找他们的骡子，并开始拆卸帐篷。

我只是向蒂姆解释说，既然杰西没有发生什么事，我们宁愿忘记这件事，继续上路。当天傍晚，就在日落之前，我们终于看到了太平洋，不久之后，随着夕阳西下，我们看到了巴拿马城。我们一穿过城墙，我就向蒂姆道别，感谢他的陪伴，并请他尽快回去，给船长带一封信，感谢他们的服务。蒂姆有些不解，因为他肯定还想继续在巴拿马的酒吧里狂欢，直到我的船到来。蒂姆向我保证，他将在第二天与送我们进城的那些骡夫一起离开。当然，我在信中描述了强奸事件，以及这位水手是如何的嗜酒如命。

1月6日

巴拿马城看起来美丽而温馨，尤其是在经历了艰难而不愉快的地峡穿越之后。随着时间的推移，我意识到这座城市的吸引力是真实的，而不是因为我刚刚的糟糕经历。尽管到处都是荒芜和废弃，但它的广场宽敞，教堂庄严，街道和谐，居民友好。巴拿马是一座海滨城市，随着潮汐的节奏，太平洋不断地拍打着这座建城近两百年的半岛城市。巴拿马人称之为拱廊街的步行街是我记忆中最惬意的步行街之一。它濒临大海，当你沿着它行走时，你可以从它的高处看到一望无际的地平线，小岛点缀其间，不时有船只停靠在地峡南岸。不幸的是，匆忙地穿越是徒劳的，因为送我去加利福尼亚的船还没有到。然而，这次耽搁使我有机会结识了一位同胞，一位不折不扣的绅士，一位不知疲倦的旅行者，一位律师和著名作家，一位我所见过的最有魅力的人。甚至如果说男性的品质中可以包括美貌的话，约翰·劳埃德·斯蒂芬斯就是一个美男子。在我抵达巴拿马的当天下午，我在酒店见到了他，他热情地把他住的房间给了我，比我分配的房间更大更豪华。从第一次见面开始，我们之间就建立起了一种纽带，虽然我想称之为友谊，但我觉得这种纽带已经超越了友谊。我之所以知道这一点，是因为在我等待"地峡"号抵达的一周时间里，我一直在思念罗伯特，而让另一个男人向我求爱的时候经历着种种磨难，我又感到怜悯和悔恨。除了愉快的散步和聊天，我们之间什么也没发生。约翰是一位行为举止无可挑剔的绅士，即使他承认对我有意思，也始终对我的婚姻表示尊重。他用温柔的话语和甜蜜的眼神对我说话，他没有说爱这个字，却让我感到前所未有的爱。约翰已经鳏居多年，他告诉我，我是他自丧妻后能再次爱上的第一个女人。当"地峡"号最终抵达巴拿马接我时，他陪我到了码头，那天早上，在万里无云的天空下，我允许他拥抱和亲吻我。

在他的怀抱中，我发现他的温柔多于激情，爱意多于欲望。

1月15日

在前往加利福尼亚找罗伯特的途中，约翰·斯蒂芬斯的记忆一直陪伴着我，或者说一直困扰着我。我的膝上放着他送给我的那本旅行书，这是一本美丽的作品，每一页都透露着作者浪漫而狂热的气质。在阅读结束时，我也合上了这本日记，同时也合上了我生命中充满令人不安的回忆的一章，我必须忘记它。现在是1848年1月15日。

第四章

威廉·阿斯平沃尔等待着大宅的门打开，从他记事起，塞缪尔舅舅就一直住在这里，他思绪万千地回想起，多年来，舅舅固执倔强的性格是如何愈加明显的。他曾要求舅舅卖掉这个被大城市的发展无情吞噬的街区的房子，但他没有成功。"在这里，你被高楼大厦所包围。"威廉坚持说，"在一个更开阔的地方建一栋新房子吧，那里有树，还能看到天空。"而舅舅还是一如既往地用讽刺的语气反驳道："我在这里住了四十多年了，我亲爱的外甥。我喜欢这个西区社区，在这里，我感兴趣的一切都近在咫尺。此外，我在这儿住得很好。我和这栋房子都老了，都不在乎树木和空地什么的。至于天空，在我们最后告别的时刻到来之前，我都不想看天空。"威廉正在想自己是否也会变成一个固执的人时，门开了，穿着严谨的管家乔治请他进来，但还没来得及提醒他，霍兰德先生已经等了他十分钟了。

"塞缪尔舅舅身体怎么样了？"

"他一直咳嗽得厉害。虽然他说自己好多了，但我们觉得他神色很不好。"

这里"我们"是指管家、厨师和女仆。埃德娜舅妈已经去世十多年了，儿子早在结婚前就离开了家。

威廉跟着乔治穿过阴沉的走廊，走廊仿佛永无尽头。在昏暗的环境中，墙上挂着的画几乎看不清楚。塞缪尔舅舅的房间里一片漆黑。床边摇曳的烛火发出的不是光而是阴影。

"进来吧，外甥。"

房间里弥漫着药味、熔化的蜡烛味、樟脑味、潮湿味和陈旧物品的味道，令人窒息。

"下午好，舅舅，这里太热了，你不想开窗吗？"

"你知道我受不了凉，威廉，这个冬天什么时候才能过去？乔治，点燃我椅子旁的灯。我外甥比我更需要光。"

威廉无法掩饰他对塞缪尔舅舅外貌的惊愕。侏儒般的头像乌龟一样从宽大、破旧的睡袍中伸出来，透过脸上泛黄、羊皮纸一样的皮肤，头骨的痕迹很容易辨认出来。塞缪尔·霍兰德露出了一个苦涩的、没有牙齿的微笑。

"我的样子吓到你了吗，威廉？事实上，连医生都不知道我得了什么病。我已经说累了，告诉他们别来烦我，我是年老体衰。他们每周都带着拔罐和咳嗽糖浆来这里，来吸我没剩多少的血，让我的味蕾苦不堪言。我们别聊疾病了，是什么风把你吹来了？在中美洲开辟运河的计划进展如何？"

习惯了霍兰德与阿斯平沃尔公司创始合伙人的冷嘲热

讽，威廉也就不计较了。

"鲍德温工程师上个月回来了。正如你所说，修建运河的成本太高，只有政府才能做到。然而建铁路是可行的。鲍德温在大陆分水岭上发现了不高于400英尺的地点。根据他和斯蒂芬斯的说法，这里的地形适合铺设铁路。"

"我们的旅行作家也回来了吗？"

"约翰上周从新格拉纳达抵达，我昨天与他们两人进行了会谈。我们已经有了当地政府关于铁路特许权的书面承诺。总的来说，条件非常有利。唯一出乎我们意料的条件，是让我们提供一个执行保证金……"

"那是什么保证？"老霍兰德打断道。

"现金。我们要在纽约的一家银行存入12万美元，作为新格拉纳达政府的订单保证金。如果我们在8年内没有完工，这笔钱将被没收，如果按时完工，这笔钱将连本带利退还给我们。"

"这是一大笔钱。"塞缪尔舅舅若有所思地说。

"是的，但我们所获得的权益是值得的。在接下来的49年里，我们将拥有在查格雷斯河上进行商业航运的专属权利，同时还有修建巴拿马地峡任何铁路、道路或运河的权利。此外，我们还有权免费使用铁路沿线的所有公共土地。轨道两端的港口将是免费的，我们可以自行决定乘客、邮件和货物的价格。"

"49年后会发生什么？"

"特许经营将结束，铁路将成为新格拉纳达的财产。合同还将包含一项条款，允许政府收回特许权，以换取在前20年完工后收回500万美元，前30年完工后收回400万美元，前40年完工后收回200万美元。如果双方愿意，合同还包括允许延期的条款。"

塞缪尔舅舅似乎恢复了一些热情，他想知道公司最终需要为实施该项目支付多少钱。

"比我们预计的要少，因为铁路一开始只在大陆分水岭顶端和巴拿马城之间修建。在大西洋一侧，将使用小型轮船沿着查格雷斯河的河道航行。这就是新格拉纳达政府要求我们提供12万美元作为履约担保的原因，这笔款项将从合作伙伴最初投入的资金中支出。"

"我得承认这是一个有远见的项目，外甥，可惜我活不到那一天了。"

有一瞬间，老人的眼睛湿润了，但随后他用更坚定的声音继续说道："我不想让你觉得，每次要做决定时都必须和我商量，所以我安排给你一份总授权书，让你在所有董事股东会议上代表我。"

"这没有必要，塞缪尔舅舅。相信我，你的经验和建议对我很重要。"

"胡说，威廉。我已经看到你是如何把霍兰德与阿斯平沃尔公司发展成美国首屈一指的航运公司，从而发展了你的商业技能。我已经告诉我的儿子，你将代表我，而不是他。"

老人沉默了一会儿，然后自言自语般地继续说道："工作不是可怜的比尔①最喜欢的。他很优秀，但效率很低——就像他的母亲，愿她的灵魂安息。"

"我坚持……"

"让我说完，他妈的！我还在我的遗嘱中增加了一条附录，我离开这个世界后——相信我，那一刻不远了——我在公司拥有的股份将转给比尔，但只要你活着，你就有投票权。"

老人思考片刻后继续说道："总有一天你会明白，当一家伟大的公司诞生时，它的延续所承担的责任将超越任何情感、家庭或个人。现在告诉我，还有什么新鲜事？"

"谢谢你的信任，塞缪尔舅舅。不过，我仍然保留让你参加我们的会议，并在你无法出席时拜访你的权利，这对我来说是一件愉快的事情。我可以告诉你，每个高级合伙人都已经支付了首期25万美元，我们希望一旦获得州公司委员会的批准，就可以成立合伙公司，这可能会在未来六个月内，即7月中旬或月底。约翰·斯蒂芬斯将担任董事长兼总裁，而亚历山大·森特上校，在白宫和军队中有人脉，将担任副董事长。其他董事包括詹姆斯·布朗、科尼利厄斯·范·怀克、约瑟夫·瓦纳姆、普罗斯珀·韦特莫尔、埃德温·巴雷特、霍雷肖·艾伦，还有你和我。"

"我告诉过你别把我算进去。如果你愿意，可以提名你的加德纳舅舅；我没有什么可贡献的了。"

---

① 威廉的昵称，指威廉·埃德加·霍兰德。

"我们将你纳入其中，因为你的名字给投资者以信心。其余的董事每人认捐了5万到10万美元。"

老霍兰德喃喃地说了几句听不懂的话，然后不耐烦地喊道："就按你们说的办，还有什么事？"

"你还记得陆军测量队的乔治·W. 休斯上校吗？他也许是铁路测量方面最有经验的工程师。后天，他将和鲍德温以及其他35名助手一起出发前往巴拿马，规划铁路的最终路线，包括大西洋沿岸和克鲁塞斯镇之间的部分。我们要求他在7月前提交一份最终报告。"

"旅行作家不陪同他们吗？"老人带着嘲笑和兴趣问道。

"这次不会。斯蒂芬斯将留在这里，等待新格拉纳达部长在华盛顿签署特许经营合同的授权。此外，上次旅行给他留下了一些健康问题，他将在冬季结束前在此静养。对了，他告诉我，他想过来告诉你他在地峡的经历。"

"那就让他快点吧。除非他想去另一个世界旅行。"

塞缪尔·霍兰德放声大笑，引来一阵剧烈的咳嗽。他向外甥招招手，示意外甥帮自己拿起床头柜旁的壶。他用颤抖的手托着壶喝下了其中的绿色液体，平静下来后，继续说道：

"新轮船的建造进展如何？"

"比我们预计的要好。5月中旬'加利福尼亚'号将驶往旧金山。我们估计航行时间不会超过6个月，所以我们履行与政府的合同条件一点儿困难也没有。"

老人聆听威廉的最后几句话，双眼凝视着虚空，仿佛在眺望过去或未来，然后他用平静的声音说道：

"新的时代开始了，外甥，充满机遇和艰难险阻，距离将缩短，船只将变得更加重要。昨天是风，今天是蒸汽，明天谁也不知道会有什么新的能源推动它们穿越大洋。现在让我休息吧。"

三个月后，威廉·阿斯平沃尔回到西区的宅邸，塞缪尔舅舅正等在那里，陪他一起见证"加利福尼亚"号的下水。老人走路非常困难，需要管家乔治和威廉把他抬上船。

"我已经皮包骨头了，外甥。唯一的好处是我可以像一件旧家具一样被人抬来抬去。我不知道自己怎么就被忽悠得鬼迷心窍了，变得如此疯狂。你不担心人们看到我这样子吗？"

"一点也不，我更担心的是，如果你不陪我们参加这么重要的仪式，别人会怎么想。"

"他们会认为老霍兰德终于把灵魂交给了造物主，现在新一代没有人可以阻挡公司发展的道路了。"

"对于我们和我们的股东来说，你所说的障碍是明智而及时的建议，这些建议中主要是谨慎和良好的判断力，而这些只有在多年的阅历中才能学到。"

当马车夫拉过一条毯子盖在自己的腿上时，老霍兰德盯着外甥清澈的眼睛看了一会儿。他想："真的有这样高尚的人吗？"最后他感叹道："胡说八道！最新消息是什么？"

"乔治·劳邀请我今晚去游艇俱乐部吃饭。我不太确定，但我想他已经察觉到了铁路的事情，想分一杯羹。"

"你怎么看？"

"在我们组织的这个阶段，他不能加入。因为它会是一家上市公司，没有什么能阻止它以后上市。"

老霍兰德摇了摇头。"不，不，"他说，"老橡树劳从不满足于这么一点儿好处，他是一个愿意为丢弃自尊心而下地狱的人。在他面前没有君子气概和诚意可言，外甥，所以你必须非常小心，并准备好用阴招来与他对打，这是他惯用的玩法。"

"我已经准备好了，舅舅。我们已经经历过他最卑劣的时候了，在1840年大火之后，他想以四分之一的价格收购我们公司。"

"劳有多下作是深不可测的。我真想和你一起参加那个晚宴！"

"我也希望你参加。但我想，我能为自己辩护，不会有任何麻烦。"

那个春天的傍晚，大约两百人聚集在哈得孙河畔威廉·H. 韦伯公司的造船厂，见证了霍兰德与阿斯平沃尔公司的第一艘蒸汽轮船的下水仪式，这艘轮船将服务于巴拿马与旧金山之间的太平洋航线。威廉早早地来到现场，将塞缪尔舅舅安顿在主位上，让他舒舒服服地坐在那里。塞缪尔不情愿地向前来询问他健康状况的人们打招呼。1848年5月19日下午5点，在朋友、股东和好奇者的欢呼声中，"加利福尼亚"号缓缓滑下船厂的斜坡，第一次优雅地驶向大海。

公司委托克利夫兰·福布斯船长指挥这艘蒸汽轮船，他曾在"大西洋漫步者"号的加勒比海和欧洲航行中担任船长长达六年之久。威廉对他上一次在巴拿马地峡航行的报告印象深刻，船长在报告中详细描述了船上发生的事件、查格雷斯镇的状况、护卫一位女士（未来密苏里州参议员的女儿）的非同寻常的任务，以及他对一名失职的水手部下的惩罚。

当阿斯平沃尔到达游艇俱乐部餐厅时，乔治·劳已经在最角落的一张桌子旁等候了。老橡树带着狡猾的微笑，起身迎接他的竞争对手。这位爱尔兰后裔比阿斯平沃尔高大魁梧，粗犷的五官和粗鲁的举止透露出他为获得权力、名声和财富所克服的重重困难。虽然霍兰德与阿斯平沃尔公司的董事长个人并不同情劳，但他承认劳是一个坚定果敢的商人，60多岁时成功地涉足桥梁、运河和铁路建设，并通过自己的坚韧和努力，成为美国邮政轮船公司以及纽约市有轨电车服务公司的业主。

"威廉，恭喜你的'加利福尼亚'号建成。听说那是一艘壮丽的轮船。"

"谢谢你，乔治，你的船建造进展如何？"

"非常慢。我估计他们没法按期交付，也赶不上政府批准，所以我可能需要租借一些船只。"

当他们坐下来时，老橡树先是发出一阵嘲讽的笑声，然后问他的对手：

"你愿意把船租给我吗？"

"这不可能。政府会认为我们是在回避他们将大西洋和太平洋航线分开的决定，一个特许经营者不可以同时享有两条航线。"

与劳不同的是，阿斯平沃尔的语气反映出一种更微妙的讽刺。

"你也许是对的，但我认为，如果我们决定通过修建一条横跨巴拿马地峡的铁路来改善航线，政府是没能力反对的。"

老橡树意识到他的话让对手措手不及，于是马上补充道：

"据可靠消息，你已经提交了巴拿马铁路公司的注册申请。恭喜啊，但你不认为，这项将惠及整条航线的工程，应由为其服务的两家航运公司共同商定建造，而不是仅由其中一家公司建造，这才更好吗？"

威廉·阿斯平沃尔注意到了劳脸上既幽默又带有坚定之色的表情，他还没来得及回答，就听到劳尽全力用和蔼的语气建议道：

"我们为什么不享用晚餐和美酒，然后边喝咖啡边抽烟，再回到这个话题上来呢？我们还有其他共同感兴趣的事情，此外，我还想请你告诉我老霍兰德的健康状况，以及你是否真的要在斯塔滕岛为自己建造一座城堡。"

威廉对他昔日的竞争对手的精明和独特的社交手腕只能报以微笑。最后，他需要时间想出一个答案，以尽可能减少与这位严峻对手产生冲突。所以他开始谈论塞缪尔舅舅，他计划在斯塔滕岛建的避暑别墅，以及其他有助于缓和矛盾的话题，希望海运业领导人之间的对抗不会产生不可挽回的损失。

晚饭后，老橡树展示了他那传说中吃饭饮酒的能力，两位商人走进吸烟室，在柔软的扶手椅上坐下，他们的合伙人正在享受上好的雪茄和咖啡、鸡尾酒。在说话之前，不吸烟的威廉等着他的竞争对手吐出第一口烟雾。

"正如你所知道的，修建一条穿越巴拿马的铁路不是什么新鲜的想法。新格拉纳达已经向一些公司授予了特许权，但这些公司甚至没有开始建设就失败了。新的是，美国政府已经决定吞并和开发加利福尼亚和俄勒冈的领土，以及你我为此目的争取到的海运合同。很明显，你们在大西洋上的特许权比我们的要有利可图得多，因为在大西洋上已经有了传统而繁荣的贸易，所以我们将不得不开发一条几乎没被开发过的航线。"

"如果你的意思是我的路线比你的好，为了平衡我们，你必须修建铁路，我愿意我们平分一切。"

现在笑得很讽刺的是威廉。

"首先，正如我之前所说，合并我们的特许经营权，在这条线路上形成垄断是非法的。另外，虽然这条铁路确实会在一定程度上缩小差距，但事实上，霍兰德与阿斯平沃尔公司早就想到了这一点，而且我们已经在这个项目上投入了时间、精力和金钱。你不会不知道，除了方便加利福尼亚人的路线之外，它还有利于快速进入远东市场。你还有其他生意，乔治。而我们是做航运生意的。"

"有几个因素你没有考虑到，威廉。最重要的是范德比尔特①准将已经在谈论开辟一条通过尼加拉瓜的竞争性航线。当科尼利厄斯下定决心要做一件事时，他是无法阻挡的。我不想和他一起使你的铁路项目失败。"

乔治·劳的表情变得严肃起来。威廉透过烟雾仔细打量了他一会儿。"这不会有好结果的。"他想。

"你我都知道，巴拿马航线比尼加拉瓜航线要更短更便捷。范德比尔特一直在尽力而为，到目前为止他做得还不错。但如果他坚持在尼加拉瓜开辟另一条航线，他将面临第一次财政灾难。我无能为力，就像我无法阻止你加入他的失败一样。"

老橡树试着笑了笑，但最终以苦笑收场。

"不要低估科尼利厄斯的能力和坚持，威廉。更不要低估我的能力。我唯一向你提出的请求，也是十分合理的请求，就是让我参与巴拿马的铁路业务。如果你愿意，我们可以达成协议，你可以与我的某个企业合作。我甚至愿意让出我在纽约的有轨电车业务的一部分。只是需要坐下来比较一下收益数字。"

"乔治，你的想法和方法与我的格格不入，我不希望我们从航运业的竞争对手变成法庭上的对手。我不知道你们公司卷入了多少法律诉讼，但我知道有很多。霍兰德与阿斯平

---

① 科尼利厄斯·范德比尔特（Cornelius Vanderbilt，1794年5月27日—1877年1月4日），外号"海军准将"，是一位依靠航运和铁路致富的美国工业家、慈善家。他是范德比尔特家族的创始人，历史上最富裕的美国人之一。他捐资创办了以他为名的范德比尔特大学。

沃尔公司没有一桩未决诉讼，我也不想和你们打官司。"

"只是你为了避免冲突不惜牺牲自己的权利，而我不允许任何人作践我。我又不是生下来就含着金汤匙，威廉，我所拥有的都是我一天天累死累活挣来的。你继承了一个蒸蒸日上的企业。你掌舵的时候，这艘船已经平稳地航行了。也许这就是为什么我为每一分钱奋斗，而你不需要。"

由于担心与乔治的争论可能会陷入人身攻击，威廉决定结束讨论。

"我真的很抱歉，乔治，但是铁路项目将由霍兰德与阿斯平沃尔公司和其他一些已经投入部分资金的合作伙伴来实施。"

"这就是你的最后决定吗？"

威廉沉思了一会儿。

"不尽然。巴拿马铁路公司将是一家上市公司。当建设开始时，我们将在证券交易所上市相当大比例的股份，以筹集资金。如果你愿意，我们现在就可以以固定价格向你提供部分股份。"

老橡树发出一阵空洞的笑声。

"每当一个大型投资开始时，都会出现两种赚钱的机会，威廉。第一种是通过企业活动获得的利润；第二种是随后通过高估值的股票向公众出售。我想要参与这两种利润，并且不想成为第二种利润的受害者。"

"你所说的证实了我们的信念有多么不同。构思和建立企业的企业家投入时间和精力并承担失败的风险，而通过股票市场投资的人则参与的是成熟的企业。"

"圣人阿斯平沃尔！"劳说，假装生气了，"你更喜欢什么，威廉，是你做生意赚的钱，还是你作为一个恪尽职守、敬畏上帝的商人的声誉？"

"两者都有。"阿斯平沃尔站起来回答道，"谢谢你的晚餐，乔治。"

老橡树慢慢地站起身来，伸出粗糙的大手，一边捏着威廉那更小更纤细的手，一边把他拉到自己身边，盯着他，咬着牙喃喃道："你这个公正诚实的人，你一个字也没告诉我加利福尼亚金矿的事。我从西部听到传言，说那里发现了堆积如山的黄金，边境上的整个城镇都空了，因为那里的居民都涌向了应许之地。威廉，你的铁路将把所有想一夜暴富的人从东海岸运到那里，并让他们满载而归。你不是要建造铁马，你是要建造金马！这不就是你不接受我作为合作伙伴的真正原因吗？"

"我不知道你在说什么，乔治。"威廉回答道，突然松开了手，"晚安，乔治。"

第二天，一到办公室，霍兰德与阿斯平沃尔公司的董事长就打电话给他的弟弟约翰和表兄比尔，告诉他们与乔治·劳的谈话内容，并讨论应当采取的行动。会议结束时，他们得出结论，要保护自己不受老橡树和范德比尔特准将的伤害，唯一的办法就是加快项目的开发。在告别时，威廉评论了劳关于在加利福尼亚发现黄金的声明。

"老橡树的探子到处都是。如果他是对的，这条铁路对我们潜在的竞争对手将更具吸引力。我们必须调查这是否只是谣言，还是加利福尼亚真的发现了黄金。你会负责调查吗，约翰？"

"当然，兄弟。老橡树是怎么称呼我们的铁路的？金马？这家伙真是有意思，不是吗？"

就在威廉把乔治·劳的要求告诉他的合伙人的同时，在霍兰德与阿斯平沃尔公司南边几条街的美国邮政轮船公司的办公室里，老橡树从黎明开始就一直在思考压服阿斯平沃尔的方法。阿尔伯特·茨温格是老橡树的代理人中最精明、最大胆的一个，他擅长玩弄那些无所顾忌的商业花招，每当他的首领用传统的方法达不到目的时，他就会采用这些花招。

"你明白你的任务的紧迫性和重要性吗，茨温格？能不能逼迫阿斯平沃尔让我们在他的铁路事业中分一杯羹，这将取决于你，如果在加利福尼亚发现黄金的消息属实，那么这将是有史以来最繁荣的事业之一，不惜一切代价；如果有必要动武，那就动武吧。如果除了付钱给产权持有人，你还得贿赂政府，那就贿赂吧；但如果你买不下查格雷斯和波托韦洛①之间地峡大西洋沿岸的每一块地产，就别回来了。如果威廉在我们谈完之后仍然拒绝与我谈判，我们就看看我们尊敬的朋友怎么把铁轨建在空气上。"

---

① 波托韦洛（Portobelo），意为"美丽港口"，位于巴拿马地峡的北部，加勒比海西南部。

第五章

"我们和新格拉纳达的人有矛盾。"

威廉·阿斯平沃尔坐在办公桌后面,仔细地看着斯蒂芬斯日渐憔悴的身形,他消瘦了许多,步履缓慢,眼中也不再有热情的火花。

"我们谈论新格拉纳达的人之前,先告诉我你的健康状况。医生让你出院了吗?"

"他们仍然坚持让我卧床休息,但我认为不活动比得肺炎更糟糕。事实上,自从我决定恢复正常生活后,我感觉好多了。我的体重增加了一些,烧也退了。昨天,我从新格拉纳达驻纽约领事那里得知,两天前,作为新格拉纳达全权公使的佩德罗·阿尔坎塔拉·埃兰将军抵达纽约。据领事向我透露,他的主要任务是交换新格拉纳达人在1846年与美国签署的条约的批准书,以确保巴拿马地峡的主权。此外,阿尔坎塔拉将军从他的政府那里得到确切的指示,要与我们正式确定跨地峡铁路的特许权。坏消息是,阿尔坎塔拉向领事透露，他们打算改变已商定的条款。"

阿斯平沃尔换了个坐姿。

"他们想要什么？"他不安地问道。

"分享铁路未来的利润。他们要求把10%的红利交给新格拉纳达政府。"

"这不可能，约翰！铁路也许确实有利可图，但不能给他们那么多钱。我要对那些已经出了钱的合伙人说什么呢？"

"我对领事也是这么说的，领事告诉我，他不知道部长能操纵到什么程度。"

阿斯平沃尔站起身来，开始在办公室里踱步，双手紧握在背后。他在窗前停了下来，好像在自言自语着什么：

"情况很复杂。我们很快就会得到批准，成立公司并在证券交易所上市。休斯上校准备带着鲍德温和35名助手去巴拿马明确规划路线，我不知道你是否知道范德比尔特准将已经在讨论通过尼加拉瓜开辟他自己的路线。乔治·劳威胁说，如果我不让他作为创始合伙人参与铁路事业，他就会加入。总之，我们必须抓紧行动。"

"我不知道范德比尔特的事，但我并不感到惊讶。这个老水手不想错过任何与航运有关的生意。但如果事情真像你说的那么紧急，最好的办法是与新格拉纳达的人谈判。我相信，作为放弃部分利润的交换，我们可以得到额外的好处。"

"问题还是时间，约翰。我不知道你是否听说了，一直有传言说在加利福尼亚发现了大量的金矿。你能想象如果传言成真，巴拿马的线路将变得多么重要吗？"

"我也听说了，但还没有人能够确定这些消息，更不用说有谁能带回一盎司令人垂涎的黄金了。如果你愿意，我会去华盛顿与阿尔坎塔拉将军谈判，看看我们能取得什么成果。"

"你的身体状况怎么样呢？"

"我向你保证，我已经好多了，工作对我有好处。我所需要的是一些参考性的条款，以便尽快达成协议。"

"很难确定，约翰。我们不可能估计出来新格拉纳达人想要的利润份额，因为我们不知道这个冒险是否真的会成功。此外，这个要求还有些天真，因为有许多方法可以限制企业的红利分配。即使我们将成为一家上市公司，接受审计，但这并不妨碍我们将盈利用于新的投资或将其分配给董事作为对他们努力的回报。众所周知，董事代表原始股东，他们为企业贡献了最多的资金。如果让新格拉纳达政府燃起这种期望，我们马上就会置身于冲突之中，这将危及公司的稳定性。"

"那你的建议是什么？"

威廉·阿斯平沃尔坐着沉思，目光迷离。

"自从哥伦布发现美洲以来，地峡航线就一直很重要，在人类发明出比海运更有效的货物和人员运输方式之前，这条航线将一直如此重要。我们的政府非常清楚这一点，这就是为什么通过1846年的条约，它确保了对这块土地的专属权利。我不知道我们计划中的铁路的命运如何：我们是否真的会修建这条铁路，这项事业是否会兴旺发达，以及这种兴旺发达会持续多少年。但可以肯定的是，这条铁路线将始终保持其重要性。如果我们提议，他们将铁路线内的大片土地捐给我们，作为交换，我们可以给他们一定比例的红利，但这一比例远远低于他们的要求，你认为如何？"

"我认为这很好，威廉。现在我明白为什么霍兰德与阿斯平沃尔公司是美国最兴旺的航运公司了。我们愿意给他们多大比例的利润，要求多少土地呢？"

"不超过5%。至于土地，不少于10万英亩。"

"我明天就去华盛顿。"

斯蒂芬斯正要出门，就听到威廉在办公桌前说道：

"记住，你的健康是第一位的。"

"虽然难以置信，但我知道他是真诚的。"约翰自言自语道，他摆摆手，不顾他的合作伙伴和朋友的担忧。

约翰·斯蒂芬斯一看到开门的人那张严峻而近乎漠然的脸，就知道与佩德罗·阿尔坎塔拉·埃兰将军谈判不会容易。

"下午好，阁下。谢谢你这么快就接见我。"

"请进，斯蒂芬斯先生，请坐。我知道你是谁，也知道你的作品。不过，我必须提醒你，我没有在旅馆房间里处理事务的习惯，我同意见你，那也是应比德拉克大使①的请求，他在波哥大期间，我与他建立了深厚的友谊。否则，我不会这么快接见你，你知道，我是代表我国政府来这里的，我没有时间处理与赋予我的重要使命无关的事情。"

"他自己也不相信这个理由。"斯蒂芬斯想。但为了自己的使命，他决定配合一下。

"我向你保证，我理解，阁下，我祝你一切顺利，"斯蒂芬斯坐在将军对面的早餐小桌子上说道，"我们的请求也与你来华盛顿有关。"

"如果你指的是铁路合同，那个问题是我议程上的首要问题，"新格拉纳达公民严肃地警告道，"此外，只要我不向美国总统递交国书，我就不能代表我的国家发言。"

"他的态度是谈判策略的一部分，还是说这个人只是个白痴？"斯蒂芬斯问自己。

"我理解你必须遵守外交规则，阁下。但我认为，在完成必要手续的同时，我们可以就铁路特许权的条款达成一致，并在你被正式承认为新格拉纳达全权公使时准备好签字。我几乎不需要告诉你，我所代表的公司非常想争取时间。"

"对我来说，斯蒂芬斯先生，争取时间并不重要。有些

---

① 本杰明·奥尔登·比德拉克（Benjamin Alden Bidlack，1804年9月8日—1849年2月6日），美国政治家、外交官和律师，曾担任美国众议院议员，后来被任命为新格拉纳达临时代办。在新格拉纳达任职期间，他谈判达成了一项后来被称为《马利亚里诺—比德拉克条约》的协议。该条约是19世纪美国应拉丁美洲国家要求承诺捍卫该国主权的唯一一例子。该协议为巴拿马运河的建设铺平了道路。

人忘记了形式有时比内容更重要。试着不用杯子喝水,你就会明白我是对的。"阿尔坎塔拉将军微微一笑,对自己的比喻感到满意。然后他继续说道:

"怕你不知道或忘记了,我曾有幸担任过新格拉纳达的总统,我可以向你保证,我所说的完全正确,至少在外交界是如此。此外,亲爱的先生,没有正式的手续,国家是无法运作的。"

"我同意,阁下。这就是为什么我代表铁路公司请你非正式地过目一下特许权文件,然后我们就可以在上面'正式'签字了。"

阿尔坎塔拉将军脸上露出一丝微笑。

"看来你作为作家并没有完全摆脱律师背景。但是,我不能也不应该在没有'正式确定'我在这个国家的全权公使身份之前就与铁路公司进行谈判。之后,我将处理《马利亚里诺—比德拉克条约》的'正式化'问题,然后我就可以与你会面,商讨铁路特许权的最终细节。我的朋友,这需要多长时间,将取决于贵国政府的行动有多迅速。"

斯蒂芬斯沮丧地站了起来,向将军伸出了手。

"我希望耽搁的时间不会太长,阁下。在我们再次开会'正式确定'我们的协议之前,我会确保完成所有的'手续'。"斯蒂芬斯故意玩弄大使的游戏,每次重复时都强调"正式"一词。

"为了让我们相互理解,斯蒂芬斯先生,你能告诉我巴拿马铁路公司——我想它叫巴拿马铁路公司,是不是——

已经履行了根据纽约州法律被承认为有效公司所必需的所有'手续'？我问这个问题是因为我知道，直到几天前，公司成立的决议流程还卡在纽约州首府奥尔巴尼那里。"

"偷鸡不成蚀把米。"[①]斯蒂芬斯暗自想道。

"这些都是简单的程序，阁下，不重要的'手续'。"

"那么我希望，当我们再次见面时，这些都井井有条的，也就是说，'正式化'了。"

会谈两周后，佩德罗·阿尔坎塔拉·埃兰将军向詹姆斯·波尔克总统递交了他作为新格拉纳达全权公使的国书。在门罗主义的指导下，美国保证了其在地峡的霸权，并保护了新格拉纳达在跨地峡航线上的主权。

1848年初秋，阿尔坎塔拉将军在M街的官邸接见了巴拿马铁路公司总裁。与第一次会谈相比，这一次新格拉纳达代表的态度更加友好和开放。"我亲爱的朋友，我们现在可以毫无障碍地进行谈判了。你已经正式注册了公司，我现在可以作为我国的官方代表行事了。"阿尔坎塔拉在坚持要斯蒂芬斯与他共进午餐之前说道。

当天下午，在精致的食物和美酒中，两人顺利达成了最终协议，特许权合同于三天后在华盛顿签署。从本质上讲，唯一的修改是，作为3%利润的交换，政府授予公司在铁路沿线任何地方（包括终点站）选择250英亩土地的权利。

此时，在加利福尼亚发现金矿的传言已经甚嚣尘上，但

---

① 原句意为"为羊毛而来，被剃毛而走"。

尚未在东海岸居民中流行开来。阿斯平沃尔更加谨慎但同样充满热情地继续推动铁路项目，当他拿到特许权合同后，他敲定了派遣休斯上校及其团队前往巴拿马的安排。他还安排"加利福尼亚"号立即驶往旧金山，并在纽约证券交易所正式注册了新公司，以修建巴拿马铁路。

第六章

"加利福尼亚"号一离开哈得孙湾平静的水域,克利夫兰·福布斯船长就开始巡视他的新船。他检查了巨大的锅炉,这些锅炉贪婪地吞下一铲又一铲的煤炭,他检查了水位玻璃中的水位,观看了熔炉中舞动的火苗。然后他来到发动机舱,在那里他惊叹于汽缸内蒸汽的流动。他觉得自己现在有了一种新的能量可以支配。"蒸汽推动发动机,发动机推动轮船……与风不同,我们可以控制动力。"他欣喜地惊叹着,观察着强大连杆的直线运动如何在涂满油脂的曲柄上变为连续的旋转,而曲柄则将能量通过巨大的蒲轮传输出去。回到甲板上,他满意地注视着从高高的铁烟囱里升起的斜斜的黑烟柱。他很少注意三根桅杆和风帆,它们的性能对他来说并不神秘。"加利福尼亚"号的船长非常清楚风对航行的影响,但他不知道这个水与火结合的矛盾体在公海上会有怎样的表现。

对于1849年10月6日在纽约登船的少数乘客来说,这次航行是愉快的。在航行的最初几天，每个人都到甲板上观看巨大侧轮的神奇运动，这些侧轮不停地噬咬着海面，向空中吐出泡沫，在波浪上留下一条长长的白色痕迹，几秒钟后，这些痕迹出现、消失、再出现。"加利福尼亚"号上的休息室优雅舒适，贵重木材、玻璃、窗帘和长毛绒扶手椅一应俱全。为了使航行更加舒适，船上的乘客人数少于可容纳人数的一半。在头等舱的60个豪华客舱中，只有20个客舱有人居住，而在前甲板下面为二等舱乘客提供的200个铺位中，有一半以上是空的。

出发前夕，威廉·阿斯平沃尔在办公室与福布斯船长的谈话中表达了他的担忧，他并不是对船上的低入住率感到担忧，而是因为没有一位乘客是前往美国西海岸的。

"令人费解的是，尽管我们大肆宣传'加利福尼亚'号是第一艘开辟太平洋沿岸定期航线的蒸汽轮船，但没有一位乘客将旧金山或阿斯托利亚作为最终目的地。所有乘客都将在里约热内卢或瓦尔帕莱索下船。我不知道该怎么想。"

"别忘了，"船长说，他急于让他的老板放心，"到那些西部港口的距离相当长，我们的许多同胞仍然认为南美国家提供了一夜暴富的最佳机会。"

"我知道，我知道，船长。"阿斯平沃尔坚持说，眉宇间的忧虑从未消失，"但别忘了，政府对那些决定迁往西部的人给予了极大的鼓励。此外，在过去的两个月里，关于加利福尼亚神奇金矿的消息一直在流传。"

"阿斯平沃尔先生，与其说是消息，不如说是还没有人能够证实的传言。我们也不应该忽视这样的事实：绝大多数决定前往太平洋沿岸的人都会选择巴拿马航线，这样至少可以节省两个月的旅行时间。"

"我们知道这一点，船长，这就是为什么我们的新轮船将服务于巴拿马—旧金山航线。但是，如果人们不想移民到加利福尼亚，太平洋邮轮就没什么前途。"

"塞缪尔舅舅是对的。"阿斯平沃尔在心里补充道。

"启航前还有什么指示吗？"

"没有了。我认为利用空余空间装载零件和备件的决定是恰当的，这样我们就可以在巴拿马和旧金山建立机械仓库。请务必认真观察并在航海日志中记录下你在新船上遇到的任何问题。"

"别担心，阿斯平沃尔先生。"

出发三天后，福布斯船长知道"加利福尼亚"号的航行不可能没有问题。虽然在风帆和侧轮的推动下，这艘船以平均9节的极佳速度平静地航行在大洋上，但很明显，蒸汽机将面临建造者没有预料到的问题。第四天拂晓，值班轮机员报告左舷发动机连杆轴承过热，锅炉主管道蒸汽泄漏。

为了解决泄漏问题，必须让发动机停机两个小时，需要填充管道上的松动并安装一个用螺栓固定的铜环。连杆问题更为严重。福布斯船长非常勤奋，他在航海日志中记录了使用新机器的经验：

"总工程师决定，我们还可以再坚持几天不停机。临时解决方案是在机器曲轴箱中注入高于正常水平的机油。这导致更多的机油从曲轴飞溅出来。我已命令两名甲板水手下到轮机舱协助清理。尽管情况每分钟都在恶化，但当总工程师上甲板向我报告轴承损坏的情况时，我还是忍不住笑了。被黑油浸泡的轴承看起来很讨厌。就这样，我们又航行了四天，直到总工程师决定必须停止发动机。我们继续扬帆航行，但速度降到了5节。更换轴承的工作花了九个小时。幸运的是，我们还有一个备用轴承。一到港口，我们就必须给已经熔化的轴承填充白色合金①。"

"今天，10月13日，海上航行的第七天，我们再次点燃了锅炉，启动了发动机。这些工作都很完美，'加利福尼亚'号已经准备好高贵地迎接大海的袭击。然而，最让我担心的问题是司炉工的工作环境。通风系统不足，在这样的温度下铲煤就像是一种惩罚。在港口，我们必须安装两台新的通风设备，为这个鬼地方提供新鲜空气。更糟糕的是，分配给轮机长的房间离锅炉很近。有一次，我走进其中一间驾驶室，热得受不了。老实说，我不知道他们是如何忍受这种温度的。我担心他们会生病。另一方面，牲畜圈太小，也暴露在很高的温度下，导致一些鸡、鸭和一只山羊死亡。"

尽管问题重重，但在离开纽约26天后，"加利福尼亚"号在里约热内卢附近抛锚，创造了航运界的速度纪录。

在瓜纳巴拉湾宁静水域抛锚的三周时间里，福布斯船长

---

① 白色合金（metal blanco），多为锡铅和锡铜合金，熔点低，非常适合用作焊接，但这些合金也具备滑动轴承的理想特性。

明白了为什么几乎所有乘客都要前往里约热内卢。在1822年巴西独立并发现了丰富的黄金和钻石矿藏之后，里约热内卢不再是过去那个慵懒的殖民城市，而是一座繁华热闹的现代化城市。周边大片种植园种植的咖啡被储存在港口，等待船只将其运往北美和欧洲市场。从美国来的冒险家、愿意在那里开店的商人以及进入亚马孙河寻找印第安人的传教士经常前往巴西，他们可以为印第安人打开天堂之门。在里约热内卢水域的三周时间足以为船舱补充煤炭并进行必要的维修，这样"加利福尼亚"号就能以最佳状态迎接可怕的合恩角航程。

从里约热内卢启航11天后，福布斯船长在航海日志中记录道：

"在顺风的驱动下，再加上整修完毕的发动机满负荷工作，我们到达了马格达莱纳海峡冰冷而危险的水域。虽然轮船更容易操纵，但我决定不冒任何风险。大雾、连绵不断的暴风雨和强烈的潮汐迫使我们在六天的航行中有四天停泊在锚地上。我是第一批驾驶蒸汽动力船环游南极的船长之一。"

"尽管在合恩角耽搁了时间，但从里约热内卢到瓦尔帕莱索的航行只用了24天。"福布斯说，"我认为没有哪艘船能开得这么快。"

他们在智利港口停留的时间只够提取一些货物和让其余乘客下船。5天后，在没有任何消息的情况下，"加利福尼亚"号在卡亚俄港抛锚，福布斯船长在那里注意到人员和货物异常活跃的流动。霍兰德与阿斯平沃尔公司在秘鲁的代理商艾尔索普公司的代表一上船，就向他透露了码头异常的原因。

"我有102名乘客要去旧金山，船长。"代表兴奋地说，"我希望你有足够的空间。"

"空间绰绰有余，但是这么多秘鲁人去加利福尼亚干什么呢？"

"黄金，船长，黄金！两个多星期以来，这里不断传来消息，说加利福尼亚的山川间散布着令人难以置信的矿藏。"

"在我们启航之前，我在纽约听到了一些消息，但是没有人能够证实这些消息，更不用说看到任何关于这些惊人发现的证据了。"

"我亲眼看到了。就像新贵们说的那样，从地里挖出24克拉的黄金就像从树上摘苹果一样简单。我的乘客为头等舱支付了300美元，二等舱支付了150美元。我想我们的船长会非常高兴的。"

那天，克利夫兰·福布斯船长在航海日志上写道：

"今天，1849年1月9日，驶往巴拿马。12名乘客在卡亚俄港登船，12人在头等舱，其他人在船头下的舱室。秘鲁人迁徙到加利福尼亚，这是对太平洋新领土上发现巨大金矿这一消息的回应。如果情况属实，太平洋邮轮公司必须做好准备，迎接必将到来的移民潮。"

第七章

老橡树把拳头砸在桌子上。

"告那些狗娘养的！"他大声喊道。

看到自己最好的客户大发雷霆，律师已经见怪不怪了，他等乔治·劳坐下后才平静地建议道：

"与船厂谈判不是更好吗？毕肖普与西蒙逊、史密斯与迪蒙都是正经公司，我们的船迟迟不能完工，部分原因是我们中途改变了锅炉的尺寸……"

"可这群流氓居然接受了我们改尺寸的要求，还没有改变交付日期！"老橡树咆哮道。

"当他们把我们付的额外的钱收入囊中时，我们必须出去租船或买船，这样才能符合政府的优惠政策。唯一对我有利的谈判方式就是将他们告上法庭。只有当他们意识到请律师比运送我的船只所需的工人更昂贵时，他们才会幡然醒悟。"

"我们打官司也会更贵。"律师大胆地暗示道。

"你会得到一笔酬金，不好吗？起诉他们吧。我知道该怎么做。"

律师的良心得到了安抚，他拿起公文包，与老橡树握了握手，然后离开了办公室。

三天后，当毕肖普与西蒙逊造船厂、史密斯与迪蒙造船厂几乎同时收到法院传票，传唤他们就美国邮政轮船公司对他们提出的100万美元的损害赔偿进行答辩时，乔治·劳签订了一份租船合同，并附带购买"猎鹰"号，这是一艘定期在纽约和新奥尔良之间航行的小型轮船。

几天后，1848年12月1日，"猎鹰"号的乘员快速准备好必需品，启航驶向查格雷斯。除了邮件，船上还有29名乘客，他们的最终目的地是加利福尼亚。其余的乘客有传教士、公务员和商人，他们对探索新领土的商机很感兴趣。

船在海上航行时，在加利福尼亚发现黄金的消息渐渐登上报纸头版。12月5日，詹姆斯·波尔克总统在向国会发表讲话时，公布了一份官方报告，称加利福尼亚地区的黄金储量的确令人难以置信。为了证实这一点，总统下令在陆军部展示一个装满闪闪发光的金块和碎片的箱子。一周后，前往加利福尼亚的人潮开始涌动。

12月10日，当"猎鹰"号驶近新奥尔良港时，船长弗雷德·诺特斯坦在驾驶舱里奇怪地发现，码头上挤满了人。他不禁问道："怎么了？"

船长估算着人群有大约100人。许多人胡子拉碴，衣衫不整，挥舞着斧头、铁锹和镐头，气势汹汹，迫使他将船驶离码头。

"带两个人上岸看看发生了什么，然后向我报告。"诺特斯坦命令负责船上杂务的水手长。

载有3名水手的小船刚到码头，就有10个人冲了上来。与此同时，几声枪响，六七名士兵持枪冲了出来，放走了水手，占领了小船，向轮船驶去。面对来势汹汹的人群，其中一些人已经拔出了长筒猎枪，船长命令"猎鹰"号靠近码头，同时准备好机枪，并在船头安排了几名武装人员。这一举动似乎令叛乱者安静了下来，他们不情愿地放下武器，允许士兵登船。

"我是珀西弗德·史密斯将军，他们是我的参谋部成员。好个漂亮的操作，指挥官！"史密斯赞叹道。

"欢迎登船，将军。我是弗雷德·诺特斯坦船长，你能解释一下这到底是怎么回事吗？"

"你不知道吗？在加利福尼亚发现了大量的金矿，没有人想错过这个盛会。"

"这么说传言是真的？"

"波尔克总统亲自证实了这个消息，这边门槛都快踏破了。这无疑会增加我的工作难度，我被任命为美国驻加利福尼亚军队的总司令，我必须尽快赶到那里，把事情安排妥当。码头上发生的一切只是我要面临的局面的一个缩影。你已经给我们安排好了吗？"将军在登船时热情洋溢的语气已经转变成了一种自负的态度，这一点"猎鹰"号指挥官并没有忽视。

"我并没有为如此尊贵的乘客做好准备。"他不加掩饰地回答道,"我会吩咐马上下令安排。与此同时,你建议我们如何处理那些在码头等待的乘客?"

"把他们留在岸上。我们不需要这样的流氓上来。"

"恐怕我不能这么做,将军。这些流氓可能已经买了票,他们有权坐船。"

"难道你能安排好他们所有人的住宿吗?"

"我只有容纳50人的二等舱位是空着的;一等舱位已经被你和你的助手们占据了。我必须和我们这里的代理商谈谈。"

将军抬了抬目光,耸了耸肩。

"祝你好运。我必须警告你,如果发生任何冲突,你不能指望我或我的人。我们的任务是安全抵达加利福尼亚。我们在船上遇到的麻烦已经够多了。现在,请你让我看看我的住处。"

就在史密斯将军和诺特斯坦船长谈话的时候,"猎鹰"号已经远离沿岸锚泊了大约100米。码头上,人群仍在骚动。

两小时后,太阳似乎渐渐西沉,占据码头的人们的情绪也似乎逐渐低落,诺特斯坦船长得知,一艘载有3人的小船正向右舷驶来。他用望远镜清楚地分辨出两个白人和一个黑人。白人坐在船头,似乎在热烈地交谈,而黑人则在划船。"猎鹰"号的指挥官在舷梯前迎接了他们。

"下午好,船长。我是弗兰克·萨尔蒙,美国邮政轮船公司在新奥尔良的代理人。和我一起的这位先生是阿尔伯特·斯威尼，我们最杰出的公民之一。他和他的黑奴将和你一起前往查格雷斯，然后前往加利福尼亚。"

"欢迎登船。你不知道我有多高兴见到你。你能告诉我码头上发生了什么吗？"

"你不明白吗，船长？"斯威尼用尖锐的声音喊道，"那些野蛮人正在试图占领你的船。"

"我们的时间不多了，船长。"萨尔蒙说，"我必须在天黑前解决这个问题。昨天凌晨，那些破落户闯入了城市，他们的暴行让整个城市陷入恐慌。他们没有住处，也没有基本生活必需品，所以你可以想象镇子中的混乱。居民们把这一切归咎于我们。我们必须尽快让买票的人上船。"

"他们从哪里来？有多少人？"

"高地人①，船长。他们按血统划分，大多数是爱尔兰人，但也有法国人和苏格兰人。加利福尼亚盛产黄金的消息一传开，他们就开始赶来寻找前往黄金之地的交通工具。85人已经支付了前往查格雷斯的船费。此外，在等待的队伍中还有20名教区居民，他们为了同样的目的关闭了商店，放弃了种植园。"

"100多人？"船长摇了摇头，"我连50人都装不下了。我的朋友，这是一艘小船。"

"我就是这个意思！"斯威尼几乎是喊着说的，"我认

---

① 高地人（Gente de montaña），指山上生活的人。

为最明智的做法是扬帆出海，忘掉那群野蛮人。有他们在船上，你的船就有沉没的危险。"

"如果我们把他们留在岸上，他们有能力烧毁这个城市，"萨尔蒙警告说，"你认为你能容纳多少人？"

"不超过60人。"

萨尔蒙思考着。

"让我看看我能做些什么，"他最后说，"在大多数情况下，那些在新奥尔良和周围有住处的人将不得不回去，并在其他时间登船。至于高地人，我也许能说服他们中的一些人等待下一班船，给他们退回一些钱——或者他们的皮草，或者他们的银块，他们什么都用来付钱了。我必须马上上岸。"

"我派两个人陪你去。"

半小时后，诺特斯坦船长惊愕地发现小船回来了，但船上没有萨尔蒙，船头只站着一个高地人，双手抱臂。诺特斯坦船长等船靠近船舷，然后用权威的口吻喊道：

"萨尔蒙先生出了什么事？"

"我向你保证他什么事也没有，"船上的人带着浓重的爱尔兰口音回答道，"让我上船来告诉你，船长。"

船长意识到黑夜即将来临，于是下令架起梯子。来人高大魁梧，穿着一件厚厚的粗皮大衣，满头大汗，浑身散发着难闻的味道，脸上始终挂着微笑。

"谢谢你，船长。我叫麦肯农，我代表所有等待登船的人前来。我们只想在黄金耗尽之前到达加利福尼亚。这有什么不对吗？"

"代理商没有告诉你我的空间不够吗？"船长问道。

"是的，这就是我来这里的原因。你不必对我们这么小心。我们是习惯了艰苦生活的人，我们不在乎睡在甲板上或其他地方。"

"我不能让你们睡在甲板上！"船长气愤地说道。尔后，他又冷静地补充道："航行规则不允许这样做。"

麦肯农脸上的笑容消失了。

"那就麻烦了，船长。要么我们都走，要么谁也不走。"

"你在威胁我吗？"船长恼怒地说。

"随便你怎么想。我们这些等了两天的人买了去加利福尼亚的船票。我们这样做是出于善意，我们中的许多人把我们所有的财产都交给了代理人。现在把我们留在岸上是不对的。"

"我们愿意运送你们中的60人，并把剩下的人的钱退还给你们。其他的船很快就会来的。"诺特斯坦表示和解，并急于结束这种令人烦恼的局面。

"你不明白，先生。我们已经离开了。我们离开了我们的土地、我们的小屋、我们的牲畜、我们的女人和孩子，去加利福尼亚寻找黄金。我们不能再等了，因为我们没有钱，什么都没有。我们已经两天没吃东西了，很快就会和港口的居民打起来，他们毫不掩饰对我们的厌恶。上船对我们所有人来说都是最好的选择。我告诉过你，我们不介意睡在地板上或你指定的任何地方。"

船长盯着爱尔兰人，然后叫来了副手，与副手交谈了几句。

"很好，麦肯农，"他最后说，"你们可以上船，但必须满足几个条件：第一，你们必须交出武器，包括斧头、镐和铲子；第二，所有人都必须在上船后立刻洗澡；第三，你们必须接受提供给你们的住宿条件；第四，你们必须远离其他乘客。"

麦肯农大笑着用力握住船长的手。

"我一见你就知道你是个通情达理的人。我们会按你的要求办事。"

三个小时后，已经是深夜时分，80名赤身裸体的高地人在甲板上笑着跳着，任由水手们对他们倒下海水。随后他们穿上了同样脏兮兮的衣服，外表和气味几乎没有变化。与此同时，无视史密斯将军、斯威尼和其他乘客的愤怒抗议，船长将餐厅和所有客厅改造成了卧室，然后在午夜启程，带着五湖四海的乘客扬帆远航。

"希望这一周快点过去，我们就能到达查格雷斯。"诺特斯坦在将船的指挥权交给二副之前对他说道，说完便去休息了。

"猎鹰"号航海日志
1848年12月15日
四天前，我们离开了新奥尔良，这是我们到达最终目的地前的最后一个港口。我估计，如果运气好的话，后天我们就会在查格雷斯附近抛锚。这艘暂时由我指挥的小轮船表现非常好。到今天为止，发动机还没有出现大问题，看来锅炉的大小与其吨位正好匹配。只是导致蒸汽进入汽缸的管道不断出现故障，因此我建议劳先生在他的新船上对其进行加固。我们在纽约和新奥尔良之间航行时，加利福尼亚爆发了一场真正的淘金热，我不得不在后一个港口接载80名新乘客。为了接待他们，我不得不把船上所有的休息室改作卧室。起初，他们的敌对态度让我担心船的安全，我拒绝让他们上船。后来我意识到他们并不危险。此外，他们同意在到达查格雷斯之前交出武器。根据我们的代理人萨尔蒙所说，他们所支付的金钱、毛皮和金属远远超过了票价的价值。在新奥尔良上船的还有珀西弗德·史密斯将军，他正带着他的参谋人员前往加利福尼亚担任新领土的军事指挥官。自从我决定让高地人上船以来，史密斯就再也没有和我说过话，他和他的同伴们大部分时间都是在甲板上度过的，就连平常的早上好或下午好也没有说过，甚至当我们在甲板上擦肩而过也如此。船上只有一件事值得报告。这起事件发生在昨天，涉及一个名叫斯威尼的富有地主，他也是在新奥尔良上的船。随后发生了争吵，斯威尼的奴隶，一个身材高大的黑人，不得不面对十个对手来保护他的主人。尽管发生了骚乱，史密斯将军却拒绝干预，于是我和我的部下便开始恢复秩序。经过一番调查，我得出的结论是，并不存在抢劫企图，只是由于船只的意外移动，高地人和斯威尼发生了简单的擦碰。后来，当我向斯威尼抱怨他的行为时，我意识到他是一个非常富有和娇生惯养的年轻人，他声称，他要逃离家里的日常事务，去加利福尼亚自谋生路。我告诉他，以他这样的性情，是无法在强者通吃的新领土上生存下去的。他听了我的话后讥讽地一笑，告诉我他不会听从劝告。

当"猎鹰"号上的乘客下船时，查格雷斯的居民们被这一大群面目可憎的人吓住了：他们涌进镇子，其中许多人手持左轮手枪、猎枪和刀。最先做出反应的是彼得·埃斯基尔森，他一听说加利福尼亚有金子，就意识到社区面临着多么新的机遇。最后跳上岸的是高地人，此时将军、他的部下、斯威尼和他的奴隶已经驶向上游。埃斯基尔森意识到剩余的船只不足以运载剩下的高地人，于是开始与他们谈判，并前往海滩与他们会合。

"欢迎来到查格雷斯！"他向似乎是领队的人打招呼，"如你们所见，还剩下九艘邦戈，每艘只能带六个人。剩下的人至少要在查格雷斯待一个星期，等船回来。"

"为什么我们不能徒步前往巴拿马？"麦肯农想知道。

"丛林很难穿越，而且非常危险。"埃斯基尔森回答说，"那里有老虎、蛇和鳄鱼。"他又劝阻道："此外，去巴拿马需要很长时间。我建议你们住在这里，住在我的旅馆和其他几栋房子里，我可以为你们安排，价格非常合理。"

"我们实在没有钱支付住宿费。除非你们同意在五个月后，当我们满载着黄金从加利福尼亚回来时支付你们报酬。"

"五个月，黄金长在树上吗？"埃斯基尔森嘲笑地问道。

"比那还要棒，到处都是金子，还有真正的金山，就像有人撒的一样。还有流淌着黄金而不是石头的河流。"

　　"但这是不可能的，不可能有金河金山。"

　　"但在加利福尼亚是存在的。难道你们不明白，我们抛下一切的原因就是这个吗？有人带回来的黄金比自己的行李还多。还有人亲眼看到了像苹果一样大小的金块。所以我们带着箱子、桶或者别的可以装金子的东西。此外，我们想要第一个到达，这样淘金会更容易。这也是为什么我们想要尽快到达巴拿马并登上前往加利福尼亚的船。"

　　"这个人是开玩笑的吗？"埃斯基尔森想知道。

　　"问题仍然是没有足够的邦戈来装载所有人。也许……"

　　"我们不怕老虎、鳄鱼或蛇。相反，我们靠从你提到的所有动物以及其他同样凶猛的动物身上剥皮为生——熊、美洲狮，任何挡在我们面前的动物都是这样。"

　　"但你不了解这片森林。"埃斯基尔森坚持说。

　　"这片森林也不了解我们，"麦肯农夸耀道，"我建议咱们修理好剩下的船只，找个愿意带路的向导，然后出发。"

　　"我看看我能做些什么，"埃斯基尔森同意道，"你在这里等着，我去和船夫们谈谈。"

　　"我和你一起去。"

　　不到一个小时，一切都安排妥当。50名高地人将乘坐小船，其余的人在两名印第安人的带领下沿着海岸前进。不时有步行者上船，也不时有乘客上岸。埃斯基尔森帮忙确认船夫收费不超过平时的水平，他看到麦肯农用现金支付工资时有些惊讶。到了离开的时候，这位斯堪的纳维亚人爬上了第一艘船。

"你和我们一起走吗？"麦肯农假装惊讶地问。

"我会陪你们到巴拿马。之后，谁知道呢？"

高地人眨了眨眼睛，狡猾地笑了笑。

两个星期后，高地人在喊叫声中穿过大地之门，越过围着巴拿马城的城墙。一路上，他们杀了几条鳄鱼、几头野猪，以及一些鬣狗和偶尔出现的貘。一些冒险者得了热病，但只有一人丧生，他在酒神的怀抱中掉入了查格雷斯河的河水中，在水中他无法脱下巨大的熊皮大衣，而这件大衣是他登上"猎鹰"号后一直裹在身上的。

第八章

　　唐·阿塞西奥·艾兹普鲁亚向在巴拿马省省长办公大楼双门两侧站岗的一脸无聊的士兵们点了点头。穿过中央庭院后，他爬上楼梯，沿着幽暗的长廊走到地峡最高权力机构的办公室，谨慎地敲了敲摇摇欲坠的门，门立即打开，露出秘书懒散的身影。

　　"下午好，阿塞西奥阁下。省长德·奥瓦尔迪亚①正在等你。"

　　穿过另一扇门，来访者进入一间宽敞明亮的办公室。家具、地毯、窗帘、绘画、书籍，房间里的一切都显示出岁月没有白白流逝。省长从巨大的办公桌后面的椅子上站起来，来迎接他这位有影响力的朋友，在过去的两年里，这位朋友一直是圣费利佩区业主协会的主席。

---

　　① 何塞·德·奥瓦尔迪亚（José de Obaldía），哥伦比亚政治家和律师。他于1845年至1849年任新格拉纳达巴拿马省省长，1858年至1860年担任新格拉纳达共和国总统，并于1858年至1860年担任巴拿马主权国总统。

"我亲爱的阿塞西奥，自从上次我有幸在这里见到你，已经过去了太长时间，你的家人还好吗？"

"下午好，省长先生，谢谢你能马上见我。我们身体很好，但最近几天发生的事件让我们非常担心和害怕，这些事件扰乱了我们这些生活在这个城市的人的平静和安宁。"

"我想你指的是那群不速之客，真是一场灾难！"

"是的。他们是100个野蛮、道德低下并且全副武装的人，几乎已经占领了圣费利佩。我不知道你是否了解所有的细节，但其中一些事件确实令人痛心。最糟糕的是，由于他们没有住处，便在圣多明各海滩过夜，毫无节制地喝得酩酊大醉，到处和妓女发生关系，并在我们的女人和子女面前排泄。白天他们在街头和广场上游荡，不停地咒骂和侮辱任何试图约束他们的人。不久前，他们袭击了我的儿子阿尔贝托，因为他试图阻止其中一人在家门口小便。"

"事情当然非常严重。来吧，让我们在这个小房间里坐下，你想喝点咖啡或茶吗？"

"不用了，谢谢。"

坐在窗边，艾兹普鲁亚继续他的发言。

"今天上午，业主大会召开了一次紧急会议，我受命向当局表达我们的担忧，并要求当局尽快采取有力行动，恢复公共秩序、道德和良好风俗。"

"我了解目前事态的严重性。虽然我的家在奇基里[①]，但我也有家人，我感受到了自己的愤怒，尽管作为负责该省良好运作的人，我必须谨慎行事，防止局势恶化。我与广场指挥官和市长进行了长时间的交谈，我们一致认为，试图使用公共武力镇压冒险者可能会适得其反。首先，他们几乎都携带武器，其中一些比我们的士兵携带的武器更加现代化和高效。那么……"

"但我们不能让圣费利佩成为无主之地！"阿塞西奥先生提高嗓门打断了他的话。

"当然不能，我们也不会允许这种事情发生。"省长用友好的语气说道，"目前，我已经要求从波哥大调来更多的人手，因为我担心我们看到的只是先头部队。如果他们所说的加利福尼亚州黄金是真的，我们必须做好准备，因为无论好坏，地峡都是到达那里的最佳路线。"

"未来形势严峻啊！那些运送冒险者的船都去哪儿了？为什么不能把他们一次性全部运走？"

"据威廉·纳尔逊说，他的公司是太平洋航运公司在巴拿马的代表，这条航线刚刚组织起来。他认为，几个月后，抵达查格雷斯的轮船和从巴拿马出发的轮船之间协调得会更好，这样旅客们就不用在这里等那么久了。"

"在此期间，我们不得不与野蛮人生活在一起，因为他

---

① 奇基里（Chiquirí），巴拿马西部的一个省，从农业角度看是巴拿马共和国最富饶的省份。该省饲养马和牛，种植咖啡、烟草和水稻。该省还有一座死火山，是全国最高峰。

们不会说我们的语言，我们甚至无法与他们交流。"

省长向艾兹普鲁亚靠了靠，压低了声音，给自己的话语增添了一丝自信。

他说："不过，据我所知，他们与旅馆、饭店和娱乐中心的老板们相处得似乎并不困难，老板们在这三天里收的钱比过去六个月还要多。他们说：虽然像你我这样的市民对这种情况感到沮丧，但不可否认的是，淘金者的到来将给地峡带来繁荣。"

"但代价是什么，省长先生？"艾兹普鲁亚坚持说，"公共秩序将经常受到破坏，体面和良好的习俗都没了，而酒馆、妓院和赌博却会蓬勃发展。"

省长靠在椅子上。

"不要夸大其词，我的朋友。我们不知道加利福尼亚的光芒是否只是海市蜃楼，就像其他许多海市蜃楼一样，很快就会消失。无论如何，我们会采取措施防止你说的情况发生。"

"什么措施？这正是我们——圣费利佩的业主们迫切想知道的。"

"今天下午我将与威廉·纳尔逊会面，如你所知，他除了代表轮船公司外，还是美国领事。他的目的是询问未来旅客的抵达情况，并请他与一些新抵达旅客的代表谈话，看看我们能否确定他们在逗留期间的行为模式。我仍然认为与他们谈判比使用武力要好。一旦我有了更清晰的认识，我就会叫他来进一步讨论。"

"我想我没什么其他事情了，"艾兹普鲁亚站起身来，无奈地说，"感谢你抽出时间，如有任何需要，我随时为你服务。"

"谢谢你，阿塞西奥。这是统治者和居民们必须共同面对的局面。"

这天下午，威廉·纳尔逊向省长何塞·德·奥瓦尔迪亚透露的消息，让这位官员更加担忧。据纳尔逊说，加利福尼亚的金矿并非空穴来风，很快就会有更多满载着渴望找到金矿的旅行者的船只抵达查格雷斯。尽管服务于太平洋航线的三艘船中的第一艘很快就从秘鲁抵达，接载冒险家们前往加利福尼亚，但很明显，他们中只有极少数人能获得船上的一席之地。其余的人将不得不在巴拿马等待另外两艘尚未从纽约启航的船只。

"这不可能！"省长惊呼道，"刚到的100个野蛮人就给我们带来了大麻烦，再来100个，我们可怎么办啊？"

"省长先生，恐怕来的不是几百人，"纳尔逊说，他的西班牙语基本上没有口音，"是几千人。"

"你在说什么？但这里从圣费利佩到郊区只有不到7000人，你希望我们怎么做？我们当然没有义务欢迎他们来我们的城市。"

"让我们往好的方面想，这里不仅有去寻找黄金之地的人，也有带着收入回来的人。他们都需要食宿和交通，并将留下大量的资金，这将有助于地峡的经济。此外，不要以为只有环球旅行者才会来，因为现在已经到达的大多数人都是环球旅行者。还有医生、工程师、律师、记者等西方新城市需要的职业人士。我们当中仍有一些人将在巴拿马看到新的机遇。城市的面貌也许会改变，但居民会更加富裕。"

省长皱着眉头问道：

"黄金被开采完了怎么办？"

"为什么会开采完？此外，如果加利福尼亚的金矿枯竭了，人们还有其他的理由去旅行。巴拿马航线一直会是最短的航线，你们巴拿马人，还有我，在这里生活了多年，和其他人一样觉得自己是地峡人，必须接受并利用这一现实。"

"够了，我的朋友纳尔逊。你认为贵公司应该对乘客的行为负责吗？"

"就在今天早上，我和高地人的首领，一个叫麦肯农的人开了个会，"纳尔逊没有回答这个问题，而是说起了另一件事情，"他承诺在船抵达加利福尼亚之前，会管理好他的同胞们。他们绝大多数人将在圣多明各的海滩上扎营，一些餐馆和社区的女士会给他们送去食物，因为他们会支付额外的钱。其余的人已经在郊区找到了住处。我们还制定了注意环境卫生的规定，在海滩过夜的人将把垃圾埋在沙里，至少两英尺深。"

"那公共秩序怎么办呢？"

"我希望他们能够遵守公共秩序。麦肯农已经承诺确保规则得到执行，并在任何情况下帮助我们惩罚那些违法者。"

"所以当局必须得到这些入侵者的同意才能执法。"省长绝望地说。

"这是我们必须谨慎处理的事实情况。麦肯农也同意在上船之前不用枪械，考虑到这些人对枪支的依赖程度，这可不是一件小事。"

"你认为什么时候会有第一艘船把他们运到加利福尼亚？"

"我想不会超过十天，省长先生。"

"十天仿佛有永远那么长。"

彼得·埃斯基尔森刚到镇上，就赶往他的朋友达米安·冈萨雷斯的家。达米安·冈萨雷斯是骡车的主人，他和第一批高地人乘坐这辆骡车从克鲁塞斯出发。达米安的家在城墙外的萨帕特罗大街上，位于因泥滩而被称为"沼泽地"的街区。

"达米安去斗鸡了，他很快就会到的。"他的妻子在门口说。

"这样的话，我去圣费利佩办点事，晚点回来。告诉他我想和他谈些生意。"

埃斯基尔森穿过大地之门，经过圣玛塞德教堂，来到中央大街。他已经有一年多没有来过圣费利佩了，他打算和中央饭店的老板何塞·乌尔塔多谈谈，中央饭店是城里最好的饭店，就在大教堂对面的广场上。在与麦肯农和其他高地人一起穿越地峡时，这个北欧人曾计划在沿途的关键地点建立一个小型连锁旅店。尽管他的初衷是放弃一切到加利福尼亚碰碰运气，但他很快就意识到这风险有多大。他对自己说：

"新的商机也会在这里出现，重要的是先找到它们。乌尔塔多可以给我提供建议，而且——为什么不呢？——也许他也会同意成为我的合伙人。"

在广场上，他遇到了麦肯农，麦肯农和其他旅行者一起还在庆祝到达黄金之地的中点。

"彼得，你改变主意了吗？你要和我们一起走吗？"爱尔兰人看到他后问道。

"不，现在不，你打算做什么？"

"在我们的船到达之前，我们要找点乐子。"

"什么时候到？"

"我们不知道。我们明天去船运公司问问。"

"如果它迟到了呢？你们得找个地方睡觉。我敢肯定，在郊区，他们会以合理的价格为你们提供食宿。"

"我们决定住在海滩上，那里是免费的。此外，我们的船到达的那天，我们想第一个知道。喝一杯吧。"

埃斯基尔森喝下了新朋友给他的一杯烈酒。

"呼！我还是不习惯自制的杜松子酒。"

"没有比我们自己酿的酒更好的了。"

麦肯农放声大笑，重新回到伙伴们身边。

在旅馆里，埃斯基尔森得知乌尔塔多先生正在卡亚俄出差，随时会回来。

酒店经理自豪地宣布，他将登上"加利福尼亚"号新轮船。

"告诉他，他的朋友'北欧人'向他问好。"

埃斯基尔森意识到大地之门已经在傍晚6点钟关闭了，他走向墙街，然后来到了佩尼亚普列塔邮局，在那里，一个半睡半醒的士兵让那些出于某种原因留在老城墙外面的人进来，老城墙现在保护着圣费利佩的富人，不是保护他们免受过去海盗的威胁，而是让他们不至于看到今天贫民窟居民的苦难。当他走到萨帕特罗街时，在远处看到了他的朋友达米安，达米安正带着灿烂的笑容在房子门口等着。

"来吧，让我们庆祝一下，鬼魂。我的公鸡赢了安塞尔莫的。他的鸡甚至没有坚持五分钟，我的鸡一戳就把它的眼睛戳瞎了！哈哈！弗洛伦西亚，再给我们的朋友倒一杯烈酒。"

几杯酒下肚，彼得告诉达米安他的计划。

"我知道黄金和外国人入侵的事，"骡夫说，"我的牲口已经三个星期没歇过了。但我一点儿也不会做旅店生意；我是个骡夫，我要做的是买更多的骡子。需求这么大，也许还得涨价。"

"但我了解旅店，达米安。我告诉你，这将是一个伟大的事业。我们在戈尔戈纳建或买一家旅馆，在克鲁塞斯再建一家，在这里的郊区再建一家。再加上我在查格雷斯的旅馆，我们就有了连锁店，我们可以向穿越地峡的旅客提供食宿一体的服务。"

达米安建议说："我们还可以提供骑骡子旅行的服务。"

"最好不过了！我没有钱，但我知道如何管理旅店，如何建造便宜的旅店，如何通过谈判购买旅店。重要的是在他们抢先一步之前采取行动。"

"加利福尼亚的黄金开采不完吗，伙计？"

"谁也不知道，但只要还在，我们就有生意可做。此外，即使金子用完了，来来往往的人还是会有的。"

"没错，在黄金出现之前，客流量就已经增加了……算我一个，鬼魂，今晚你和我们一起庆祝我的公鸡的胜利，还有我们新合作关系的胜利。"

第二天一早，彼得·埃斯基尔森骑着他的朋友、现在的合伙人的最好的一匹骡子，启程返回查格雷斯。途经克鲁塞斯时，他遇到了前往加利福尼亚金矿寻找眼前财富的第二股洪流。成百上千的旅行者蜂拥进小镇的街道，争先恐后地抢夺骡子，希望第一个到达巴拿马。他们中不仅有冒险家，还有商人、农民、学生、传教士等各行各业的人。杏树旅馆的老板很高兴看到他们的到来。

"从昨天开始，新的游客陆续到来，船夫告诉我，还有500多人分乘三艘船前来，目前仍在查格雷斯等着被运走。他们不仅侵占了我的旅店，还侵占了镇里所有的房间。"

"他们在做什么？"彼得指着一张桌子问。

"他们是赌徒。他们从昨晚起就没起来过。他们不吃也不睡，只对喝酒、打牌和摸女人感兴趣。卢克丽霞①轮流伺

---

① 根据罗马传说，卢克丽霞（La Lucrecia）是一位古罗马贵妇，她被伊特鲁里亚国王的儿子塞斯图斯·塔奎尼乌斯强奸，引发了推翻罗马君主制的叛乱，并导致罗马政府从一个王国过渡到一个共和国。卢克丽霞被强奸和自杀一直是一个重要的美术主题。在此，卢克丽霞是妓女的化名。

候他们。"

在返回查格雷斯的邦戈上，彼得得出结论，比提供住宿更好的生意是提供娱乐。"赌博、酒和女人。查格雷斯就会是我的加利福尼亚。"

第九章

1849年1月17日，克利夫兰·福布斯船长在他的指挥岗位上满意地注视着美丽的巴拿马湾。地峡又一次迎来了初夏，万里无云的蓝天、清新的信风和清澈平静的海水。他奉命在离城市最近的纳奥斯岛①抛锚，然后前往最远的塔沃加岛②，在那里储备水和煤炭以便继续航行。

他正准备上岸时，水手长提醒他右舷有一艘载有两名乘客的船正在靠近。当其中一人抬头看梯子顶端时，船长认出了他的老朋友。

"威廉·纳尔逊，好久不见！"福布斯惊呼道，两人拥抱在一起。

"至少有五年了，我在巴拿马生活了这么久。我还以为在太平洋水域再也见不到你了。"

---

① 纳奥斯岛（Naos），源于西班牙文nave，意为船。巴拿马湾岛屿群之一。通过防波堤和堤道与大陆相连。

② 塔沃加岛（Taboga），位于巴拿马湾外。

"我无法拒绝阿斯平沃尔提出的指挥这艘豪华轮船的提议。而且，加勒比海已经没有秘密了。来吧，和我一起为这次会面干杯。"

两人坐在军官休息室里，手里拿着威士忌，纳尔逊问道：

"坐轮船旅行感觉怎么样？"

"尽管发动机还有一些问题，但比起帆船，轮船的航行速度要快得多。从纽约到这里只用了三个半月。"

"风的变化无常和人类发明的机器之间真的有很大的区别，"纳尔逊感叹道，"我希望能尽快亲自去一趟。"

"我是来请你不要在这里抛锚，而是直接去塔沃加。我不知道你是否听说过，美国正掀起一股淘金热潮。"

"我们从纽约启航时，我对此还一无所知。我是在卡亚俄发现的，当时有102个秘鲁人正在去矿区的路上，他们上了船。"

"102个秘鲁人？"纳尔逊揉了揉脸颊，"问题比我想象的要严重，我们还有多少空位？"

"最多150个。"

"恐怕太少了。城里有1000多个淘金的美国人在争先恐后地登船。我把几个人留在码头上，急着雇船把他们送到这里。因此，我请你们除了把船开到塔沃加外，还要把乘客留在船上，没有扎克里森与纳尔逊公司签发的船票，就不准上船。"

"放心吧，没有我的明确许可，所有人不得上下船。但你打算如何处理这种情况？"

"我还不确定。我们可能要削减剩下的名额。我们必须分配给带着工作人员旅行的将军7个名额后，还剩下143个名额。我有一队80多人的跟野人差不多的高地人，他们是第一批到达巴拿马的，全副武装，最好让他们先出发。"

威廉·纳尔逊回到大教堂公园对面的办公室时，遇到了500名骚乱者，他们高喊着反对公司的口号。他小心翼翼地从旁边的走廊走进办公室，派秘书去中央饭店寻找珀西弗德·史密斯将军。

"告诉他是关于去加利福尼亚的事，事情很紧急。"

半小时后，史密斯将军在幕僚的簇拥下，穿过人群，走进了扎克里森与纳尔逊的办公室。

"这简直是一场灾难，你们这些人就没有计划吗？"他直接问，也懒得打招呼。

"要计划大规模的、群体性暴动是很困难的，甚至是不可能的。没有人能够预见到加利福尼亚州黄金所引起的恐慌，我担心要过几个月才会有新的船只加入这条航线。目前我们知道，一些悬挂英国国旗的船只已经驶向这里，以利用这个大好机会，尽管我认为它们中的大多数将更愿意服务于大西洋航线，从而给这个城市带来更大的压力。"

"你想让我做什么？我的命令是负责加利福尼亚和俄勒冈新领土的军事指挥，我希望你能尽快让我们登船。"

"让你和你的部下登船不是问题，问题是如何处理1000多名也想立即登船的美国人。我真正希望的是你们能帮我把事情安排好。"

"你知道我在这个国家没有管辖权。此外，你不觉得一个普通的船运代理向美国陆军的将军下达指示有点太自负了吗？"

纳尔逊很难理解这位军官话语中近乎迂腐的傲慢。

"我无意命令你，这也不是一个普通的船运代理在跟你说话，我是美国的总领事，"他坚定地说，"你我都知道，如果发生任何严重事件，当地政府没有足够的人员和武器来维持法律和秩序。我有责任向国务院通报任何可能影响美国公民利益的情况，此事就是这种情况。"

史密斯将军明显感到惊讶，他慢慢地将了将胡须，坐了下来，用和解的语气说道：

"我不知道你还是我国的领事，情况如何？"

"很简单，将军。'加利福尼亚'号有150个空座位——如果不考虑你和你的部下将占用的座位，则是143个——我有1000多名乘客要上船，其中80名是野蛮人，如果我不先让他们上船，他们什么事都做得出来。"

"我知道那些高地人，"将军咕哝道，"只有150个空位？但'加利福尼亚'号是一艘相当大的轮船，你确定吗？"

"我当然确定。我刚去过船上，船长确认了确切的空位。事情是这样的，在卡亚俄港，有102名秘鲁人上了船，他们也是去黄金之地的。"

"102个秘鲁人？外国人怎么可能抢走美国人的配额？我提醒你们金矿在加利福尼亚，加利福尼亚是美国的领土。"

"我提醒你们，海洋法规定，谁有船票，谁就有权被运到最终目的地。在和平时期，如果我们对本国人和外国人区别对待，那么航运业就完了。"

"但你难道不明白，这种情况可能导致类似战争的暴力行为吗？你打算如何向你的同胞解释你决定偏袒外国人？"

"就像我向你解释的一样，将军。"

"除非你把秘鲁人赶下船，否则不要指望有我的支持。"

珀西弗德·史密斯将军做了一个不高兴的手势，没有说再见，就离开了办公室。一到街上，他就命令他的中尉散布消息，说"加利福尼亚"号上有102名秘鲁人占据了属于美国公民的地方。

就在扎克里森与纳尔逊的办公室门前火药味正浓的时候，几船美国人正驶向海湾中的"加利福尼亚"号。在舰桥上，福布斯船长对这些淘金者的胆大妄为和顽固不化感到惊讶，他对水手长评论道：

"他们至少划了五个小时的船才到达塔沃加。告诉他们禁止上船，并准备好击退他们，必要时可以使用武力。尽可能避免使用武器。"

当小船离船不到50码时，大副在喇叭的帮助下开始重复："我们不接受旅客上船，请返回陆地。"

但小船像钳子一样继续向船的两侧靠近。注意到有些船还带着梯子，大副感到非常有趣，于是命令他的手下：

"准备击退那些试图登船的海盗！"

少数人设法抓住梯子爬了几步，却被水手们毫不客气地开枪击退。一些身着大衣、系着领带的冒险者在水中挣扎的场面引起了水手们的哄堂大笑，福布斯船长和水手长也一起笑了起来。

回到船上，浑身湿漉漉的、更顽强的人还有心情从口袋里掏出湿纸币，大声表示如果允许他们上船，他们会额外支付一笔钱。

"请返回陆地，"水手长回答道，"只有在那里，你们才能处理旅行安排。"

与此同时，岸上也出现了混乱。从高喊"让秘鲁人下来"开始，示威者们开始了行动：石块和棍棒落在扎克里森与纳尔逊办公室的外墙上，打破了窗户的玻璃，最坚决的抗议者从窗户进入，掀翻了家具。奥瓦尔迪亚省长别无选择，只能动用公共武力镇压骚乱者。广场上出现了紧张的平静，威廉·纳尔逊趁机派人去找高地人的首领。在他办公室旁边的走廊里，船运代理人递给麦肯农80张船票，让他和他的部下在情绪冷却后立即登上"加利福尼亚"号。几分钟后，高地人撤退到圣多明各海滩，这场运动失去了那些最大胆、最暴力的成员。谈判的时候到了，纳尔逊让秘书去"加利福尼亚"号上通知船长，他有必要出现。

第二天，在日出之前，福布斯船长与纳尔逊共进早餐。

福布斯船长说："我们这里的情况应该成为未来能参考的典型。只要淘金热还在持续，巴拿马的旅客就永远比船上的位置多。希望上帝能帮帮我们，让我们不会再遇见像史密斯将军那样的人，他们非但不能帮助解决问题，反而会使问题更加严重。"

纳尔逊和福布斯同意做的第一件事就是邀请三名乘客代表参加会议，代表中有一名传教士、一名商人和一名农民。中午时分，经过长时间的讨论，在省长秘书在场的情况下，他们确定了一种方法，即通过抽签来决定剩余座位的归属，同时考虑到所购车票的类型，并尊重乘客向出价最高者出售座位的权利。

回到公司办公室后，纳尔逊向焦急的乘客们介绍了商定的抽签制度，并将写有购买了前往加利福尼亚船票的乘客姓名的纸条放在帽子里，这些乘客占了绝大多数。那些只买到查格雷斯或巴拿马船票的乘客则需要排队等候。抽签即将开始时，史密斯将军出现了。

"你打算做什么，美国领事先生？"最后这句话带着讽刺，"这可不是美国式的做法，我会让华盛顿当局知道的。我警告你，如果你不顾我的建议，坚持运送秘鲁人而不是同胞，后果将极其严重。目前，我向你们保证，在加利福尼亚，我就是最高长官，我将禁止秘鲁人开采我们的矿山。我再次要求，外国人占有的102个席位应由合法的美国人而不是其他地方的土著人占有。"

纳尔逊感觉到局势又一次从他的指缝中溜走了，他把福布斯船长叫到一边。

"秘鲁人住的船舱有多大？"他问道。

"比平时宽敞一些，怎么了？"

"你觉得我们能不能在每个舱房内容纳四名乘客，而不是两名？"

"空间没有问题，我们有足够的吊床和床铺。问题在于重量。我们将不得不减少煤炭负载，并在阿卡普尔科①进行补给，这始终是一个风险，因为在太平洋上没有几个港口可以在紧急情况下提供庇护。还应该询问秘鲁人是否愿意合作。"

"我将亲自前往，向他们通报最新情况。我相信他们不仅乐意留在船上，而且有些人可能愿意为一笔丰厚的报酬放弃他们的位置。"

"谁知道呢，威廉，谁知道呢？我从未见过像这些秘鲁人这样热衷于去加利福尼亚的。"

纳尔逊宣布，每有一个秘鲁人在船上，就能有一个美国人搭乘"加利福尼亚"号，史密斯将军获得了热烈的掌声和欢呼声。

"我只是尽了爱国的义务。"这位军人谦虚地向前来与他握手的人重复道。

"加利福尼亚"号的开航日期定在1月31日，公司通知乘客，所有乘客必须提前三天持有公司办公室签发的有效船票。一周后，船票的转售价格超过了500美元，随着最后期限的过去，这一数字还在不断上涨。在此期间，秘鲁人一直留在"加利福尼亚"号上，谣传说如果他们拒绝合作，很快

----

① 阿卡普尔科（Acapulco），位于太平洋沿岸，是墨西哥格雷罗州重要的港口城市。阿卡普尔科港口位于一个水深且半封闭的海湾，许多人认为它是墨西哥太平洋沿岸最优良的港口之一，也是来往巴拿马与旧金山之间的船只的停靠港。

就会被赶下船并被处以私刑。纳尔逊要求将他们分成四组，并腾出一半的船舱给新的乘客。

随着预定出发日期的临近，票价不断上涨。为了协调，纳尔逊将转售活动集中在自己的办公室，指派代理公司的一名员工负责接收船票，然后将船票交付给想买票的人，以换取所有者规定的价格。代理公司收5%的佣金，用来"支付损耗费用"。还有五天的时间，票价就达到了800美元，人们猜测很快就会达到1000美元。

在"加利福尼亚"号上，秘鲁人听着这些杂音，简直不敢相信自己的耳朵："800美元一张船票！水手们肯定在夸大其词。"出发前三天，乘客胡里安·萨莫拉来到甲板上，要求与船长对话。

"他很忙，"水手长用西班牙语嘟囔着说，"告诉我是什么事。"

"我想告诉你，如果价格达到1000美元，我准备卖掉我的船票。"

"我就知道，"水手长想，"很少有人能够拒绝这样的报价。"

"我会让船长知道的，如果有疯子出价1000美元，我们也会让他知道的。"

胡里安·萨莫拉是在卡亚俄上船的秘鲁人中最年轻的一个，他在渡海期间过了20岁生日。他身材魁梧，个子不高，深褐色的皮肤，直直的头发，秀气的鼻子和一双斜睨的黑眼睛，与其说是西班牙人，不如说是印加人。萨莫拉出身于一个银匠世家，这门手艺几百年来父子相传，萨莫拉家族以此为生。家里有六个兄弟姐妹，三子三女，胡里安排行老二。但是，银匠行业正处于不景气时期，父亲和两个年长儿子的收入不足以养家糊口。不久前，令父亲深感遗憾的是，年仅15岁的大女儿不得不去利马的一个老太太家当保姆。有消息在沿海的秘鲁人中传开，说在一个叫加利福尼亚的地方有金山银山等着人们去采集，父亲把全家人召集在一起，告诉他们他决定买船票去黄金之地。"卡亚俄有一艘船开往那里，船费是150美元。加上我们的一点积蓄，再卖点东西就足够了。如果按他们说的那样，不到一年我就能满载黄金回来，但他们说，必须在黄金开采完之前先到那里。"

妻子更加谨慎保守，坚决反对："你是家里的经济支柱和一家之主。你不能走，不能让我们自生自灭。"经过反复讨论，萨莫拉家族同意让次子胡里安去，他是家中最强壮的儿子，而且对敲打银器的工作并不热衷。"家族的未来就靠你了。"这是胡里安离开家前往卡亚俄港的那天早上从父亲那里听到的最后一句话。他口袋里装着160美元，背上背着一个帆布包，他要完成一项使命，还有一种莫名其妙的离家出走的愿望。

出海前三天，水手长告诉胡里安，船长在驾驶室等着他。

"所以你愿意卖掉你的船票，"福布斯船长说，"我能问问你打算用这些钱做什么吗？"福布斯船长用流利的西班牙语问道。

"把钱寄给我在卡亚俄的家人，然后等一艘新船把我送到加利福尼亚。"秘鲁人无动于衷地回答道。

"别以为这么简单。我们不知道什么时候会有新的船来，也不知道是否会有船愿意从巴拿马到卡亚俄。很有可能要过几个月你才能上船或汇钱。"

"我准备等待。"

福布斯船长为这个孩子感到难过，尽管他很粗鲁，却透着天真。

"那么，我建议你要非常小心，把你的钱放在城里一个安全的房子里。去拿你的行李，以便有船可以把它们运上岸。"

"这就是我的全部家当了。"胡里安指着他的小提包说。

在过去的两周里，巴拿马人习惯性地聚集在扎克里森与纳尔逊公司的办公室外，密切关注船费的上涨情况。"真是难以置信，"他们评论道，"800美元一张船票，加利福尼亚能有多少黄金？"胡里安下船的当天下午，已经有消息称当天的票价可能会涨到1000美元。在这个男孩进入代理处之前，人们议论纷纷，发出惊讶、钦佩和难以置信的低语，"他很年轻……""他拿这么多钱干什么……""令人难以置信的是，只有一个秘鲁人愿意卖票……""一定是没有其他人愿意出这么多钱……"在威廉·纳尔逊的办公室里，阿尔伯特·斯威尼和他的黑人奴隶等待着。

"下午好，年轻人。"纳尔逊问候道，"请坐。这位是来自新奥尔良的斯威尼先生，他愿意出1000美元买你去加利福尼亚的船票。你愿意卖吗？"

胡里安犹豫了一下，但只犹豫了一会儿。

　　"是的，先生。"他边回答边坐下。

　　"你知道，"斯威尼用他一贯的沉闷、恳求的语气说，"这张票不是给我用的，我抽签抽中了，而是给这个连一张中奖票都拿不出来的黑人的。有些人还敢说我们对奴隶不好！1000美元，你觉得怎么样？"

　　胡里安完全听不懂美国人的话，他看了看黑人阴沉的脸，又看了看纳尔逊，想听他解释。后者只是友好地对他笑了笑。

　　"能把你的票给我吗？"

　　胡里安从他的后裤兜里掏出了梦寐以求的船票，递给了纳尔逊，纳尔逊在上面盖章签字后，又递给了斯威尼。

　　"这是你的钱，年轻人。请数一数。"

　　胡里安接过信封，慢慢地数着钞票。

　　"是950美元。少了50美元。"

　　"有代理佣金。"纳尔逊解释道。

　　"我们对这些交易收取5%的佣金。"

　　"没有人告诉我要收佣金。如果我拿不到1000美元，就不成交。"

　　斯威尼不明白他们在说什么，但怀疑情况变得复杂了，于是起身准备离开。

　　"我已经付过钱了，问题就交给你了。"他说着告辞。

　　"把票还给我，"胡里安要求道，他也站了起来，这使得奴隶也站到了他和斯威尼之间。

"等一下，等一下，没必要这么激动，"纳尔逊说，
"事实上，这个年轻人说得对，因为没人告诉他代理商会收
取佣金。既然我亲自参与了，我准备免收佣金。你可以放
心地走了，斯威尼先生，还有你，年轻人，这是你另外的50
美元。"

当胡里安·萨莫拉带着1000美元离开扎克里森与纳尔逊
的办公室时，他走得更优雅、更自信了。如果他的父母知道
他刚刚做了一笔多么大的交易，他们会多么自豪啊！

"加利福尼亚"号航海日志
1849年1月31日

今天，我们终于开始了坎坷旅行的最后一段旅程。在
巴拿马，我们不得不搭载额外170名乘客，这意味着比"加
利福尼亚"号的载客量多出近50%。发现黄金所引发的歇斯
底里真的令人难以置信。似乎该国东部的每个人都决定背井
离乡，到矿区去碰碰运气。由于地峡是最短的路线，人潮在
那里聚集，等待着前往黄金之地的船只。不难想象，当他们
穿过曾经人山人海的巴拿马城时，会引起怎样的焦虑。虽然
骚乱事件在两个月前才开始，但已有1000多名冒险家在等待
"加利福尼亚"号的到来。威廉·纳尔逊和我尤其难以阻止
由一位美军将军率领的美国人将在卡亚俄登船的102名秘鲁
人赶下海。我在此记录纳尔逊先生在巴拿马所做的出色工
作，幸运的是，他除了代表霍兰德与阿斯平沃尔公司的利益
外，还兼任美国领事。正是他的权威使我们成功地捍卫了海

洋法和所有购买船票的乘客被运往最终目的地的权利。为了容纳过多的乘客和随之而来的补给，我们不得不减少煤炭的装载量，这将迫使我们在阿卡普尔科进行补给，这是太平洋沿岸唯一拥有此类资源的港口。

2月10日

我们不得不进行一次计划外的中途停留，原因是发生了一件不寻常且具有负面影响的事情，值得记录在案。开船十天后，一名锅炉助手报告说，有四名偷渡者藏在煤箱里，并设法贿赂了机房的几名水手。罪行一被发现，罪犯就起来闹事了，我们不得用武力制服他们，在巴拿马登船的高地人在这项任务中提供了很大的帮助。史密斯将军坚持其莫名其妙的行为，拒绝合作恢复秩序。最严重的是，为了给偷渡者腾出空间，水手们装载的煤炭比规定的少，而且谎报了信息。我们在克鲁斯萨利纳斯附近的墨西哥海岸上岸，五名机务人员已被其他水手和两名秘鲁人替换了，这几个机务人员收取高报酬，做了这件事。由于这一事件，缺煤问题变得更加严重。

2月14日

情况极其严重。一场狂风暴雨使我们无法靠近阿卡普尔科港补给煤炭。我们的选择不多，不能继续单独航行，因为海湾洋流会迫使我们将船驶向夏威夷，危及乘客的生命，而且不能保证成功。我们所剩无几的煤炭最多够航行六天，而到达旧金山至少还有十一天。除非出现奇迹，比如洋流变得不那么强，或者刮起与这些纬度格格不入的顺风，否则我们只能从船上把能做燃料的东西全拆下来，代替煤炭。初步清点表明，船上有足够的木材来完成这次航行。当然我们也可以选择上岸取材。我已经向乘客们解释了情况，唯一反应积极的是高地人，他们说为了去旧金山，他们准备把海岸上的树全砍了。史密斯将军甚至威胁我说，如果船不能到达目的地，他就把我关进监狱。这个决定并不容易，但我必须做出决定。

2月16日

今天我们开始拆船。首先用来给锅炉供料的是床铺。头等舱的乘客进行了抵抗，但高地人拿着手枪、猎枪和斧头，迫使他们合作。将军甚至没有吱声。接下来是家具：门、窗、椅子、桌子、柜台、凳子、扶手、画像和所有的木制装饰品都被付之一炬。从现在起，所有乘客都在地板上吃饭和睡觉，没有头等舱和二等舱之分。就像死亡一样，在极端的需要面前人人都平等。

2月20日

船吞咽着这些燃料，继续航行。昨天我下令撬开保护内甲板的木板。"加利福尼亚"号正在逐渐变成一个可怕的骨架。

2月25日

我们正在慢慢接近旧金山。乘客们都知道这一点，一股新的力量驱使他们继续拆除所有覆盖在船上的木头。为了防止救生艇被撕成碎片，我不得不牺牲桅杆、船桅和船首斜桅。三天来，锅炉消化着"多汁美味"的松木、柚木和桃花心木，烟囱不再冒着呛人的黑烟，而是清澈的蓝烟。

2月28日

今天我们到达了最终目的地。"加利福尼亚"号已经进入旧金山湾，它已经报废，残缺不全，成为一艘名副其实的活死船。数以百计的围观者聚集在码头上，欣赏着这艘赤身裸体的耻辱之船。靠岸后，我回到自己的船舱，把自己锁在里面，精疲力竭，羞愧难当。

3月2日

正如我所猜测的那样，所有水手都弃船去寻找黄金了。唯一和我在一起的是轮机助手，自从举报了偷渡者之后，他就成了我坚定的盟友。很久以来，我第一次喝得烂醉。吉姆·纳博尔——这是这孩子的名字——喝完第一瓶威士忌后就睡着了。这样也好，我可以好好哭一场。

第十章

　　像往常一样，塞缪尔·霍兰德在规定时间前十分钟到达巴拿马铁路公司董事会第一次会议的会场。他拄着拐杖，在马车夫的搀扶下，爬上三级台阶，来到百老汇大街78号。这是一幢坚固的两层楼房，过去三周，公司的办公室一直设在这里。在等候室里，威廉·阿斯平沃尔和约翰·斯蒂芬斯正兴致勃勃地交谈着。

　　"很高兴见到你！"斯蒂芬斯一看到他进来就惊呼道，"我很高兴你已经康复了。"

　　"还没完全康复，我的朋友斯蒂芬斯，但死神还没追上我。"老人讽刺地回答道，"你呢，最近怎么样？"

　　"我恢复了健康，很想继续我们的项目。特别是现在加利福尼亚的黄金已经让半个世界疯狂了。其他人呢，他们在哪里？"

　　阿斯平沃尔回答说："他们不会很久的。还不到下午4点。"

几分钟后，其他董事出现了。会议桌旁坐着亚历山大·森特上校，他担任副董事长；詹姆斯·布朗、科尼利厄斯·范·怀克、约瑟夫·瓦纳姆、普罗斯珀·韦特莫尔、埃德温·巴雷特和霍雷肖·艾伦，他们都穿着整齐，神情严肃。会议开始时，斯蒂芬斯董事长兼总裁请威廉·阿斯平沃尔报告项目情况。

　　"在威廉开始报告之前，我有一个提议。"塞缪尔·霍兰德说，"我认为，如果一个公司的决策依赖于由这么多成员组成的董事会，那么这个公司就无法运转。我知道你们都是股东，希望密切关注企业的发展，但为了提高效率，我建议我们任命一个由三名成员组成的执行委员会，委员会成员可以是斯蒂芬斯、威廉和森特上校。"

　　"霍兰德先生说得很对。"霍雷肖·艾伦立即说道，"我赞成这项动议。我还认为，在公司整合期间，执行委员会应每周召开一次会议。至于董事会，每月召开一次会议就足以让我们了解情况。"

　　斯蒂芬斯说："我也同意成立执行委员会。但是，我计划长期在地峡监督铁路建设，因此我建议任命艾伦董事代替我。"

　　提案通过后，威廉·阿斯平沃尔继续做报告。

　　"让我们从公司的资本化开始。截至今天9月20日，在公司章程授权的500万美元中，公司实收资本为100万美元。我们相信，有了这笔钱，公司就可以支付项目三分之一的费用，一旦看到第一批成果，我们就可以去证券交易所筹集其余的资金。休斯上校在他的报告中估计不会超过300万美元。"

"特别是现在大家都想去加利福尼亚淘金。"老霍兰德打断了他的话。

"没错,"阿斯平沃尔回答道,"情况再有利不过了。正如我所说的,从1月到6月,休斯、鲍德温和他的幕僚们在地峡上研究路线,他们得出的结论与我们的斯蒂芬斯总裁和鲍德温本人一样,尽管在路线上有些变化。我们的计划仍然是以一个混合系统开始服务,其中包括在查格雷斯河的通航段使用小型拖船,以及修建从戈尔戈纳到巴拿马的铁路,这意味着我们最初只需将铁路覆盖太平洋一侧的河流,即不到一半的路线。这种混合系统有几个优点:初始投资将大大降低,我们将能够使用拖船将材料和工人运到施工现场,从而节省我们的时间和大量资金。我们还认为,这种设计的收益,特别是现在淘金热保证了大众交通的情况下,将使我们能够在以后支付大西洋地区铁路其余部分的建设费用。"

"这一切需要多长时间,威廉?"老霍兰德带着特有的不耐烦问道。

"我正要说这个。我们从休斯那里得到最终路线的计划后,就马上召集感兴趣的承包商进行投标。20个有兴趣的承包商被派到地峡,乘坐我们的一艘船。他们在那里待了两个星期,研究了地形和工程细节,返回纽约一周后,其中8家提交了投标书,最后由乔治·托滕和约翰·特劳特温组成的财团胜出,他们承诺在三年内完成铁路工程,总造价为125

万美元。他们明确表示，我们公司将负责河段的施工，出于显而易见的原因，这对我们来说很方便。随后，大西洋一侧的建设将进行新的招标，托滕和特劳特温可能也会中标。我想你们都知道他们，但也许你们还是需要对他们的介绍，我将请我们的总裁发言。"

"事实上，"斯蒂芬斯继续说，"很难找到比托滕和特劳特温更有资格成功完成巴拿马地峡铁路建设的人。托滕上校不仅修建了法明顿运河、朱尼亚塔运河、特拉华运河和拉里坦运河，还修建了从宾夕法尼亚州雷丁到克林顿港的铁路，以及从北卡罗来纳州加斯托尼亚到罗利的铁路。另外，特劳特温因撰写土木工程手册而闻名，是公认的铁路专家和顾问。五年前，托滕和特劳特温在新格拉纳达合作开通了著名的迪克运河，该运河连接马格达莱纳河和卡塔赫纳湾。因此，我们对这两位专业人士充满信心。"

"他们就像是为我们的项目量身定做的。"亚历山大上校说，"这些著名的工程师什么时候开始工作，我的朋友斯蒂芬斯？"

"大概下周吧，"斯蒂芬斯回答道，"等他们招募完水手，运来第一批材料和物资后就可以开始了。我忘了说，他们已经聘请詹姆斯·鲍德温为现场工程师，他在1847年底和我去地峡旅行时，首先确定了路线的可行性。我可以证明他是一位优秀的专业人员。"

詹姆斯·布朗董事说："太棒了！但是，我并不想打击大家理所当然的乐观情绪，我想发表一点意见。你们大多数人都知道，我的职业是医生，尽管在我父亲去世后，我被迫放弃行医来处理家族事务。我想听听总裁对巴拿马地峡卫生状况的看法。我记得在医学杂志和报纸上读到过，那里的气候是地球上最恶劣的气候之一，导致各种发烧和传染病的传播。在项目实施过程中是否考虑到了这一点？"

斯蒂芬斯花了一点时间才回答。

"我还听说，地峡的卫生条件甚至比我在中美洲所经历的还要糟糕。事实上，我的建议之一是，我们应尽快建造并配备一个卫生中心，为所有在该工地工作的人员提供服务。不过，我可以告诉大家，我已经两次经过巴拿马，没有发烧，也没有看到那里的人比平时更容易生病的迹象。此外，如果可以的话，我想读一下休斯上校在他的报告中所说的话：'关于健康问题，'休斯说，'我认为地峡的不利条件被大大夸大了。这里的居民似乎和我们自己国家的居民一样健康，在前往加利福尼亚途中经过这里的移民中，似乎很少有人感染热带疾病。'无论如何，我向布朗先生保证，我们将始终牢记健康问题。"

"我希望如此。"

"在休会之前，"阿斯平沃尔说，"董事会需要正式批准支付第一笔10万美元的工程款，以及尽快租用一艘拖船前往查格雷斯。"

"有人反对吗？"斯蒂芬斯问道。

"没有。"他们几乎异口同声地回答。

"还有什么问题吗？"

"我想问一下，"森特副董事长说，"是否考虑让公司的董事或高级职员陪同承包商去地峡。现在是决策的重要时刻，这些事情必须亲自实地核实。"

在短暂的沉默之后，阿斯平沃尔解释说，铁路公司暂时没有考虑派人前往。

"我提醒各位董事，"他补充道，"霍兰德与阿斯平沃尔公司定期向地峡派遣职员，以支持我们的太平洋航线，随着淘金热的兴起，这条航线已成为最重要的航线。与我们一起工作的人了解航运公司和铁路公司之间的密切关系，所以给他们安排任何具体任务都很容易。"

"另外，"斯蒂芬斯插话说，"我一直在考虑在去加利福尼亚的路上再去一趟巴拿马。我很想看看那些人，报纸追溯起尤利西斯①的沧桑，称他们为阿耳戈人②，他们被突如其来的财富吸引，抛弃了妻子、孩子和财产，去寻找金色的幻影。"

"作家说话了，"塞缪尔舅舅嘟囔道，"再去写一本书吧，但同时要照顾好我们的利益。我们必须密切关注的重要事情之一是，当所有人都想去加利福尼亚时，我们如何雇用并留住廉价劳动力。我希望你自己不会染上黄金病！"

---

① 尤利西斯（Ulises）是奥德赛的一个拉丁化版本。这个名字在现代因美国南北战争英雄、美国第十八任总统尤利西斯·格兰特（Ulysses S. Grant）与詹姆斯·乔伊斯（James Joyce）的小说《尤利西斯》（*Ulysses*）和同名电影而更加出名。

② 阿耳戈人（argonauta）是一伙希腊神话曾提及、在特洛伊战争之前出现的人。他们伴随伊阿宋乘"阿耳戈"号到科尔基斯去寻找金羊毛。而阿耳戈人的字面意思即"阿耳戈"号的船员。

"会小心的。"斯蒂芬斯微笑着回答。

"在我们结束会议之前,"阿斯平沃尔说,"还有一件事我必须报告一下。大家都知道,'加利福尼亚'号是我们分配到巴拿马—加利福尼亚航线上的第一艘蒸汽轮船,它以创纪录的时间从纽约到达巴拿马,并于1月31日从那里出发前往旧金山,乘客人数比我们计划的要多得多。最后一段航程最多只需要一个月,所以它现在应该已经回到巴拿马了。然而,我们从地峡上的代理那里得到的最新消息是,该船确实于1月31日启航。仅此而已。"

"其他的轮船在这条航线上的情况如何?"塞缪尔舅舅想知道。

"'俄勒冈'号将在两周后驶往加利福尼亚,'巴拿马'号将在一个月后驶往加利福尼亚。我们每艘船只卖一半的船票,以满足成千上万抵达地峡的阿耳戈人的需要。我不知道你们是否看到了一个多月前的报道,'加利福尼亚'号抵达巴拿马时发生了爆炸性事件,当时等待登船的人试图强行带走船上的一些秘鲁人。像这样的问题可能会演变成暴力事件,不仅会对我们的船只造成不可挽回的损失,更糟糕的是,还会影响我们的声誉。"

森特说:"好吧,如果有这么多的需求,正确的做法是提高票价。"

"这非常正确,"阿斯平沃尔回答道,"但是我们与政府签订的合同必须得到尊重。我们的律师正在审查合同以制定策略。"

"我们希望，"斯蒂芬斯说，"在下一次会议上将会有关于加利福尼亚的好消息，就像我们在董事会第一次会议上分享的消息一样好。"

　　当他们离开巴拿马铁路公司办公室时，阿斯平沃尔提议让斯蒂芬斯乘他的车，斯蒂芬斯婉言谢绝了这一邀请。

　　"我的家不远，"他推辞道，"我想利用今天剩下的时间去兜风。"

　　此时已是傍晚七点，夏末的太阳疲惫而炙热，拉长了建筑物的阴影，却丝毫没有减轻笼罩着整个城市的炎热。虽然还没有完全恢复体力，但斯蒂芬斯走得轻快而有目的。临近四十岁生日的他精神上的青春火花仍未熄灭。他感到心满意足，对新冒险的渴望重新点燃了他的斗志。由于不习惯长时间待在一个地方，在攀登波哥大高地时患上的肺病使他在格林威治村的家里待了长达三个月之久，现在家里只有他的父亲和他的姐姐埃琳娜，父亲因母亲去世而瘫痪，埃琳娜因照顾他变成了令人难以忍受的老处女。尽管感到惆怅，斯蒂芬斯还是利用这些漫长而乏味的日子整理他的旅行笔记。他经常放下手中的笔，沉浸在对人生经历的深思中。没有什么比对妻子玛丽的记忆更深刻了，她因霍乱过早地离开了人世，具有讽刺意味的是，当他在中美洲丛林中发现玛雅文明遗址时，她却在纽约染上了霍乱。旅行归来后，他不得不面对自己姐姐和姻亲的指责。

　　"你怎么能这样抛弃我们的女儿？她在一年多的时间里都见不到丈夫，你曾发誓要爱她并保护她一辈子。"除了玛丽父母和兄弟姐妹的责备外，约翰还不得不处理玛丽写给他的30多封信，这些信按日期排列，等待他的归来。从一开始，她就告诉自己，需要把自己的恐惧、悲伤和预感写在纸上。"这些都是永远寄不出去的信：如果没有人知道你在哪里，又该寄到哪里去呢？"在这些信中，玛丽经历了从热恋到彷徨，从彷徨到失望，从失望到无可救药的悲伤。当感受到死亡的临近时，她被无限的痛苦所征服，因为她知道自己将离开这个世界，没有最后的微笑、最后的眼神、最后的亲吻和最后的告别。因此，从19世纪最重要的考古发现之一胜利归来的斯蒂芬斯，不得不在享受荣耀和名声的同时体会最深的悲痛。后来，当他反复阅读玛丽的遗书，其中优雅平整的字迹逐渐变得模糊不清时，他的心头涌上那些最令他痛心的遗憾。为了克服这种遗憾，他又开始了新的旅程，去寻找未知的世界，但每次都带着残缺不全的书页回来，直到最后，威廉·阿斯平沃尔给了他一个机会，让他参与到一项能够超越单纯的发现并成为永久胜利的事业中去。约翰·斯蒂芬斯需要近距离观察新的奥德赛，去感受它，去体验它，然后写出一本远远超越单纯的旅行故事的书，一本揭示人类灵魂最隐秘和最阴暗角落的权威著作。为什么每当伊丽莎白·本顿的记忆在他脑海中浮现时，这种欲望就会更加强烈呢？

为什么随着时间的流逝，那双眼睛、那张嘴、那个微笑、那个眼神、那个身影、那个愿望、那个吻，非但没有消逝，反而在他的记忆中重现？铁路、黄金、加利福尼亚探险，面对再次见到伊丽莎白的迫切需要，面对在她身上弥补他的痛苦和悔恨的迫切需要，面对释放他无尽的爱的能力的迫切需要，眼前一切都显得了无生气。

第十一章

　　鲍德温工程师没有机会研究休斯上校编写的《关于修建横贯地峡铁路的最终报告》，直到他登上"新月城"号蒸汽轮船，在特劳特温、托滕和斯蒂芬斯的陪同下，他再次驶向查格雷斯。在地峡考察之后，休斯坚持要亲自撰写报告。"这是我的责任。在我的笔记中，我记录了鲍德温和陪同我的每一位技术人员的观察结果。"上校说。鲍德温利用这一机会回到费城家中，与母亲和姐妹们共度了几天时光。出发那天，他们在码头一见面，托滕就把大量文件交到了他的手中，其中包括地图、地形图、土壤分析、森林和河流的描述。"这是一项全面而专业的工作，"上校对他说，"但因为你和休斯在一起，而且是第一个描述这条路线的人，所以我们想听听你的意见。"

　　第二天，四名铁路工作者坐在一起共进早餐。

　　鲍德温在咖啡上桌前说道："休斯的报告充满了矛盾、错误和夸张。"

"怎么会这样？"斯蒂芬斯难以置信地叫道。

"上校写的不是一份技术报告，而是一份浪漫的叙述，他在其中省略了——我不知道他是否故意省略——许多铁路建设将面临的巨大困难。"

"但这是不可能的，"特劳特温吃惊地道，"我们就是根据这份报告投标的。"

"有哪些错误、夸大和遗漏？"斯蒂芬斯问道，试图保持冷静。

"首先，休斯建议在海军湾以南而不是查格雷斯开始建设。虽然上校建议的路线较短，但从我和斯蒂芬斯第一次旅行的路线来看，我清楚地记得，当我们接近海军湾时，地面变得更加潮湿泥泞，这将使筑堤和铺设铁轨变得非常困难。关于这一点，报告说土壤主要是红色黏土和玄武岩。有些地方确实如此，但大西洋地区的大部分土壤是由湿地、沼泽组成的。休斯还说，沿线可以获得优质木材，桃花心木和橡木非常丰富。我们先前的勘探表明，虽然桃花心木、橡木和其他木材非常丰富，但它们分布在人迹罕至的零星地点，而且远离路线，我非常怀疑珍贵木材制成的枕木能否承受地峡的气候。最后，报告低估了查格雷斯河的重要性，因为在某些时候必须穿越该河。我曾亲眼看见，由于地峡一年中有九个月降下大暴雨，这条河的流量增加了数倍，这意味着桥梁必须建造得足够坚固，以抵御洪水。"

鲍德温话音刚落，托滕终于打破了沉默。

"事情很严重。在我们最近对地峡的考察中，我们既没有时间也没有办法对地形进行彻底的分析，我们对报告中的许多结论信以为真。虽然合同中有条款规定了报告与实际情况之间可能出现差异，但鲍德温的观察意味着成本和施工时间将大幅增加。"

"是这样的。还有什么我们应该知道的吗，詹姆斯？"斯蒂芬斯问道。

"还有其他细节我不同意休斯的结论，但都是次要的。"鲍德温发出了他的一次不寻常的大笑，"为了了解我们尊敬的上校的乐观程度，值得注意的是他断言，如果大陆分水岭很高，就可以修建一条隧道，正如你们听到的那样，在曼丁戈和奥维斯波之间修建一条1400英尺的隧道，铁路将从隧道通过。先生们，这简直是疯了。我相信休斯上校从未铺设过铁轨或枕木，因此对野外工作的困难一无所知。在理论上，什么都可以做，但在实践中，那就是另一回事了。"

"休斯上校是陆军工程兵部队的杰出专业人士，"斯蒂芬斯说，"我同意鲍德温的看法，他报告的基调总体上是乐观的，但我们刚才听到的批评主要是关于大西洋部分的，该部分将在第二阶段建设。我建议我们继续执行从戈尔戈纳到巴拿马城的开工计划，按计划利用大西洋一侧查格雷斯河的河道运输材料和设备。如有必要，我们将在日后调整合同。"

巴拿马铁路公司总裁的提议得到了托滕和特劳特温的接受，但他们要求鲍德温准备一份详细的报告，指出所有不一致之处。

当"新月城"号驶入查格雷斯河口时，另外两艘汽船正在那里卸货。铁路工人在第一艘船上下了船，当他们到达陆地时，他们发现了一群名副其实的暴民，大约有三百人。这群人咒骂着，从一边跑到另一边，争夺为数不多可以乘坐的邦戈。虽然当地人仍对淘金生意没那么热衷，但他们对向上游运送人的生意更感兴趣了。特劳特温和托滕留在码头上监督物资和设备的卸载，斯蒂芬斯和鲍德温则前往彼得·埃斯基尔森的旅馆，希望诺斯曼能立即安排前往戈尔戈纳的运输。他们惊讶地发现，这家宁静的乡镇旅馆变得一团糟。在大厅的后面，有一个雕刻粗糙的普通木制吧台，里面躺着几个喧闹的酒客。在一个角落里，一个黑人正在弹奏一架走调的钢琴，除了远处角落里的一张桌子上有五个男人在打牌，他们对周围的喧闹视而不见之外，其他桌子上都是胸脯丰满、笑声轻松的女人，她们正在和醉醺醺的客人们互相爱抚。所有的男人都带着手枪和匕首，他们毫无顾忌地展示着这些武器。

"索多玛与蛾摩拉。"鲍德温在门口看着这一幕，小声嘟囔着。

"黄金热。"斯蒂芬斯回答道。

这时，身着色彩鲜艳的衣服——马甲和帽子也很鲜亮——嘴角挂着灿烂微笑的埃斯基尔森出现了。

"欢迎来到'美国之家'。"

"我的朋友埃斯基尔森，一年半前曾热情接待过我们的那家宁静祥和的客栈现在怎么样了？"斯蒂芬斯问道。

"它被进步的狂风吹走了，狂风可能也把美国自然科学研究所——是不是这么叫？——吹走了吧！我从一开始就怀疑，你们来查格雷斯的任务与动植物无关。你们要修铁路，不是吗？来吧，我们去我的办公室，在那里我们可以更轻松地交谈。"

在棚屋的后面，埃斯基尔森建造了一个附属建筑，现在里面有厨房、餐厅和几个房间，还有一间办公室，在办公室里，他可以通过一个固定的小玻璃窗观察大厅里的动静。

他们一坐下，斯蒂芬斯就说："我们确实在修建一条横跨地峡的铁路。在我们从新格拉纳达政府那里获得特许权之前，我们的任务是保密的。现在一切准备就绪，可以开始工作了，但我们需要尽快到达戈尔戈纳，至少我、鲍德温和承包商需要帮助。但在我看来，你们从事的是更有利可图的生意。"

"希望如此吧。"埃斯基尔森叹息道，"目前所有的利润都用于投资。除了这家酒店外，我们在戈尔戈纳还有一家酒店，并准备在巴拿马收购一家酒店。我们还从事运输业务，这是我的一个合伙人最初的业务。但是，我必须坦率地说，真正赚钱的是酒、赌博和女人，没有什么比这更能引起等待登船前往加利福尼亚的冒险家们的兴趣了。地峡已经成为我们的金矿——船上的位置越少，我们的利润就越多。"

北欧人停顿了一下，衡量了一下他的话的效果，带着一丝不屑，然后继续说道："从长远来看，修建铁路会影响我的生意，但谁又能考虑未来呢？我们的未来就是今天、今晚、明天，也许还有后天……哲学谈够了，我们来谈谈你的需求。找船夫带你去戈尔戈纳没有问题。但我想更多地了解你的计划，以及我们是否可以在其他方面进行合作。你不需要为你的员工提供住宿或储存材料吗？"

斯蒂芬斯和鲍德温面面相觑。

"这个项目，"斯蒂芬斯解释说，"是在戈尔戈纳建立我们的运营中心，并从那里开始建设通往巴拿马的线路。明天或最迟后天，一艘小拖船将抵达查格雷斯，将材料、设备和人员运往上游。我们需要一个棚子来临时存放轮船上运来的所有东西，也许还需要一艘邦戈来支撑拖船。"

"我会帮你弄到的，不会有任何麻烦。你想什么时候……"

爆炸声打断了埃斯基尔森的话，他立即起身向大厅走去，斯蒂芬斯和鲍德温紧随其后。吧台边的地板上躺着一个瘫软的男人，胸前有一道血痕。其他人看着他，几乎漠不关心。

"发生了什么事？"埃斯基尔森问酒保。

"老样子，老板。死者是南方人，他和那位北方人①争吵了十五分钟。他威胁要向对方开枪，直到他自己中了一枪。"

"叫两个小伙子把他埋了。"

埃斯基尔森走近袭击者，把他带到一边，和他谈了几分

---

① 这里的"南方人"一般指拉丁美洲人，"北方人"一般指美国人。

钟，然后回来了。

"现在怎么办？"鲍德温问道，他明显受到了震动。

"我们将埋葬他，责任人将支付费用，我们规定为20美元。这是惯例，也是对肇事者唯一的惩罚。这个月已经死了七个人，这是第二个倒在我旅馆里的。其他人在争夺船只时丧生了。"

"当局呢？"斯蒂芬斯问道。

"在查格雷斯没有当局，没有医生，没有牧师，什么都没有。在死者中，如果他们的伤口得到及时处理，有些人可能会获救。但是，正如你所看到的，这里是一片无人区。我们唯一有组织的东西是一个墓地，我们在这里埋葬那些到达黄金之地的梦想在这里破灭的不幸者。如果他们有身份证件，我们就把他们的名字写在十字架上，我自己保管这些证件，以防有亲属出现。如果没有，坟墓就会保持匿名。到目前为止，还没有人来悼念其中任何一个受害者。"

"这也太野蛮了！"鲍德温和斯蒂芬斯几乎异口同声。

下午晚些时候，设备和材料卸载完毕，铁路人员决定在查格雷斯等待拖船，将他们送往戈尔戈纳，这一决定得到了下属们的欢呼，当晚，他们与冒险家们一起分享了前往黄金之地第一阶段旅程的乡镇乐趣。特劳特温、托滕、鲍德温和斯蒂芬斯回到了"新月城"号，在船上用餐时，他们同意尽快开始建造铁路公司的办公楼和仓库，但这些建筑不会建在查格雷斯，而是建在河的对岸。

"我们必须让埃斯基尔森知道。"斯蒂芬斯评论道。

天一亮，铁路工人们就回到了岸上。天空下着毛毛细雨，镇子里一片寂静。一些闷闷不乐的人漫无目的地游荡着；另一些人则对泥泞、昆虫、猪和鸡无动于衷，当他们最终被睡眠和酒精征服的时候，他们能在任何旮旯里以怪异的姿势睡过去。

托滕和斯蒂芬斯开始寻找雇员，特劳特温和鲍德温则留在码头挑选材料，这些材料将被运往对岸，在远离查格雷斯喧嚣的地方建造第一批建筑。在雇工时，他们看到地平线上出现了一小股烟雾。

"我希望那是我们的拖船。"鲍德温说，"这样我们就可以一次性运走所有材料。"

半小时后，一艘小轮船缓缓驶过河口的横杆，停泊在码头上。斯蒂芬斯微笑着读出了阿斯平沃尔为第一艘拖船取的名字："埃兰将军"。他想："威廉真是面面俱到。"

中午时分，正当他们准备启航前往戈尔戈纳时，埃斯基尔森出现了。

"我听说他们在向对岸运送物资，他们在干什么？"他恼火地问。

"我们决定在那里建立我们的行动中心，"斯蒂芬斯回答道，"我们会留下几个人在那里负责施工，其余的人将立即前往戈尔戈纳。"

埃斯基尔森总是在寻找新的商机，他理了理自己的金色小胡子，无奈地笑了笑。

"不难预料，如果铁路公司决定在河对岸修建车站，那里将会出现一个新的定居点。届时将出现两个查格雷斯，我得在对岸再建一座旅馆。"

"我们的想法是让那片区域专门用于工作。"斯蒂芬斯澄清道。

"那些来这儿的人都已经疯了，我觉得这不可能。"埃斯基尔森回应道，"他们什么时候能从戈尔戈纳回来？"

"我们真的不知道。就我而言，一旦建筑工人安装完毕，工作安排妥当，我就打算去加利福尼亚。"

"去寻找黄金？"埃斯基尔森狡黠地问。

斯蒂芬斯想到了伊丽莎白。

"是的，先生。"

"准备好了，先生。何塞，就是你研究大自然秘密时带你的那个人，他将和你一起去。"

"很好，船长确信我们的吃水不会有问题，他建议把邦戈绑在船尾，让它开得更快。"

在"埃兰将军"号船长何塞的引导下，他毫不费力地沿着查格雷斯河驶向戈尔戈纳，并在夜幕降临前抵达那里。这段旅程只用了不到7个小时，铁路工人们为自己的成功感到庆幸。

他们还非常高兴地看到，戈尔戈纳的社区似乎组织得很好。尽管也有许多旅行者在等待乘坐骡子前往巴拿马，但大家的态度都很有分寸，对社会共处的规则也有一定的尊重。

"也许他们在查格雷斯大旋涡之后已经精疲力竭了。"鲍德温嘲讽地评论道。

但事实并非如此。戈尔戈纳有一位市长和六位副市长，他们胸前都佩戴着一枚铜制徽章，这枚徽章赋予了他们维持公共秩序的权力。街道由鹅卵石铺成，大部分房屋由石灰石制成，当地人穿着得体，见到陌生人会微微点头致意。即使是位于镇子一端的埃斯基尔森的"美国之家"，看起来也像是一个体面的地方。虽然也有酗酒、赌博和性交易，但都是谨慎地进行，不影响其他居民的安宁。

他们刚刚踏上陆地，"埃兰将军"号上的乘客就听到了一阵钟声。

特劳特温说："他们在召唤天使。"

"在有牧师的地方，人们会表现得更好。"

"因为教堂让他们想起地狱。"托滕说，他和牧师不是一路人。

"无论如何，我很高兴这里就是我们设立总部的地方。现在我要为一切进展顺利而感谢上帝。"

离开人群，特劳特温循着钟声一直走到中央广场前的简陋教堂。

最初几天，承包商们开始组织施工。他们在郊区征地建造办公室、仓库和住房，同时在镇里租用必要的场地。拖船每天都会前往查格雷斯，装载阿斯平沃尔从纽约运来的其余材料和设备。很快，托滕将前往卡塔赫纳雇用工人——随着大量旅客的涌入和美元的贬值，当地人很少愿意拿起锄头和铁锹。

当铁路公司总裁确信事情有了一个良好的开端时，他告别了承包商，动身前往巴拿马，打算登上第一艘前往加利福尼亚的轮船。关于伊丽莎白的记忆随着他忧郁的节奏来来去去。只要他还沉浸在日常工作的决策和挫折中，孤独就不会对他造成压力，一旦他回到自己的房间，合上眼睑寻求睡眠，伊丽莎白的眼睛、眼神、微笑，尤其是灼热的嘴唇就会回来，在约翰·斯蒂芬斯痛苦的心中播下新的幻想。

斯蒂芬斯穿过残破的城墙，来到了扎克里森与纳尔逊的办公室。他怀疑，大批阿耳戈人移民到加利福尼亚已经改变了巴拿马的生活，但他从未想到会改变到什么程度。一群名副其实的外国人在城市里游荡，他们中的大多数人看起来像游牧民族，在这里，就像变魔术一样，出现了小酒馆、赌场、餐馆和旅馆，他们用临时的英文招牌为自己做广告。昔日的寂静和安宁已让位于长期的喧嚣和动荡。混乱占了上风。

威廉·纳尔逊张开双臂欢迎铁路公司总裁的到来。

"是时候让铁路公司的人记住我们了，我已经不抱希望了。"

"我想早点来，但启动时间比预期的要长。"

"请坐，请坐，我给你倒杯威士忌。事情进展如何？他们什么时候开始建设？"

"我想说进展顺利。我们已经把所有的材料运到了戈尔戈纳，一个工程师正准备去卡塔赫纳雇用第一批工人。"

"他们什么时候开始工作？"纳尔逊边倒酒边问。

"我们还没有确定的日期，"斯蒂芬斯回答道，"干杯！一些设备将由'巴拿马'号和'俄勒冈'号运来，这两艘船将在两周内从纽约启航；即使它们必须绕过大陆，这也比顺流而下和骡子驮运穿越地峡更便宜、更实用。我们的计划是从戈尔戈纳开始，一直走到大陆分水岭的顶端。我们认为，一旦我们完成了到克鲁塞斯的路线，我们就可以铺设从这里到那里的铁路了。但请告诉我，轮船运输的情况如何，'加利福尼亚'号方面是否有任何消息？"

"两星期前，一艘加入巴拿马—加利福尼亚航线的英国轮船'布里斯托尔'号从旧金山驶来。船长交给我一封福布斯船长的信，他在信中讲述了他在航行中遇到的巨大困难和艰辛。为了到达目的地，他被迫用船上所有的木材给锅炉加料，一到旧金山，水手们就集体放弃岗位去寻找黄金。太可怕了，不是吗？他们似乎都在做同样的事情。现在，他正试图重建这艘船并招募新的水手，在这个唯一能打动人的东西就是一夜暴富的地方，这可不是一件容易的事。"

"'加利福尼亚'号上的奥德赛之旅真是精彩纷呈！人们的疯狂真是被激发起来了。"斯蒂芬斯闷闷不乐地说道。

纳尔逊说："人们被自己的本能所驱使，古老的价值观已经退居其次。看到大厅里为公众服务的那个年轻人了吗？他是一个秘鲁人，以1000美元的价格卖掉了他到加利福尼亚的船票，他打算把其中的800美元寄给父母，然后用剩下的钱买一张去旧金山的新船票。但是，像其他许多人一样，他也是突如其来的财富的牺牲品：一半的钱被他挥霍在女人和赌博上，另一半被骗子拿走，差点要了他的命。我很同情这个孩子，所以我决定给他一个工作的机会，让他挣到钱。"

"一个真正的悲剧。"斯蒂芬斯说。透过玻璃，他注意到秘鲁年轻人的脸上过早地蒙上了一层苦涩。

"还是谈谈蒸汽轮船吧，我担心'巴拿马'号和'俄勒冈'号还没有从纽约启航。英国人正在利用乘客过剩的机会，抢在我们前面。"

"要容纳所有想移民到加利福尼亚的人，空间总是不够的。就目前而言，自从我上次访问以来，这座城市发生的变化令人难以置信。"

"秩序混乱，但也有大量美元在流通。问题是波哥大的中央政府似乎并没有意识到需要派遣士兵和警察来恢复和维持公共秩序。"

"这是非常需要的。现在我必须去找一家旅馆了。我想中央饭店仍然是最好的。"

"毫无疑问，但在下一班船来之前，那里不可能有空房，你就住我家吧。"

"我真的很感谢你的好意。我只住一小段时间，因为我打算尽快去加利福尼亚，看看那里是否真的有金山银山。下一班船什么时候到？"

"谁也说不准，约翰。你自己也告诉我，我们的船还在延误，我们不知道英国人会派多少船来。'布里斯托尔'号一周前去了旧金山，六周后才能回来。谁知道呢？此外，当那一天到来时，我们将不得不与那些绝望的人争夺你的位置，他们已经等了几个星期才上船。"

"真是一场灾难。"斯蒂芬斯在告辞前只是说了一句。

然而，那天下午，当他游览他和伊丽莎白一起游览过的地方时，一种越来越熟悉的悲伤占据了他的心灵。为了消除这种忧伤，他决定继续忙于铁路建设。在纳尔逊的陪同下，他选择了最终到达巴拿马的设备和材料的存放地点，并确定了建立太平洋终点站的最佳地点，他还设法会见了奥瓦尔迪亚省长，向省长表达了公司对查格雷斯和铁路线将经过的其他镇子的混乱局面的担忧。

铁路公司总裁说："这里没有政府机构，没有医疗中心，没有任何通常与文明相关的东西。在查格雷斯，我目睹了一个可怜虫被冷血的人谋杀，但什么都没有发生。没有逮捕，没有调查，更没有对罪行进行惩罚。据我所知，这样的事件几乎每天都在发生。"

"你知道，没有人想到会有成千上万的冒险家像《圣经》中的瘟疫一样一夜之间降临地峡。我曾多次告知政府，迫切需要加强我们在巴拿马和穿越地峡沿线的安全部队，但是，我必须坦率地说，新格拉纳达正在经历其最糟糕的政治时刻之一。为了夺取政权，自由党和保守党不惜发动武装冲突，对他们来说，其他一切似乎都不重要。尽管如此，我将继续坚持要求他们听取我们的请求。"

会见结束后，斯蒂芬斯坚信，公司有责任维护线路上的秩序和安全。他在给公司董事会的说明中写道："你无法在混乱中工作，显然新格拉纳达政府也无能为力。"

两周后，一艘小货船出现在卡亚俄和巴拿马之间的海湾，船长告诉纳尔逊，没有前往加利福尼亚的船只抵达该港口。斯蒂芬斯听到这个消息后，决定返回戈尔戈纳监督工程进度。"别担心，"纳尔逊向他保证，"往返戈尔戈纳需要三天以上的时间，如果有轮船出现，至少需要一周的时间来装水、煤和物资。所以，慢慢来，你不会错过你的船的。"

斯蒂芬斯一到戈尔戈纳就去了办公室，托滕、特劳特温和鲍德温阴沉的脸让他意识到事情很严重。"怎么了？"互致问候后，他问道。

"是拖船，"托滕回答道，"我们去河边看看吧。"

"埃兰将军"号被桩子支撑着，就像一只巨大的半翻转的乌龟，侧躺在码头边。几个工人正在船底的木头上涂抹一种深色物质。

鲍德温说："我们以前从未见过如此凶猛的蠕虫。在不到一个月的时间里，虫子已经蛀透了整个船体，这是我们尝试的第二种治疗方法，我们知道这将是徒劳的。我们需要一艘铁底的船来抵御它，但额外的重量会大大加大船的吃水，使它无法在河的浅滩上航行。"

斯蒂芬斯问道："如果我们用另一种木材呢？"

"'埃兰将军'号上使用的是黑桃花心木，这是一种最坚固的木材。问题是，由于长期与水接触，它很容易受到虫子无情的侵害，而虫子在这里一直是噩梦。"

"当地人的邦戈是如何抵御虫害的？"

"我们也问过自己同样的问题。我们检查了一些邦戈，确实，没有任何被虫蛀的迹象。我们认为，由于它们是由一根没有关节的树干制成的，因此它含有树液，使虫子更难侵入。没有其他解释。"

"那么我们能做些什么呢?"

特劳特温回答道:"经过反复讨论,我们决定不再继续原来的项目。我们别无选择,只能放弃冲积路线,重新评估大西洋路线。我们必须尽快返回纽约与公司协商。"

那天晚上,当约翰·斯蒂芬斯整理自己的物品和收拾行李时,他萌生了听从内心的想法,暂时忘记自己作为铁路公司总裁的责任。但是没有,伊丽莎白将继续在他的梦中等待,而铁路将再次占据他的现实。

三天后,斯蒂芬斯、特劳特温、托滕和鲍德温登上了前往美国的"猎鹰"号。在查格雷斯和戈尔戈纳,留下了一些人建造仓库和警卫库存。斯蒂芬斯的老朋友诺特斯坦船长同意将"埃兰将军"号拖到新奥尔良修理。当他们在码头上分别时,埃斯基尔森无法掩饰他对第一次冒险失败的喜悦之情。

"人必须适应自然,而不是自然适应人。"

"这个白化病人认为自己是个天才,但他忽略了人类历史恰恰相反的事实。"特劳特温恼怒地评论道。

当铁路工人们登上轮船时,他们并不知道,在这艘将送他们返回纽约的轮船上,还坐着阿尔伯特·茨温格,他是老橡树劳的代理人。在他的公文包里,装着在他老板眼中比黄金更珍贵的珍宝:27份期权合同,涵盖了查格雷斯和波托韦洛之间所有的沿海土地。

第十二章

"加利福尼亚"号抵达两天后，旧金山港务局命令福布斯船长撤出码头，在海湾抛锚。"我没有煤，也没有足够的水手操控船。他们都去采矿了，"福布斯哀叹道，"其他停泊在那里的船只也是如此。有些船甚至连指挥官都开溜了。""我们会把它拖上来的。"港口管理员这样回答。

直到这时，克利夫兰·福布斯才完全意识到，"加利福尼亚"号的命运并非独一无二。在旧金山湾静静的水域中，数十艘船只静静地躺在那里，桅杆和缆绳都在嘶吼着它们的赤裸和被遗弃的凄凉。

"我们现在该怎么办？"吉姆·纳博尔问道。

"开始为返回做准备。首先，重建返航的必需品：桅杆、船桅和船首斜桅。然后招募水手，最后储备煤炭和给养。在巴拿马，我们将完成小规模的修理和装饰。帮我放下一条船。"

组成旧金山镇的50多座建筑矗立在一个天然入海口的

岸边，这是一个海湾中的小海湾，面对着一个被山丘环绕的岬角，早期的西班牙和墨西哥定居者最初称之为耶尔瓦布埃纳。美国从墨西哥手中夺取加利福尼亚领土后，美国移民立即将其更名为圣弗朗西斯科，以纪念100年前西班牙牧师胡尼佩罗·塞拉为纪念圣方济各而建立的传教所。福布斯船长和他的助手在第一次游览该镇街道时惊讶地发现，几乎所有的重要建筑都是旅馆、餐馆、食堂或赌场。还有几个仓库，里面挂着大块的布，上面全是拼写错误，宣传采矿工具、服装、鞋子和食品。在周围同样受到商业侵蚀威胁的山丘上，矗立着少数教区居民的住宅，他们抵制住了金矿的诱惑。

福布斯站在其中一座小山上，可以充分领略海湾的广阔，并看到那里的船只比他最初想象的要多得多。

"有100多艘废弃的船只。"吉姆难以置信地评论道。

"所有的船长都面临着同样的问题：如何再次出海？"

这座新兴城市的空气中弥漫着匆忙和及时行乐的气息。街上的绝大多数人都是男人，其中只有少数人看起来很文明。在旅馆门前，有意采矿的人无论如何都要把马车带走，马匹的疲惫已经显露出来；在商店里，络绎不绝的购物者争先恐后地抢购镐头、铁锹、炸药棒等各种物品；在露天的繁忙街角，临时商贩提供最"神奇"的设备，以方便寻找黄金。福布斯和吉姆对一个提供罐装油脂的商人很感兴趣，这种油脂是专门用来诱捕金属之王——金子的。

"它是如何见效的？"福布斯好奇地问。

"非常简单，"推销员夸张地比画着回答，"买到这种神奇产品的幸运买家只需在全身涂抹一英寸厚的一层，然后在河床上打滚。金块会粘在皮肤上。我旁边的这位先生就买了一罐，他是我们特殊油脂功效的见证人。"

"没错，"他说，"这个装满金块的罐子就是打滚得来的。"

比小贩的想象力更不可思议的是，一些不明真相的人天真地购买了这种神奇的油脂。

回到码头后，福布斯急于与其他船长交换印象，便打发吉姆打听收购木材的可能性，他自己则来到最近的一家酒馆。这是一个临时搭建的棚子，有一个醒目的名字"金门"。在吧台前，三个水手正无精打采地喝着酒。

"我是'加利福尼亚'号的克利夫兰·福布斯船长。"

"你的船怎么了？"最年长的问道。

福布斯讲述了他的冒险经历，然后问道：

"你打算什么时候再出海？"

"告诉他，汤姆。"

汤姆摸了摸自己的帽子，介绍自己是"海鸥"号的船长托马斯·怀特，又指着另外两个人说："这是'爱尔兰商人'号的船长弗兰克·帕特森和'悉尼漫步者'号的船长卢卡斯·威廉，他们也是帆船船长。我从伦敦出发，弗兰克从爱尔兰出发，卢卡斯从澳大利亚出发。我们已经在这里待了两个半月，在恢复理智之前，我们不可能再出海。"

汤姆耸了耸肩。"还在招锅炉工，如果我是你，我就认命了，今年剩下的时间就跟我们一起待在这个海湾里。"

"真的没有办法找到水手吗？"福布斯坚持说。

"在旧金山没有，"弗兰克回答道，"你只能去矿区找一些破产的冒险家，他们对淘金感到厌烦。"

"我的情况更糟，这倒不是因为我需要更多的人来做发动机，而是因为我必须重建船上的木料。"

当福布斯从酒馆出来时，吉姆正坐在码头边上耐心地等着他。天已经开始黑了，一轮完美的红日正慢慢沉入海湾底部。船长坐在他的助手旁边，两人静静地欣赏着夕阳的眩目之美。当只剩下最后一抹余晖的倒影时，吉姆说道：

"这里的日落更明亮，因为我们更接近太阳落山的地方，没有任何东西会干扰我们的视线。"

福布斯凝视着男孩天真烂漫、近乎孩童般的脸庞，沉思了片刻。

"没错，吉姆。我想我已经得到了我想要的所有信息。现在我们回船上去，明天我们在城里找个住处，然后开始工作。你那边怎么样？"

"不太好。人们没有时间说话，在商店里，如果你不去买东西，他们看都不看你一眼。一个传教士告诉我，不远处有一个锯木厂，他们可以在那里帮助我们。"

"很好，我们一有马车就去拜访他。"

两周后，福布斯船长在为船寻找水手和木材方面进展甚微，牧师提到的锯木厂只剩下一个旧棚子的墙壁和屋顶。

"主人把机器搬到矿区去了。"一位老人无精打采地在邻近牧场的门口摇晃着说，"我的家人也去找金子了，留下我在这里等死。矿区是年轻人的天下，我几乎走不动了。照顾我的墨西哥印第安人很快也会离开我。"

在返回旧金山的路上，吉姆沮丧地大声反省淘金热带来的动荡。"世界变了。"船长为他的年轻同伴感到遗憾，因为他突然意识到生活的不公。"有一天，一切都会回到原来的样子。"他安慰道，但他并不信自己说的话。

在无法获得木材的情况下，福布斯最终与一艘废弃旧帆船的船长谈判，买下了桅杆和船桨。他还花小钱买了一些木板，这些木板是几个月前旧金山最后一场大火中被烧毁的建筑物的一部分。他不得不雇了两个游手好闲的人当帮手，这两个人只是在前一天晚上从蹂躏中恢复过来时才工作，一旦拿到报酬，他们就回到镇里不眠不休地喝酒。

一天傍晚，吉姆把醉汉们送上岸后，在一个黑人的陪伴下回到船上。

"这个人说他想和你谈谈。"

福布斯看着这个衣衫褴褛、目光躲闪的人。

"你是谁？孩子，你想干什么？"

黑人头也不抬地回答道：

"我叫杰克，船长先生。我和斯威尼主人一起坐这艘船来到加利福尼亚，你不记得我了吗？"

福布斯抓住黑人的下巴，强迫他抬起头来。沉着而惊恐的眼睛看了他一会儿，然后又低下头去。

"你怎么了？怎么瘦了这么多？你的主人呢？"

"一切都糟透了，船长。斯威尼先生在矿井里被杀了，我不知道该怎么办。我再也没有主人了。"

"他被杀了？"

虽然在福布斯船长的印象中，这个奴隶是个温顺安静的人，但他不会是第一个为了自由而杀死主人的黑人。但如果是这样，他在这里干什么？

"是的，船长先生，他像狗一样被杀了。"

杰克讲述了他的故事。在旧金山上岸后，斯威尼主人曾夸下海口，说他打算不惜一切代价买下一座金矿。两天后，一位衣冠楚楚、温文尔雅的绅士出现在旅馆，他说自己是理查德·梅森，是苏特斯磨坊镇最有前途的矿场之一的矿主，但由于他急需回纽约处理家族事务，他愿意以合理的价格出售矿场。同行的还有一位先生，梅森介绍说这位先生是旧金山最杰出的银行家。梅森说："他可以证明我的存款很多。"银行家证实梅森确实是自己最好的客户，他回忆说，仅在过去的两个月里，梅森就存入了十几万美元的黄金，并邀请斯威尼去他的银行亲自看看。一个小时后，主人非常满意地回到了旅馆。他兴奋地说："我几乎花光了身上所有的钱，但我买下了加利福尼亚最好的矿藏。"他还说，由于矿山已经全面投产，他甚至不必再费心雇用员工和购买设备。"你只需要去那里，然后占有它。这就是有钱的好处。"经过一个星期的旅程，他们来到梅森的矿区，看到矿区里有许多人在工作，斯威尼再次夸耀起自己的技术和他的好运气。"不要低估运气。"他说。但运气很快就变了，当主人走进矿上的办公室，向工头出示他的证件时，工头突然大笑着说："又一个被梅森骗了的倒霉蛋。这次他把矿井卖了多少钱？当然，它的产量最高，但它是我的，不卖。现在滚出去，我们在工作。"但斯威尼不肯走，大吵大闹，两人被强行带走，受到羞辱，他拔出枪，威胁说如果不交出他的矿，就杀光全世界的人。杰克试图干预，但为时已晚，几声枪响，斯威尼倒在地上，全身被刺，鲜血直流。杰克被打倒在地，但还活着。一恢复知觉，杰克就步行返回旧金山，因为马匹不见了。看到"加利福尼亚"号还停泊在海湾里，杰克才如释重负。

"我现在该怎么办，船长先生？我没有主人，无处可去。"

福布斯对这个因肤色而沦为奴隶的人深表同情。他的直觉和对斯威尼可憎性格的回忆使他倾向于相信这个黑人的故事。

"如果按照法律，"他说，"你仍然是斯威尼继承人的奴隶。但他们在路易斯安那州，我们在加利福尼亚州，我需要有人帮我把这艘船运回巴拿马。然后我们再看看你的情况如何解决。你不是我的奴隶，但你将是我的雇员，我希望你能完成我分配给你的工作，以换取食宿和衣服。吉姆将是你的上司，你说你叫什么名字？"

"杰克，我叫杰克，船长先生。"黑人说着跪了下来。

"你不必向这里的任何人下跪。"船长边说边把他扶起来。

三周内，"加利福尼亚"号带着三根桅杆、船首斜桅、撑杆和其余的撑杆回来了。上甲板已全部修复，下甲板也已部分修复，水手们可以在船舱内顺利通行。此时，在黑人和吉姆的热情感染下，就连醉鬼们也全身心地投入重建工作中，这艘船正在慢慢恢复它失去的优雅。但是，尽管"加利福尼亚"号的船长竭尽全力，他还是没能招募到一名水手。

有一天，他宣布说："我要去苏特斯磨坊镇，看看我是否有更好的运气在失意的矿工中招到人。"

"我和你一起去，保护你。"黑人杰克说。

"不，你留在这里守船。吉姆和我一起去。"

两天后，福布斯和吉姆乘坐一辆敞篷马车出发前往萨克拉门托，在那里他们将首先探索雇用水手的可能性。如果失败，他们将继续前往苏特斯磨坊镇。

在萨克拉门托，他们发现了比旧金山更加狂热的活动。一切都是临时搭建的：粗糙的木头房子；街道，泥泞不堪、没有路面的沼泽地，人、牲畜和马车在其中跋涉；居民们来来往往，漫无目的，仿佛就在那一刻，他们活了过来。福布斯仍然穿着船长的服装，在一家最漂亮的旅馆前停下了马车。

他对他的助手说："首先，吃顿好的，洗个澡，睡个好觉，明天开始我们的任务。"

当他意识到这是一家妓院时，福布斯感到非常失望，在那里，粗俗、不修边幅的女人正猜测着，当天来这里寻求慰藉的男人中谁在矿上运气最好，挖出了最多的金子。得知所有旅馆都是一样的，他们别无选择，只能接受鸨母以高价提供的砂锅饭、一碗水和合住的房间。

福布斯心想："我们在这里一个人也招不到。"他试图在欢愉的呻吟声、咒骂声、笑声和零星的枪声中入睡，这些声音充斥着这个名为萨克拉门托的镇子的夜晚。

黎明时分，福布斯和他的助手出发前往苏特斯磨坊镇。"如果你们打算去矿上，就必须脱掉水手制服，这在这些地方被认为是不吉利的。"鸨母在前一天晚上叮嘱道。由于船长认为鸨母都是经验丰富、讲求实际的女人，福布斯和吉姆在离开萨克拉门托时穿着就像另外两个矿工一样。

第二天下午，内华达山脉的山麓变成了一片充满希望的新土地，路上开始出现人类活动的迹象，低流溪水的岸边搭起了帐篷，神情漠然的人将形状各异的容器浸入水中，机械地清洗新收集的砾石。

"人似乎并不多。"吉姆惊讶地说道。

"耐心点，我们还没到呢。"福布斯解释道。

黄昏时分，在绕过一个弯道后，峡谷的雄伟展现在他们面前，萨克拉门托河在这里留下了内华达山脉的崎岖高地。水手们第一次看到了淘金者的身影，他们就像一群贪得无厌的蝗虫，来到了山谷。当他们走近工作地点时，可以欣赏到这些人使用的原始方法和工具，他们的脸上反映出那些把一切都押在一副扑克牌上的人的彷徨、焦虑和痛苦。沿着河岸，仿佛是为了给河水放血，他们开沟把清澈的河水引到长长的木制独木舟上，工人们在独木舟上把令人垂涎的金属块从碎石中分离出来。但福布斯印象最深的是，在这些简易的矿工中，有白人、黑人、混血儿、印第安人、阿拉伯人、中国人和印度教徒，所有种族似乎都聚集在这个偏僻的角落，对萨克拉门托河畔曾经平静的处女地进行蹂躏和摧残。

福布斯评论说："这似乎不真实，这些人是从哪里来的？"

"从海湾里的废弃船只上。"吉姆很有逻辑地回答道。

由于泥滩使马车难以前行，水手们决定将马车丢弃在路边，继续步行。福布斯走近一名矿工，他坐在一块石头上，目光呆滞，正在休息。

"早上好，你能告诉我镇子在哪里吗？"

矿工是一个留着又长又浓的黑胡子的白人，他看了看福布斯，吐出了一团黑乎乎的东西，转身对同伴们喊道：

"这个人想知道镇子在哪里。"

其他人继续做自己的事，好像没听见他的话。矿工又吐了一口：

"这里没有镇子。这里只有这些该死的矿井。"

"你们在哪里睡觉，在哪里吃饭，在哪里玩呢？"

矿工又对他的同伴喊道：

"这个人想知道我们在哪里玩。"

他们都不为所动。

"我们睡在地上，用油布当屋顶；我们吃的都是垃圾，唯一的娱乐就是洗石头，直到找到黄色为止。"

"这里的情况似乎不太好，"福布斯评论道，"我给你们提供一份船上的工作怎么样？"

"我就说呢，你根本不是矿工。"另一个人说，并再次转向他的同伴，喊道："这个人问我们想不想在他的船上工作。"

这次他们把注意力都移到福布斯身上。其中一个人，可能是工头，放下手中的铁锹，气势汹汹地走到福布斯面前。

"我们在找金子，我的朋友。我们已经走了很远的路，我们的家人希望我们回去后不会变穷。许多在这里工作的人都曾经是水手，我很怀疑，他们是否愿意回到航海时代。在这儿至少不会口袋空空。"

"我可以给他们开个好价钱。我只需要20个人。"福布斯和颜悦色地说。

"我建议你离开。船长的出现被认为是不祥之兆，到了傍晚，没有找到金子的人可能会因为疲惫和乏味而变得暴躁。"

工头背对着福布斯，命令另一名矿工回去工作。当他拿起铲子，又吐了一口唾沫后，那个黑胡子矿工低声说："这里最像城镇的地方是萨特堡。原路返回，在过河处向北拐弯。"

回到马车上，福布斯评论道："不是人们想象中的淘金热景象。"

吉姆推断说："看来人潮比黄金多。"

"这里可不是招募人员的地方。"

两天后，在萨克拉门托河和亚美利加河交汇处以北几公里处，福布斯和吉姆发现了萨特堡。与其说它是一座军事要塞，不如说它看起来像西班牙修道士建立的众多传教所之一，不过它的结构更加对称，更加简洁。外墙透过简易建筑几乎难以辨认，有些是木制的，大部分是简单的遮阳篷，几乎包围了整个外围。唯一的一座高塔上悬挂着一面美国国旗。

福布斯说："那一定是入口。"

当他们到达大门口时，一名士兵警告他们马车不能进入要塞。

"谁的命令？"福布斯问。

"史密斯将军的命令。"

"珀西弗德·史密斯？"

"就是他。他把他的总部暂时设在了这个要塞。"

"马车和马怎么办？"

"威利的马厩会照顾它们的。你可以在回来的路上找到它们，就在城墙的拐角处。"

马厩原来是靠着要塞侧墙的许多轻型木板搭建的棚子中的一个，威利是个好动的、爱说话的人，年龄不确定，虽然满脸络腮胡子，头发花白，但他铲起干草来却像个年轻人一样干劲十足。两分钟的交谈足以让马夫猜出，他的两个矿工新顾客一无所有。当福布斯说出他的真实职业和航行目的时，威利突然开口告诉他们，他也当过多年水手。船长耐心地等威利讲完，然后问他是否愿意再次出海。

"我当然想，但我不能。"他一脸沮丧地回答，"我向妻子保证再也不出海了。我的长期不归让她痛苦不堪。霍乱夺走她的生命后，我决定到矿上碰碰运气。但我既没有耐心也没有技术在河里寻找金块；我更喜欢马和普通人。"

吉姆不禁用他那幼稚的逻辑说，现在他是个鳏夫了，没有什么能阻止他再次出海。

"不，朋友，恰恰相反，如果我妻子还活着，我可以不遵守诺言，但她已经不在了，我必须永远遵守诺言。我相信，在最后的矿井里，你们可以招募人手。"

"最后的矿井？"福布斯问。

"那是个酒馆的名字。你在要塞里很容易就能找到。别担心你的马和马车。我会好好照顾它们。"

他们要离开时，福布斯决定回来满足他对要塞名字的好奇心。

"你们没听说过萨特吗？"威利惊讶地叫道，"每个人都知道萨特是谁。他创建了这个地方。只要加利福尼亚还属于墨西哥，萨特就是最终的权威。但我们美国人出现了，他不仅失去了指挥权，还失去了要塞。新的军队指挥官史密斯将军是一个非常尖刻的人，他没收了堡垒，因为萨特是外国人。看来这位将军憎恨外国人。萨特在上游建造的锯木厂发现了金矿，但这对他没有任何好处。那些后来者变得富有时，这个瑞士人，就像有些人形容他的那样，失去了土地、锯木厂、木材、黄金和堡垒。"

"他后来怎么样了？"福布斯好奇地问。

"他说他要主张自己的权利，几个月前去了华盛顿。"威利回答道。

与外围的混乱不同，要塞内部显得稳固而有序。在大庭院的中央，一面美国国旗和身着军装的人表明这里是军事权力的所在地。在院子的一角，一块相当普通的招牌下，是"最后的矿井——酒馆和旅馆"的广告，福布斯和他的助手正是朝这个方向走去。当他们走到门口时，吉姆拉住了福布斯的胳膊。

"那个人看起来像杰克！"他指着钉在墙上的一张纸惊呼道，"通缉：被控谋杀主人的奴隶。悬赏50美元。"

"虽然画得不是很清楚，但那就是杰克！他被指控谋杀了斯威尼。"福布斯船长惊呼道。

"见鬼。"

"上面还写了什么？"

"他们会给抓住他的人50美元的奖励。"

"该死的。我们该怎么办？杰克没有杀人。"

"没错，但我担心杀死斯威尼的矿工们会怪罪于他。有了白人的话，奴隶的话就不算数了。我们现在什么也不做，等我们回到船上再看看怎么保护他。"

"最后的矿井"是一家朴素而不喧闹的酒馆。虽然有两三个女人在桌间游荡，但她们的行为并不像妓女。福布斯来到吧台，点了两瓶啤酒，正当他准备向酒保打听店主时，他感到肩膀被人拍了一下，一个熟悉的声音在他身后响起：

"福布斯船长，别告诉我，你也抛弃大海来了矿山！"

"麦肯农！"福布斯喊道。他真的很高兴能与这位面带微笑的高地人重逢，这位高地人在命运多舛的"加利福尼亚"号航行期间，以其质朴而坦率的态度赢得了他的好感。

"掘金进行得怎么样了？"

"不是很好，船长，不是很好。我们中的许多人走到这一步都很艰难。这里没有金山，也没有金河。幸运的人很少，他们很快就发财了，但绝大多数人，包括我自己，只能勉强找到足够的金子来充饥。"

"剩下的人怎么办？"

船长的问题中包含着某种希望，高地人立刻抓住了这一点。

"有些人还在矿井里，其他人，那些单身汉，已经去山顶上寻找了。恐怕我们要到春天才能再见到他们了。"麦肯农停顿了一下问："你需要多少人？"

"20个，不过25个更好。"

"报酬呢？"

"搭乘'加利福尼亚'号到巴拿马的旅费和食物，以及剩下到新奥尔良的路费。此外，只要他们在我的船上工作，我每天给5美元。"

"还不错，船长。给我两天时间，我会召集25名悔过自新、渴望返回家园的高地人。24个，因为另一个就是我自己。"

克利夫兰·福布斯难掩喜悦之情，热情地握住麦肯农的双手。

"谢谢你，我的朋友，你帮我解决了一个大问题。对了，你叫什么名字？"

"我很久以前就不用本名了，船长。叫我麦肯农就够了。"

"那我们两天后在这里见，麦肯农，你将是我船上的第一位军官。"

福布斯看到吉姆一直微笑的脸开始变得阴沉，马上补充道：

"把'加利福尼亚'号安全送回巴拿马，就靠你和我的私人助理吉姆了。"

"我希望我们不必再烧它。"麦肯农感叹道，并放声大笑起来。

与高地人的谈话结束后，福布斯和吉姆决定庆祝一下。他们喝了几杯威士忌后坐下来吃晚饭，这时一个中尉走进酒馆来找福布斯。

"史密斯将军想见你，先生。"

"告诉他我一吃完晚饭就来。"福布斯不情愿地回答。

"这样的话，我宁愿等，长官。我的将军命令我没请到你就不要去报到。"

福布斯显然很恼火，他平静地吃完饭，在旅馆登记簿上签了字，命令吉姆把必需品搬到房间里，然后才跟中尉走。

珀西弗德·史密斯在一间华丽的房间里工作，门外站着两名穿制服的士兵，无可挑剔。福布斯等了几分钟，将军签完了一些文件。

"一切都在这里完成。"他说，最后抬起头来，没有行礼，也没有请他坐下。"矿工与农民争斗，农民与牧场主争斗，所有人都与城市居民争斗。你来萨克拉门托有何贵干，船长？”

“我需要水手把‘加利福尼亚’号带回巴拿马。在旧金山不可能招募到水手。我想也许我可以在这里找到一个厌倦了洗砂石想回家的矿工。”

“来这里的都是些人渣，不信神的人。但不要只是站在那里，坐下，坐下，坐下。我可以请你喝一杯吗？”

“谢谢你，将军，但我必须回去做我的事了。”

“着什么急？这个时候联欢活动刚开始。至少在堡垒里我还能尊重别人和平生活的权利。那船呢，你重建好了吗？”

“这是我做的第一件事，它已经准备好出航了。”

“那么我请你，当它起航的时候，带上邮件，把它送到华盛顿去。这是非常敏感的信息，所以要小心保护它。中尉会把邮包交给你。”

“我很乐意这样做，将军。运送邮件是我所服务的船运公司的职责之一。告诉中尉明天傍晚把信送到威利的马厩。”

“威利？如果你把你的马带到这里来，我们会更好地照顾它的。”

“除了马，我还有一辆车，我不得不把它留在城墙外。”

“我不允许马车进入要塞。他们用车来藏他们偷来的东西。你还记得南方的种植园主斯威尼先生吗？他和他的奴隶一起在加利福尼亚旅行。我一直认为白人是上帝创造的，黑人是魔鬼创造的。如果说黑人的威胁还不够大的话，那么矿井里已经塞满了外来人，就像你们极力维护的秘鲁人一样，他们是真正的人渣，从世界各地来榨取我们的财富。试想一下，现在庇护我们的堡垒属于一个外国人，一个自以为拥有我们这片领土的瑞士人。你知道他叫它什么吗？新赫尔维蒂亚①。据我所知，这是他国家的旧称。此外，由于黄金是在他拥有的锯木厂里发现的，这个无赖打算把黄金据为己有。"

福布斯意识到，将军可能会在晚上继续抱怨下去，而与将军争论杰克或任何其他事情都是无用的，于是他告辞了，借口是他的助手在酒店等他。

将军说："也照顾好那个年轻人。请记住主的箴言，它告诫我们要警惕静水。今天，虚伪是美德之母。"

福布斯离开军营时想："什么人啊！"

在约定的日期，麦肯农和福布斯在"最后的矿井"再次会面。令船长惊讶的是，在高地人招募的人员中，有一名工程师的助手，他发誓如果他的开小差行为得到宽恕，他将以最好的状态重返工作岗位。四天后，福布斯、吉姆、麦肯农和新招募的人员登上了"加利福尼亚"号，开始准备返回。杰克很高兴能见到船长，但他没有被告知任何关于对他的指控。在福布斯看来，帮助黑人的最好办法就是尽快启航。

当"加利福尼亚"号的船长认为新手水手们已经准备好

---

① 赫尔维蒂亚是瑞士联邦的象征。这一名称和瑞士的官方名称"赫尔维蒂亚邦联"都源于罗马帝国征服瑞士高原之前当地的居民赫尔维蒂人。

履行新的职责时，他将出航日期定在了两天后，即10月23日，并上岸寻找补给品。在所有人看来，位于旧金山郊区的"上帝之手"是物资储备最好的地方，于是他和他的得力助手一起来到了这里。不到中午，他们就买齐了必需品，当吉姆装完马车时，福布斯过来付钱。

"看来你们要去旅行了。"店员头也不抬地说道。她的口音显示出她是一位受过教育的女士。

"我是后天开船的轮船船长。"

"去巴拿马？"

"没错。"

"一共是465美元。"这位女士最后宣布。

就在她递给福布斯那张写着账目和总金额的纸时，两人的目光相遇了，都大吃一惊。

"伊丽莎白·本顿·弗里曼？"福布斯难以置信地叫道。

"船长，你不是'大西洋漫步者'号的船长吗？"

"克利夫兰·福布斯，这真是一个意外的惊喜！你们是这个仓库的主人吗？我怎么可能直到今天才知道呢？"

"我是这个仓库唯一的主人。"

福布斯自从那天带着阿斯平沃尔的来信来到伊丽莎白的小屋向她表示敬意以来，几乎没有什么变化。他那高贵的气质、安详的神情，以及那双今天同样炯炯有神地看着她的刺眼的灰色眼睛，都让她感到不安。他的胡须和鬓角初现白发，柔和了他的五官，更衬托出他的英俊。伊丽莎白也不再是那个登上"大西洋漫步者"的热切女孩了。她的美貌已经成熟，疏于梳洗打扮的脸庞更加衬托出她眼睛的蔚蓝色，也更加突出了她嘴唇的性感，她的嘴角不再带着俏皮、轻佻的微笑，而这种微笑曾在几个星期内照亮了克利夫兰·福布斯船长沉闷的日子。她穿着男性化的衣服，却无法掩盖她的女性魅力。

"弗里曼少校呢？"短暂的沉默。

"我的丈夫没有来旧金山，"伊丽莎白低声回答，"他和他的分遣队的成员一个都没过来。军队认定他们死了，并追授他们荣誉。"她的声音越来越沮丧。"军队指挥官拒绝派遣巡逻队搜寻遗骸。近两年过去了，他声称任何进一步的努力都是徒劳的。也许他是对的。去年夏天，我亲自组织了一支探险队，在落基山脉进行了搜索，但没有发现任何蛛丝马迹。我们甚至没有找到可怜的罗伯特在严冬中试图寻找的路线。"

悲伤和希望交织在一起，船长沉默了。

"我很抱歉。"他沉默良久后说道，"你呢，你会留在旧金山吗？"

"我每天都会问自己要不要留下来。这家店生意不错，它让我独立，让我忙碌，杰西是个出色的销售员，对我帮助很大，但对西部和新家园的幻想随着罗伯特的去世而破灭了。没有什么能把我和这个充满欲望、争吵和野蛮的巢穴联系在一起。"

"那你为什么不跟我回巴拿马呢？我保证把你安全送到

纽约，即使我必须亲自陪你。"

伊丽莎白对福布斯的话报以微笑，但很快就变成了苦涩。

"船长，你还有两天就要启航了，我需要更多的时间来卖掉仓库和整理我的其他东西。此外，我不能轻易做出决定。"

"我明白，伊丽莎白。但加利福尼亚这个疯狂的世界不适合一个女人独处。此外，为了出海，我已经等了五个月，我更愿意再多等几天。"

"你凭什么认为我会永远一个人？"

她那调皮的笑容又闪现在她的脸上，关于她的记忆常常扰乱福布斯孤独的夜晚。

"我不是故意的……"

"我是开玩笑的，"伊丽莎白打断道，"你的提议很慷慨，也很诱人。船长，我还有多少时间做决定？"

福布斯刚想说"如果回答是肯定的，多久都可以"，但他想起了杰克的逮捕令，以及与加利福尼亚一起返回巴拿马的紧迫性。

"我明天再来，可以吗？"

"谢谢你，船长，明天这个时候你会得到答复的。"

那天晚上，福布斯不知道为什么突然对伊丽莎白如此着急。毫无疑问，她是一个非常美丽的女人，但以前也有许多美丽的女人闯入过他的生活。伊丽莎白到底有什么让他如此不安？是她突然又恢复了自由，还是多年来孤独的生活最终压垮了他对自由的热爱？在思考的过程中，克利夫兰·福布斯突然意识到，伊丽莎白的回答将决定他的人生轨迹。如果她选择留在旧金山，那么即使他不得不离开大海，他也会回来。如果她同意回巴拿马，他将有机会在航程中让她看到他强烈的感情。许多女人都曾屈服于福布斯船长的英勇和指挥才能，但他从未对她们有过任何感觉，除了新征服的快感和虚荣。因此，他在爱情问题上有着愤世嫉俗的名声。然而现在，当他试图入睡却徒劳无功时，他感到一种难以抑制的渴望，渴望再见到伊丽莎白。他想象着她在他的怀里，他甜蜜而热烈地亲吻着她；他被拒绝的前景吓得浑身发抖，他知道了他经常嘲笑的那颗心脏，现在无缘无故地疯狂跳动起来，它不仅仅是一个泵血的机器。

当福布斯在临近中午到达"上帝之手"时，他发现伊丽莎白正与一位衣着光鲜的绅士热烈交谈，而这位绅士的举止却不像矿工。除了言语，他们还交换了眼神和微笑，船长第一次感到了嫉妒的悸动。

"船长，过来，我们正在谈论你呢，"她说，"这是弗兰克·沃克，旧金山唯一值得信赖的银行家。他借给我一些钱来购买和储存这个仓库，并同意以一个我们都认为公平的价格从我这里买下它。"

福布斯掩饰不住内心的喜悦，热情地与银行家握手，然后转向伊丽莎白。

"你是说你要出海？"

"是的，船长，杰西和我将和你一起出航。不需要等很久，我们明天就可以启航了。"

"我希望你们明白，你们船上的宝藏比加利福尼亚所有矿山里的金子都要珍贵得多。"沃克说，带着一种掩饰不住的真诚。

"我一直都知道。"福布斯无法克制地回答道。

"你太夸张了，船长。"伊丽莎白轻声说，带着以前的骄傲。

克利夫兰·福布斯认为自己在那双蓝眼睛的深处看到了一束火花，那束火花正开始吞噬他。

第十三章

　　威廉·阿斯平沃尔已经不像几个月前和约翰·斯蒂芬斯告别时那样热情乐观了。塞缪尔舅舅，霍兰德兄弟中的最后一位，去世了。这使他陷入了无尽的忧郁之中。坐在办公桌后，他与他的伙伴和朋友一起回忆往事。

　　"他在睡梦中去世了，正如他所预料的那样。我想我是唯一一个知道霍兰德与阿斯平沃尔公司欠山姆舅舅多少的人——他不仅是我们的创始合伙人，还是一个真正意义上的企业家。他是一位出色的规划者，工作认真负责，在做出重大决策时大胆而谨慎。尽管他不断提出批评，但总是建设性的，我接替他管理公司时，他就成了我忠实的盟友。每当必须做出一项可能危及未来利润的决定时，他都会像飞镖一样直截了当地提出自己的意见，但最终都会同意我的建议。在他令许多人恼火的严厉态度背后，有一颗善良而高尚的心。此外，我从童年起就对他有着美好的回忆。我会非常想念他的，他无法看到大西洋铁路的竣工，这让我非常悲痛。"

"我们都会想念他的，威廉。虽然我与他接触很少，但我却越来越喜欢这个老人。我想，尽管他对我冷嘲热讽，但他也喜欢我。"

"他一认识你，就开始读你的书，后来你所有的书他都读完了，并对它们赞不绝口。"

"他从没告诉过我。"

"山姆舅舅就是这样的人：虽然他很欣赏别人的优点，但他在承认这些优点时却很拘谨克制。我们还是谈正事吧。"

"也许现在不是谈工作的最好时机……"

"恰恰相反，约翰。我需要赶紧忙碌起来，来冲淡我的悲伤。我已经知道来自地峡的消息不太好。"

"没错，威廉。我们不能指望查格雷斯的水路，如果用水路，我们就得从大西洋沿岸修建铁路线，为项目投入更多资金，并解除托滕和特劳特温的合同。"

"真正的问题不是钱，而是时间，"威廉靠在椅背上说，"在加利福尼亚发现黄金所引发的大规模移民潮已经让范德比尔特和乔治·劳胆子更大了，虽然他们本来胆子就不小。虽然海军准将想建立一条穿越尼加拉瓜的河湖航线，与我们的铁路竞争，但老橡树仍在向我施压，要我以创始人的价格卖给他股份，以便他能进入公司董事会。就在今天下午，他还要来拜访我。正如我所说的，尽管追加投资的数额巨大，但我们可以轻松地获得这些投资。我们缺的是对大西洋航线进行进一步研究的时间。恐怕我们只能随机应变了。"

"鲍德温在这个问题上有非常明确的想法。从人们最初的研究和他自己进行的研究中不难看出，最好的选择是从波托韦洛开始修建这条线路。在他最近一次地峡之旅中，他走了戈尔戈纳和这座殖民城市之间的路线，据他说，这是一个不那么潮湿、不那么崎岖的地区；正因为如此，两百多年前，西班牙人在这里铺设了一条道路，将殖民地出产的金银财宝运过地峡。这条被西班牙人称为'皇家道路'的古道遗迹至今仍存在。"

"休斯上校不同意这种做法。"阿斯平沃尔提醒道，"他认为这条路太长了，会增加成本。因此，他建议从海军湾开始修建。"

"大家都不了解海军湾，休斯上校也不了解。鲍德温认为，这里比波托韦洛，甚至比我们最初走过的查格雷斯，都要更加泥泞，地形更加复杂，尽管那条从查格雷斯走的路线肯定要长得多。"

"如果你同意，下周五我们将召开董事会，以做出必要的决策。我会邀请鲍德温、休斯和承包商。"

"我不会让鲍德温和休斯坐在同一张桌子旁。"斯蒂芬斯警告说，"他们会没完没了地吵架，这样我们永远不会有任何进展。"

"那么，我认为应该只邀请休斯上校，他比鲍德温更有威望，对此事的研究也更透彻。你同意吗？"

"好吧，但我们事后必须征求鲍德温的意见。休斯上校也许是个伟大的理论家，但他从来没有亲自去铺设过铁轨。而詹姆斯是个真正的实干家，他把在学校学到的东西应用到了实践中。"

"那就这么定了。"

这时，传达员谨慎地敲了敲门，说老橡树正在大厅里等候。

"你想留下来观赏我们的下一场战斗吗？"阿斯平沃尔笑着问。

"谢谢你，威廉，但我想我无福享受这种乐趣了。星期五再告诉我结果吧。"斯蒂芬斯说，然后离开了办公室。

威廉没有心情长时间忍受竞争对手的夸夸其谈，他马上把乔治·劳请了进来。乔治·劳在一个身材矮小、坐立不安、目光躲闪的人的陪同下走了进来。

"下午好，威廉。这位先生是阿尔伯特·茨温格，我的助手。"劳说，"我请他和我一起来，因为他知道一些我们可能非常感兴趣的事情。"

"很高兴认识你，茨温格先生。这次又是什么事，乔治？"

"威廉，我对你感到很惊讶，你的礼貌到哪里去了？在我们开始谈话之前，你甚至都不给我们倒杯水？地峡的消息如此糟糕，以至于你失去了一贯的幽默感和绅士风度？"

威廉只好微笑着叫传达员给老橡树倒上他惯常喝的威士忌。

"你呢，茨温格先生，和你的老板一样，还是只来杯咖啡?"

"我什么都不要,谢谢。"他回答道,在椅子上晃了晃,避开了威廉的目光。

寒暄结束后,阿斯平沃尔再次说道:

"那么,乔治,我有幸能请你到我自己的家里做客——顺便说一下,就把这里当自己家——那是何等的荣幸啊!"

"这才是我所认识的威廉·阿斯平沃尔,令人仰慕!在进入正题之前,请允许我再次表达我对山姆舅舅离去的惋惜之情。我们在教堂里握手的那一刻,不足以向你表达我们心中的悲痛。我们这些了解他,并在这个充满误会和困难的行业里学会尊重他的人,真的感到非常悲痛。很多时候我们不得不对立,但我们都在这个过程中保持了英勇的姿态。我真的很抱歉,威廉。我知道你有多生气。"

"谢谢你,乔治。"威廉回答道,他开始接受老橡树的来访时间会很长这一悲惨现实。

"我们现在来谈谈铁路吧。"

"又来了,乔治?"

"出现了一些意外情况,因此我们需要召开这次会议。"

茨温格继续在椅子上坐立不安,盯着天花板。

"什么意思?"

乔治·劳靠近办公桌,身子前倾,似乎在分享一个秘密。

"有传言说,你准备在查格雷斯航线上使用的拖船被虫子给吃掉了。"

"他知道了！"阿斯平沃尔想。

"我是不是很厉害？我的消息来源也告诉我，而且是非常可靠的消息来源，另一艘拖船，也就是你派去替换的那艘铁底拖船，半路沉在了河中央。"

老橡树停顿了片刻，观察着阿斯平沃尔的反应，他的脸色仍然难以捉摸。

"最后，我还听说承包商托滕和特劳特温，他们都是好人，但他们解除了合同，因为现在轨道要从大西洋沿岸修到太平洋，而他们还没有准备好完成这样的任务。"

沉默了片刻，最后被阿斯平沃尔打断。

"我看出来了，像往常一样，你消息灵通。我们确实遇到了意外的困难，但我们已经在解决这些困难，而且我们不需要额外的投资者来筹集所需的资金。"

"你太执着了，威廉！山姆舅舅一定为你感到骄傲，无论他在哪里。"

老橡树把威士忌一饮而尽，站起来开始在办公室里踱步。

"这不是钱的问题，威廉。我知道你有钱，你可以从你的合伙人那里得到你所需要的一切。这是更重要的事情。"

突然，他停了下来，用一种权威的口吻对还在椅子上晃动的茨温格说："茨温格，把文件给我。"

小个子男人松了一口气，打开公文包，拿出一份文件递给他的老板。

"我手中的文件，亲爱的威廉，"他再次坐下，挥舞着文件，"是购买查格雷斯和波托韦洛之间地峡大西洋沿岸每寸土地的选择权合同。这些都是有效的合同，你崭新的公司必须与我谈判，当然，除非你想在空中修建铁路。"

乔治·劳说出最后一句话时的洋洋自得让阿斯平沃尔非常恼火，劳的话语就像他进行敲诈的企图一样令人气愤。但是竞争对手所说的话很严重，这迫使阿斯平沃尔保持冷静并努力争取时间。

"在我看来，像地峡这样落后的地方，不可能每个土地所有者都拥有可以合法转让的产权。我的律师会看看这些文件的。"

"我向你保证，这些选择权合同都是合法的，威廉。你了解我，你知道，如果你想在合法属于我的土地上建房，你下半辈子都得在法庭上为自己辩护，应对我的起诉。然而，我是一个通情达理的人，我唯一的目标就是参与我自己相关的生意，我愿意与你做一笔交易。我把这些土地卖给你，我花了多少钱，我就卖给你多少钱，而作为回报，你卖给我同样价格的股份，这样我就能够进入铁路公司的董事会。我的提议对你来说不划算吗？"

"你所谓的提议，根本就是敲诈！"威廉忍不住喊道，"我不愿意！"

"在生意场上步步紧逼是一回事，而敲诈则是另一回事！"劳说。

"显然，我们道不同不相为谋。"阿斯平沃尔坚定地回答，"在我的律师审查之后，我愿意为我们想买的土地支付一个合理的价格。你可以收取你和茨温格先生的中间费用，再加上合理的利润，但我只愿意出钱买地。"

"你为什么这么固执呢？"劳气愤地叫道，"我向你提出的建议将极大地促进铁路的建设，而你却拒绝了，把公司置于危险之中。为什么，到底为什么，威廉？"

"没必要这么大声，乔治。我已经向你解释过了。"

老橡树又喊道："威廉·阿斯平沃尔，你让我很生气。我不知道你大胆而有远见的商人名声是怎么得来的，你甚至都不明白，坚持陈旧的原则会害死你的公司。"

"乔治，你不需要费多大力气就能扰乱人心。每个和你做过生意的人都知道这一点。我是说，你在铁路公司董事会的存在就像一块沉重的绊脚石，砸在其他董事的鞋上。"

老橡树站起身来，在桌子上砸出"砰"的一声巨响，把茨温格吓得在椅子上跳了起来。

"随你的便，威廉。但我建议你另找地方修建铁路，因为只要我还活着，你就别想在大西洋沿岸的地峡铺设一条铁路。走吧，茨温格！"

"走着瞧吧！"阿斯平沃尔在门"砰"的一声关上之前勉强来得及说道。

两天后，威廉·阿斯平沃尔向董事会其他成员汇报了他与劳面谈的最新情况。面对老橡树带来的严重问题，最佳路线的选择已经变得不那么重要，一些董事想知道是否最好与敌人达成协议，但在威廉·阿斯平沃尔和约翰·斯蒂芬斯的激烈反对下众人排除了这一建议。随后，董事们开始手持放大镜，一寸一寸地检查地峡大西洋沿岸的地图和休斯上校的探险队绘制的图纸。

"请稍等！"斯蒂芬斯感叹道。此时，绝望的情绪已经弥漫开来。"在海军湾出现的这一小块以'曼萨尼约'①为名的土地，看起来像一个岛屿。如果是岛屿，它就不可能被私人占有，而会包括在新格拉纳达给予我们的特许权中。"

"你确定吗？"阿斯平沃尔满怀希望地问道。

"绝对确定。我签署的合同明确将岛屿地区作为铁路建设特许权的一部分。如果你看一下地图，曼萨尼约虽然离大陆很近，却是一个岛屿。劳不可能获得选择权来购买属于新格拉纳达政府并以特许权的形式给予我们的东西。"

"那么我们就从曼萨尼约修建铁路！"阿斯平沃尔宣称，他一反常态的兴奋令其他董事大吃一惊，"如果劳对这个小岛有什么所有权文件，我们将有足够的法律依据在法庭上为自己辩护，同时我们继续进行铁路建设。"

"我们是否应该立即派人到巴拿马去确认曼萨尼约是否岛屿，并且从那里修建铁路是否可行？"副董事长亚历山大·森特问道，"毕竟，如果它是一个岛屿，我们就必须通过建造桥梁或填筑堤坝来开始铺设铁路。"

阿斯平沃尔回答说："正如你所建议的，在正常情况下，我们会派出专家，在做出决定之前对风险进行评估。但

---

① 曼萨尼约（Manzanillo），今为科隆市一处海湾，因附近以前有许多"Menchineel"树而得名，这种树会流出一种毒液，人的皮肤沾到会受损。

在这种情况下，谨慎意味着浪费时间，而我们浪费不起时间了。我提醒各位，现在已经是4月份了，巴拿马的旱季在5月初结束，我们必须在雨季高峰来临之前开工，我还提醒各位，休斯的报告清楚地表明，沿着目前的跨地峡路线，在任何地方修建铁路都是可行的。选择曼萨尼约作为起点，我们很可能需要投入更多的资金，而多投资金的情况时有发生，在开展存在风险的业务时都有可能要多投入资金。"

霍雷肖·艾伦说："我想我们都同意威廉的观点。但是，我们仍然需要解决承包商的问题。现在我们没有人做这项工作。"

阿斯平沃尔说："最合理的做法是让托滕和特劳特温继续作为我们的承包商，或者说，作为分包商。公司本身将接手这项工作。"

"怎么样？"詹姆斯·布朗问道。

"威廉的建议，"斯蒂芬斯插话说，"我认为是对的，铁路工程的实施，特别是财务方面的责任，应该由巴拿马铁路公司承担，托滕和特劳特温应该领工资，而不是拿分红。"

"就是这样。"阿斯平沃尔确认道，"我再说一遍，我们没有时间了，我们不能等承包商对工程进行新的评估后，再坐下来与他们讨论新的协议。"

经过简短的意见交换，董事们批准了阿斯平沃尔的倡议，并让托滕和特劳特温参加了会议，他们对新的合同关系感到满意，并同意第二天与阿斯平沃尔和斯蒂芬斯会面商谈细节。最后，董事会决定追加100万美元，并立即支付第一笔款项，以便分包商尽快启航前往地峡。

　　会议结束三周后，在4月底之前，托滕、特劳特温和鲍德温回到了查格雷斯。这一次，他们没有在老地方上岸，而是把船驶向了河对岸逐渐繁荣起来的新定居点，那里有四家旅馆、几家酒馆及赌馆、几处住宅和一个小仓库，仓库里面有铁路公司的办公室。与原来的小镇子不同，扬基查格雷斯①的所有建筑都是木制的，街道也不那么脏乱。虽然这里还是炎热，有老鼠、蟑螂和无情的蚊子的叮咬，但成千上万的冒险家前往加利福尼亚的途中在这里下船，他们更喜欢这里，而不是对岸那个肮脏的地方，只有在扬基查格雷斯没有空位的时候，他们才会去对岸。这一切逐渐在外国白人和黝黑的原住民之间造成了明显的敌对情绪，外国人正忙着建造新镇子，而原住民们眼睁睁地看着钱从自己的眼皮底下溜走，连钱的气味都闻不到。只有邦戈生意还掌握在土著人手中，他们为此收费越来越高，导致冲突频频发生。当时，彼得·埃斯基尔森已经在扬基查格雷斯开设了另一家旅馆，旅馆里面设置酒馆和赌场。

　　"朋友斯蒂芬斯呢？"北欧人来见铁路工人时问道。

　　"他因为公司的一些事务不得不留在纽约，但两个月内他就会回来。"鲍德温回答道。

---

　　① 扬基查格雷斯（Yankee Chagres），即新查格雷斯，美国人在19世纪50年代修建，还被称为"扬基镇"。

"我想，如果你们回来了，那是因为你们已经决定无论如何都要修建这条铁路。"埃斯基尔森在送新来的人回旅馆时评论道。

"我们从未放弃。"托滕回答道。

"你们选择了哪条路线？"

铁路工程的人面面相觑，特劳特温站出来回答：

"我们将在曼萨尼约岛开始修建铁路。"

"什么岛？我都不知道这么个地方。另外，为什么要在岛上建铁路，不是更贵吗？"

"说来话长，我的朋友埃斯基尔森，"托滕说，"曼萨尼约在海军湾，就在海岸边。"

"海军湾？那里没有岛，至少据我所知没有。"

"但在地图上有岛，我们想尽快看一下。你能安排五六艘邦戈后天带我们去吗？"

"当然可以，但我必须警告你们，现在当地人的服务收费要高得多。"

"供求法则，我的朋友埃斯基尔森，正是这条法则使你成为杰出的旅馆老板。"特劳特温带着掩饰不住的讽刺说道。

埃斯基尔森开怀大笑起来。

一周后，天刚蒙蒙亮，六艘邦戈就驶离了查格雷斯河口。船上坐着詹姆斯·鲍德温和约翰·特劳特温，还有14名当地人。托滕利用"马格达莱纳"号货轮停靠在查格雷斯的机会，于前一天启程前往卡塔赫纳雇用工人。中午时分，在持续不断的细雨中航行了几个小时后，工程师们看到了珊瑚礁，正是这片珊瑚礁形成了地图上所示的曼萨尼约一小块陆地。当他们走出邦戈，开始在齐踝深的水中行走时，他们意识到这并不是一个真正的岛屿。在沙子和珊瑚的阻挡下，黏液、树干和其他杂物堆积在一起，随着时间的推移，形成了一个常年被淹没的沼泽地。炎热的空气中弥漫着腐臭的雾气，使人呼吸困难。在闯入者的头顶上，在铅色的天空中，好奇的海鸥和鹈鹕在低空飞翔。

"这里什么也长不高，因为没有地方扎根。"特劳特温指着海面上几棵稀疏的棕榈树说。

工程师们一边缓慢而痛苦地跋涉，一边徒劳地驱赶着蚊子云团，这些蚊子被突如其来的新鲜血液所吸引，疯狂地攻击着他们。这些工程师扪心自问，真的能在如此软、如此肮脏的地方建起铁路吗？如果要建的话，要克服多大的困难？他们走了大约100码，就看到了将隆起的小岛与海岸隔开的海峡。

"这已经超过150码了。"鲍德温惆怅地评论道。

"没错，"特劳特温回答道，"这是一座真正的岛屿。如果你愿意的话，也可以说这是一个沼泽化的、正在形成的岛屿，但无论如何它仍然是一个岛屿。"

就在这时，一个当地人喊了一句听不懂的话，大家都向他食指所指的地方看去。不到30米远的地方，两条巨大的鳄鱼正向他们走来。习惯了这种事情的两个当地人迅速切了几个椰子，扔向鳄鱼，鳄鱼立即改变了方向。

在那片荒凉的废墟中，特劳特温和鲍德温拿起斧头，朝最近的一棵椰子树跑过去。他们站在椰子树的两边，不断地用斧子砍树，直到把树砍倒。当地人吓了一跳。任务完成后，特劳特温放好斧头，把一只靴子搁在树干上，庄严地宣布：

"今天，1850年5月3日，我们正式开始巴拿马铁路的建设。"

第二部分

「为了成就伟大的事业，我们必须像永远不会走向死亡一样地去生活。」

——沃维纳格公爵

第一章 伊丽莎白·本顿的日记

1849年11月27日

距离我上一次提笔写作，已经过去了将近两年。我问自己："为什么要再次叙述不幸、悲剧和破灭的梦想？"然而今天，我感到我的生命获得了新生，命运为我打开了能够重拾幻想和欢乐的道路。文字又回来了，是时候把它们重新串起来了。

来到加利福尼亚后，我把所有的时间和热情都投入寻找我和罗伯特安家的地方。我在旧金山以南两英里处选择了一处占地20英亩的小型海滨庄园。在那里，我们可以拥有罗伯特所希望的靠近城市中心的生活环境，以及我所渴望的广阔无垠天空和地平线，在这里可以看着我的孩子们长大成人。从悬崖顶上俯瞰，雄伟的旧金山海湾就在脚下，日落时分，我们可以看着太阳从海面上坠落。我为自己的发现兴奋不已，花重金买下了这块地，期待着丈夫对它的认可。

几周过去了，几个月过去了，罗伯特音讯全无。无奈之下，我和杰西搬到了萨特堡的十字路口，边上就是萨克拉门托市，这是徒步穿越美国广袤领土探险的人的必经之地。少数几个到达的人，永远带着艰苦经历的烙印的人，他们根本不知道负责侦察最佳路线的军事分队，最后向我倾诉了他们自己的不幸遭遇、旅途中令人难以置信的困难，以及因疾病、红皮肤印第安人和野兽而失去家人和朋友的经历。我回到旧金山，想问问那些准备出海去东方的人，在出发前是否听说过他的任何消息。但谁都不知道：罗伯特和他的部下已经消失在落基山脉的冰峰之中。然而，我一如既往的乐观融化成了一种信念：我的丈夫已被迫返回东方，很快就会有他的消息。渐渐地，失望使我的信念变得渺茫，一年后，我意识到再也见不到他了。史密斯将军作为加利福尼亚的军事指挥官来到这里时，我请求他派出一支巡逻队去寻找罗伯特及其部下。他直截了当地回答说，如果一年半之后还没有弗里曼少校的消息，那么找到少校的可能性就等于零。去年夏天，我自己组织了一次探险，目的就是找到他的遗骸，彻底地埋葬希望，让我的生活平静安宁。但是，即使是在阳光明媚的日子里，我们也没能找到我可怜的丈夫在冰峰上寻找路线的任何踪迹。我空手而归，灵魂空虚。

　　一种奇怪的忠诚感迫使我留在旧金山，忍受着从世界各地赶来的冒险家们的卑鄙、贫困、自私和反常，他们都是为了发财致富。但是，这个疯狂盛行的边境地区不适合一个女人，更不适合一个年轻的寡妇。尽管我穿着男人的衣服，努力让自己的言行举止像个矿工，但男人们还是会向我提出越来越粗俗的要求，这深深困扰着我。一个失去爱情的女人对男人来说是多么有吸引力啊！没有过早守寡经历的人是不会明白的，就像香水会挥发一样，爱情也会随着爱人的离去而永远失去它的芬芳。在这种动荡不安的情况下，弗兰克·沃克，一位行为举止无可挑剔的绅士出现了，他只是出于人道主义原因，向我提供了支持。沃克先生和第一批冒险家一起来到旧金山，很快就成了那些矿工从河里开采出的黄金的唯一买家，他们需要现金来继续他们的事业。但"积少成多"，几个月后，他成立了一家银行。如今，他已成为旧金山最富有的居民之一。从他那里，我有了创办"上帝之手"商店的想法和资金，这家商店最终成为往返矿区的人们的主要购物中心。我欠弗兰克·沃克很多，尤其是他让我重拾了对人性的信心，以及比人性更重要的、对男人的信心。

然后，就在我已经快接受刺骨的孤独之时，在喧闹衬托着孤独更加明显的时候，克利夫兰·福布斯出现了。我对福布斯船长有着美好的回忆。在从纽约到巴拿马的航程中，他指挥"大西洋漫步者"号，英勇、亲切、和蔼可亲，但又不过分殷勤。他让我意识到，我是他的乘客中最重要的一个，因为我们都知道，这不仅仅是履行职责那么简单。福布斯船长的风度翩翩和优雅，以及我欣然接受他的殷勤，都让我产生了负罪感，仿佛注视着他那双平静而真诚的灰色眼睛，就意味着我没有尽到做妻子的责任。近两年后，这双回望着我的眼睛依然美丽澄澈。一听说罗伯特去世的消息，他就委婉地暗示了对我的兴趣。我不假思索地接受了他的提议，离开加利福尼亚，却并不知道我的新目的地会是哪里。当我把我的决定告诉弗兰克·沃克，并再次请求他帮助我卖掉仓库时，我昔日的保护者和朋友公开向我表白了他的心意。"为什么是现在，而不是之前？"我难过地问道。他回答说："因为你现在是一个摆脱了忧愁和束缚的女人，而在此之前我表白就会利用你的不安。"这个世界上有一些好人，他们正处于疯狂世界的边缘！

今天上午，我登上了"加利福尼亚"号，很快我们就要驶向巴拿马。我要驶向哪里呢？不是回家，我根本就没有家。我的父亲是密苏里州的参议员，风度翩翩，现在住在华盛顿，听说我失去了丈夫，他只写了一封信。在信中，他带着掩饰不住的责备，表示欢迎我回到他的家，"只要你表现得体，像一位重要政治领袖的女儿"。不，我不会回到父亲的家。那我要去哪里呢？与克利夫兰在一起……我感到自己受到了很好的保护。餐后的谈话很愉快，我再次享受起自由，这种自由的滋味我已经差不多忘了。难道我除了欣赏和钦佩他之外，还开始爱上了福布斯船长？如果是这样，为什么我一想起罗伯特就会感到内疚，一想起约翰·斯蒂芬斯就会悸动？我是在寻找那位启发人的旅行者吗？命运会给我带来甜蜜和欢乐，还是让胆怯和悲伤继续笼罩我的生命？

11月29日

海上航行两天。从甲板上观察巨大的桨轮的运动令我着迷，这些桨轮不停地噬咬海面，推动着这艘奇特的船只，在这里，人类的智慧能够产生和风一样强大甚至更强大的力量。福布斯船长向我讲述了"加利福尼亚"号在前往旧金山的航程中遭遇的不幸，并为舱位不够豪华和舒适而道歉。他说："没有比它更优雅的船了。"他向我保证，这艘船很快就会恢复原样。目前，他最关心的是临时工水手的行为，他经常监督这些水手，与其说他是船长，不如说他更像一位父亲在照顾孩子。有时，看着这些高地人在甲板上笨拙地穿梭，做着他们从未想过要做的工作，就想发笑。这群人的首领麦肯农是船长的得力助手。他和一个失去主人的黑人不知疲倦地工作：高地人在甲板上，奴隶在锅炉旁边。善良的吉姆也是如此，他是一个天真无邪的男孩，把自己当成福布斯的儿子，四处奔波，执行命令，报告故障。吉姆从未见过自己的父母，他有一双我见过的最悲伤的眼睛，他可能在向我寻求他从未有过的母爱。老实说，我不知道该怎么做。我不想让他在航程结束时失望。

只有另外两名乘客启程前往旧金山：一名是东部的律师，他说他要回到文明社会，因为他对加利福尼亚的混乱感到厌恶；另一名是牧师，他后悔放弃了他的讲坛和他的教友，后悔把上帝的话语带给了淘金者。他不断重复说："他们只懂魔鬼的语言。"我怀疑他的失望是因为黄金没有回应他的祈祷。

克利夫兰·福布斯渐渐靠近我，谦虚而腼腆。我觉得他不知道该如何和一个女人说话，他对女人的感觉不仅仅是身体上的吸引。他的眼睛比嘴唇更有说服力。不可否认，我很喜欢他。他就像一块磐石，能抵御最猛烈的飓风，正是我在不确定性中需要的，尽管我对他的感觉并不像我投入罗伯特怀抱时那样。还没有……

我很确信，杰西喜欢黑奴杰克，虽然她不想承认。"他是个野蛮人。"她假装轻蔑地说。她和其他白人一样能读能写，知道自己比可怜的杰克强多了，杰克似乎只有巨大的力量和用不完的精力。

12月3日

一场没有丝毫预兆的暴风雨迫使我们收起风帆，靠近墨西哥海岸寻求保护。大风掀起巨浪，无情地拍打着"加利福尼亚"号，迫使我们把甲板上的东西都清理干净，我们不安了好一阵子。在这种不确定的情况下，福布斯船长来到我们的船舱，确保我们一切安好。我的惊慌失措促使他拥抱了我，并在我耳边轻声说，他会一直守护着我的安全，危险很快就会过去。这双臂膀是多么令人欣慰和安全啊！看着这一幕的杰西暂时放下了惊恐的表情，露出了会心的微笑。

那天晚上，当暴风雨退去，转而归于平静时，我上甲板去找克利夫兰，感谢他对我们安危的关心。他在舰桥上遇到了我，悄悄地走近我，把我搂在怀里，吻了我一下。我没有拒绝这个介于羞涩和热情之间的吻。这是许久以来的第一个吻，如此甜蜜，如此天真，但又如此热烈，以至于当我的嘴唇从克利夫兰的嘴唇上分开后，关于罗伯特的记忆才浮现在我的脑海中，激情与无法平息的负罪感混淆在一起。然后，他把我搂在怀里，用他灰色的眼睛注视着我的灵魂，温柔地告诉我，他爱上了我。我轻轻地挣脱他，回到了自己的房间。睡意陡然袭来，我默默流泪，再次感受到克利夫兰重重的呼吸、胡须和对爱的渴望。这究竟是爱，还是从世界诞生之初就支配着男女关系的本能欲望？为什么约翰·斯蒂芬斯的微笑会无情地向我袭来？

12月5日

为了参加船长今晚为他的三位乘客准备的晚宴，杰西强迫我从箱子里拿出一件衣服，她说这件衣服会让我看起来像个美丽而文明的女人。虽然我假装不屑一顾，但我还是非常想知道，经过近两年像野蛮人一样的打扮和行为之后，我是否还能像曾经那个优雅的东部女性一样。还没等我照镜子，杰西就坚持要为我化妆。"就像以前一样，夫人，就像以前一样。"她热情地重复着，然后调皮地对我说，这样会给船长留下多么深刻的印象。"你凭什么认为我想打动他？"我装模作样地问。她没有回答，而是向我说，我们是一对漂亮的情侣，如果我们结婚，我们会有漂亮的孩子。"就像你和杰克一样。"我对她说。出乎我意料的是，杰西用她那双乌黑的大眼睛看着我，非常认真地说："我真的很喜欢那个黑野蛮人，但他要学的东西还很多。"我们都笑了，杰西把我带到镜子前，我被她给我化的妆惊讶到了。

当我出现在灯火通明的餐厅时，我的旅伴们对我赞不绝口。克利夫兰非常正式地走近我，亲吻我的手，悄悄地告诉我，我是在太平洋上航行过的最美丽的女人。晚餐期间，律师和牧师在美酒的刺激下，讲述了他们在黄金之地的冒险经历。我告诉他们我的悲惨遭遇，从他们的手势中我猜到，他们都认为船长会照顾早早守寡的我。还是我的负罪感出卖了我？事实是，他们匆匆喝完咖啡，拒绝了船长递过来的雪茄，让我们独处。克利夫兰握着我的手，请我共赏良宵。"我们在墨西哥南海岸附近，你肯定从未见过如此多的星星在天空中闪烁。"这是真的。夜色就像无数颗小钻石。我们激情拥吻了很久，我不知道自己哪来的力气挣脱他有力的拥抱。

12月16日

一连几天，笔下都是一片寂静，仿佛亲吻另一个男人所带来的震撼让我保持沉默。克利夫兰对我的沉默感到绝望；我请求他让我明白我们之间发生了什么。我从未想过一个男人会如此温柔。我不知道自己是否真的爱他，是否能和他共度余生，这让我备受煎熬。在不安、悔恨和痛苦中，我想到了约翰·斯蒂芬斯，然后我的负罪感就不是对罗伯特的，而是对克利夫兰的。怎样才能摆脱这股震撼我的旋风呢？

12月19日

再过十天，我们就要抵达巴拿马了。昨天，我终于和克利夫兰进行了一次长谈。他告诉我，他对我的爱是真诚的，永远的，并请求我嫁给他。我回答说，虽然我相信我是爱他的，但我还没有准备好接受一段新的婚姻，并恳求他给我们一些时间，帮助我们找到方向。

他担心再也见不到我，我向他保证，在我做出决定之前，我会留在巴拿马，他这才稍微平静下来。"如果你答应我，我就继续航行，直到你灵魂中的风浪平息，你就可以接受与我共度余生。我向你保证，到那时我就会离开大海。"他向我发誓，在他身边我会幸福，真正的幸福。啊，克利夫兰，你太不了解女人的心了！对我们来说，幸福并不重要；爱才是主宰，即使爱会让我们不幸福。这就是我们生活中最大的矛盾。

1850年1月2日

今天，我们在巴拿马城登陆。我从约翰·斯蒂芬斯的臂弯中认识的那个宁静的镇子，现在成了名副其实的地狱。酒馆和旅店如雨后春笋般冒了出来，绝大多数都挂着英文招牌。各色冒险家蜂拥而至，像战利品一样炫耀他们的武器、傲慢和没教养。我第一次见到约翰的酒店大堂已经变成了一个大型赌场，妓女们在这里肆无忌惮地游荡。虽然密集的经济活动无疑会带来财富和繁荣，但我同情那些必须无奈地忍受淘金者带来的庸俗的居民。我觉得不能在这里久留，克利夫兰也明白这一点。我们已经和霍兰德与阿斯平沃尔当地的代理商威廉·纳尔逊谈过，他答应照顾我。可怜的克利夫兰必须继续前往卡亚俄，因为巴拿马城既没有材料，也没有工匠足以完成"加利福尼亚"号的修复工作。在向他道别时，我感到的是欣慰而不是悲伤，因为现在我有时间思考和倾听自己的情感了。我的未来仍然是一个大大的问号。

1月15日

克利夫兰把我交给威廉·纳尔逊照顾，但他不是一个跟我类似的人。矮胖的身材，满脸麻子，无论他如何努力表现得和蔼可亲，他身上的某些东西都让我感到不舒服。他唯一的兴趣似乎就是投机，他那非常敏锐的商人鼻子能嗅到一切商机。尽管他作为霍兰德与阿斯平沃尔公司的代表是镇上最重要的人物之一，尤其是现在成千上万的冒险家在前往加利福尼亚的途中都要靠他在来往的船只上争取一个位置，但他还是把大部分时间花在了房地产投机和开展新业务上。不过，我必须承认，他是一个效率极高的人，因为即使在船运公司未能开通定期航线的情况下，他也总能把淘金者安排在某艘船上面。无论是货轮还是沿海小船，纳尔逊都能说服船长将乘客运到加利福尼亚。

这个绅士喜欢炫耀自己做过的事情，他最近告诉我，他打算买一队骡子在克鲁塞斯和巴拿马之间往返，直到铁路竣工。他声称，现在的骡子非常少，也不可靠，所以他很快就能绝对垄断这条线路。我掩饰住自己的兴趣，问起铁路工程的进展情况，话题渐渐转移到约翰·斯蒂芬斯身上。"铁路公司总裁不得不返回纽约解决一些意外的问题。他打算去加利福尼亚，亲眼看看淘金热。"纳尔逊告诉我。我自欺欺人地想知道这是不是他真正的兴趣所在。我问纳尔逊，斯蒂芬斯先生什么时候回来，纳尔逊回答说自己真的不知道，不过相信很快就会在巴拿马再见到他。"斯蒂芬斯喜欢旅行，喜欢描述他的眼睛所观察到的东西。他已经出版了好几本书——你难道没有读过吗？他是一个令人着迷的人，你一定想见见他。"我只是笑了笑。

2月16日

我又遭遇了一场新的悲剧：杰西，我忠实而心爱的杰西，病倒了，她感染了巴拿马城的霍乱，这场疫情已经在巴拿马城肆虐了好几个星期。据纳尔逊说，并经医生证实，这场瘟疫是由前往加利福尼亚途中经过的一个探险队传播来的。疾病是外国人入侵给这个默默无闻的镇子带来的最严重的不幸。伊卡萨医生是一位非常和蔼可亲、能干的巴拿马人，他是来给杰西治病的。他的诊断并没有给人带来多少希望。"她的病情非常严重。她能否活下来取决于她的体力。"他说。可怜的杰西用那双失去神采的大眼睛看着我。我试着安抚她，向她保证她很快就会好起来。自从她生病以来，杰克就没有离开过她身边。

2月28日

杰西昨天去世了。在她失去意识的前一天，当知道自己即将离开人世时，她向我吐露了她唯一的秘密：在她生病的时候，她正怀着杰克的孩子。"我会带着孩子离去，杰克会非常伤心，非常孤独。他是个好人，我请你照顾他，就像你照顾我一样。"

杰克和我一起去安葬了她，他让我在墓碑上也写上这个命运多舛的儿子的名字。他说："他的名字应该是克利夫兰。"我不禁打了个寒战。直到这时，我才意识到福布斯船长对这个曾经是奴隶的人意味着什么。我会多么想念我的好杰西啊！杰克希望像杰西一样照顾我，好的，杰克，我们会互相照顾的。

3月10日

为了履行我在杰西生病期间对自己许下的诺言，今天早上我去了圣胡安·德迪奥斯医院。和这座城市里的其他地方一样，除了酒馆、旅馆和游乐场，它也是一座非常破旧的建筑，毫无疑问，它曾经历更好的时代。床位不足，更不用说在流行病肆虐的时候了。我愿意在这里进行志愿服务，伊卡萨医生感到非常高兴。"每周都有大量的冒险者来到这里，他们带来了疾病，工作变得更加繁重，我们确实需要一个能用他们的语言理解他们的人。"我有一些护理技能，照顾杰西让我看到了一条新的道路。我对照顾孩子们的健康特别感兴趣。

3月29日

由于我们的工作环境非常恶劣，医院里的工作是很辛苦的，有时还很不愉快。这里什么都缺：医生、护士、药品和充足的设备。唯一过剩的就是病人。我同情那些因病前来就医的人，但我也鄙视那些因经常斗殴而受伤的人，那些等待乘船前往黄金之地的人，他们的闲暇时光都用来打架了。

4月18日

昨天，克利夫兰满载着礼物兴高采烈地回来了。就在今天下午，他让我陪他去看一个焕然一新、完全认不出来的"加利福尼亚"号。在船舱里，他再次向我表白了他的爱意，并用压抑已久的激情亲吻了我。我则冷漠地回应了他。"出什么事了吗，伊丽莎白？是不是有别人了？"我把杰西的死和我在医院的工作告诉他。"我的生活中没有别人，克利夫兰。问题出在我身上，出在对未来的不确定上。我需要更多的时间。"当我说话时，对约翰·斯蒂芬斯的回忆加剧了我的疑虑。

5月1日

克利夫兰在纳尔逊和阿耳戈人的催促下，立刻动身前往旧金山，这次航行至少要持续两个月。虽然我很想念他，但当他远航时，我的心灵却感到一种惬意的平静。为什么？是我习惯了孤独，还是我不爱克利夫兰？是的，我喜欢他的陪伴和温柔，但我无法想象与他共度一生。说实话，有时我觉得他就像一个兄长，一个可爱的哥哥。我不知道我为什么要燃起他的希望。

5月24日

今天上午，我去了威廉·纳尔逊的办公室，告诉他我已经找到了适合自己的住房，很快就要离开他隔壁的那栋小房子了。他的助手，一位年轻的秘鲁人告诉我，纳尔逊先生正在会见一位铁路代表，我的心跳了一下。但几分钟后，从纳尔逊办公室走出来的人并不是约翰·斯蒂芬斯，而是一个面无表情的人，纳尔逊向我介绍说他叫乔治·托滕。托滕摘下帽子，低头鞠了一躬，然后一言不发地离开了办公室。"托滕上校负责铁路建设，他是来招工的。"纳尔逊告诉我，托滕从卡塔赫纳带来的50名勇士中，一半以上已经死于沼泽热了。我很怀疑，托滕在这里是否真的能找到愿意离开街头赚快钱的生活而去丛林里钉铁轨的人。我还没来得及问，纳尔逊就说斯蒂芬斯可能很快会返回地峡。我为什么会突然如此喜悦？

6月2日

从今天起，我有了新的职业。我的同胞贾德森·埃姆斯先生不知道怎么了解到我喜欢写作，请我为他刚刚创办的《先驱报》做编辑、撰稿。埃姆斯的故事非常精彩：他决心创办旧金山的第一份报纸，于是买了一台手动印刷机，带着它从新奥尔良驶往查格雷斯。上岸后，他费了九牛二虎之力才把印刷机搬上了一艘驳船，但不幸的是，在过河的半路上，固定发动机的螺丝松动了，掉进了河里。他尽力从泥泞的河底把机器救了上来，然后继续赶路。在克鲁塞斯，他把机器放在两头骡子的背上，带到了巴拿马城。当他正在清洗和修理机器时，他的船却丢下他独自离开了。作为一名优秀的冒险家，他改变了计划，决定为成千上万前往矿山的美国人印刷一份报纸。"但是，埃姆斯先生，巴拿马城是个小城市，而且已经有一份英文报纸了。"我提醒他。"没错，但《星报》根本不是报纸。它只是一份不定期发行的小报，主要报道船只的进出港和其他航运事宜。而《先驱报》每周五都会刊登美国、加利福尼亚和巴拿马发生的新闻，刊登人们普遍感兴趣的文章，还会为本地和外国商人提供广告服务。此外，我还打算与有关当局接触，希望《先驱报》能成为一个信息机关，能够传播官方新闻，让旅客知道政府对他们的期望。"埃姆斯先生是一个非常善于说服别人的人，非常坚韧不拔，他向我提供了企业利润的四分之一。我接受了，新闻世界开始吸引我。

我的生活开始与这座现在充满混乱、未来未知的城市联系在一起。这也是我和这座城市的相似之处。

第二章

　　在宣布铁路工程开工后，约翰·特劳特温和詹姆斯·鲍德温登上其中一艘小船，准备穿过曼萨尼约小岛与海岸间的海峡。但无论他们如何努力寻找，都无法在红树林扭曲的树根中找到一个缺口，这让他们没办法登岸，无法对他们要铺设铁轨的那部分陆地的情况进行考察。最后，他们在沼泽地里选择了一个看起来最窄的水域，在当地人的砍刀和斧头的帮助下，他们开始对抗在空中缠绕着的红树林的根脉。

　　自然似乎知道自己的领地被外来者入侵了，羌虫和蚊子成群结队地发起了无情的攻击。当他们筋疲力尽、深陷于水中时，才好不容易打开一个缺口，冲出红树林沼泽的中心地带，但眼前的景象让他们不知所措：在他们和陆地之间，横亘着一片漆黑、腐烂的沼泽，其范围难以确定。当鲍德温准备继续前进时，一个土著人抓住了他的胳膊，示意他停下来。鲍德温倔强地试着迈出第一步，他惊恐地发现，自己的腰已经陷入沼泽了。

"黑沼泽！"特劳特温边扶他边喊道，"地图上有提到。"

工程师们静静地站在那里，思考着在那里修建一条铁路线的难度。最先做出反应的是鲍德温。

"白天还有四个小时。我认为我们应该坐一艘邦戈去勘测一下这个地区，估计一下它的范围，看看有没有办法绕过它。"

"同意。"特劳特温说。

当他向当地人表明意图时，他们断然拒绝了。经过一番恳求，他们终于同意，至少帮忙将其中一艘船开进沼泽地，铁路工程人员们带着一对砍刀和一支步枪，开始渡河。当船桨打破黑暗水域的宁静时，一条鳄鱼被惊动了，它威胁地靠近了邦戈，鲍德温朝它开了一枪，回声就像远处的雷鸣。就在这一瞬间，数百只面对入侵者毫不畏惧的苍鹭飞了起来。

"它们看起来就像一块巨大的白色桌布，"鲍德温说，"这里虽然阴暗，却有一种奇异的美。"

特劳特温喃喃自语："与其说美，不如说奇特。"

两个小时后，他们筋疲力尽，脸、脖子和手都被昆虫叮咬得红肿起来，回到了出发地，准备返回扬基查格雷斯。尽管他们当晚就开始分析形势并做出决定，但特劳特温高烧发作，在剧烈的抽搐和呕吐中，他开始感觉到自己受到了发热那毁灭性的影响，陷入了半昏迷状态。他们一上岸，鲍德温就把他的老板带到了旅馆，并派人去找埃斯基尔森。

"她是莱拉，我们的治疗师，她是这里最像个医生的人。"

黑人妇女走近特劳特温的床边，他躺在床上，昏迷不醒，浑身颤抖。她摸了摸他的额头，摸了摸他的脉搏，观察了一会儿，做了一个无奈的手势，然后说：

"沼泽热，他全身会变成黄色，那是沼泽热的颜色，然后我们就见分晓。我们得等等。"

"在此期间我们该做什么？"鲍德温问道。他是在问埃斯基尔森，而不是在问治疗师。

"这是一场灵魂的较量，"陷入恍惚的黑人妇女继续说道，"这个白人的灵魂与沼泽的蒸气对抗，蒸气也是一种灵魂。有时人类会赢，有时则不会。我们当地人与沼泽相处得很好，因为我们尊重沼泽，而沼泽的蒸气也尊重我们。"黑人妇女好像突然醒过来，她又说："只要他能吞咽，就必须给他喝椰子汁，大量的椰子汁。"

特劳特温的高烧抽搐持续了三天。正如治疗师预言的那样，他的皮肤变成了淡黄色，眼白也是如此，与虹膜的淡蓝色形成了罕见的对比。渐渐地，颤抖和呕吐减轻了，第五天，他恢复了意识。那天早上，莱拉再次出现，她一言不发地走近特劳特温躺着的床，特劳特温惊恐地看着那个巨大的黑影弯下腰，摸了摸他的额头，握住他的手腕，又看了看他的眼睛。

"人类灵魂赢了。"她最后感叹道，突然大笑起来，然后离开了房间。

"她是谁？"昏昏沉沉的特劳特温问。

"你的医生。"托滕回答道，发出了他少有的笑声。

托滕第二天就去了卡塔赫纳，两个星期后，他带着50个工人回来了。此时，特劳特温几乎完全康复，唯一剩下的后遗症就是有些虚弱，而且对椰子汁深恶痛绝，这种厌恶贯穿了他的余生。

上校回来的当天晚上，3名工程师在扬基查格雷斯办公室开会，讨论情况并安排工作。他们必须做出第一个决定——是否真的值得从曼萨尼约岛修建一条铁路。

"地形有多复杂？"托滕第三次问道。

"相信我，比你想象的还要糟糕。"特劳特温气愤地回答，"问题是，这里根本没有地面，只有淤泥、腐烂的木头和初生的植被，无法支撑铁轨。而且，如果我们从那里修建铁路，最后我们还得在这儿修建车站和镇子。此外，还必须穿过一条宽约150米的海峡，这条海峡将把我们引向地图上所标示的黑沼泽，一片深不见底、腐臭无比的沼泽。而且工程建设过程的环境里有种类繁多、数量惊人的各种昆虫、蜘蛛和爬行动物。"

"该死的老橡树劳！"托滕感叹道，"但我相信，阿斯平沃尔和其他董事宁愿失败，也不会屈服于竞争对手的勒索。"

鲍德温评论说："我们别无选择，只能给这里填土。我们必须找到合适的沙、土和砾石来源，以压实岛屿、海峡和沼泽。虽然这会增加成本，花费更多时间，但这是我们必须做的。"

"同意。"特劳特温说，"此外，还需要建造营地。在回填完成之前，营地必须建在高地上。"

"那我们怎么搬运填料呢？"托滕想知道。

"我们会寻找最近的来源。在查格雷斯和曼萨尼约之间的路上，我看到了一些岬角，我们可能从那里获得材料。"鲍德温回答道。

"我们还没有考察过岛屿以外的地区。"特劳特温说，"至于运输，阿斯平沃尔承诺的驳船和两艘拖船很快就会抵达查格雷斯。"

"我们需要在曼萨尼约建造一个码头……"

"……以及一条供马车通行的道路……"

"……以及一个储存给养和饮用水的地方……"

"……还有一个照顾病人的地方……"

"……到时候可能会有成百上千的人……"

铁路建设者们仿佛刚刚意识到他们必须做出多么巨大的努力，因此陷入了长时间的沉默。他们害怕其他人会从他们的眼睛里看到压倒他们的无助，便盯着地面。托滕第一个站了起来，他拍了拍特劳特温的后背，大声喊道："那么，我们开工吧！"

"谁愿意陪我一起探索我们壮丽的岛屿，找到第一批填料来源？"

他们一回到曼萨尼约，托滕就建议从外向内填岛，利用礁石上堆积的沙子。特劳特温、鲍德温立即对这一想法表示赞同，但他们很快意识到这一努力是徒劳的：虽然大西洋的潮汐变化只有两英尺，但这一变化足以冲走沙子，冲破堡礁，进一步淹没岛屿内部。实验失败之后，鲍德温兴奋地得知，就在曼萨尼约以外的海岸上，他找到了凝灰岩、沙子和石灰石的绝佳产地。

"用拖船和驳船把它们运到这里用不了一个小时。"工程主管得意地说。

在好消息的鼓舞下，铁路建设者将工人们转移到小岛上，开始搭建临时住所。在四根棕榈树桩上，他们铺上木板，然后用椰子树的茎干盖上屋顶，棕榈树干的两端是锥形的，以便插入不稳定的底土。从远处看，这些原始的棚屋沿着岛屿南部外围排列，看起来十分怪异。

鲍德温总是喜欢打比方，他说："它们看起来就像不祥的巨型涉水鸟。"

结果证明，他的担心确实是有道理的。工程师和一些工人在无情的恙虫和蚊子围攻下，第一次试图在棚屋里过夜，他们惊恐地看着岛上的虫子居民利用树桩往上爬，寻找一个更干燥、更适合居住的地方。就这样，他们徒劳地驱赶着蜘蛛和长相可怕的螃蟹，度过了一个又一个夜晚。

在填平腐臭的沼泽之前，他们不可能搬到岛上去住，这对鲍德温、托滕和特劳特温的想象力提出了考验。特劳特温看到查格雷斯河口的废弃船厂，萌生了将其中一些船只停泊在曼萨尼约岛附近，并将其改造成住所的想法。两周后，两艘旧船的船体成为铁路建设者的住所。然而，此时已有几名工人患上了沼泽热。承包商们意识到，即便他们只能努力往好处想，但工地上意想不到的障碍只会比想象更加可怕。经过长时间的讨论，他们决定让特劳特温回纽约向董事会报告阻碍工程进度的巨大困难。

托滕和鲍德温带着为数不多的没有死亡或生病的工人，开始在曼萨尼约岛的土地上准备修建铁路的地基，在礁石上最容易到达的地方修建了一个简陋的码头，用驳船和拖船运来的第一批材料开始填筑一条狭窄的堤坝，他们将在堤坝上铺上木板，从外围向中心压实岛屿。主要的障碍仍然是高温、暴雨、昆虫、蜘蛛、蛇和鳄鱼，它们让工人们望而却步，这迫使他们改变策略：在填土之前，必须从清扫沼泽，清除一切可能成为沼泽中凶猛动物避难所的东西。然而，第一周结束时，剩下的劳动力已经减少了一半，其中大部分人都患上了疟疾，或是被蛇和狼蛛咬伤。托滕本人也患上了痢疾，在老式双桅船阴暗的船舱里，他躺了很多天，神志不清。

上校回到工作岗位后告诉鲍德温："当务之急有两件事，一是医院，二是埋葬尸体的地方。我们不能继续把死者扔进海里了，因为我们已经看到他们被潮水冲了回来，我们再也不能忍受这种恶臭了。"

特劳特温离开三周后，工程师们就变成孤家寡人了。从卡塔赫纳运来的40名工人已经死亡，其余的人拒绝继续在这个恐怖的岛上工作。潮湿的天气和贪婪的蛀虫让木板路从岛上消失了，他们好不容易清除掉的一点植被又重新出现了，而且更加茂盛、更具生命力地蔓延开来。临时搭建的码头在微弱潮汐的冲击下倒塌了，沼泽浑浊腐烂的水面上又恢复了令人迷惑的绿色。

"曼萨尼约岛又变成了处女地。"鲍德温在最后一次返回扬基查格拉斯之前感叹道，"就好像我们从来没有涉足过这里一样。"

托滕看着他，一言不发。

与此同时，在纽约，约翰·斯蒂芬斯主持召开了一次气氛凝重的会议。铁路公司的董事们刚刚听取了特劳特温从地峡发来的报告，报告指出铁路建设所面临的巨大困难。工程师的最后一句话终于熄灭了大家的热情。

特劳特温说："毫无疑问，我们将面临的最严重的问题是健康问题。这不仅仅是我刚才描述的疾病会严重影响工作进度的问题。问题在于，绝大多数生病的人，尤其是沼泽热病患者，都活不下来。必须不断补充劳动力。但是巴拿马的建筑工地不断死人的消息传开后，雇用劳动力变得极其困难，我们只能大幅提高工资。这一现实，再加上需要回填前五公里的线路，大大增加了成本。如果让我预测会增加多少，我敢说至少会增加一倍。"

在特劳特温沉痛的话语之后，威廉·阿斯平沃尔开始发言。

"并非所有的消息都是坏消息。我们刚才听到的故事证实，那三四英里的海岸是沼泽地，也不属于任何人，所以乔治·劳不可能在那里获得土地权利，他也不能起诉我们。如果从积极的一面来看待这个问题，我们在清理和施工方面要多花的钱就可以省下来请律师了。我建议原始合伙人在未来6个月内筹集50万美元，以确保我们有足够的现金流来满足新的需求。"

"我赞成这项动议。"副董事长森特说，"两周后，我会把我应给的资金送过去。"

当每位董事都重申了提供额外资金的承诺后，特劳特温再次发言。

"你们都明白，工作的重点之一必须是立即建造一所医院……和一座公墓。不仅要有合适的地方照顾病人，还要在大陆上找个地方埋葬尸体。除了履行基督教埋葬死者的义务外，这也是一项不可或缺的卫生措施；我们不能让这个地方再腐臭下去了。鲍德温已经在距离曼萨尼约大概四公里的航线附近找到了一个小海角，因为那里生活着大量的猴子，所以被称为猴山。托滕给了我一封信，这封信我已经交给了他的弟弟托马斯。托马斯现在是曼哈顿医院的医务主任，他一看信，就说他接受了。据上校自己说，他的弟弟是个古怪的人，但对希波克拉底誓词非常忠诚。"

"离开曼哈顿岛，去曼萨尼约岛，那确实古怪！"霍雷肖·艾伦感叹道。

"或者说他是一个真正的使徒。"阿斯平沃尔补充道。

"不管怎样，他已经被录用了，下周将和我还有斯蒂芬斯一起离开。我们还将带上3名新工程师和大约50名爱尔兰劳工，他们准备好了应付沼泽和发烧问题。除了高薪之外，他们唯一的要求就是大量供应威士忌。"

会议结束后，阿斯平沃尔走到斯蒂芬斯身边，斯蒂芬斯几乎没说一句话。

"我以为你会留在纽约，直到我们筹集到额外的资金。"

"我本来是这么打算的，但是听了特劳特温的话。他已经详细地告诉了我，我们所面临的困难有哪些，所以我决定董事会应该派人去地峡，哪怕只是提供精神上的支持。"

"你去加利福尼亚的计划呢？"

"那得等到我们征服曼萨尼约岛和黑沼泽之后了。也许我不应该讲述淘金者的沧桑巨变，而应该描述修建地峡铁路的困难。"

如果阿斯平沃尔在那一刻看到约翰·斯蒂芬斯的脸，他一定会注意到，斯蒂芬斯的笑容和目光中隐约透出一丝忧伤。伊丽莎白·本顿的记忆挥之不去。

第三章　约翰·劳埃德·斯蒂芬斯的旅行日志

1850年7月14日

我再次启程前往巴拿马。我现在所写的笔记不会是我的读者所习惯的游记。我打算记述的是在这样一个荒凉的地区修建铁路的艰辛历程。如果这项事业成功了，这些记述可以为今后尝试类似事业的人提供指导和鼓励；如果我们失败了，记录下这些努力、障碍和挫折也是有益的。和我一起的有约翰·特劳特温、3名工程师、53名爱尔兰工人和一个奇怪的人物托马斯·托滕医生。

在地峡的第一次失败经历之后，特劳特温变得沉默寡言、闷闷不乐。他的悲观态度可能会传染给他的下属，尽管事实是，自从我们启航以来，爱尔兰人一直在喝酒唱歌，庆祝他们即将获得的高薪。希望他们在面对未来的艰巨任务时，能继续保持这种乐观精神。至于我好朋友的弟弟托滕医生，我可以肯定地说，我以前从未见过这样一个怪人。他的古怪不仅限于他的性格，他的整个外貌很怪异。他的身体修长，头却又大又圆，没有一丝头发。他的耳朵几乎垂直地竖起来，仿佛是在努力让自己听得更清楚。他的眼睛是球形的，湛蓝色，一眨不眨地看着对话者，就像鱼的眼睛一样。在我与他为数不多的几次谈话中，他坦言自己一直渴望有机会面对死亡；但他强调，这个死亡是大写的死亡，是需要我们付出超人的努力才能征服的死亡。坦率地说，我不知道他是什么意思，但他的言语就像《圣经》中的先知们所说的那样，被一种比他们自己更强大的力量所控制。

我意识到，决定留在地峡工程附近，将拉开我与伊丽莎白的距离，也许是永远的距离。我无法理解的是，为什么对她的记忆不受时间和距离的摧残，却在我的记忆中占据越来越多的位置。是不可能的吸引力？是梦想的吸引？谁知道呢？可以肯定的是，在我不幸的玛丽去世后，再也没有哪个女人能唤醒我对爱与被爱的渴望。不，不只是因为不可能让她成为我的女人：她的眼睛、她的嘴唇、她的微笑、她的身体、她对生活的渴望、她充满活力的美丽，她的一切都让我对她念念不忘。我知道我滋养着遥不可及的梦想，但我却很难醒来……

7月28日

昨天中午左右，我们到达了地峡。和往常一样，天公不作美，下了一下午的雨。在河对岸的新工地上，鲍德温和托滕正带着坏消息等着我们：疾病、死亡和恐惧令工人们离开了，没有工人继续工作了，迄今为止所做的努力都白费了。托滕告诉特劳特温："这座倒霉的小岛还和我们发现它时一样，就像我们什么都没做一样。""停工不到两个星期，这段时间足以让大自然反击，现在淤泥更多了，腐烂更多了，蛇虫和鳄鱼也更多了。"鲍德温补充道。我从未见过他如此沮丧。特劳特温抛开自己的沮丧，试图让他们振作起来，告诉他们股东们决定加倍投资和努力。3名新工程师和50多名爱尔兰工人已经跟他一起来到这里；他带来了足够的资金，可以在未来6个月内维持每月500名工人的工资，用于在人迹罕至的地方打桩的新机器也将很快运到。这个好消息让托滕和鲍德温恢复了一些乐观精神。

7月29日

在与我们一起踏上征程的300多名淘金者中，只有40多人设法弄到了运送他们到戈尔戈纳的邦戈。其余的人与仍留在这里的50多人一起，不断地狂欢。最近来到扬基查格雷斯的北美人与河对岸继续过着沉睡生活的当地人之间发生了争斗，争斗已经臭名远扬。船夫们不断提高服务价格，以弥补美国城镇建设给他们造成的损失，该地区的旅馆、酒馆、赌博和妓院都建在这里。我们的朋友埃斯基尔森正在巴拿马城出差，他已经关闭了自己的老旅馆，并在扬基查格雷斯开设了一家提供各种服务的场所。

7月30日

今天上午，托滕医生、特劳特温、鲍德温和我乘坐一艘小拖船前往曼萨尼约岛。爱尔兰人乘坐驳船紧随其后，他们仍然沉浸在节日的气氛中。上校去卡塔赫纳招募300名额外的工人了。当我们在礁石上登岸时，我深感恐惧，我们真的面临着一项不可能完成的任务：即使是工程师们最凄惨的描述，也无法忠实地描绘出这片地方的狰狞面目，而我们必须在上面修建铁路。曼萨尼约是一片阴暗的沼泽，被不断腐烂的植被覆盖，到处都是昆虫、鳄鱼和蛇。三小时后，我发现黑沼泽的情况更糟，它没有任何坚固的地表，甚至都没办法站住一个人。在这样的条件下怎么能修建铁路呢？爱尔兰人停止了歌唱。托滕医生以令人羡慕的热情投入工作中，仿佛艰苦和危险是他与生俱来的环境。几乎可以说，逆境使他快乐。他说服特劳特温借他10个人，搭建一个棚子作为临时医务室。工程师建议说："用停泊在海湾里的一艘双桅船不是更好吗？"医生斩钉截铁地回答说，在封闭的地方，传染病会更严重，必须有一个可以照顾病人的地方。医生站起来，溅起水花，身后跟着一帮害怕的爱尔兰人，他进入小岛寻找建造医院的最佳地点。

在作为我们旅馆的一艘旧船上，当我们享用咸牛肉、香草饼干和红酒时，我向特劳特温及鲍德温吐露了我的忧虑，在这样一个不合适的地方修建铁路，成功的可能性有多大呢？特劳特温比我更悲观，但鲍德温似乎找到了振作起来的理由。他说："今天上午，我走在这个倒霉的岛上，我们可以看到，我们之前所做的工作没有白费。填料的作用发挥了出来，地表比我们第一次来的时候更坚实了。托滕带着新工人一到，我们就会完成岛上的清理和压实工作，这样打桩机一到，我们就可以准备好攻克海峡了。一旦岛屿、运河和黑沼泽被攻克，我们就可以铺设铁轨，运来第一辆机车和货车，以运输其余的材料。"特劳特温望着他，语气介于暴躁和难以置信之间，只说了一句："现在我们基本上什么也没有。"

8月9日

在过去的十天里，工作一直在紧张地进行，一些成果已经显现出来。填充物正在逐渐使曼萨尼约成为真正坚实的土地。医生则在最坚固的东端搭起了棚子。他用绳索和滑轮临时搭建了一个简易缆车，帮助那些因身体虚弱而无法爬梯子的病人。在他的临时医院里，他尽其所能，但很明显，他面对的是他完全不了解的情况和疾病。可悲的是，爱尔兰人已经开始染上沼泽热。看到那些涨红的脸庞，实在令人感到悲痛，因为那里肿胀得再也容不下贪得无厌的蚊子叮咬。他们是骄傲的人，他们一直在工作，直到他们再也无法坚持下去，其中一些人倒在了沼泽中央。据说至少有一个人在同伴赶来救助之前就被鳄鱼吃掉了。

8月14日

今天，托滕上校率领300名勇士抵达。由于在卡塔赫纳传开了修建巴拿马铁路的工人都身处险境的消息，他只能开出比原来多一倍的工资。他们来得正是时候，因为在50多名爱尔兰工人中，有32人死于高烧，另有10人在生死线上挣扎。

第一批死亡的工人给我留下了深刻的印象。那些曾经健康、强壮的爱尔兰人被剧烈的高烧折磨得瘫倒在地。在神志不清的时候，他们几乎都在呼喊自己的母亲，仿佛死亡的来临能让他们回到童年。这群不幸者的领头人告诉特劳特温，那些设法战胜高烧的人会返回纽约。托滕医生以他一贯的坦率告诉我们，他不知道如何治疗这种病症，这种病症什么医学教科书都还没有记载。他只能尽力而为，在特劳特温的建议下，他给感染者喝椰子汁。

作为一项卫生措施，我们的医生——他的怪癖总是令我吃惊不已——设计了一个最可怕、最令人胆战心惊的程序。他找来大铁箱，小心地把那些已经将灵魂交给造物主的不幸者浸泡在盐水里。为了防止他们漂浮起来，他在他们的脖子和脚上绑上石头，然后用长木板盖住这个简易水池。据他说，在铁路线到达猴山之前，必须用这种方法保存尸体，以便以后妥善埋葬。我从未亲眼看见过如此恐怖和令人心碎的景象！虽然承认这一点很痛苦，但我们所有参与这项工作的人都变得对痛苦和死亡麻木不仁了。

8月23日

阿斯平沃尔派出的现代化机械已经在运河里工作了两

天。安装在平台上，这个奇怪的机器在排出推动它的蒸汽时就像一个巨大的水壶，它用机械臂举起一些巨大的铁桩，在犹豫片刻后猛烈地将铁桩沉入水底，发出巨大而持续的声响，这比人类不停地工作更能吓唬昆虫、爬行动物和蜘蛛。工程师和负责这台新机器的熟练操作员共同设计的方法是，每隔20码将桩沉入水底，然后用网将它们连接起来，以保持回填材料，直到路堤足以支撑铁轨。鲍德温已经在黑沼泽的另一侧找到了优质的材料来源，并建议开始反向修建穿越黑沼泽的堤道，即从猴山向曼萨尼约方向修建。托滕医生对这一想法表示了极大的兴趣，因为鲍德温的计划将使他能够立即开始在大陆上修建医院。我们第一次感到乐观。事实上，蒸汽的使用似乎已经改变了人类的命运，至少改变了人类工业的命运。人们不禁要问，我们的祖先是如何在没有这些发明的情况下生活的。

9月6日

新的挫折再次让铁路工程师们难过起来：黑沼泽原来是个无底洞。尽管鲍德温的探测结果表明，在180英尺处存在坚硬的土层，但在倾倒了三千多吨岩石之后，探测结果仍然显示出相同的深度。但是，鲍德温拒绝认输。他说："得找到一种材料，这种材料不会散开，而是会粘在底部。"经过一番寻找，他在不远处找到了西班牙人几个世纪前遗弃的一个古老的采石场，将那里的岩石碾碎后，可以得到一种更软、更黏稠的填料。在倒入半吨压舱物后，测深显示距离海底少了30英尺，我们都松了一口气。

9月10日

好像写死亡就会离死亡更近一样，我最近一直在努力避免书写死亡，直到今天。

虽然一开始新格拉纳达海岸的工人似乎比爱尔兰人更能抵抗沼泽病，但他们的死亡率还是无情地上升了。在300多名沼泽工人中，有一半以上在今天之前已经死亡，还有50多人在颤抖、抽搐、谵妄和无情的高烧中挣扎求生。可悲的是，我们所有人每天都在与大自然顽强抗争，似乎已经习惯了死亡。从感染者开始颤抖的那一刻起，我们就知道他们的身体很可能最终会被放入托滕医生的水池中，而我们却对他们的痛苦视而不见，接受这一点是多么痛苦啊！但是，工作必须继续下去，就像我们已经找到了填埋黑沼泽的最佳材料一样，我们也必须寻找最佳的劳动力来源，以顺利完成这项工作。托滕建议我们向阿斯平沃尔提议，由美国邮政轮船公司招募黑人，并将他们从加勒比群岛运到查格雷斯。我们都认为这是个好主意，明天托滕上校就会亲自动身前往纽约。

9月14日

今天早上，鲍德温倒下了。在我的眼前，他陷入了无法控制的颤抖，最终失去了知觉。他瘫在床上，神志不清，头不停地左右摇晃。托滕医生定时给他量体温，并用湿毛巾给他盖上，这立刻让他发烧了。他在最后一次测量后宣布：

"华氏106度①。"我从没见过这么高的烧。我们这位陌生医生脸上的表情是痛苦和同情的缩影。特劳特温坚持要把他从双桅船上带走,转移到扬基查格雷斯,并派人去找曾经帮助过他的医生。"我想我不能比托滕医生做得更多,但她救了我的命。如果你愿意,可以说这是魔法,但你必须尝试一切办法。"那天晚上来到埃斯基尔森旅馆的黑人妇女是我见过的最高大的女人,也是最胖的女人。她给鲍德温做完检查后,只说他得了沼泽热,应该给他喝大量的椰子汁。临走前,她上下打量了托滕医生一番,端详了他的眼睛,还在自己身上画了三个十字。医生没有退缩。

9月18日

与鲍德温差不多同时,新来的三名工程师中有两人病倒了。曼萨尼约的工作在特劳特温的监督下和工程师中最年轻的尤利西斯·克拉克的直接指挥下继续进行,特劳特温在逆境中表现出的脾气很难让人想起他平时害羞和内向的性格。他的态度向我证实,每个人的内心都蕴藏着伟大的萌芽,随时准备在环境需要时显露出来。工程师克拉克强加了他自己的工作方法,即先完成曼萨尼约的地形建设,然后再攻打岛上的其他地方。一旦压实了填埋物,就可以更容易地修建通过运河的堤道,然后再用同样的方法进攻可怕的黑沼泽。

① 约等于41℃。

9月20日

今天营地传来一个令人震惊的消息。一支在克鲁塞斯和巴拿马城之间过境的骡队遭到了匪徒的袭击，匪徒抢走了全部货物，并杀害了两名骡夫和三名箭手。虽然过去也发生过孤立的袭击事件，但如此凶残和有预谋的抢劫还是第一次。一切都表明，这是一个有组织、装备精良的团伙，他们肯定是在为加利福尼亚矿区的黄金流经这里做准备。最严重的是，新格拉纳达没有任何当局能够维持沿途的法律和秩序。我今天就会写信给阿斯平沃尔，让他们开始考虑保护我们的员工和未来客户的必要性。

9月22日

鲍德温已经康复！他的脸色有点苍白，有点发黄，而且非常虚弱，但他已经离开了病床，并坚持询问工作的进展情况。和鲍德温一起生病的另外两名工程师中，有一个死了，进了托滕医生阴森恐怖的水池。另一位也活了下来，他已经辞职，并将尽快乘船返回美国。

最近，我发现特劳特温非常沮丧，沉默寡言。他只谈论工作中的困难、疾病和死亡。我注意到他与鲍德温进行了长时间的交谈，鲍德温是个寡言少语的人，但他听了鲍德温的话后仍然非常严肃。我担心他很快就会离开我们。

9月30日

重返工作岗位后，鲍德温任命工程师克拉克为他的私人助理。我第一次发现，已经有理由对工程进度感到乐观了。曼萨尼约已经有了一条堤坝，工人们和设备正在那里顺利地搬运用于填岛的材料。工程正在从中心向外围推进，鳄鱼、蛇和狼蛛已经开始消失。然而，昆虫团仍在无情地攻击着那些用帽子上的蚊帐（这是年轻的克拉克的主意）保护自己脸部的人。在分隔岛屿和黑色沼泽的水道上，一条堤道开始露出水面，估计一个月后就可以实现陆地通信。尽管材料运输困难重重，托滕医生还是开始在猴山修建医院。

虽然花费和精力远远超出预期，但工程已初具规模，乐观的态度为这项艰巨的任务注入了新的活力。特劳特温已将所有权力下放给鲍德温。

10月4日

鉴于大西洋线路的进展，我被要求前往巴拿马，以安排这里和克鲁塞斯之间的开工事宜。托滕医生将与我同行，寻找医生和护士协助他完成这项几乎不可能完成的任务。每三个感染沼泽热病的人中就有一个死亡，那些幸存下来的人至少需要两周的时间才能恢复体力。工作进度已经放缓，人们翘首以盼托滕上校和新队员的到来。明天，我们将乘坐"黑何塞"号开始前往巴拿马的旅程。我毫无怨言地接受了今天在查格雷斯和戈尔戈纳之间的50美元旅费。我请托滕上校尽量快一点，托滕上校嘲讽地回答说，托滕上校很高兴这次没有动植物要研究。我们都被托滕医生的疑惑逗笑了，他竖起耳朵，聚精会神地听着，却没有听懂。

10月8日

查格雷斯河沿岸镇子的变化令人印象深刻。加通和巴瓦科阿热闹非凡，冒险家们争相入住新建的乡镇旅馆，但这些旅馆并不能满足需求。每家每户，无论多么简陋，当地人都以高价，为一拨又一拨的旅行者提供住处和食物。让人印象深刻的是，尽管语言不通，但在钱的问题上，冒险家和当地人似乎可以毫无障碍地相互理解。戈尔戈纳的变化更为显著。今天，我们将在埃斯基尔森的新酒店"美国之家"过夜。

10月11日

连绵的大雨使我们很难在戈尔戈纳和克鲁塞斯之间骑骡子上山。托滕医生自从我们开始旅行以来，一直生活在惊讶之中，他不时地问我，在这样的条件下怎么可能修建一条铁路线。我告诉他，沿岸的沼泽地比较难建筑铁路，如果我们能攻克曼萨尼约岛和黑沼泽，剩下的路程就容易得多了。

10月12日

克鲁塞斯仍然是一个令人愉快的镇子。来到这里的冒险家们在这里停留只是为了让骡夫修缮他们的车，一旦车况良好，他们就开始下山前往太平洋沿岸。这里的夜晚更加宁静，为数不多的过夜旅行者尊重镇长的法令——在文明尚未扎根的地方，权威是何等的重要！

10月14日

今天，我们抵达巴拿马城。这座城市的稳固与和谐给人留下了深刻印象，托马斯·托滕无法掩饰他的惊讶。

当我们从山脉的最后一个山脚看到这座城市时，他惊呼道："这是一座真正的城市。"他还说："而且很漂亮。"我们一到郊区，他的热情就开始减退，但当我们穿过城墙，进入圣费利佩的街道时，他的热情又恢复了。"他们一定有一家很好的医院。"他几乎兴奋地说。"那家医院叫圣胡安·德迪奥斯。"我回答道，并主动提出陪他一起去医院。

第四章

　　克利夫兰·福布斯船长正在驾驶室指挥"加利福尼亚"号驶入旧金山湾。他命令帆张开，轮子低速转动，以便海港里的人们和好奇的人们可以看到这艘船的全貌。这与一年前的那次抵达是多么的不同！这艘半残破的轮船，曾经像一条被打败的狗，爬进了入海口。现在它又成了霍兰德与阿斯平沃尔船队中最闪亮、最快速、最优雅的一艘船。停靠动作完成后，乘客开始下船时，成百上千的人来到码头，近距离观看轮船优雅地穿过在静静的海湾水域中轻轻晃动、等待死亡的废弃船只群。

　　"人真多，船长！"吉姆微笑着赞叹道。

　　"可能还是一年前来嘲笑我们失败的那些人。"

　　"看看所有的水手都抛弃了我们。"

　　"那时麦肯农还没加入我们呢。找到他，吉姆，告诉他我在舰桥等他。"

　　克利夫兰·福布斯从没想过，这个从山里来的家伙，会成为一个真正的水手、一个大海的爱好者。在不下达命令、不检查风帆和锅炉的时候，麦肯农会沉浸在海洋的无尽躁动中，或试图破解黑暗天穹中闪烁的无穷奥秘。福布斯向他讲解了罗盘和海图的使用方法，海岸线和灯塔的识别方法，通过海面、天空和风向变化预测和避开风暴的方法，麦肯农对了解船长制定航线和到达目的地的秘诀非常感兴趣。另外，他弄不懂六分仪的使用解释，因此而感到沮丧，因为这涉及他的知识盲区。福布斯沾沾自喜地对他说："有航位推算①就够了，别去公海了。"麦肯农非常认真地回答道："如果我必须一直在近岸航行，总有一天我会拥有一艘自己的船。"这位爱尔兰人的方法并不传统，但他的领导能力让"加利福尼亚"号的船长在抵达旧金山后仍能维持现有的船员数量。当船上的水手们谈到矿区的巨大财富时，这位高地人向他们保证，饿死的人比淘金发财的人多得多。他说："我花了六个月的时间清理废墟，勉强找到了一两块金块。那些发财的人并不是因为他们工作努力，而是因为他们运气好。"为了防止有人不听他的建议而去淘金，他还补充道："此外，不管谁逃跑了，我都会去找他，找到他，揍他一顿，然后把他带回来。"吉姆起初嫉妒这位高地人与船长的关系，现在却对他肃然起敬，无条件地支持他。

"加利福尼亚"号在旧金山停留了足够长的时间，以修复一些轻微的损坏、进行补给、接载乘客。福布斯惊讶地得

---

① 在航海中，根据航行的航向和距离进行估计导航。

知，有一百多名乘客将返航回东海岸。对于那些带着满满一麻袋金子回来、炫耀新发现的财富的少数人，船长建议他们保持克制和矜持。"虽然你们的财物在我的船上很安全，但你们还没有穿过地峡，那里有抢劫、杀人和偷窃的团伙，这些团伙尤其针对那些夸耀自己财富的人。"

1850年6月15日，"加利福尼亚"号起航驶向巴拿马，船帆张得满满的，迎着每一丝风，船轮以锅炉蒸汽所允许的最大速度穿梭于大海之中。在船长的心中，除了按时完成行程的渴望之外，更多的是另一种无法抗拒的渴望，那就是回到伊丽莎白身边，将她拥入怀中，永远拥有她。他从未想过自己会这样坠入爱河，将自己的现在和未来交到一个女人的手中。他不断地想起她，在脑海中重塑她的眼睛、嘴巴和头发，在他的记忆无法回想起她的某些特征时，他就绝望了。在这些怀念的时刻，岁月在水手脸上刻下的严峻表情被笑容所取代，笑容使五官变得柔和。福布斯船长学会了做白日梦，他没有向任何人透露，这将是他作为"加利福尼亚"号指挥官的最后一次航行。一到港口，他就会正式向伊丽莎白求婚，让她成为自己的妻子，他的家族在查尔斯顿郊区有一座一百多年的庄园，他和妻子会在那里开始新的生活。克利夫兰了解伊丽莎白对户外活动的热爱，他希望她离开海洋前往陆地的决定最终能说服她与他共度余生。"如果麦肯农可以离开他的山，我不明白，为什么我就不能忍受再也看不到海洋无边无际的地平线。"他自言自语道，试图摆脱目前笼罩着他的悲伤情绪。

在从旧金山到巴拿马的航程中，"加利福尼亚"号的航海日志中没有记录任何值得注意的事件，似乎感觉到这是指挥官的最后一次航行，这艘船在航行中没有发生任何事故。7月16日，它在纳奥斯岛附近抛锚，中午之前，克利夫兰·福布斯从海洋之门进入城市，前往扎克里森与纳尔逊公司的办公室。

"福布斯船长，见到你真高兴！我没想到你这么快就回来了。"威廉·纳尔逊从办公桌前站起来，惊呼道，"坐下来，跟我说说这次旅行的情况。"

"这次一切都很顺利。多亏了麦肯农，我一个水手都没丢，'加利福尼亚'号也顺利渡过了海峡。这里的情况怎么样？"

"对于公司来说，由于新的'俄勒冈'号和'巴拿马'号蒸汽轮船定期在这条航线上航行，情况已经大有好转。然而，越来越多的冒险家涌入，这个镇子成了一个充满不确定和危险的地方。他们不尊重当局，更不尊重当地人。每天都有关于阿耳戈人羞辱巴拿马人事件的报道。甚至牧师也参与其中，上周日，一名牧师醉醺醺地走进教堂，嘴里说着亵渎诅咒的话，想把神像套住。正主持仪式的牧师赶紧从祭坛上下来，扶住神像。我听说他一拳就把这个醉鬼打倒在地。"

"就这么简单！伊丽莎白怎么样了？"

"我们亲爱的伊丽莎白已经脱离了我的监护。我从未见过如此精力充沛、关心他人的女人。在医院里，她成了伊卡萨医生的得力助手，从行政管理到护士长，再到一份新报纸

《先驱报》的副主编，她无所不能。她最近搬了家，现在住在墙街，身边还有不离不弃的黑杰克。我不知道你是否得知，她的奴隶死于霍乱。"

"是的，杰西在我上次旅行前就死了。你能告诉我怎么去她家吗？"

"只有两步之遥。来，我带你去。"

当福布斯注意到纳尔逊的助手不在时，他好奇地问：

"那个卖了1000美元船票的秘鲁年轻人，最后有没有去加利福尼亚？"

"我真不知道胡里安现在怎么样了，"纳尔逊不满地回答，"他已经一个月没来上班了，也没有他的消息。如果他上了船，也是用的假名，因为乘客名单上没有他的名字。他有可能去了铁路部门工作，那里的工资要高得多。如果是这样，我希望他能活下来。负责工地的托滕上校告诉我，工人们像苍蝇一样纷纷死于发烧。"

"铁路还在修建吗？"

"我知道是的。我已经很久没有他们的消息了。"

纳尔逊和福布斯默默地走了几分钟，一直走到了华尔街。

"你看到路尽头那栋黄色油漆的房子了吗？"

"阳台上有花的那栋？"

"就是那栋——伊丽莎白就住在那里。"

纳尔逊看了看表。

"现在她可能还在医院里。"

"这样的话，我出去走走，晚点再回来。"福布斯犹豫了一下，"我忘了问，你是否知道有哪位船长有能力指挥一艘蒸汽轮船，现在船还没有回来。"

纳尔逊好奇地看着"加利福尼亚"号的指挥官。

"你是厌倦了大海，还是有什么理由要留在岸上？"

福布斯一挥手，对这个问题不置可否。

"不是这样。只是我得去美国几个月解决家里的事情，所以如果你知道有哪位船长可以在下一次出海时代替我，我会非常感激的。当然，他必须非常优秀，我不能把'加利福尼亚'号随随便便给人。"

"我会尽我所能找到一个有经验的。这可不容易。"

纳尔逊忐忑不安地看了看遮天蔽日的云，又转过头去看表。

"现在我必须抓紧时间了。省长四点钟要见我，讨论公路安全问题。最近我们的一列骡车被劫，几个不幸的人被杀，我必须说服他授权我们建立一个私人保安系统。"

"这是个棘手的问题。"

"必须在公路变成无主之地之前处理好这件事。再见。"

伊丽莎白·本顿审阅完稿件后，把它们交给了贾德森，他除了是编辑外，还是《先驱报》的出纳。对贾德森·埃姆斯来说，记者的天职就是一切。他常说："让人民充分了解情况是良好政府的基础。"这位编辑曾暗示，他很快就会去加利福尼亚，因为那里"一切都有待完成，新闻总是新鲜的"。当时，《先驱报》已经令许多人抓狂，它谴责了新格拉纳达政府，政府在处理大量冒险者涌入巴拿马所造成的公共秩序问题时，态度总是很冷漠。该报称："绝对缺乏权威的时代终将到来，届时，全副武装经过这里的冒险者与该市居民之间将爆发一场真正的内战。"消息发表后，省长亲自来到报社，要求大家保持克制，并解释说，虽然形势严峻，但没有必要火上浇油。贾德森听后，并没有答应他什么事。

那天，伊丽莎白在报社待的时间比往常要长。午夜时分，阿塞西奥·艾兹普鲁亚来到报社，亲自取走了他的协会每周刊登的广告，上面有可供出租或出售的房产清单。阿塞西奥先生还很年轻，在圣费利佩地区拥有价值不菲的房产，上一次城市天花疫情夺去了他妻子和小儿子的生命，他已经成为鳏夫一年了。一见到弗里曼少校的遗孀，他不仅更换了《先驱报》的广告，还养成了亲自把广告送到报社的习惯。这些拜访让他可以在不违反社会规范的情况下频繁接触这位迷人的女人，因为社会规范要求鳏夫至少在两年后才能求爱。伊丽莎白对他很友善，就像对其他优质客户一样，但阿塞西奥由此认为他很有机会与伊丽莎白发展一段爱情。这天下午，当伊丽莎白告诉他去医院要迟到了时，阿塞西奥慷慨地提出陪她一起去。

"谢谢你，艾兹普鲁亚先生，杰克在外面等我。别担心。"

"我知道，但马上就要下大雨了，两把伞总比一把好。"

阿塞西奥是对的。那天下午，巴拿马城下了今年最大的一场雨。雨水伴着泥浆和碎石，淹没了街道和广场，并毫不费力地渗入了圣费利佩住宅的庭院和地窖。就连水手们也不得不比往常更早地躲进饭店和赌场。

伊丽莎白说："在暴风雨中，我不可能去医院。你回家做些保护措施吧，杰克会带我回家。"

"不会的，夫人。我家的仆人会采取必要的预防措施。如果你允许，我会继续陪你，不过我担心雨伞对我们没什么用处。"

当他们终于到达伊丽莎白家时，全身都在滴水。

"进来吧，阿塞西奥先生，在我们等待天气转好的时候，你可以稍微擦干一点。"

阿塞西奥·艾兹普鲁亚在接受邀请时犹豫了一下，但只是一瞬间。他对自己说："这个借口再好不过了。"

伊丽莎白点燃了灯，给阿塞西奥拿了毛巾，然后上楼换衣服。当她再次下楼时，倾盆大雨已经过去了。

"幸好我们的暴风雨持续时间很短。否则，我们都会被淹死。"伊丽莎白说。

"暴风雨是这样，"阿塞西奥回答道，"淘金热带来的风暴需要更长的时间才能消退。"

"政府就不能做点什么吗？波哥大政府为什么不向巴拿马增派士兵？"

虽然伊丽莎白已经能说一口流利的西班牙语，但他们还是用英语交流，艾兹普鲁亚对这门曾在伦敦学习过的语言非常熟悉。

"因为，不幸的是，亲爱的女士，士兵们正卷入一场困扰新格拉纳达的无休止的内战中。最近，当我向省长请求向中央政府增派部队时，他给我看了一封信，信中陆军部长让他把派往巴拿马的一个排派往卡塔赫纳。在波哥大，他们无视向加利福尼亚移民所造成的破坏，并相信1846年与美国签署的保护跨地峡通道的条约保证了地峡的安宁。他们忘记了，经过这里的绝大多数冒险者都来自美国，而美国政府一点也不想管理这些人。我敢说，他们会乐于看到巴拿马成为另一个美国城市，而巧合的是，这似乎正在发生。"

听了艾兹普鲁亚的话，伊丽莎白更加理解了巴拿马人对淘金者入侵的深深忧虑。

"我以前从未见过这种情况，你认为——？"

伊丽莎白被两声敲门声打断，于是自己去开门。克利夫兰手捧一束鲜花，微笑着倚在门口。

"克利夫兰·福布斯！你什么时候来的？"

"今天早上。"

他们热情地拥抱在一起。

就在船长准备吻她的时候，他发现客厅里站着一个裹着浴巾的男人，正在注视着这一幕。他挣脱伊丽莎白的怀抱，注视着她的眼睛，想听她解释。

"这位是阿塞西奥·艾兹普鲁亚先生，圣费利佩区业主协会主席，《先驱报》的客户和好朋友。今天下午，他和杰克一起冒着倾盆大雨陪我回家。"

伊丽莎白调皮地补充道："这就是你看到他全身湿透的原因。"

尽管伊丽莎白的语气很风趣，但两个人似乎都没有被这种情况逗乐。上前与船长握手的是艾兹普鲁亚。

"我很高兴见到你，但我想，我该回家了，我得看看暴风雨给房子造成了怎样的破坏。船长，夫人，祝你们下午愉快。"

"再见，艾兹普鲁亚先生；再次感谢你的帮助。"

克利夫兰结结巴巴地说了几句告别的话，伊丽莎白便拉着他的胳膊，把他领到沙发上。就在这时，杰克出现了。

"福布斯船长，我们非常想念你！"他高兴地说。

"谢谢你，杰克，你把这位女士照顾得好吗？"

"我照顾她就像照顾我的母亲、姐姐和女儿一样，她也很照顾我。"

"杰克和我正在学西班牙语，这样我们就能更好地理解圣费利佩的居民们的意思了。我们的进步非常令人满意。"

"伊丽莎白夫人说西班牙语已经像个本地人了。虽然我在努力让自己听懂，但还是有很大的问题。"

"纳尔逊告诉我，你不满足于在医院的工作，现在你还是一名记者。"

"我还参与办报了，《先驱报》，你一定要见见它的老板，贾德森·埃姆斯，他是在这里驻足的优秀冒险家之一。"

"会有机会的，我想，我会在巴拿马待一段时间。"

这句话让伊丽莎白大吃一惊，她瞪大眼睛看着克利夫兰，杰克趁着沉默，谨慎地退了出去。

"那么'加利福尼亚'号，谁来负责呢？"她最后问道。

"我已经让纳尔逊找了一位船长。"克利夫兰犹豫了一会儿，"我要离开'加利福尼亚'号，离开大海，这次再也不回去了。"

又一次停顿，伊丽莎白打断了他。

"那你打算怎么办？你愿意为不确定的未来牺牲自己的人生？"

"你不必马上爱上我，伊丽莎白。我只要求你接受我对你的爱，"克利夫兰低声恳求道，"我向你保证，我们会幸福的，我们会有一个美满的家庭，你会成为一个出色的母亲，而我也会成为最自豪的父亲。让我们给自己一个机会，这就是我们所需要的。"

"我不是不爱你，克利夫兰，"伊丽莎白握住船长的一只手说，"我考虑了很久，我觉得我对你的感觉，即使不是爱，也非常接近罗伯特死后我无法平静下来的那种感觉。但我也把你看作父亲，看作兄弟，看作我想永远在我身边的人。请不要误解我，我最不想做的事就是伤害你。这正是我不能接受成为你妻子的原因。如果你离开了大海，离开了你的生活，却发现你犯了一个错误，我们的婚姻是失败的，那会发生什么呢？那会让我非常伤心……"

"伊丽莎白，我非常理解你的疑虑。"克利夫兰抚摸着她的脸，轻声说道，"因为这些疑虑，我更加爱你。我还没告诉你，我家在查尔斯顿外有一处繁华的庄园，是我继承的，我已经写信告诉我的兄弟们，我很快就会搬到那里，和你们一起，因为没有你们，一切都不可能。海洋已经成了我的障碍，离开它我就解脱了。"克利夫兰深吸了一口气，才继续说道："当我在你家看到那个男人时，我感到非常不安，非常嫉妒。我不能再忍受离开你的痛苦了。即使你现在不接受我，我也会留在你身边，关心你，爱护你，等待你。"

"我的生命中没有男人，克利夫兰。这一点你可以肯定。"

这时，约翰·斯蒂芬斯又浮现在她的脑海中，一丝悔恨使她不安："天哪，为什么我每次面对爱情都会想起他？"

"我知道，我知道，但像你这样的女人身边总会有追求者，不管你信不信，我相信像艾兹普鲁亚这样的男人在你身上寻找的不仅仅是友谊。"

他们都笑了，她笑得娇媚，他笑得无奈。

"那你希望我怎么做呢？"伊丽莎白问。

"给我一些时间，几个月的时间，我先去查尔斯顿把一切都安排好，然后再回来找你。"

克利夫兰握住伊丽莎白的手，把她拉近，注视着她的眼睛。

"我还请求你，如果你感觉到爱情来临，就让它自由地流淌吧。"

他带着压抑已久的渴望吻了她。当船长的手伸向伊丽莎白的胸部时，她制止了他。

"别在我家里这样做，福布斯，我求你了。"

船长慢慢地收回了手臂，沮丧地待了几秒钟，然后站了起来。伊丽莎白忐忑不安地看着他。

"请原谅我，"他最后自责地说，"我保证不会再发生了。"

"别这样想。你必须明白……"

"你不必给我任何解释，伊丽莎白。我非常理解你，我尊重你，也因此更加爱你。"

克利夫兰勉强笑了笑，突然转移了话题。

"太阳又出来了，你愿意和我一起去散步吗？"

"我很乐意，要我叫上杰克一起去吗？要知道，镇上到处都是野蛮人。"

"我想没必要，但如果你觉得更安全的话……"

"没有人比和你在一起更安全了，克利夫兰。我们去拱廊街散步好吗？"

伊丽莎白和克利夫兰手挽手，轻快地走在小树林下，小树林建在坚固的城墙上，在宁静的巴拿马湾的一个拐弯处。此时，圣费利佩的居民们都到这里来呼吸海风，并讨论着今天发生的事情，一段时间以来，这些事情都是围绕着那些疯狂淘金的冒险家的恶行展开的，他们的到来扰乱了古城居民平静的生活。克利夫兰对众多邻居与伊丽莎白互致问候感到惊讶。

"我看到你在巴拿马人中间有了自己的一席之地。"他讪笑地说。

236

"他们认识我主要是因为我在医院工作。医生和护士的工作在这里受到高度重视，尤其是轮到我们照顾他们的孩子时。但我与这座城市之间没有任何联系。巴拿马人很友好，非常重视他们的习俗和传统，但老实说，我觉得他们很无趣。"

当钟声敲响宣布天使报到时，教区居民都回到了自己的家中，伊丽莎白和克利夫兰则走到了可以俯瞰大海的围墙边。傍晚时分，微风徐徐，太平洋的海面名副其实，空气中弥漫着清新的水汽，海鸟们在夜幕降临前的最后一次飞行清晰可见。小帆船在寻找栖息地，远处可以看到弗拉门戈岛、佩里科岛和纳奥斯岛。在后者前方，"加利福尼亚"号的轮子、烟囱和桅杆清晰可见。

"你的船看起来多么雄伟啊！"伊丽莎白惊呼道，"你不会想念它吗？"

"我在海上漂泊了二十五年，'加利福尼亚'号是我指挥过的最高贵的船。但事情什么都有它的位置和时间。"

克利夫兰搂着伊丽莎白的腰，轻轻地把她拉近自己。当她把头靠在船长的肩膀上时，她无法阻止对约翰·斯蒂芬斯的回忆：两年前，作家曾在很近的地方向她倾诉无限的伤感，这艘船的到来将再次把她带到丈夫的身边。

三天后，当他们在家中共进晚餐时，纳尔逊告诉福布斯船长，他还没有给"加利福尼亚"号找到船长。

"唯一一个有轮船经验的人刚从旧金山来，八个月前他离开自己的船去了矿区。现在他幡然悔悟，希望重操旧业，但我不敢把'加利福尼亚'号这样的船只交给他。"

"我也不敢。"克利夫兰急忙澄清道，"我会写信给阿斯平沃尔，说明情况，看他能否派一个他信任的船长来，与此同时，我还会再去航行一次。"

"你的……家事怎么办？"

"我可以再等几个月，别忘了我们水手总是要等待。"

8月9日，"加利福尼亚"号再次驶向旧金山，船上有将近四百人。除了几名传教士和一支军事分队，其他乘客都是白日梦狂人，对加利福尼亚矿区的金矿赞不绝口。虽然等待登船的冒险家总是比空位多出许多，但由于航线上增加了"俄勒冈"号和"巴拿马"号，并租用了英国的双桅船，威廉·纳尔逊得以更有序地组织名额分配。"加利福尼亚"号首次过境时设计的抽签办法依然有效，虽然对船票价格仍有猜测，但再也没有人花1000美元买过一张船票。克利夫兰·福布斯在亲自指挥航行之后，把舵交给了麦肯农，这种态度让吉姆大吃一惊，因为他知道船长的习惯——在检查完引擎和风帆是否完全协调工作之前，船长是不会放弃指挥权的。此外，自从克利夫兰回到船上后，他就注意到船长脸上有一种神秘的表情，这让他怀疑传言是否属实。吉姆顾不得多想，一离开舰桥就向克利夫兰搭讪。

"船长，出什么事了吗？"

"什么意思，吉姆？"

"你过早地离开了船舵，看起来有点滑稽。另外，有几个水手告诉我，你正在找一位船长来替代你。"

克利夫兰注意到了吉姆悲伤的神情。他从来没有想到，世上竟有如此坦率透明的人。

"是这样，吉姆，"他一边说，一边亲昵地用胳膊搂住男孩的肩膀，"我想是时候离开大海了，但我不想把'加利福尼亚'号交给没有经验的人。我已经写信给阿斯平沃尔，让他派人来接替我，我会利用这次出海完成对麦肯农的培训，让他成为大副。另外……"

"我怎么办？"吉姆懊恼地打断了他的话。

克利夫兰被这个问题吓了一跳，他果断地说：

"你会继续做新船长的得力助手吧？"

"是因为伊丽莎白夫人吧？你们相爱了，她不喜欢大海。"

男孩的声音有些颤抖，他的眼睛里开始蒙上一层雾气。如何向那个天真的灵魂隐瞒真相呢？

"一切都还不确定，吉姆。我已经向她求婚了，我们应该结婚，然后把家安在弗吉尼亚，但她还没有给我明确的答复。"

"她会的，船长，这一点我很确定。"

"有爱就够了，吉姆，我保证你会是第一个知道故事结局的人。"

"你会带我一起去弗吉尼亚吗？"

"我当然愿意，你知道伊丽莎白非常爱你。"

"是的，但正如你所说，有爱就够了。"

在大西洋沿岸，铁路工人们继续与疾病、沼泽、昆虫和天气进行着不平等的斗争。9月下旬，托滕上校带着500多名劳工从加勒比海返回，其中绝大多数人是在巴巴多斯招募的，一周后，特劳特温宣布他打算永久返回美国。虽然这个决定让托滕大吃一惊，但鲍德温和团队的其他成员早就料到了：沼泽热、巨大的艰辛和面对死亡的无助已经耗尽了这位工程师的体力，他的职业生涯大部分时间都坐在办公桌后。

到1850年11月，曼萨尼约岛的地面已经足够坚实，可以支撑作为工人宿舍和储藏仓库的大帆船，这有助于加快施工进度。连接曼萨尼约和海岸的堤道已经完工，在黑沼泽地，一条五米宽的堤坝开始出现，年底前将到达猴山，在那里，托滕医生的医院已经建造出了墙壁和屋顶。铁路工程师们正焦急地等待雨势减弱，以便铺设第一批铁轨。鲍德温说："如果我们在1月份开工，到5月份雨季再次到来时，曼萨尼约和猴山之间的线路就可以铺设完毕。"但工人们不断倒下，找到替换他们的工人变得越来越困难，成本也越来越高。由于资金短缺，斯蒂芬斯被要求前往纽约寻找新的资源。

在克鲁塞斯镇附近发生的两起新的抢劫案中，一伙自称"达连人"①的暴徒抢劫和杀害了大量的男人、妇女和儿童，当局急需雇用治安官来维持沿途的安全和秩序。

---

① 达连（Darién），巴拿马东部地区地名。

第五章　伊丽莎白·本顿的日记

1850年8月3日

将近两个月没有写日记了，难道是我要做的事情太多，已经没有时间写下烦恼、反思疑虑、探究感受？还是我试图填满所有的重要空间，以避免回忆、沉思和感受？

我与克利夫兰的情况越来越难以为继。我曾经认为这是一段新爱情的前奏，但现在却完全确定，我对他的感情还远远没有凝结成那种感觉。有时我想，随着生活的冲击和幻灭，爱情会趁虚而入，取代对爱的无视。克利夫兰说我们之间的亲密关系会让今天我与他亲近得近乎兄弟般的感情，在明天绽放出让男人和女人结合在一起、生儿育女、白头偕老的感情，这也许是对的。我多么渴望为困扰我的疑虑找到一个答案，甚至是面对现实的勇气，让克利夫兰明白，不爱他让我充满痛苦的负罪感。他从最后一次旅行回来后，就有了一个疯狂的想法：永远离开大海，结婚，搬到他在弗吉尼亚州的田园庄园。而他自己却不知道，男人怎么能在一瞬间迷失自己的生活，放弃自己的身份，放弃自己的未来？也许，作为他疯狂的表面原因，我提出这样的问题并不公平：他的爱真的如此伟大，就像他向我保证的那样，足以支撑我们在一起，直到我也开始爱他吗？但是没有人能做到，无论别人爱不爱自己，都要去爱别人。谁也不能。此外，如果说生活让我明白了一件事，那就是逝去的爱永远不会再有。我曾经对罗伯特的爱也随他一起消失了，尽管我留下了这束火焰，我的情感将永远在这束火焰的炙热中燃烧，这束火焰是任何其他人都无法熄灭的。即使是你，约翰·斯蒂芬斯，你也不会停止折磨我的记忆；你知道我不再记得你的眼睛、你的微笑、你的神情、你的姿态了吗？你带给我的纯粹是一种幸福、快乐、悔恨和不安的感觉。主啊，为什么？

8月10日

昨天，克利夫兰踏上了前往旧金山的旅程，他将离开巴拿马两个月。他招募替补船长的努力没有结果。今天我想，即使他找到了，他也会再次出海，不是因为他还没有决定离开航海生活，而是因为在过去的几周里，他终于意识到，我对他的爱不是那种可以让他建立一个家的爱。在告别的那一刻，那双灰色的眼睛里流露出多么悲伤的神情！但我不能同情他。我不能，也不应该。你可以由恨转爱，却永远无法由怜转爱。一个为男人感到遗憾的女人是永远不会爱上他的。我想克利夫兰也意识到了这一点，所以他一直在极力掩饰他的失望之情，只是那双眼睛出卖了他。

在他离开的那天，在去海洋之门的路上，他又向我问起了阿塞西奥·艾兹普鲁亚。他用一种隐晦的方式，以所谓的对圣费利佩居民的困境感兴趣来掩饰他的嫉妒，甚至还对阿塞西奥说了一些恭维的话。"纳尔逊告诉我，"他说，"你的朋友阿塞西奥是少数几个愿意面对入侵城市的冒险者问题的地峡人之一。为此我非常钦佩他。"我回答说，阿塞西奥·艾兹普鲁亚是一个正直的人，他对地峡人和冒险者之间的日常冲突深表关切，虽然大部分事件都发生在郊区，但在圣费利佩，阿塞西奥的长子十九岁时就叛逆成性，他已经与阿耳戈人发生了两次激烈冲突，其中一次他被匕首刺伤，不得不去医院。"看来你也很欣赏他。"克利夫兰评价道。我沉默了。他也许是后悔自己毫无根据的嫉妒，便拉着我的手告诉我，他唯一担心的是我可能会发生什么事。"杰克和我如影随形的。"我提醒他，然后就不再讨论这个话题了。

　　在登上去加利福尼亚的船之前，克利夫兰又和我谈起了爱情，现在他更加克制和温和了。他用真挚的话语告诉我，在过去的几天里，他冥思苦想了很多；爱的最大证明就是他决定等我，不催我，也不打扰我；虽然他相信其他男人会来追求我，但他知道如何控制距离给他带来的不确定性；无论我做出什么决定，他的爱都不会动摇，我可以永远依靠他。我只能紧紧地拥抱他，感谢他的理解和善良。那一刻，我恨约翰·斯蒂芬斯，恨我不爱克利夫兰·福布斯。

8月19日

克利夫兰不在了,我的情绪也随之平复,我又一次不知所措,不知道该用什么语言继续写作。语言还是动机?奇怪的是,加利福尼亚船长和作家在我的灵魂深处竟是如此奇妙地共存,似乎两者缺一不可。

当克利夫兰·福布斯搬走后,我对约翰·斯蒂芬斯的记忆就变得麻木了,这时,我庆幸自己再次沉浸在这座惊恐万状、歇斯底里的城市里的日常工作中。人类有一种习惯所有痛苦的美德:习惯战争、习惯死亡、习惯失恋。在这样做的过程中,我们会不自觉地在自己周围竖起一道防护篱笆,以保护我们曾经享受过的幸福,无论这种幸福是多么微不足道。

作为一名企业家,贾德森·埃姆斯正在将《先驱报》与《星报》合并,以节省成本。不过,他的首要目标是在今年年底之前带着他的印刷机前往旧金山。与他同行的还有《星报》的前老板,他已经说服这位老板在那里创办一份新报纸。这就是商业世界:如果符合经济利益,今天是竞争对手,明天就是合作伙伴。《星报与先驱报》——这就是新刊物的名字——已经卖给了威廉·纳尔逊,纳尔逊让我继续担任经理和编辑。我答应考虑一下,尽管我真的不认为我会喜欢与纳尔逊共事。与埃姆斯不同,他不是一名记者,而是一名商人,比起新闻,他更热衷于推广自己的生意和赚钱。我会想念埃姆斯的。

9月15日

时光飞逝。冒险家的浪潮一直在高涨，持续不断，圣费利佩和郊区居民首当其冲，暴力事件也越来越严重，越来越频繁。昨天，一名冒险者杀害了纳尔逊公司的一名司机，原因仅仅是司机要求支付约定的运输费用。最糟糕的是，当局无法维持治安，甚至连凶手的身份都无法确认。一段时间以来，憎恨暴力的杰克决定在腰间挂上一把大号左轮手枪，以防止有人来犯。巴拿马正迅速成为一个金钱至上的狂热城市。

10月16日

在沉寂了近一个月之后，我的内心蠢蠢欲动，我努力抓住它们并将它们写在纸上。这个下午，圣胡安·德迪奥斯医院出现了一个奇怪的人物，他似乎是漫画师笔下的人物。他瘦瘦的，高高的，秃头，圆脸，深蓝色的眼睛，耳朵突出在头骨上，他自称是巴拿马铁路公司的医务主任托马斯·托滕医生，并宣布他正在为该公司在大西洋地区修建的医院寻找医生和护士。他开出的薪水是圣胡安·德迪奥斯的三倍，外加所有的生活费和伙食费。比起他的医院的细节，我更想了解约翰·斯蒂芬斯的情况。我告诉他，随着冒险家们纷纷涌入这座城市，我们也缺少人手，然后我向他询问了铁路工程的情况。他告诉我，最严重的困难即将被克服，并立即回到了需要足够的医疗服务来帮助减轻在那里工作的人们的痛苦的话题上。"谁负责这项工作？"我问道。"我的兄弟，托滕上校。"他回答道。我明白了为什么这位医生的名字一直为我所熟悉。几个月前，在纳尔逊的办公室里，我见过这位上校，他的张扬也让我印象深刻。我正准备再问一个问题，一个我一听就能认出的声音从我身后传来："下午好。"我慢慢转过身，心怦怦直跳，终于见到了约翰·斯蒂芬斯。我们都愣住了，他第一个从惊讶中回过神来。"伊丽莎白？"我努力掩饰自己的情绪，愚蠢地问道："约翰·劳埃德·斯蒂芬斯，你怎么来了？"他紧紧地盯着我，反问道："你什么时候来地峡的？你打扮成护士干什么？"托滕医生既惊讶又不自在地把头偏向一边，宣布他要去找医务主任，然后就不再理我们了。"说来话长。"我回答道，然后在一片沉默中我们离开了医院。杰克像往常一样等在外面，他走过来，警惕地挥挥手，站在我们身后十步远的地方。"他是你的奴隶吗？"约翰问。"不是，不过那是另一回事了。"我回答道。

我不知道时间过去了多久，也不知道我们去了哪些地方。我只知道我们不停地聊天，我比他聊得更多，在拱廊街上，天使报时的钟声让我们感到惊讶。我向他倾诉了我的不幸和疑虑，他则向我倾诉了他为推进铁路工作所做的努力。面对寂静的海湾，在夕阳的见证下，他终于拉着我的手，告诉我他是多么渴望这次会面。"我也是。"我低声表白。当他喃喃地叫着我的名字时，他拥抱了我，轻轻地吻了我，我再次感受到了什么是爱。由于情绪激动，我没有听到"加利福尼亚"号的汽笛致意声，而此时它正停泊在纳奥斯岛附近。

10月17日

我一直担心的时刻毫无征兆地到来了。生活常常充满反差，爱的喜悦伴随着伤害深爱之人的无限悲伤。克利夫兰是否会明白，只要我允许他爱我，对我抱有希望，约翰就只是过去的幻象，只存在于我的渴望之中？今天，随着心中幻影成为现实，我必须面对梦想成真的后果。啊，克利夫兰，让我为这双如此高贵而透明的眼睛感到悲伤是多么困难啊！

今天早上，我比往常更早去了医院。在与克利夫兰会面之前，我需要时间冥想。在路上，我决定先和约翰谈谈，于是让杰克去找他。我们在医院见面，然后走到街对面的广场。我们坐在一棵老树下，我不再多说，开始向他讲述我和克利夫兰的关系。我试图表达"加利福尼亚"号船长对我的意义，但约翰用手指轻轻地封住了我的嘴唇，并告诉我，一个美丽的女人不用解释男人对她的追求。我告诉他，克利夫兰对我来说不仅仅是一个追求者，他愿意放弃一切来娶我。他听我说完后，向我保证，他为船长感到难过，如果我愿意，他想和船长谈谈。我当然不会答应。我必须面对这个责任。

中午过后不久，克利夫兰照例捧着一束鲜花来敲我的门。我接受了他的拥抱，却躲开了他的嘴唇。我请他坐下时，他用眼神询问我。

我问："旅途怎么样？"他回答说，除了锅炉出了点小问题，没有遇到大的挫折。

克利夫兰，别再为难我了！短暂的沉默后，我说：

"有件事我们需要谈谈。"他打断我的话，坚持说他愿意等我，等多久都可以。"这不是时间问题。我爱上了另一个男人。"我直截了当地说。克利夫兰的脸色苍白，表情由惊讶转为痛苦。"艾兹普鲁亚？"他难以置信地问。"不，当然不是。他是一个只存在于我记忆中的人，是我几年前认识的一个人，当时罗伯特还活着，我根本没想到会再见到他。"克利夫兰站起来，在房间里踱了几步，又坐下了。"我什么都不明白，什么时候发生的？他是谁？他在哪里？他叫什么名字？""他的名字是最不重要的。重要的是，我不能让你继续满怀希望，毁掉你的生活。"克利夫兰听后苦笑了一下。"当然，你不能这样对待一个兄弟。"他站起身，一言不发地离开了。乞求他原谅的话语在我的嘴边枯萎了。

10月20日

雨无情地下着。最靠近海边的房子的底层再次被淹，郊区的简易街道成了无法通行的泥潭。过去几天里，我的灵魂里充满了忧虑、喜悦和苦恼，既然有这么重要的事情，为什么还要写雨呢？难道是因为害怕从梦中惊醒，我不敢在纸上写下那些永远描绘着深不可测的幸福的文字吗？

只要我和约翰的工作允许，他都会尽量陪在我身边，这很容易，他的陪伴是如此自然！爱在我们之间流动，没有任何紧张，没有任何焦虑，就好像我们注定要生活在一起。当我们交谈时，言语就像一条小小的纽带，将我们越系越紧；

当沉默的时间延长时，我们之间的交流也不会中断。昨晚，我们在制订计划时，出现了第一次分歧。就像深爱着对方的人之间经常发生的那样，分歧只是进一步证明了我们的爱。约翰让我留在城里，而我坚持接受托滕医生的提议，去铁路医院工作。他说："我不能容忍你生病。"我回答说，我的位置就在他身边。此外，我想帮助拯救生命。他微笑着告诉我，我唯一需要照顾的就是自己的生命。"还有你的。"我回答道，身体莫名地颤抖了一下。虽然我们约定在他离开之前再谈一次，但我已经开始准备离开这座疯狂的城市了。离开圣胡安·德迪奥斯医院会很痛苦。离开《星报与先驱报》也是如此，尽管纳尔逊也是如此。当我告诉杰克我们要去铁路工作时，他的脸上闪过一丝悲伤。我想他永远也不会明白我为什么没有嫁给福布斯船长，他对福布斯船长有着特殊的感情。

10月21日

在经历了四天的欢乐时光，分享了渴望已久的爱抚之后，约翰昨天回到了铁路工作岗位。他答应一有空就给我写信，每个月都来看我，尽管他不知道自己是否很快就要去美国找钱了。他告诉我，一旦铁路工程进展顺利，他就会来接我，这样我们就可以去纽约，开始我们共同度过余生的冒险之旅。他不知道，再过不到两周，我就会在他身边了。爱情需要持续的关注才能长久。

10月22日

昨晚，在"老金"酒吧发生了自冒险者涌入加利福尼亚以来最激烈的斗殴事件。在医院里，我惊讶地发现老好人吉姆正等着缝合两处伤口，一处伤口很深，在胸口一侧，另一处伤口很浅，在脸上。缝合时，麦肯农满脸淤青，右眉上还有一道令人讨厌的伤口，但他却面带微笑，好像什么事都没发生过一样。我走近男孩，问他发生了什么事，当我握住他的手时，他闭上了眼睛，突然把手抽了出来。麦肯农说："我们在'加利福尼亚'号上遇到了一群阿耳戈人，他们指责我们是小偷，是白吃白喝的人。""那克利夫兰呢，他出什么事了吗？"我马上问道。"你在乎他吗？"吉姆抱怨道，他还没有睁开眼睛。"当然关心。克利夫兰是我的好朋友。"我回答道。"福布斯船长带头冲锋，"麦肯农说着又笑了起来，"我从没见过，他这么喜欢拳打人脸和用酒瓶子砸人。我不知道船长还有这些特质。不过，除了零星的割伤和瘀伤外，他并没有受什么重伤。"事实上，我认为，在我们当中，吉姆受伤最为严重，而对面呢，至少有两个人将永远无法向别人诉说他们的不幸。虽然我对这种冷酷和野蛮的行为表示抗议，但在内心深处，我还是很高兴终于有人给了这些暴徒应有的惩罚。

我清理并缝合了吉姆的伤口，在整个过程中，他一直保持沉默，目光低垂。当吉姆准备离开时，我让吉姆告诉克利夫兰，我在医院等他，以确保他的伤势并不严重。"福布斯船长就要启航了。"麦肯农说。"这么快？"我问。"是的，但不是在'加利福尼亚'号上。"麦肯农告诉我，克利夫兰需要新的海洋、新的空气和新的视野，所以他已经和"泰晤士"号的船长交换了指挥权，"泰晤士"号是一艘英国轮船，今天下午开往英国。

看着他们缓缓离开医院，高地人扶着男孩的肩膀，一种深深的悲伤涌上心头。我还能再见到他们吗？在他们离开之前，吉姆又睁开了眼睛，看着他徒劳地忍住眼泪，我意识到他的痛苦比他的伤更深。我做了什么，我的上帝？我怎么会造成这么大的痛苦，这么大的折磨，这么大的动荡？

第六章

科尼利厄斯·范·怀克坐在简陋马车的车斗上，打量着眼前广袤的平原，再次询问车夫还有多久才能到达朗内尔斯的牧场。

印第安人乔回答说："如果我们在天黑前到达科罗拉多河，明天一早就能渡河，中午就能到达。"

在巴拿马铁路公司董事会的最后一次会议上，董事科尼利厄斯·范·怀克出人意料地提出要去寻找得克萨斯州最著名的游骑兵兰道夫·朗内尔斯。"你确定吗，科尼利厄斯？"阿斯平沃尔难以置信地问。"我不仅要去找朗内尔斯，还要陪他一起去巴拿马，然后乘船去加利福尼亚，看看这个国家到底发生了什么疯狂的事情。"

科尼利厄斯·范·怀克早年就感受到了征服遥远的西部对出生在东部的年轻人的浪漫吸引力。科尼利厄斯·范·怀克家是纽约最富裕的家庭之一，他从小就在曼哈顿方圆不到四平方公里的范围内长大，包括他的家、哥伦比亚大学和他父亲在华尔街的办公室。只有在夏天，全家搬到斯塔滕岛的豪宅时，科尼利厄斯才会逃离拥挤的城市建筑，去享受大自然和开阔的空间。现在，他自由地履行了儿子、丈夫和父亲的职责，终于有机会实现他的一个梦想：他投资了一大笔钱的公司需要雇用一名警卫，为铁路沿线的旅客提供保护，他想近距离看看神话般的西部。

考虑到这位信使的身份，威廉·阿斯平沃尔安排霍兰德与阿斯平沃尔船队中的一艘船——"纽约城"号，专门停靠得克萨斯州大陆外加尔维斯顿岛上的小港口。科尼利厄斯·范·怀克在那里下船，然后前往休斯敦，寻找能带他去兰道夫·朗内尔斯牧场的人，朗内尔斯牧场位于"科罗拉多河畔得克萨斯平原的某处"。经过一个星期的努力，科尼利厄斯已经习惯了公路上的颠簸，开始享受他的冒险之旅。为了不错过风景，他坐在向导印第安人乔的身边，这个人不仅少言寡语，而且手势也不多。科尼利厄斯从未见过如此内向的人。科利尼厄斯终于鼓起勇气，问他为什么沉默，他露出了一个似笑非笑的表情，那双因眺望远方而眯起来的眼睛望向了科利尼厄斯，他说：

"我不知道你的家乡是什么样子，但在得克萨斯州，就像在新墨西哥州和亚利桑那州一样，像我这样的人一生都在长途跋涉，路上也没有人跟我们说话。我们只能和马、和狗、和石头、和路……说话，但它们从不回答。"

新的边疆让科尼利厄斯·范·怀克百感交集。地平线一望无际，在晴朗的日子里，参差不齐的蓝色山脉勾勒出地平线的轮廓，但得克萨斯州的地貌并没有想象中的绿色和奔腾的河流，那里一望无际的平原主要是赭色和黄色。河流大多是浅浅的、静静的，对它们即将汇入大海的命运无动于衷。只有在其中一条河上，需要借助用简陋的绳索拴起来的木片和木桶，将它作为原始的渡船，才能将马车从河岸运到对岸。

夜幕降临，科尼利厄斯和他的向导来到了科罗拉多河畔。由于急于完成任务，这位纽约大亨建议立即穿越科罗拉多河。印第安人乔却停下马车，咕哝着决定等到第二天再走。

"这样更安全。"范·怀克只能这样安慰自己说。

在一间东倒西歪的花房里，兰道夫·朗内尔斯在影影绰绰的树荫下休息。简陋住宅的厨房里放着两桶刚挤出来的牛奶，第一个圈里的鸡和猪正在吃前一天剩下的食物。牛栏里，几头奶牛悠闲地吃着草料，忍受着牛犊的冲击，它们拼命地吮吸着仅剩的一点牛奶。在三匹马和两头驴的另一个畜栏外，小玉米地刚刚结出第一批果实。

"今年我们会有好谷子的。"奥克塔维娅看到哥哥拿着第一批玉米棒子走进厨房，她感叹道。

和往常一样，兰道夫没有发表任何评论。

奥克塔维娅仍然对詹姆斯·霍恩牧师造访朗内尔斯家农场后老游骑兵的变化感到惊叹。自从那个瘦骨嶙峋的高个子男人出人意料地出现在朗内尔斯家，问起兰道夫，两人坐下来单独交谈，这已经是一年半前的事情了。交谈了三个小时后，兰道夫彻底变了。他把枪挂在壁炉上，放弃了游牧生活，全身心地投入小家庭的田园生活中。科罗拉多平原的酒馆再也听不到这位以勇敢、指挥能力强，尤其是过激的行为而闻名的游骑兵的消息了。他在与科曼奇人[①]和墨西哥军队的战争中立下的战功早已成为传奇，而在朗内尔斯代表新领地当局的日子里，他对偷窃者和逃犯的穷追不舍也早已成为传奇。当他厌倦了追捕罪犯，全身心投入赌博、酒和女人的生活中时，他的名声就更大了。就在那个时候，上帝之子神秘地出现了。奥克塔维娅问牧师说了什么，让他发生了如此翻天覆地的变化，她的哥哥只是回答说："他告诉我，在离开这个世界之前，我必须完成一项使命。"

即使是加利福尼亚发现神话般的金矿的消息，也没有给兰道夫留下深刻印象，这些消息就像干草上的蜡烛一样席卷了得克萨斯平原。当他的大多数邻居都收拾好行装准备前往黄金之地时，他继续过着种植园主宁静而单调的生活，当这些种植园主开始在新的边疆地区繁衍生息，兰道夫耐心地等待着霍恩牧师预言的实现。在极少数情况下，他会接待一位老友的来访，并与老友坐在一起回忆他所谓的"另一种生活"中的冒险经历，与其说是兴趣，不如说是出于友谊。最后，他总是拒绝任何重返警卫岗位的建议，直到19世纪50年代末的那一天，这位来自东方的绅士出现在他的牧场。

---

① 科曼奇人（Comanche），美国的一个印第安人部落。

在载着科尼利厄斯·范·怀克的马车抵达前一小时，兰道夫·朗内尔斯就发现了从科罗拉多河畔驶来的一小股尘土。

"有人来了。"奥克塔维娅在厨房门口喊道。

"一辆马车。"朗内尔斯回答道。

他坐下来等待。一种奇怪的预感悄悄地告诉他，他的生活即将发生变化，当他看到那个满身尘土的人穿着类似墓穴挖掘者的衣服，正艰难地从吊桥上爬下来时，这种预感得到了证实。

"兰道夫·朗内尔斯？"来访者问道。

"为你服务。这是我妹妹奥克塔维娅。"

这位著名的游骑兵中等身材，体型修长，五官端正，给人留下了深刻的印象。

"我是科尼利厄斯·范·怀克。我从纽约远道而来，是想向你提个建议。"

"我知道。"朗内尔斯回答道，"我等你很久了。"

科尼利厄斯感到一阵战栗，当他凝视着朗内尔斯那双深邃而闪烁的蓝眼睛时，这股战栗变成了颤抖，朗内尔斯似乎在用这双眼睛搜索着他的灵魂。

"你说你在等我？"

"说来话长。奥克塔维娅，请给我们上咖啡和煎蛋卷！把马车夫也叫来，我们就在花房下面。"

朗内尔斯等范·怀克坐下后，自己也坐了下来，他把手放在右太阳穴上，低下头，眯起眼睛，开始说话：

"他会告诉我，有一条充满怪物、瘟疫和痛苦的大河，一条连接两个世界的漫长道路，以及罪犯、抢劫和死亡。他会让我帮助他在那里重建上帝和人类的法则。"

范·怀克惊讶地想到了查格雷斯河、铁路、沼泽热、达连人犯罪团伙，他再次被那种面对超自然现象的奇怪印象震撼。

"当然，我会告诉你这一切的，但你是怎么知道的？"

"这是我个人的事，或者说，这是我的使命。现在详细告诉我，你对我有什么期望？"

科尼利厄斯·范·怀克被对话者异国情调的个性打动，他放下了他的慢性子，以异乎寻常的热情，开始讲述巴拿马铁路公司的董事们所从事的冒险对国家和世界有多么重大的意义。他谈到了加利福尼亚的黄金，谈到了西部的开发，谈到了来来往往的旅客，谈到了修建铁路的困难，谈到了沼泽地的瘟疫，谈到了工人的死亡率……

"现在，"他惊讶地说，"除了上帝对他所创造的大自然的愤怒之外，我们还必须加上无情之人的恶意，他们利用他人的不幸和需要，肆意谋杀和抢劫。地方当局没有能力维持秩序，这就是为什么我们需要有经验和奉献精神的人来帮助我们，努力建设和平，这项工作将意味着全人类、我们国家，当然还有我们公司的进步。"

"说得好。我接受的条件有两个：我必须拥有打击邪恶势力的绝对权力，而且我的决定，无论看起来多么严厉，都将得到公司的遵从和支持。"

"同意！"范·怀克毫不犹豫地确认道。

"那我们今天下午就出发。"朗内尔斯起身宣布道。

"我们不知道下一艘船什么时候会抵达加尔维斯顿。"范·怀克犹豫了一下。

"我们不去加尔维斯顿，我的朋友。如果我们坐船去新奥尔良，会更快更安全，因为每周都有船从新奥尔良出发。"

"我们要骑马吗？"范·怀克惊慌地问。

游骑兵的脸上第一次露出了笑容。

"你坐他的马车。我在你身边骑马。"

然后，兰道夫·朗内尔斯骑马来到牧场，叫来他的妹妹，告诉她现在是他执行神使派给自己的任务的时候了。

"我会经常写信给你，让你为哥哥感到骄傲。"

奥克塔维娅画了个十字。

1851年伊始，当兰道夫·朗内尔斯和科尼利厄斯·范·怀克几乎悄无声息地穿越得克萨斯州和路易斯安那州的领土时，在纽约，巴拿马铁路公司的董事们正在开会，听取刚刚从巴拿马抵达的约翰·斯蒂芬斯的报告。

威廉·阿斯平沃尔警告说："恐怕消息不是太好。我们的总裁将向我们介绍铁路项目的最新情况。"

"先生们，"约翰开始说道，"和往常一样，有好消息也有坏消息。好消息是，经过托滕、鲍德温和他们的员工的艰苦努力，终于克服了最初的障碍，今天，在开工不到一年之后，未来大西洋码头的第一批建筑已经在曼萨尼约岛上出现。尽管雨水多的时候，工地仍然会被洪水淹没，但第一批钢轨已经铺设在一条堤道上，这条堤道穿过小岛，穿过运河，一直延伸到我们最难攻克的地方——黑沼泽的中间。据估计，到3月份大西洋地区雨水较少的时候，铁轨将最终到达猴山，那里才是大陆真正的起点，托滕医生在那里也基本上建成了医院……还有墓地。很难描述，甚至很难想象我们的承包商要克服的巨大困难。我只想说，托滕最近在加勒比群岛招募的500名工人中，有一半以上已经死亡，其余的人中，有三分之一患有某种疾病，无法工作。然而，事实证明，加勒比黑人工人在疾病的无情打击下是最顽强的。在白人工人中，留下来的人寥寥无几。"

"连特劳特温都辞职了。"副董事长森特不满地打断了他的话。

"没错，但这是另一件事情了，我们可以稍后再谈。事实是，"斯蒂芬斯继续说，"为了保持工作进度，我们需要采取几个紧急措施。首先，需要雇用更多的工程师和工人，托滕估计，现在工程即将正式开工，平均需要保持40名工程师和800名工人。此外，为了方便施工，加快进度，我们需要尽快向地峡派出机车和货车，将施工人员和材料运到前沿工地。我们还必须运送材料和设备，继续建造工人住房，完成曼萨尼约的码头和办公室，加固码头的结构，因为码头的结构仍然是临时性的。托滕医生还要求我提供完成医院设施所需的一些设备。他向我保证，他有一个很快就能自给自足的计划，所以他不会再向公司要钱了。"

"计划？"阿斯平沃尔问道。

"没错，他不肯告诉我任何细节。你也知道，托滕医生是个很特别的人。虽然作为医生，他很敬业，也很有效率。"

"还有别的吗？"阿斯平沃尔又问了一遍。

"最后一点。在地峡，丛林法则盛行，犯罪和暴力的浪潮已经蔓延开来，当地政府对此感到无能为力。当地人和外国人之间的斗殴每天都在增加，更糟糕的是，最近出现了一伙自称是达连人的暴徒，专门抢劫穿越地峡的人。已经发生了几起谋杀案，抢劫金额已经超过10万美元。在我即将启程的前两天，他们杀害了我们的一名信使，抢走了他随身携带的三万美元，这些钱是用来支付工作人员的工资。我们迫切需要私人警卫，该省省长已经口头授权我组织这个工作。由于众所周知的原因，他拒绝给予我书面授权。"

阿斯平沃尔说："现在由范·怀克负责这项任务。就在我们说话的时候，他正在得克萨斯州，试图雇用那个最厉害的游骑兵。"

"科尼利厄斯？"斯蒂芬斯既惊讶又好笑地问道。

"科尼利厄斯！"几个人回答道。

阿斯平沃尔微笑着解释说："我们在上次会议上讨论这个问题时，了解到我们朴实的经理从年轻时起就非常向往西部，所以他主动要求去寻找朗内尔斯。虽然想象科尼利厄斯骑马穿越得克萨斯平原并不容易，但我们相信他一定会成功。"

斯蒂芬斯评论说："这似乎很不可思议。"

回到正题上来，副董事长森特说："我知道，我们需要筹集更多的钱。"

"没错，亚历山大，"阿斯平沃尔回答道，"为了满足约翰的优先要求，我们估计至少还需要50万美元，这足以把工程修到克鲁塞斯镇。其中的一部分资金将用于修建查格雷斯河上的第一座桥梁。"

"还需要50万美元。"詹姆斯·布朗嘀咕道。

"现在……"埃德温·巴雷特说。

威廉·阿斯平沃尔补充说："也许现在是时候谈一谈，我们收到的一些第三方股权收购的报价。"

"在证券交易所购买股份吗？"斯蒂芬斯问道。

"是的，但有条件。"阿斯平沃尔回答道。犹豫了片刻，他又补充道："又是我们的老朋友，从来都很有声望的乔治·劳。几天前，他给我发了一封信，想用30万美元在证券交易所购买公司股票，以换取一个董事会席位。"

"这家伙真是贪得无厌，"森特愤愤不平地评论道。"他先是以房地产为要挟，给我们造成了巨大损失，迫使我们从最糟糕的路线上修建线路，现在他又想坐下来和我们谈谈，好像什么事都没有发生一样。谁能理解那个该死的爱尔兰人？"

威廉说："按照他的说法，过去的就让它过去吧，现在是展望未来的时候了。此外，你的信使提醒我，范德比尔特准将正在加紧开辟一条通过尼加拉瓜的竞争航线，我们可以联合起来对付范德比尔特，这符合两家航运公司的利益。'敌人的敌人就是朋友'，这是老橡树最喜欢说的一句话。"

"你怎么看，威廉？"斯蒂芬斯想知道。

"我希望这样一个有问题的人不要坐在我们的董事会里，我愿意拿出任何必要的额外资金。但我服从多数人的判断，如果他们决定接受他的钱，我也会理解。"

森特说："我的腰包可能没有你的那么鼓，威廉，但我的尊严是鼓的。我建议我们同意投资所需的金额，以凑足50万美元。稍后，在有了更多判断力之后，我们可以开会讨论资本重组问题。"

每位董事都或多或少地附和了亚历山大·森特的观点，追加50万美元的动议获得一致通过。

就在纽约的巴拿马铁路公司董事们决定继续利用自身资源支持巴拿马地峡的铁路项目时，科尼利厄斯·范德比尔特准将来到了尼加拉瓜大西洋沿岸的北圣胡安，这是一个临时搭建的简陋港口，德国、英国和法国的冒险家们在这里，和米斯基托人①共生共存。多年前，在当地人的支持下，英国人曾试图在此建立殖民地，并对该地区保持一定的控制。1850年12月22日上午，海军准将从他的旗舰"普罗米修斯"号下船，登上了一艘专为他建造的小型、浅水、大马力轮船

---

① 米斯基托人（Miskito），也拼作Mostique或Mosquito，是尼加拉瓜东北部加勒比海沿岸低地的中美洲印第安人。

"领袖"号，这艘船被派往北圣胡安，专门用于论证穿越尼加拉瓜河流航线的可行性。三个月前，他的得力助手兼副手奥维尔·W.蔡尔兹上校撞毁了另一艘轮船。蔡尔兹曾试图沿着圣胡安河从尼加拉瓜湖逆流而上120英里，到达加勒比海的河口，但没有成功。听到蔡尔兹报告说航线不可行后，海军准将决定亲自证明这条路线的可行性。

蔡尔兹向范德比尔特确定地说："水流不够，在急流中无法航行，而且中途还有一个难以逾越的瀑布。"

"胡说八道！"海军准将回答道，"即使我们必须疏浚河道或重建河床，这条路线也是可行的。而且不仅可行，还是从东部地区通往加利福尼亚的最佳途径。我不会让阿斯平沃尔那个白痴得逞的。在他完成他那该死的巴拿马铁路建设之前，我就会把穿越尼加拉瓜的水路建好。请记住，在人员和货物运输方面，轮船永远比铁路更有效率。这是一个数学问题。"

19世纪50年代中期，准将以其特有的坚韧不拔的精神，以少量金钱和许多承诺为交换条件，成功地让尼加拉瓜政府授予他特许权，利用圣胡安河和尼加拉瓜湖修建一条穿越其领土的运河。虽然运河路线比巴拿马运河长一倍多，但100英里的湖泊航道大大简化了工程。此外，尼加拉瓜海岸距离美国比巴拿马海岸近300英里，这将为旅行者节省数周时间。但是，大自然并不是范德比尔特需要面对的唯一敌人。门罗总统断言美洲是美国人的天下之后，英国政府对这位美国大亨闯入英国在中美洲高原唯一的势力范围持怀疑态度。

英国人控制着北圣胡安港（他们称之为格雷敦），不允许从这里修建运河。经过多次外交交涉，英国人认为他们的利益得到了保障，于是签署了《克莱顿—布尔沃条约》，根据该条约，美国政府承诺与英国分享在中美洲修建的所有运河的控制权。因此，范德比尔特可以不受干扰地推进他的项目。

范德比尔特准将和威廉·阿斯平沃尔之间的竞争远不止控制他们共同开发的海上通道的斗争。科尼利厄斯·范德比尔特习惯于不按规则出牌以获得优势，他深深厌恶那个按道德标准经商的对手所取得的成功。

"阿斯平沃尔是个伪君子，一个大伪君子！"他一听到霍兰德与阿斯平沃尔公司董事长的任何胜利，就会大叫。

因此，当19世纪50年代初传出老对手正在修建一条横跨巴拿马地峡的铁路的消息时，范德比尔特向他宣战了。

"我研究穿越尼加拉瓜的路线已经一年多了，我不会让那个新贵破坏我的计划，尤其是现在大家都想去加利福尼亚。即使我必须投入我的全部财产，尼加拉瓜航线也会占上风。"

一年后，科尼利厄斯·范德比尔特在"领袖"号的驾驶舱里，正准备以孩童般的热情，重温他年轻时遥远的岁月，那时，他是加勒比海上公认的最无畏的船长之一。在他身边，蔡尔兹上校忐忑不安地听着他的长官和朋友的命令。

"我想要你们把蒸汽开到最大，现在就要。"准将喊道，他的白发随风飘扬，眼睛紧盯着河上的第一个急流。

"注意侧轮，别管船身，我来处理，"他又喊道，"准备好了吗？那就……那就前进吧！"

科尼利厄斯发出疯狂的笑声，把操纵杆一直向下推，紧握方向舵，开始在奔腾的河水中上升。蔡尔兹惊奇地发现，这艘小而坚固的轮船，无疑是被指挥官疯狂的热情感染了，正在飞跃河床上的沙岸和岩石。

"什么机械或轮子都经不起这样的折腾啊！"蔡尔兹说。

"这些都是为此目的而制造的。"准将大声回道，"他们和我一样。"

他又笑了。

三天后，在科尼利厄斯·范德比尔特的掌舵下，"领袖"号到达了埃尔卡斯蒂约的瀑布，比蔡尔兹预想的要快得多。正是这些八英尺高的瀑布，让蔡尔兹认定圣胡安河航线无法通航。

"你成功地把轮船开到了这里，科尼利厄斯，"蔡尔兹说，他对海军准将的热情和坚韧感到惊叹不已，"坦率地说，我以前从未见过轮船飞越岩石。"

"我们还没有登上湖面。"范德比尔特回答道。他若有所思地凝视着落在他们面前的水幕。

"你不会指望轮船也能跳过瀑布吧？"蔡尔兹开玩笑说。

"这不是瀑布，只是水帘而已，奥维尔。无论如何，我还没蠢到这个地步。但我向你们保证，不出一周，'领袖'号就会在尼加拉瓜湖上扬帆起航。"

就这样，科尼利厄斯·范德比尔特拆掉了锅炉、船桥和桨，在蔡尔兹和水手们惊讶的目光中，他用绑在岸边树上的绞盘将小轮船的船体吊到了瀑布上。三天后，"领袖"号完成了沿河航行，在平静的湖面上骄傲地滑行。

在绕过海岸线到达格拉纳达市（自殖民时代以来，尼加拉瓜航线的船长都走这条路）之后，准将受到了市长的隆重款待，他向市长询问了他们与太平洋之间的距离。"到雷阿莱霍港口差不多有50英里。乘马车需要两天。"市长告诉他。准将坚持说："难道没有一个地方的湖岸更靠近海岸吗？"市长回答说："是的，但那里没有公路和港口。""道路和港口可以建起来。"准将咕哝道，然后驾驶轮船出发去探索湖的南岸。

两周后，科尼利厄斯·范德比尔特完成了航线的最终布局。轮船沿着圣胡安河逆流而上70英里，到达埃尔卡斯蒂约瀑布。在这里，乘客们将登上另一艘轮船，从埃尔卡斯蒂约渡过尼加拉瓜湖，再航行50英里到里瓦斯市，从那里再修建一条20英里长的公路，抵达太平洋海岸。准将立即着手安排修建城镇、港口。

"我们应该把它命名为范德比尔特吗？"蔡尔兹上校恳切地问道。

"不，奥维尔。我们就叫它'南方圣胡安'吧，这也是新航线的一个合理、简单、响亮的名字。你同意吗？"

第七章

彼得·埃斯基尔森数完钱，把一部分放进保险箱，剩下的放进马鞍袋。凌晨两点多，他回到扬基查格雷斯的旅馆顶楼的房间，准备睡几个小时，然后启程。像往常一样，他会在戈尔戈纳收集"美国之家"分店上个月经营期间积累的利润，然后继续前往巴拿马城，在那里，他会把其中的一部分钱给达米安·冈萨雷斯，按商定收购价购买其公司的股份。"好生意。"埃斯基尔森自言自语道，用五千比索买下一家公司的四分之一，而两年前对方只出了十几头骡子——黄金热的症状！剩下的利润将交给他的合伙人何塞·乌尔塔多，乌尔塔多会把这些利润和首都酒店的利润一起交给威廉·纳尔逊及其合伙人瑞典人伊万·扎克里森最近开设的证券公司，让他们保管这些利润。在不远的将来，他还会买下乌尔塔多在公司的股份。毕竟，所有的工作都是他埃斯基尔森在做。

在试图入睡时，他为自己决定在扬基查格雷斯开设一家酒店而感到庆幸，这家酒店配备了大型游戏室、酒吧和休息室。几个月来，绝大多数商业活动都从查格雷斯镇转移到了铁路公司和一些美国投机商在河对岸修建的新城镇。起初，当地人对此并不十分重视，因为他们仍然垄断着河上的运输，但在过去的两个月里，配备了蒸汽机和其他便利设施的快速、安全的小船陆续抵达该地区，取代了邦戈船，大大减少了查格雷斯居民的微薄收入。许多人对埃斯基尔森抛弃自己表示不满，还有人公开指责他投靠了敌人。埃斯基尔森回答说："你们必须跟上时代发展的步伐。"他提醒他们说，很久以前他就建议过，应该用邦戈赚的钱购买更现代化的船只，以保持对航线的控制。由于竞争日益激烈，两天前，当地人和外来者之间发生了非常严重的冲突。起初只是一名船夫和一艘新船上的舵手之间因为抢新客而发生的简单争执，后来却演变成了查格雷斯黑人和美国来的白人之间的一场激战。8名当地人和3名外国人被打死，100多人受伤。埃斯基尔森和铁路代表感到沮丧，于是召集双方领导人，在公平分配业务的基础上达成休战协议。虽然双方达成了协议，但埃斯基尔森深信，停战是因为大家都斗累了，而且还要继续运送乘客，他们并不期望停战。

在内心深处，埃斯基尔森为查格雷斯的居民感到难过，他们的无知使他们无法理解地峡正在发生的翻天覆地的变化。很明显，外国商人的利益最终会吞噬当地人岌岌可危的商业活动，包括用简陋的邦戈运送人口的生意，都会被湮没。资本更雄厚、组织更完善的新公司将他们从陆路生意上赶走，第一批骡夫已经无奈地看着这一切发生了。但进步是不可阻挡的，不适应变化就会落后、消失。他从一开始就明白这一点，因此他的连锁酒店、赌博和妓院以及陆路运输公司在与外国公司的竞争中占据有利地位。尽管彼得·埃斯基尔森不知道自己的财富有多少，但他知道自己是个有钱人，这让他有一种亲切的满足感。

在戈尔戈纳的"美国之家"，这位北欧人遵循着同样的惯例：他清点钱数，把一部分钱放进保险箱，作为开支和赌资的储备，然后把剩下的赢来的钱放进马鞍袋里。抵达巴拿马后，他与胡里安·萨莫拉安排了一列骡车，第二天他会前往巴拿马城。

这个年轻的秘鲁人让埃斯基尔森百感交集，他是在搭档乌尔塔多的推荐下雇用了秘鲁人。埃斯基尔森说："萨莫拉运气不好，但他是个认真、勤奋的人，他想省下钱来支付回秘鲁的路费。"埃斯基尔森最初派他保卫戈尔戈纳的马厩，但这个男孩通过自己的努力，已经升任乌尔塔多与埃斯基尔森运输公司的经理。虽然做事有条不紊、认真负责，但印加人难以捉摸的态度却让北欧人感到不安。他长时间的沉默、不爱说话的性格以及偶尔对工作的不满，都让埃斯基尔森认为胡里安·萨莫拉怀有很深的怨恨。有人告诉埃斯基尔森，"这是他的种族特征，或者是他在地峡的经历造成的后果"，以此来为他辩解。

那天下午，胡里安告诉埃斯基尔森，有6名阿耳戈人将与他同行，他们全副武装，随时准备用生命捍卫他们携带的钱财。埃斯基尔森松了一口气。他离开办公室时没有注意到，一个服务员正紧紧地盯着他。北欧人刚回到自己的房间，服务员就离开了旅馆，来到了公园旁的"掘金者山洞"酒馆。这个酒馆生意最好，声名也最狼藉。这儿有廉价的饮料和品行最恶劣的妓女。酒馆老板蒂姆·奥哈拉曾是一名水手，一年半前，他被克利夫兰·福布斯船长遗弃在查格雷斯，原因是乘客伊丽莎白·本顿指控他酗酒并企图强奸她的奴隶。

一看到服务员进来，蒂姆就站了起来，他正与三个醉酒女人凑在一桌上谈笑风生，他向邻桌的两个人示意了一下，然后向房间后面的办公室走去。一分钟后，四个人围着一张瓷砖桌子坐下，那是一张办公桌。

"有什么发现，曼努埃尔？"蒂姆用蹩脚的西班牙语问道。

"和每个月一样，白化病人来收银子了。"

新格拉纳达军队的逃兵、面无表情的比尼西奥·塞斯佩德斯上尉问道："你确定吗？"

"我看到他拿着空马鞍袋进了办公室，出来时包里鼓鼓囊囊的。每个月一次，他这样都成规律了。"

"他什么时候去巴拿马？"塞斯佩德斯又问了一遍。

"他通常黎明出发。"

"他一个人去吗？"奥哈拉问。

"我想不会。"服务员解释说，"他一般会和运输公司的其他客户同行。"

"其他客户肯定也携带硬通货……"逃兵注意到了。

奥哈拉说："这次任务我们至少需要10个人。我们得通报美洲虎，你认为今晚能找到他吗？"

这个问题是问第四个人的，此人到目前为止一直无动于衷，没有开口。

"我的线人告诉我，美洲虎正在戈尔戈纳准备下一次抢劫。"他回答道，"但如果那个白化病人真像曼努埃尔说的那样带着那么多钱，我相信他会加入的。"

"那就告诉他，一小时后我们在老地方碰头。"

在克利夫兰·福布斯船长将他抛弃在查格雷斯镇后，蒂姆·奥哈拉决定启程前往加利福尼亚寻找新的机会。天意弄人，一位弗吉尼亚种植园主刚刚卖掉自己的财产，在加利福尼亚买下了一座矿山，当时乘坐了蒂姆的邦戈船。蒂姆假扮成一个孤儿，说两年前他被遗弃在这里，现在他要划邦戈船挣钱，来支付前往西部寻找新生活的路费。"我来到查格雷斯，在一艘轮船的锅炉前挥汗如雨，以换取路费和食物，现在我必须划船来支付前往戈尔戈纳的路费。到了巴拿马城，我会争取成为一艘船的水手，搭乘这艘船前往旧金山。"这位意志坚强的年轻人给老地主留下了深刻印象，老地主欣然同意雇用他为帮手，并表示愿意支付他前往加利福尼亚的船费，以换取他的服务。老地主承诺说："如果一切顺利，你以后可以和我一起在矿上工作。"他们一离开戈尔戈纳，蒂姆就设法搞清楚老地主身上带着多少钱，他一听有大约两万美元，立即开始计划如何把钱抢过来。当他们在克鲁塞斯过夜时，他说服随行的骡夫在他们离开镇子后，让他和即将被抢的人单独待在一起。骡夫问道："你要抢劫他，是吗？我能得到什么？""从我得到的东西中分成。"蒂姆回答。"多少？"骡夫坚持问。蒂姆说："我还不知道，但不会少于1000美元。""一言为定！"骡夫惊呼道。

从那天起，蒂姆·奥哈拉的犯罪生涯就开始了。当受骗者被激怒，拒绝交出藏在衣服下面的钱时，蒂姆把他打得失去了知觉，并用这个可怜虫自己的左轮手枪——一把漂亮的五连发柯尔特手枪——打爆了他的头，把尸体扔进悬崖深处，然后蒂姆坐下来等骡夫回来。等骡夫回来的时候，秃鹫已经在这个不幸的人的尸体上盘旋了。

蒂姆用抢来的钱买下了现在作为他藏身之处的酒馆，并开始从事更有利可图的抢劫旅客的生意。曾是他同伙的骡夫曼努埃尔成了他团伙的头目。曼努埃尔现在在戈尔戈纳最好的酒店"美国之家"当服务员，那里是最富有的冒险家们过夜的地方，他刚刚把关于彼得·埃斯基尔森的事情告诉了他的老板。

蒂姆·奥哈拉的手下只有6个人，都是他的亲信，足以应对这位前水手组织的小规模袭击。然而，在过去的四个月里，这条路线上出现了一个竞争对手，一个规模更大、组织更严密的团伙，他们被称为达连人，头目自称美洲虎。蒂姆意识到他们比自己的帮派更嗜血、更大胆，便派了一名信使，提出了共同行动的建议。美洲虎同意了一项交易，蒂姆提供有关旅行者的准确信息，而达连人在蒂姆手下的帮助下实施抢劫。他们已经成功了三次，这位前水手对能拿到四成赃物感到满意。但在内心深处，蒂姆并不接受美洲虎和达连人成为犯罪头目，而把他丢在幕后，他更反感达连人首领身上的神秘和传奇色彩，因为没有人见过这位首领的脸。尽管如此，他还是愿意接受这笔交易，只要能让他赚得盆满钵满，让他离自己的梦想更近一些，那就是积累足够的钱搬到旧金山，买下一家赌场，也许有一天还能拥有自己的金矿。

黎明时分，彼得·埃斯基尔森、6名阿耳戈人和3名骡夫骑着骡子离开了戈尔戈纳。同一时刻，达连人和蒂姆的手下共11人聚集在奥维斯波河峡谷。和往常一样，美洲虎及其手下都蒙住了脸，但奥哈拉的3个手下却没有，他们坚信不蒙脸行动，这样每次袭击后就肯定不会留下活口。在讨论了袭击计划后，这些歹徒骑着马来到了通往克鲁塞斯镇的上坡路起点，这是一片开阔地，周围都是灌木丛，很容易埋伏。

早上八点刚过，埃斯基尔森和阿耳戈人就停下来让骡子休息，然后向山脊进发。他们还没下车，第一声枪响就把彼得身后的人打成重伤。其他人想逃跑，但他们已经被袭击者包围了，袭击者在坐骑上不停地射击。埃斯基尔森和阿耳戈人进行了还击，打伤并击倒了两名歹徒。在混战中，北欧人得以爬上其中一匹没人骑的坐骑。就在这时，他感到左肩被子弹击中，但他抓住马鬃，沿着通往戈尔戈纳的道路逃走了。"跟着白化病人。"有人喊道。"打死那匹马。"美洲虎命令道。不到一分钟，埃斯基尔森的马就在枪林弹雨中倒下了。子弹在他身边呼啸而过，感觉到追兵的马匹越来越近，埃斯基尔森跑向俯瞰奥维斯波河的峡谷，就在一颗子弹击碎他的左膝盖时，他不假思索地纵身跃入虚空。他最后的感觉是，受了重伤的身体在树木和岩石间弹跳，但这些都没能阻止他的坠落。

第八章　约翰·劳埃德·斯蒂芬斯的旅行日志

12月24日

我已经记不清有多少次圣诞节是在公海上度过的了。三天前，我登上了前往纽约的"猎鹰"号，为了向公司董事和主要股东通报情况，铁路建设面临严重困难，而且必须追加新投资。这项任务十分艰巨。我希望能在新年来临之前下船。

正如我在开头所说，这些笔记不是"旅行见闻"，甚至不是对铁路建设的回顾，而是一本日记，在日记中，与我迄今为止所写的一切相反，感情占了上风。一个女人怎么能打乱一个男人的努力！再次见到伊丽莎白时，我从未如此激动，那正是我最不希望见到伊丽莎白的时候，我只抱着痛苦的希望，此时，我的眼前再次出现了那双清澈得能让人看到最深的感情的眼睛，那甜美得让人相信天使的微笑，那言语中甚至沉默中难以形容的温柔。我的生活重新变得有意义，我的人生只有一个目标：守护伊丽莎白，让她充满应有的爱，让她的生活永远充满欢声笑语。这就是爱的真谛：当我们得到了它，感到无限幸福时，我们会因想到可能失去它而痛苦不堪。于是，我们急切地想要呵护这份幸福，使它不受世俗的影响，使它不受时间、距离、自私的侵蚀，使它不受荒唐的欲望的侵蚀，把心爱的女人永远封存在一个水晶瓮中，没有任何东西可以触碰她，没有任何东西可以污染她，没有任何东西可以打扰她。但伊丽莎白除了是一个美丽的女人之外，她首先是一个活跃的人，她需要自己的空间，自己的自由；我不能假装把她固定在我自己那世外桃源的宁静绿洲中。此外，我爱她，因为她就是这样的人，独立、大胆，富有冒险精神。正是这种渴望成为一条奔流不息的河流，正是这种内在的力量让她离开了父亲舒适的家，在变幻莫测的西部开创了新的生活；也正是这种动力，让她离开了地峡首府更加安逸的生活，加入了托滕医生的团队。我一直都知道，我说公司医院还没有准备好，我必须很快去纽约，这些理由都是没用的；而今天，我确信伊丽莎白已经下定决心，要和我一起经历铁路建设的困难、疾病、瘟疫和无数的危险；而且很有可能在我回来的时候，就能在那里找到她。我非常希望能找到她！

1851年1月12日

自从我们开始修建跨地峡铁路以来，我第一次注意到大多数董事和股东对其可行性产生了怀疑。威廉·阿斯平沃尔始终如一的热情，依然是集团其他成员一致同意提供必要资金继续施工的决定性因素。最近报纸上的报道导致股票交易所的股价大幅下跌，人们对该项目已经失去了信心，以至于公众已经停止购买股票。我担心下一次需要新的追加投资时，一些成员会弃权。如果我们最终接受乔治·劳担任股东和董事，我也不会感到惊讶。就连威廉也向我坦言，对铁路的出资已经开始影响到霍兰德与阿斯平沃尔公司的财务状况。为了恢复公司的信誉，我们必须尽快把曼萨尼约、黑沼泽的铁路修好，从这里出发，把铁路修到戈尔戈纳。

1月16日

今天中午，在"新月城"号汽船上我启程返回巴拿马。在纽约期间，我得知范德比尔特准将对巴拿马航线发起了猛烈的抨击，指责这条航线是目前通往加利福尼亚的所有航线中瘟疫最多、最危险的一条。据他说，他的蒸汽船已经在美国东部和加利福尼亚之间的航线上行驶，途经尼加拉瓜，使用的是圣胡安河、尼加拉瓜湖和他的运输公司最近在尼加拉瓜湖和南圣胡安港（也是他在太平洋沿岸修建的）之间铺设完成的一条公路。从那里，他的蒸汽船将乘客运往加利福尼亚。在他的宣传中，他厚颜无耻地宣称，从一个大洋到另一个大洋的整个旅程可以在一周内完成。范德比尔特还嘲笑阿斯平沃尔和他横贯地峡的铁路，声称巴拿马是一个等待吞噬旅客的瘟疫坑，阿斯平沃尔的计划只不过是一个对铁路一无所知的傻瓜的梦想。令人担忧的是，许多旅客都选择了尼加拉瓜路线，这就更需要我们加快修建这条铁路。

在我的内心深处，我意识到，比起继续推动铁路工程的愿望，我更渴望再次见到伊丽莎白。只要我一回来，我就会请求她与我共度余生。

1月24日

我以前写过，现在再重复一遍：在这些笔记中，我不再描述地点或记录事件。面对萦绕在我心头的磨难，旅行已经失去了重要性，以至于我们在地峡那努力战胜自然的伟大工作也无法促使我写一本新书。不，这些文字永远不会出版，因为它们包含了我不愿与人分享的忧虑和感受，除了伊丽莎白，有一天我会把这本日记交给她。从现在起，我爱的女人的眼睛是我所有文字的唯一归宿。

1月25日

在我抵达扬基查格雷斯时，鲍德温和托滕给我带来了好消息：黑沼泽的困难已经克服，铁路的第一条铁轨已经抵达猴山，托滕医生的医院也即将完工。不过，他们补充道："我们急需一辆机车和货车，以便更快地将材料和工人运到工地前线。"我告诉工程师们，新的投资已获得一致批准，第一批机车和货车将在不到三周内运抵，他们欣喜若狂。

鲍德温宣布："还有一个消息，我相信会让你们更加高兴。"我疑惑地看着他，话音未落，他就做出了一个很不寻常的和我有默契的手势，我知道是伊丽莎白。他说："托滕医生聘请的助手上周从首都赶来，已经开始负责医院的行政工作了。"停顿了一下，他努力克服自己天生的羞涩，又补充道："她是一位非常有效率的漂亮女士，曾多次向我询问你的归期。"我立即询问我何时可以搬到猴山，是托滕上校压抑着笑容回答我。

"我们知道，你抵达后一定会有兴趣视察医院工程的进展情况，所以我们已经准备好了开往曼萨尼约的汽船。从那里出发，不到20分钟，就会有一艘人力小船把我们送到。"一种不安的感觉涌上心头。我问："伊丽莎白住在哪里？"鲍德温回答说："住在托滕医生建的医院旁边的一栋小房子里。"

一路上，我努力留意铁路工程的报告、死亡和生病的人数，因为托滕和鲍德温的话，我无法把思绪从伊丽莎白身上移开，有那么一瞬间，我觉得自己在嫉妒医生，但很快就打消了这个念头，因为我想起了他奇怪的外表和古怪的行为。我们到达曼萨尼约码头时，天色已经很暗淡了，我们没有想到很快就会入夜，便匆匆登上了小平台，一个非常强壮的黑人通过升降小平台的支柱启动了它。车辆在铁轨上平稳地滑行，虽然夜幕降临，但我仍能体会到这条五米宽的道路的坚固，它已经横跨曼萨尼约、运河和黑沼泽。当我们驶近时，医院的建筑格外显眼，在阴影中，我仿佛看到了一个身穿白衣的身影，她正眺望着地平线。

1月27日

后来伊丽莎白告诉我，那天晚上她有一种预感，当她听到小平台的声音时，她就知道我在上面。她向我保证说："我是出来等你的。"我们没有注意到鲍德温和托滕的存在，我们拥抱了很久，亲吻了很久。"你不听我的话。"我低声抱怨道。"我保证这是最后一次。"她妩媚地回答。我们又吻在了一起。"我不能把你留在猴山。"我对她说。她回答说："这里不再叫猴山，而叫希望山，虽然猴子仍然很多，但今天盛行的是希望：希望来医院看病的人能够治好病，希望在这里安息的人能够在来世的路上有一个好的开始。我在这里帮助托滕医生。只有这样，我才能和你合作——你的工作，你的公司。而且，杰克不会离开我的身边。"

那天晚上，我和鲍德温、托滕一起回到了曼萨尼约的军营。第二天一大早，当我准备返回医院时，鲍德温让我跟他一起走。他说："我有重要的东西要给你看。"我们沿着铁路线走到希望山外的铁路入口处，离开人力轨道车，走进灌木丛中。我们还没走一个小时，在离河边大约20码的一个海角上，一座茅草屋顶的木屋出现在我们面前。绿树环绕，河水平静，我们静静地聆听着森林轻柔的歌声，这一切都让这个地方充满了乡土之美。"不知道你还记不记得，我们第一次一起考察时，曾说过要在奥维斯波河与查格雷斯河交汇的地方建一座小屋，不知道还要等多久才有时间做这件事。现在，我已经建好了这个小屋，我想我们可以在这里分享大自然的美景。你眼前的水流对我来说很神秘，因为它不是查格雷斯河，查格雷斯河在更西边，也不是它的支流。沿着水流走了一圈后，我得出结论：这是大河的一条支流，是大自然随心所欲产生的支流。因此，摆在你们面前的，即使不是查格雷斯河，也是它的一个孩子，一条最平静、最透明的河流，我请你们接受这座乡镇小屋，作为我送给你和医院里那位女士的结婚礼物。从希望山出发，骑马不超过半小时。希望你们在这里都能幸福。"我一时语塞。"但是，詹姆斯，"我终于反应过来，"我不能接受这样的礼物。这太……"鲍德温打断了我的话："对我一个人来说太贵重了，但对我的好朋友、他的妻子和孩子们来说就不一样了。我会在山上建一座小一点的房子。从今往后，这座房子就属于巴拿马铁路公司总裁和他的夫人了。现在我们进去吧，还有很多事情要做。"

2月9日

我想我今天会写下这些笔记的最后几行。

昨天，伊丽莎白和我搬进了鲍德温的小屋。我们会永远这么称呼它："鲍德温的小屋"。我无法用语言来描述我和伊丽莎白在一起的幸福，更无法用文字来描述我们亲密关系中的和谐。我的生活从此有了目标，发生了翻天覆地的变化。我想起了我的第一任妻子玛丽，想起了她想要一个孩子的愿望。她说："当你无休止地旅行时，有人可以陪伴我。"但那时我对所有会限制我的自由的事情都不感兴趣，因为那会限制我为满足我的冲动而需要的独立，这份独立让我去偏远的地方寻找，在那些文明人甚至不知道存在的地方留下痕迹。而玛丽则是孤独的，无比的孤独，独自面对悲伤，独自面对死亡，永远孤独。然而，与伊丽莎白一样，我也感到自己不可避免地需要一些东西，不仅将我与生命联系在一起，也将我与后世联系在一起。也许明天我的书还会有人读，但它们将不再属于我；它们的主人将是那些在那一刻将它们捧在手中的人。孩子将不仅仅是我的，他将是我和伊丽莎白的，是我们今天开始打造的爱与希望之链的第一环。我将把全部精力投入铁路建设中，但一旦这项伟大的工程完工，我们将全身心地投入对家园的守护中。

2月12日

不，实际上我不会放弃写作。我对文字的热爱并没有减退，相反，在伊丽莎白的陪伴下，我对文字的热爱更加强烈了。现在的文字更有音乐感，它们合辙押韵，变成了诗句，变成了不适合这个故事的诗。

第九章

　　彼得·埃斯基尔森渐渐恢复了知觉。起初，他感到全身钝痛，但他很快意识到，最强烈的刺痛来自左腿和肩膀。他试图睁开眼睛，一道闪光迫使他闭上眼睛。一阵急促的水声传入他的耳朵，使他的嘴唇、口腔和喉咙更加干燥。通过右手手指的触感，他得知，自己正躺在潮湿的地面上，而后又陷入了昏迷。当他终于勉强睁开眼睛时，太阳已经开始落到树后，他可以看到树枝间的一片天空。他慢慢地把头转向几米外河水缓缓流淌的方向。他心想："我还活着！"但没有因此感到欢欣鼓舞，这时一阵翅膀拍打声把他的注意力转移到了面前的树上。在树的最下面一根树枝上，栖息着几只秃鹫，它们佯装不感兴趣。他想大叫一声，证明自己还没死，但喉咙里只能发出只有自己听得见的呻吟声。沉重的眼皮又让他闭上了眼睛，当他再次睁开眼睛时，两只叫声更大的秃鹫已经落到了地上，毫不掩饰眼中的贪婪。他再一次试着喊叫，勉强发出了一声嘶哑的呜咽，这让前进中的猛禽暂时停住了脚步，它们机械地歪着头，更加专注地看着他。"我要被活活吃掉了。"他惊恐地自言自语道。他试图动一动，但身体没有任何反应。在同伴们的鼓励下，其他秃鹫也从树枝上下来，开始迈着摇摇晃晃的小碎步靠近。无奈之下，彼得又喊了起来，但他的喊声没能阻止敌人的前进。他费力地举起右臂，试图把手中的一把湿土扔向它们。这个动作再次让猛禽僵住，它们再次用眼角的余光注视着他。"我必须到河边去。淹死总比被啄死好。"他想。他使出吃奶的力气，把右手放在身体下面，开始用力往上爬，好不容易才挪动了几厘米，秃鹫们注视着这一举动，试图判断受害者的伤势是否足以被干掉。最后，领头的秃鹫拍了拍翅膀，落在了奄奄一息的人身上，并在一条腿上啄了第一口。仿佛是服从攻击的信号，其他的鸟开始前进。彼得惊慌失措，从没有力量的地方汲取力量，用右臂和右腿爬行，一直爬到岸边。看到猎物从自己身边溜走，秃鹫疯狂地扑腾着，像一个个黑点，落在了他的身上。在跳入水流之前，埃斯基尔森感到脖子和背部被啄得生疼。

在"掘金者山洞"酒馆里，蒂姆·奥哈拉焦急地等待着曼努埃尔回来。他一边想着"一定是出了什么差错"，一边听到教堂的钟声报时。终于，他听到了三声短响和两声长响，办公室的后门打开了，曼努埃尔出现了。

"出什么事了？你两个多小时前就该回来了。"蒂姆抢先说道。

"出了点问题，老板。阿耳戈人和白化病人奋起反抗，杀死了美洲虎帮的两个人和我们的一个人。我们只能把他们埋在灌木丛里。"

"他们杀了我们的人？"

"对，酒保罗德里格斯说的。"

"钱呢，你抢了多少？"

"只有阿耳戈人身上带的钱，总共两万五千美元。我们没找到白化病人的尸体。"

"什么叫没找到？"

"在战斗中他抢了一匹马逃走了，当我们打倒他的坐骑时，他跑掉了，然后跳进了奥维斯波河的峡谷里，他至少身中两颗子弹，是我亲手射中他的，他脖子上挂着装有钱的马鞍袋。我建议我们下去找，但美洲虎说行动已经结束，谁想冒险就自己去找。我们散开后，我回到现场，仔细检查了一番，如果要下到河床上，肯定需要一百多码长的绳子。"

"步行下河不是更容易吗？"

"是的，但马鞍袋有可能被卡在河沟里。我打算今天下午找足够长的绳子下去。"

奥哈拉思考了一会儿。

"此外，我们必须确保埃斯基尔森已经死透了，以免他认出你来。从现在起，我们也要把脸遮起来。"

"我觉得那个白化病人谁都认不出来了，达连人武器精良，枪法凶狠。但现在，这是我们的战利品。"

"好吧，曼努埃尔。"

老水手数了数钞票。

"给你，100美元作为额外的奖励。但别跟其他人说。"

"别担心，老板。也许今晚我会给你带来白化病人的东西。"

"我和你一起去拿马鞍袋。"

"恐怕美洲虎已经捷足先登了。事实上，他吃肉我只能喝汤，我已经受够了。"

这时，从首都赶来的骡夫们已经赶到了戈尔戈纳，他们用骡子驮着三名被杀骡夫和六名阿耳戈人的尸体。达连人发动新一轮袭击的消息很快传遍了整个小镇，人们知道埃斯基尔森的尸体还没有找到时，各种猜测就开始出现了。有些人甚至声称埃斯基尔森和美洲虎是同一个人。

胡里安·萨莫拉一听到这个消息，亲眼看到自己的老板不在尸体堆里，就立刻骑马赶往袭击地点。在出镇的路上，他遇到了正朝同一方向行进的镇长和他的助手，于是加入了他们。

镇长说："他们说白化病人的尸体不见了。"

"也许他还没死。"秘鲁人轻松地回答道。他是个有些冷酷的印第安人。

镇长回答说："这不是他们的惯用手段。"

萨莫拉不再说话。

混乱的骡马足迹和一些干涸的血迹混合在一起，向他们展示了袭击发生的确切地点。

"看起来他们就是在这里被杀的。"镇长边说边下了马。

他们还没检查多久，蒂姆和服务员曼努埃尔就出现了。

"什么风把你吹来了？"镇长坐起来问道。

"阿耳戈人中有一个是我的好朋友。"蒂姆躲闪着回答。

"那个白化病人是我的酒店老板。"曼努埃尔补充道，看起来很苦恼。

胡里安知道这个服务员在"美国之家"只工作了两个月，埃斯基尔森可能根本不认识他。胡里安瞪了他一眼，但什么也没说。

镇长说："你朋友的尸体已经运到城里了，我们今天下午就会把他埋了。此外，和我们在一起的还有这个来找埃斯基尔森的秘鲁人。如果在这里没什么事，我建议你先回戈尔戈纳，我们再去调查。"

服务员还想说什么，但奥哈拉瞪了他一眼，让他保持沉默，然后两人开始往回走。

"那个红发男人真是个奇怪的家伙。"镇长看着他们离去的背影评论道。随后他低声补充道："难道你没听说过罪犯总是会回到犯罪现场吗？"

胡里安注意到服务员马鞍上挂着很大一卷绳子，他一言不发地继续往前走。

不到两个小时，镇长就完成了调查。他的助手，一位研究脚印的本地专家，找到了袭击者逃上山的地方。

"至少有一个人受伤了，"他指着一条通往灌木丛的血迹说，"我们要沿着脚印走吗？"

镇长回答说："没必要。我们知道，他们逃进灌木丛只是为了偷偷溜走，分享战利品，但他们不会继续待在那里，所以摘下面具后，他们又会回到原来的生活，直到美洲虎召唤他们进行下一次突袭。他们总是这样做。"

当镇长在调查逃跑路线时，胡里安对一匹死马产生了兴趣。一群秃鹫正围着死马，大吃特吃。这里离发生袭击的地方约200米，很靠近奥维斯波河的河岸。把秃鹫赶走后，他检查了通往悬崖边的靴子痕迹，猜到了为什么北欧人的尸体没有出现。他向下俯瞰，看着涓涓细流滑向深水底部。

"那匹死马呢？"镇长重新回到他们身边时问道。

"没什么，"秘鲁人回答说，"可能是其中一个袭击者的，但他们拿走了马鞍，什么都确认不了。"

"它为什么会在那里？"镇长大声问道。

胡里安回答说："可能是和骡子一起跑了。"他和同伴交换了一下眼神，后者微笑着向他眨了眨眼睛。

"那就让我们回到戈尔戈纳吧，那里有九具尸体等着我们去埋葬。我们必须扩大墓地……"镇长想了想，补充道。

在一起游览得克萨斯州和路易斯安那州近一个月后，这位纽约商人对朗内尔斯仍然了解甚少。从这位前游骑兵嘴里说出来的几句话都是含糊不清的，因此在头两个星期之后，科尼利厄斯放弃了让他说话的努力，自己也陷入了沉思。然而，当他们在新奥尔良登上前往巴拿马的轮船后，朗内尔斯就开始寻找能告诉他神话中的查格雷斯河的人。游骑兵在遇到一位一年前从河口驶往巴瓦科阿的水手时，以科尼利厄斯意想不到的滔滔不绝，对水手进行了不厌其烦的盘问。当水手向朗内尔斯保证，他记忆中的河水相当温顺清澈，他遇到过的最接近水怪的东西就是偶尔出现的鳄鱼时，朗内尔斯坚持认为，也许是他没有好好观察，这条河能够改变自己的外表来欺骗不够警觉的人。很快，水手中就传出了得克萨斯人其实已经疯了的谣言。

当"路易斯安那"号开始在地峡沿岸抛锚时，科尼利厄斯·范·怀克怀着既担忧又好奇的心情，看着站在甲板上的同伴，他似乎被眼前的景色迷住了。当他们进入查格雷斯三角洲时，兰道夫·朗内尔斯摘下了帽子，仿佛在向这条让他思绪万千的河流致敬。

在把他们送往大陆的船上，朗内尔斯出人意料地向范·怀克吐露了心声：

"不知道我动机的人以为我疯了。你可以肯定，事实并非如此。我们开始航行的河流与我出现在这里的存在密切相关。"

"什么意思？"范·怀克问道，他不习惯游骑兵的怪癖。

"这一切、淘金热、你的得克萨斯之行、山路上的强盗，还有最重要的，他们称之为查格雷斯河的河流，都是一个计划的一部分，更像是一个神圣的愿景。我也是计划的一部分，我来这里就是为了实现它。"

"他疯了。"纽约人想。朗内尔斯给了他一个神秘的眼神。

"我知道你现在也觉得我疯了。等我完成了任务，解决了路上那些大罪人，你就会明白自己错得有多离谱。"

"我从没想过……"

"不用解释了，范·怀克先生，"朗内尔斯生气地打断了他的话，"你将去加利福尼亚寻找冒险，摆脱乏味的商业生活；我将留在地峡履行我的职责，偿还我欠上帝的债。每个人都有自己的使命，这些经历会让他面对命运，如果别人不理解，就会说我们疯了。我要说的就是这些。"

游骑兵又恢复了沉默。

科尼利厄斯·范·怀克在扬基查格雷斯登陆时，有一种进入地狱前厅的感觉。还不到下午三点钟，酒馆和赌厅里已经传来了喧闹声，醉汉们从里面走出来，搂着最糟糕的妓女，以防摔倒，然后跟跟跄跄地一起走向其中一栋挂着临时牌子的建筑，牌子上写着"旅馆"两个字。范·怀克斜睨了朗内尔斯一眼，生怕他出去杀了罪人，但朗内尔斯只是神秘地笑了笑，神情近乎得意。

他们不费吹灰之力就找到了铁路局的办公室，那是一个大棚子，里面堆满了机器和材料，在玻璃隔板后面，一个衣衫不整的人正在笔记本上写写画画。他们从他那里得知，公司总裁正在曼萨尼约岛督促工作，虽然朗内尔斯想立即前往巴拿马，但范·怀克说服了他，让他利用约翰·斯蒂芬斯在场的机会去见见总裁，并商定一个行动计划。

"如果你抓紧时间，"店员说，"天黑前你就能到达曼萨尼约。我们的轮船不到一个小时就能到达。我可以马上陪你们去码头登船。"

天黑前，范·怀克和朗内尔斯踏上了曼萨尼约的土地。只有到了那时，这位纽约商人才真正体会到，在曼哈顿舒适的办公室里构思的铁路项目所面临的巨大困难。开工近一年，投资近100万美元后，工地仍是一片臭气熏天的沼泽地，在炎热的白天，成群的昆虫无情地攻击着所有胆敢侵犯它们领地的人。"如果现在都是这样，那以前这里成什么样呢？"范·怀克想。在着陆台的一侧，有一片区域覆盖着巨大的铁板，上面堆放着材料和设备。码头上有一条五米宽的便道，第一批铁轨就铺设在这条便道上。岛上的其他地方只有死水、淤泥和植物残骸。在远处，可以看到几座建筑开始亮起灯光，范·怀克和朗内尔斯就是从那里走过枕木的。

这个新的定居点由几座半成品房屋和两座用树皮未干的原木简陋搭建的大型营房组成。虽然没有街道，但这些建筑面对面排成一排，这表明这里有朝一日会形成一个城镇。

范·怀克和朗内尔斯离开堤道，来到其中一栋房子前，从窗户里透出闪烁的灯光。当他们到达时，灯光熄灭了，门打开了，两个人走了出来，正在兴致勃勃地交谈着。由于天色越来越暗，纽约人直到他们走了几码远，才认出了斯蒂芬斯。

"约翰·斯蒂芬斯？"他问道。

斯蒂芬斯犹豫了片刻，走近一看，才勉强认出这个穿着西部风格、被太阳晒得黝黑、留着浓密胡须的男人就是那个沉闷的公司经理。

"科尼利厄斯·范·怀克,"他终于喊道,"见到你真高兴!"

托滕和朗内尔斯握手时,两人拥抱在一起,用几乎听不见的声音喃喃地说着自己的名字。

范·怀克说:"这是兰道夫·朗内尔斯。他是警卫……"

"我请求你不要透露我的身份。"朗内尔斯猛地打断了他的话。

"别担心,朗内尔斯先生。这位是托滕上校,负责铁路工程。"

"我们已经打过招呼了。"托滕说,他好奇地看着得克萨斯人。

"我们找个地方谈谈吧,"范·怀克提议道,"朗内尔斯先生有计划要和我们讨论,我想知道工作进展如何。"

"那我们回办公室吧,"斯蒂芬斯说,"我想邀请你们去我家,但我家离这里很远。"

办公室里只有四面光秃秃的墙壁、一张桌子、两把椅子、一张铺着地图的桌子和一张凌乱的床铺,两盏石蜡灯亮着,托滕重新点燃了这两盏灯。

"如你所见,我在这里工作、睡觉。"托滕道。

"我必须承认,"范·怀克坐下来后开始说,"当我们谈到这项工作必须面对的困难时,我从来没有想到过目前我所看到的:沼泽、昆虫、炎热、潮湿、永远存在的腐烂。劳对我们造成了多大的损害!"

"科尼利厄斯，你看到的还很少，"斯蒂芬斯证实道，"黑沼泽比这个岛更糟糕，也更大。前四英里的铁轨必须先填土，包括在曼萨尼约和黑沼泽之间的水道上铺设的铁轨。我们到达希望山才一个月，那里的土地已经非常坚固，我们几乎已经完成了医院和墓地的建设。最糟糕也是最痛苦的是，每修一段铁路，至少有两名工人死亡。我们的主要敌人不是艰苦的地形，而是不断消耗劳动力的发烧、害虫和瘟疫。更要命的是，范德比尔特准将派他的劳务中介来招揽工人，把他们带到尼加拉瓜的路线上。"

"这条路线通航了吗？"范·怀克不安地问。

"当然。你知道，准将不会回避问题。在诋毁巴拿马航线的同时，他还向旅行者提供天空、月亮和星星，让他们从自己的航线走。许多人都听他的。他还向我们的工人保证，世界上没有比尼加拉瓜更安全健康的地方了，并保证给他们更高的工资。他这是在害我们，所以我们更应该抓紧施工。"

"你估计什么时候能完工？"

"我们的工程师鲍德温正在勘测通往查格雷斯河渡口的路线。他的初步报告显示，我们必须穿越的查格雷斯河支流明迪河地区，将比休斯上校的报告中的修建难度更大。好消息是，第一辆机车和货车将于下周抵达这里，这将使我们能够大大加快工作进度。"

"坏消息是，"斯蒂芬斯补充道，"我们很快就会需要更多的资金，而董事们已经开始怀疑我们的努力能否取得成果。"

"还有一个坏消息，"托滕说，"这直接关系到我们的朋友朗内尔斯。该死的达连人持续抢劫和杀害旅客。就在两天前，他们抢劫并杀害了一群前往加利福尼亚的阿耳戈人。他们还杀害了当地的一个旅馆老板和随行的三个骡夫。"

托滕说完后，所有人都把目光投向了朗内尔斯。

得克萨斯人毫不畏惧，问道：

"袭击有什么规律可循？"

"没有，"托滕回答道，"他们唯一的共同点是，这些歹徒似乎非常了解目标受害人携带的金钱或黄金的数量。他们自称'达连人'，他们的首领被称为'美洲虎'。"

"他们不仅抢劫财物，还会杀害受害者。除此之外，他们似乎没有任何规律可循。"

朗内尔斯做了一个动作，这个动作他经常做。他把手放在太阳穴上，把头偏向一边，半闭着眼睛说道：

"我想，其他路线上的情况应该和这里差不多。"

"还有比这里更糟糕的地方吗？"范·怀克讽刺地问道。

"我想知道的是，在公路边是否有突袭者可以居住的地方。"朗内尔斯恼怒地坚持道。

"不，没有。"托滕说，"沿途的镇子又少又小，而且周围的山脉绝对无法穿越。除了一直居住在那里的原住民，没有人能在那里生活。"

"没有幸存者吗？"朗内尔斯问。

"有一次，一个骡夫被打成重伤了，但后来又活了过来。"

"他怎么说袭击者的，他们蒙面吗？"

"是的，几乎所有人都戴着面具。"

朗内尔斯又恢复了他的沉思姿态，并得出结论：

"很明显，袭击者是和你们住在一起的人。他们可能是服务员、赶骡人、铁路工人、士兵或其他什么人。他们杀害受害者是为了避免被认出来。他们显然过着双重生活：一种是正常的日常生活，这种生活可以让他们发现谁带着黄金；另一种是不法生活，这种生活更有利可图。他们可能有很多探子，当他们得知有值得运送的货物时，就会聚集在一起实施不法行为。要打击他们，必须使用同样的方法：监视他们，追踪他们，逮捕他们。与此同时，必须保护最重要的货物，尽管在袭击中抓住他们的可能性很小。我需要你们对我的身份保密，并为我建立一个公司、设计一个职位，使我能够在不引起怀疑的情况下沿途走访镇子。就我而言，我会组织一个线人小组，找出美洲虎和他的部下，然后突袭他们。"

铁路人员满意地互相看了一眼。尤其是范·怀克，他似乎很高兴，因为他雇用的这个得克萨斯人的推理显得很合乎逻辑、清晰明了。

"一点问题都没有。"斯蒂芬斯说。

"我们在巴拿马城的代理人纳尔逊，他有项业务，是在克鲁塞斯和巴拿马省首府之间用骡子运送人员和货物。科尼利厄斯可以给他带一封我的信，指示他让你成为他的合伙人。"

"他值得信任吗？"朗内尔斯想知道。

"绝对值得信赖，"斯蒂芬斯向他保证，"威廉·纳尔逊和我私交也很好。"

"那我觉得这个计划不错。不过，还有一件事需要澄清。"朗内尔斯停顿了很久，似乎在强调他的话，"为了开展工作，我要求绝对的自由。因此，什么权力、法律都不能约束我。"

朗内尔斯说出最后一句话，他的语气如此激烈，以至于其他人陷入了沉重的沉默。

"有人反对吗？"游骑兵坚持说。

斯蒂芬斯回答说："我已经不止一次和省长讨论过公路上缺乏安全保障的问题了。你今天来这里，是因为他认识到，由于新格拉纳达的内战似乎没有结束的迹象，中央政府很难增加该省的士兵和警察人数；相反，他们要求地峡派出部队。虽然他拒绝给我书面授权，但我得到了他的口头授权，让警卫队负责保护穿越地峡的人。你必须明白，在不知道你会用什么方法来维持秩序的情况下，他很难给你全权授权。"

"难道你们没有意识到，这条线路和加利福尼亚州一样，都是美国新边疆的一部分吗？难道你们没有意识到，这里没有上帝，没有秩序，在文明到来之前也不会有法律吗？难道文明是建立在法律、秩序和对上帝的敬畏之上的吗？"

范·怀克心想："传教士出来了。"铁路建设者们困惑地听着游骑兵的话。

斯蒂芬斯说："我们相信他的判断力和谨慎。"他结束了这场逐渐陷入宗教问题的谈话。

"一切都结束了。"

朗内尔斯从椅子上站起来，向门口走去。

"他要去哪里？"托滕问道。

"回查格雷斯河。我打算马上出发，到……铁路尽头的镇子叫什么名字？河尽头的镇子叫什么名字？"

"克鲁塞斯。"斯蒂芬斯回答道。

"一个不祥的名字。"①朗内尔斯说。

"但是现在没有船能把你送到那里。在这里过夜更实际，明天我们可以用人力轨道车把你送到终点。这样你就可以省去一部分河上的路程了。"

"我感谢你的好意，但我必须从河口沿河走。我希望你明天一早就能送我回查格雷斯。"

"这不成问题。"托滕说，他开始对游骑兵的出现感到不安。

后来，当斯蒂芬斯向范·怀克道别时，范·怀克告诉公司总裁朗内尔斯对河流的痴迷。

"他认为自己是来执行上帝的使者交给他的神圣使命的，而要完成这个使命，他必须首先面对查格雷斯河和河里

---

① 克鲁塞斯（cruces），意为十字架。

的怪物。"

"毫无疑问，他有点疯了，但也许我们这些想在沼泽地上修建铁路的人也疯了。"斯蒂芬斯微笑着回答，"不仅仅是我们，科尼利厄斯，整个世界都被淘金的欲望所控制，抛开了理智，忘记了上帝。"说完，两人都哈哈大笑起来。

胡里安·萨莫拉与镇长一分开，就骑着马朝奥维斯波河流入查格雷斯河的地方走去，他确信彼得·埃斯基尔森宁可跳河也不愿被达连人杀死或抢劫，他一定会在峡谷底部找到埃斯基尔森，无论是死是活。秘鲁人真的不知道是什么让他去寻找这个北欧人：是因为老板待他不薄，还是因为老板身上的钱？这当然是一笔好买卖，因为他看到马鞍袋比以往任何时候都要鼓。他坚信的是，镇里酒馆的红发老板和"美国之家"的服务员与抢劫案有关，他们迟早会来找这笔钱。"我得比他们先到。"他一边策马一边对自己说。

萨莫拉是个热衷于打猎的人，他的优势在于对这一地区非常熟悉，这里盛产鹿和关鱼。一个缓坡把他带到了河流的交汇处，从那里他开始蹚过奥维斯波河。他还没走两英里，就注意到一群白鹭开始围成一圈飞下来。他加快了马的步伐，来到河的下游，河岸上漂浮着彼得·埃斯基尔森毫无生气的身体。他侧卧着，右臂紧紧抓住一根圆木。当胡里安走近时，发觉埃斯基尔森的头部有轻微的动静。胡里安小心翼翼地把埃斯基尔森的身体拉到岸边，让他仰面朝天，把耳朵贴在他的胸口，感觉到心脏在微弱地跳动。胡里安惊恐地想："他还活着，但已经奄奄一息了。"他拿起水壶，试图让埃斯基尔森喝水，但北欧人吞咽不下去。无奈之下，胡里安把水泼在他身上，轻轻拍打他的脸，晃动他的身体，奄奄一息的他嘴里发出了微弱的呜咽声。然后胡里安注意到他肩膀和腿上的伤口，鲜血再次染红了布料。他撕下埃斯基尔森的衬衫和自己的一只袖子，绑在伤口上，用另一只袖子捂住膝盖，发现血已经止住了，这才松了一口气。"我得尽快把他弄出去。"他低声自言自语，不知如何是好。经过短暂的思考，他得出结论，要想把埃斯基尔森迅速送回戈尔戈纳，唯一的办法就是去河边。他去找埃斯基尔森抓着的那根木头，把它搬上了岸。在上游稍远的地方，他又找到了一根同样大小的木头，然后用绳子把它们拴在一起，把北欧人放在简易木筏上，轻轻地把木筏推入湍急的河水中。然后，他牵来自己的马，将缰绳系在其中一根木头上，人和马一起跳进了奥维斯波河的河水中。胡里安紧紧牵住木筏，周围的夜色渐渐笼罩了他，他自嘲地笑了笑，恍然大悟，原来他从来没有想过要拿埃斯基尔森的钱。

尽管又累又渴，詹姆斯·鲍德温还是忍不住露出了欣慰的笑容，他望着斯蒂芬斯的小屋，现在每个人都知道他三个月前在查格雷斯河支流岸边建造的小木屋的名字。鲍德温一边走一边想："女人真能干。"小屋周围是修剪得整整齐齐的木桐树篱，一条鹅卵石小路是通往小屋入口的标志。小门口挂着几盆蕨类植物，窗户上挂着色彩鲜艳的窗帘。两把摇椅并排摆放，面朝河流，这应该就是这对夫妇最喜欢的地方。此时，丛林中不和谐的交响乐开始响起，不时被成群鹦鹉归巢时震耳欲聋的喧闹声打断。透过窗户，鲍德温瞥见两个黑影在住宅里移动。鲍德温站在门口，想着这对夫妇的幸福生活，他们把他亲手建造的小屋变成了爱巢。他第一次觉得，自己不应该离群索居。黑影一分开，詹姆斯几乎是大喊着迎了上来：

"约翰、伊丽莎白，我口渴了，能给我倒点水吗？"

门立刻打开了，斯蒂芬斯走出来迎接工程师。

"詹姆斯，很高兴见到你！我刚才还对伊丽莎白说，我很惊讶你还没有回来，进来吧，进来吧。你不想洗个澡吗？这时候河水暖暖的。"

"谢谢，但我得解渴，我已经走了12个小时了，我想在到达曼萨尼约之前顺便来打个招呼。"

就在这时，伊丽莎白张开双臂迎接詹姆斯。

"我很狼狈，伊丽莎白，恐怕我身上味道很难闻。"

这位女士没有理会他，而是拥抱了他，并亲吻了他的脸颊。

"欢迎你，詹姆斯。记住，这是你的家……这不是客套话。"

"不，这是你的家。我看你布置得不错。女人的手艺最能把东西弄得漂亮了。"

"家具是上周运来的，和火车头、车厢是同一艘船。"

"火车头到了吗？"鲍德温兴致勃勃地问道。

"是的，"约翰回答，"它已经开始把材料和人员运到前沿工地了。工作正在快速进行。"

注意到鲍德温皱起的眉头，斯蒂芬斯问道：

"出什么事了吗，詹姆斯？"

"恐怕通往明迪河的路线要比休斯上校报告中所说的困难得多。那里不仅有沼泽，而且干涸的地方凹凸不平。要横跨明迪河所需的桥梁必须更长，跨度更大。"

"比黑沼泽更难？"斯蒂芬斯难以置信地问。

"不尽然。这是另一种困难。"

"我们坐在门口吧，你可以给我讲讲。"斯蒂芬斯拉着鲍德温的胳膊，"伊丽莎白，给我们的朋友拿点喝的。"

"请喝水。"

傍晚时分，夕阳的余晖慢慢地洒在河面上。对岸，一群苍鹭正在飞翔。

"这真是一个非常特别的地方。"鲍德温坐下来评论道。

"我想伊丽莎白和我所享受的幸福大部分都要归功于这里。"

"在我们讨论接下来旅程的复杂性之前，我必须告诉你们，在去明迪的路上，我发现了我所见过的最美丽、最荒凉的地方。我数了数，至少有九种棕榈树，数不清的各种颜色和质地的寄生植物，七种蕨类植物和数不清的奇花异草，还有一朵雪白的兰花，花蕊里面是一只鸽子的形状。此外，还有羽毛色彩斑斓的鸟类、松鼠、野兔，总之，这些都是造物主的杰作。"

"我明白你为什么要花这么长时间了。"伊丽莎白责备他。

鲍德温笑了笑，继续兴致勃勃地讲了起来。

"还记得我们第一次来到地峡时给我们的朋友埃斯基尔森的借口吗，说我们是代表美国自然科学研究所来的？现在，这个故事成真了，我成了地峡动植物的研究员。另外……"

"你没听说埃斯基尔森的事吗？"斯蒂芬斯默默地打断了他的话。

"没有，他怎么了？"

"好像达连人杀了他。"

"他们杀了那个北欧人？"鲍德温难以置信地问。

"没错，尸体还没找到。四天前，他在把旅馆和赌场的收入运往首都的途中被抢劫了。三名骡夫和六名水手也被杀害了。"

"可怜的埃斯基尔森，干了这么多活，最后却落得如此下场。"鲍德温的脸上流露出深深的遗憾。

"碰巧的是，昨天我遇到了我们雇来维持沿途秩序的警卫。他和范·怀克一起来到了曼萨尼约。"

"别告诉我，范·怀克也在这里？"

"是的，詹姆斯，如果你看到他，你会认不出来。我们领导层里面最谨小慎微的人变成了一个真正的牛仔，他和叫朗内尔斯的游骑兵昨天才离开曼萨尼约。科尼利厄斯将继续前往加利福尼亚，得克萨斯人将成为威廉·纳尔逊在运输业的合作伙伴。对于自己的身份，他想保密，好让工作更顺利。虽然他有点神经兮兮的，但这家伙似乎很懂行。"

"希望他能尽快采取行动。"

伊丽莎白到外面点亮了天花板上的石蜡灯，然后端来一盘食物和饮料，放在摇椅中间的桌子上。

"婚姻生活的乐趣。"鲍德温幽默地评论道。

"你不知道你错过了什么，"伊丽莎白回答道，"我不打扰你们谈论你们的铁路了。"

当这位女上离开时，斯蒂芬斯压低声音说道：

"我有点担忧，我们还没有结婚。"

鲍德温盯着他的朋友问道：

"她担忧吗？"

"她说没有，但我知道女人总是渴望婚姻的安全感。"

"伊丽莎白与众不同，约翰。如果不是这样，她就不会在这里。"

斯蒂芬斯将目光转向河面，沉默良久后，他毫不掩饰自己的情感，说道："我从未见过像伊丽莎白这样的人：她整天在医院照顾病人，却还有时间做一个完美的家庭主妇。小屋的所有工作都是她一个人完成的，只有黑杰克帮了忙。她甚至成功地把自来水引入了小屋，自来水是通过她和杰克发明的复杂的渠道和管道系统，靠重力从河里引来的。"

"杰克也住在这里吗？"

"不，但他会照顾伊丽莎白，无论她去哪里，他都会陪着她。我们提议给他建一座附属建筑，但他说他更喜欢住在希望山，伊丽莎白工作的医院旁边的小房子里。他还帮助托滕医生照顾病人。"

"杰克是个好人。"

"没有他我不会安心的，这里不是一个女人独处的地方。"

"说到结婚的事，你没想过请船长帮个忙吗？"

"是的，但他们告诉我，只有在公海上才能结婚。我一有空，就去首都好好办我们的婚礼，你来做我们的伴郎。"

"我欣然接受，但现在我必须走了。我还有很长的路要走。"

鲍德温站了起来。

"你为什么不在这里过夜呢？"约翰提议说，"客厅里有张很舒服的沙发，而且，路那么难走。"

"我有几个帮手在外面等我，明天见到托滕时，我会详细告诉你们的。"

"至少留下来和我们一起吃晚饭吧。"

"伊丽莎白给我准备的东西够吃了，这比我在丛林里吃的还多。"

道别后，鲍德温走下大门的台阶，在手电筒闪烁的灯光指引下，沿着鹅卵石小径走进丛林。

"詹姆斯过着什么样的生活啊！"伊丽莎白评论道。

"令人惊讶的是，他竟然如此享受这种生活。没有他的精力和奉献精神，这条铁路注定要失败。"

第二天早上，托滕和斯蒂芬斯通过该地区的地图，从鲍德温那里了解到他们在将铁路线铺设到明迪时会面临的诸多困难。那里几乎没有平地，沼泽虽然面积较小，但却更深，茂密的丛林更加密不透风，而且必须修建的跨河大桥的长度和高度至少是休斯勘测时设想的两倍。

"但是休斯为了准备报告，都亲身去了哪些地方呢？"托滕感叹道。

"大概哪儿都没去。"鲍德温说，"恐怕他是根据第三方的介绍来做的。"

斯蒂芬斯评论说："这样做的后果是，我们必须花费比预算多得多的钱。我们现有的资金不足以将铁路修到加通。寻找额外资金并非易事。在此期间，我会写信给威廉，告诉他最新进展。"

胡里安·萨莫拉用两只绑得紧紧的木头抬着彼得·埃斯基尔森血肉模糊的身体从查格雷斯下河的那天晚上，月光皎洁，河面平静。在潺潺的流水声和远处丛林的嘈杂声中，这位年轻的秘鲁人仿佛不时听到一阵阵微弱的呻吟声，鼓励他不要陷入沉睡。

天一亮，胡里安就抓住简陋的木筏，把自己拉上去查看北欧人的情况。他的身体还是那个姿势，脸上的表情已经不再痛苦，但脸色更苍白了。胡里安担心出现最坏的情况，于是握住了他的手，感觉他的手冰凉但并不僵硬。胡里安知道这个人还在康复中，这让他克服了疲惫和困倦。

当胡里安看到戈尔戈纳的教堂塔楼时，太阳已经升到了顶点。在离码头50米远的地方，他开始把树干推向岸边，并向一些船夫大声呼救，这些船夫立即放下手中的活儿赶来帮助他。

"是那个白化病人！"第一个赶来的人喊道。

"小心，他快死了！"胡里安又喊道。

他们用临时担架把埃斯基尔森抬到了西班牙人安赫尔·罗梅罗的家里，罗梅罗在前往加利福尼亚的途中，决定留在这个让他想起家乡加利西亚的镇子行医。经过简单的检查，医生严肃地断定，虽然埃斯基尔森失血过多，多处骨折，但有生还的希望。

他建议说："我可以负责急救和夹板固定，但一旦他能移动，就应送他到首都接受进一步治疗。"

当晚，在教堂中庭举行的临时集会上，居民们聆听了镇长激动人心的讲话，他向居民们保证，埃斯基尔森的死里逃生证明了从长远来看，正义总会战胜邪恶的。他赞扬了这位年轻的秘鲁人的英雄气概，"他不像其他外国人那样给我们带来痛苦、哀伤和悲伤，而是来到地峡这个偏僻的角落，为我们树立了最美丽的慷慨典范"。后来，在感恩弥撒上，神父谈到了"在这个卑微的男孩心中绽放的深厚的基督教情怀，这是对邻人之爱的最纯洁的表达，也是唯一能够激发神圣仁慈的情怀，今天，这种仁慈拯救了这个来自遥远欧洲的人的生命，并把他带回了我们身边"。

就在人们庆祝的时候，在"掘金者山洞"酒馆一个角落里，蒂姆·奥哈拉和曼努埃尔正在讨论该怎么办，因为埃斯基尔森还活着。

"你确定那个白化病人没认出你吗？"已经喝了几个小时酒的蒂姆一遍又一遍地问着。

曼努埃尔回答说："我告诉过你，枪声很响，在一片混乱中，我想他谁也认不出来。此外，即使他看到了我的脸，我觉得他也不知道我是谁。我们从未说过话。"

奥哈拉又给自己倒了一杯酒，一口喝了下去。

"另一件让我担心的事，"他说，"我们在袭击现场见到那个秘鲁人和镇长时，那个秘鲁印第安人看我们的眼神。你也注意到了，是吗？"

"是的，但他的同类都是这个样子。我们能怎么办？杀了他和那个白化病人？"

"如果有机会的话……但在克鲁塞斯这是不可能的。"

"我听说他脱离危险后，他们会把他送到首都的医院去。"

"也许到那时就太晚了。不管怎样，尽量多了解他的动向，有消息就通知我。"

天一亮，胡里安就去了罗梅罗医生家。

医生满意地说："我们的病人睡得很好，刚刚咽下了第一口食物。他多次问起他的救命恩人，你知道他身上的许多伤口都是被秃鹫啄伤的吗？你不仅救了他的灵魂，让他不必上天堂，还让他免于被猛禽吞噬。真是野蛮啊！走，我们去看看。"

胡里安跟着医生来到房子后面的一个小房间,这里是需要住院治疗的病人的住处。窄窄的病床上躺着埃斯基尔森,昏暗的灯光下一支蜡烛即将熄灭。

医生宣布:"我们的英雄来了。"

北欧人睁开眼睛,向胡里安伸出没有受伤的手臂,虚弱地握了握他的手。

"我欠你一条命,孩子。我向你保证,总有一天我会报答你的。"

"没必要,埃斯基尔森先生。我履行了基督徒的义务,就像昨天神父说的那样。"

"不是每个人都能做到的,胡里安,不管他们自称是多么虔诚的基督徒。"

"没错,"医生说,"每个病例我都见过。我记得。"

这个来自加利西亚的医生开始说话,直到埃斯基尔森打断了他。

"我有些话要跟萨莫拉说,我们能单独谈谈吗?"

"没问题,如果你需要我,我就在房间里。"

"非常感谢。"

医生一离开房间,埃斯基尔森向胡里安招了招手。

他低声说:"我认出了其中一个袭击者。他是我酒店的服务员。"

"他叫曼努埃尔,"胡里安证实道,"当天下午,他和公园小酒馆的红发老板一起去了抢劫现场,当镇长问他们去那里干什么时，他们的解释让人一头雾水。服务员说他去是因为你是他的老板，而那个美国佬是因为他是其中一个被杀的阿耳戈人的朋友。"

"这样的话，我猜他们都是达连人团伙的成员。"

"我也是这么想的，而且，他们是冲着你身上的钱去的。"

埃斯基尔森沉思了一会儿。

"没错。我跳入虚空时，我脖子上还挂着那笔钱。你不是在峡谷底部发现我的吗？"

"事实上，我没去找它。当时最重要的是救你的命。"

"当然，"埃斯基尔森叹息道，"但那个马鞍袋里有3万多美元。很有可能这伙人已经找到钱了。尽管如此，还是值得一找。"

"如果你愿意，我可以明天再去。"

这时，一阵谨慎的敲门声响起，医生在两名身着牛仔服的男子陪同下走进了房间。

"我无意打扰，但这两位先生是铁路方面的，他们说想马上和你谈谈。我告诉他们，你的健康状况仍然岌岌可危，但他们坚持要见你。"医生犹豫了一会儿，"如果你需要我，我就在外面。"

"早上好，"其中个子较高的人问候道，"请原谅我们的打扰，但我们是路过此地的，和你谈谈至关重要。我叫科尼利厄斯·范·怀克。我是铁路公司的董事，我来到地峡是因为我负责过境路线的安全。与我同行的还有兰道夫·朗内尔斯先生，他是威廉·纳尔逊运输公司的合伙人。"

"我是彼得·埃斯基尔森，这位年轻人是胡里安·萨莫拉，他负责管理我的运输公司。看来我们是竞争对手了，朗内尔斯先生。我不知道纳尔逊还有另一个合伙人。"

"说来话长。"朗内尔斯讷讷地回答。

"我的任务，"范·怀克继续说，"是消灭达连人，我想你是在他们的一次残酷攻击中幸存下来的人，可以帮助我们。"

埃斯基尔森沉默不语。

"你能认出袭击者吗？"范·怀克坚持说。

埃斯基尔森犹豫了一会儿。

"你不认为我应该和当局谈谈吗？"他最后问道。

"埃斯基尔森先生，你应该比任何人都清楚，当局无法维持秩序。我国的报纸上不断刊登袭击和谋杀的消息，这对我们修建跨洋铁路的努力造成了极大的损害。该省省长亲自对我们公司的总裁说，既然政府没有能力这样做，你们就应该自己去镇压罪犯。这就是我在这里请求你们帮助的原因。"

埃斯基尔森强调说："约翰·斯蒂芬斯第一次踏上查格雷斯时，我就认识他了。但请告诉我：如果我有能力给他提供信息，你会用这些信息来干什么？"

"制定策略，抓住美洲虎和他的团伙。"

范·怀克注意到了埃斯基尔森的犹豫，他坚持说：

"埃斯基尔森先生，你是唯一一个在歹徒袭击中幸存的受害者。如果你不帮助我们，我们还能指望谁来帮助我们，我们又怎么能逮捕他们并将他们绳之以法呢？"

"我还是不清楚你会怎么处理我给你的信息。"

"和达连人做的一样。我们怀疑他们在战略要地安插了线人，向他们提供潜在抢劫目标的信息，突袭结束后，他们继续做自己的日常工作，直到美洲虎召唤他们回来执行另一项任务。我们计划建立一支秘密警察部队，渗透到坏人的内部，在我们确定他们的身份后，在一次大突袭中抓住他们。"

埃斯基尔森对铁路建设者的猜测如此贴近事实而感到惊讶，他愿意合作。但他在思考，有没有必要同纳尔逊的搭档说这些。

"我们对朗内尔斯先生充满信心，他和纳尔逊本人都会合作抓捕逃犯。"

"很好，先生……"

"范·怀克先生，记下来，"埃斯基尔森克服了疼痛，半躺在床上说，"其中一个袭击者是名叫曼努埃尔的服务生，他已经在我的'美国之家'酒店工作了两个月。他长得尖嘴猴腮的，我认出了他，虽然我不明白为什么他和另外两个匪徒没有戴面具。其他匪徒我就认不出来了。"

"他们没有戴面具，因为他们不打算留下活口，"朗内尔斯打破沉默说道，"你得救了，这是个奇迹，从现在开始，你必须非常小心。"

"没错。只要你活着，抢劫犯们就会不得安生。"范·怀克确认道。

"相信我，我已经想到了。"埃斯基尔森回答道，"但还不止这些。胡里安告诉我，当他和镇长去调查抢劫地点时，我刚才提到的'美国之家'的服务员和'掘金者山洞'酒馆的老板，一个名叫奥哈拉的红头发前水手出现了。镇长问他们在那里干什么，他们的解释很荒谬。我们认为红发男子也是帮派成员，他们都在找我随身携带的钱。"

"那笔钱后来怎么样了？"朗内尔斯打断了他的话。

"我真的不知道。当我跳下悬崖躲避袭击者时，钱还在我身上。"

"埃斯基尔森先生，我们不仅感谢你提供的莫大的帮助，更重要的是感谢你不顾你的身体状况接待我们。我们相信你会早日完全康复。"

"我们也希望能尽快抓到歹徒。"

"请放心，一定会的。我们会随时向你报告最新进展的。"

"你觉得怎么样，胡里安？"来访者离开时，埃斯基尔森问道。

"能逮到歹徒的人不是话最多的那个，而是另一个，那个几乎不说话的人。"

"我就是这么想的。"

1851年3月和4月，铁路工人们在公司总裁的不断督促下，加倍努力，力争在旱季结束前把铁路修到加通。机车和货车的加入大大方便了人员和材料的运输，使他们能够在不到跨越黑沼泽的三分之一的时间内，将沼泽和峡谷一直填到明迪河。然而，他们几乎没有办法避免工人们成为黄热病、痢疾和霍乱等流行病的受害者，这些流行病经常袭击地峡。由于伊丽莎白的坚持，猴山公墓改名为希望山公墓。托滕医生和"总裁夫人"（病人们称这位美丽的助手为"总裁夫人"）不断与死神做斗争，但似乎没什么用。每天傍晚，黑杰克都会推着一个自己制作的带轮子的大筐，穿过医院的走廊，收集那些在那片被上帝遗忘的土地上永远闭上眼睛的不幸者的尸体。3月底，年轻的工程师尤利西斯·克拉克倒下了，他是鲍德温的得力助手，这不仅是因为他知识渊博、热爱工作，更重要的是他以模范的、富有感染力的热情和乐观精神履行着自己的职责。在克拉克与死神搏斗的整个过程中，詹姆斯·鲍德温一直站在他的身边，鼓励他，提醒他，在他之前有许多人战胜了沼泽热。虽然鲍德温不在期间，托滕亲自接手了工作，但他无法解决工作进度的严重拖延。托滕说："如果我们能完成这项该死的工程，我希望我们能明白我们欠鲍德温多少，相信我，从我们第一次一起前往地峡时我就知道了。"斯蒂芬斯回答说："詹姆斯不仅是一个工作狂，还是一位非常好的朋友。"

5月初，铁轨铺设到了明迪河岸，他们在那里停下来等待桥梁完工。此时，资金已经枯竭，劳动力也大大减少。年初雇用的600名工人，现在只剩下不到100人，而且没有更多的资金。对于斯蒂芬斯提出的追加资金的要求，威廉·阿斯平沃尔回复说，他正在尽力而为，但董事和主要股东们最关注的是，有报道称这里流行病、死亡、血腥袭击和谋杀肆虐，巴拿马地峡铁路公司的失败使得范德比尔特准将的尼加拉瓜航线开始受到追捧。阿斯平沃尔在最近的一封信中告诉斯蒂芬斯，他在证券交易所增发股票的尝试失败了，"股票不仅无人问津，而且价格跌到了有史以来的最低点：今天的价格是10美分，比六个月前低了90美分，这不仅是一场金融悲剧，也让我们所有给这个项目投资的人感到痛苦。范德比尔特对地峡的诽谤性报道造成了巨大损失，这也导致了霍兰德与阿斯平沃尔公司利润的下降。但是，我向你保证，我会坚持争取更多资金"。威廉在信中没有提到的是，老橡树劳的公司已经趁机获得了公司的更多股份，现在是阿斯平沃尔被迫诉诸法庭，以阻止他的老对手进入公司董事会。

约翰·斯蒂芬斯非但没有向坏消息屈服，反而让他在纽约的银行汇来了自己大部分积蓄，总共5万美元，作为贷款借给了公司，这才使得明迪河上的桥梁得以完工。从这里到加通镇，地面条件更适合铺设铁轨，两个月后，尽管工人很少，材料匮乏，铁路工人们还在5月的第一场大雨中湿透了衣服，但他们还是满怀喜悦地庆祝了从曼萨尼约到加通的首趟旅程的通车。在近十英里的旅途中，被当地人称为"大咖啡机"的火车头把大家都吓坏了，因为他们第一次看到火车头在铁轨上威风凛凛地前进，它奇怪的声音、喷射的蒸汽和高亢的汽笛声渗透了丛林。然而，到了6月份，机车和车厢都停止了运行，工程进度也放慢了，只进行必要的维护工作，以防止已建成的设施出现老化。地峡上只剩下十名工人与斯蒂芬斯、托滕和鲍德温并肩作战。

约翰·斯蒂芬斯一回到自己的小屋，那种沉重的忧虑就像被施了魔法一样烟消云散了。在曼萨尼约一天的工作结束后，作家会拉一辆人力轨道车，去希望山接伊丽莎白。如果等待的时间太长，约翰就会坐下来听托滕医生讲述他在抗击疾病方面取得的进展，但令人遗憾的是，这些进展都被医生本人极为精准地记录的病死统计数字所掩盖了。从希望山出来，伊丽莎白和约翰骑马沿着一条路回家，这条路是工人们主动为他们开辟的，公司总裁没有提出修路的要求。

根据双方的约定，一旦穿过小木屋的门，这对夫妇就把铁路问题、疾病、死亡和一切可能影响他们幸福的事情抛在了脑后。在田园的篱笆里，他们尽量只谈论快乐的事情：孩子们很快就会来到这个家庭，他们会一起去远方旅行，约翰会写新书。因为伊丽莎白没有一天不催促约翰重新拿起笔，哪怕只是为了保持这个习惯。

他说："我试过了，我得出的结论是，我只适合描写陌生的地方和陌生的人。"

"我觉得你不是。"伊丽莎白回答说，"你和詹姆斯去地峡的笔记写得非常好，你去波哥大的笔记也写得很好。"

"因为那是一次旅行，也是一次私密思考的旅行。"她提醒他。

他抗议说："我可没让你读这些。"

而伊丽莎白则习惯于坚定不移地向他倾诉她的印象和

感受。

"有一天你能让我读读你的书吗？"这位旅行作家问道。

"也许等我决定出版它，像你一样成名的时候吧。"护士作家风趣地回答道。

在这些幸福的日子里，伊丽莎白的脑海里仍然浮现出对克利夫兰·福布斯、吉姆和麦肯农的回忆，其中夹杂着眷恋、怀念和悔恨。不久前，她听说威廉·纳尔逊正在曼萨尼约游玩，便建议约翰邀请他去看看小屋。约翰回答说："我请他来，但他必须马上回巴拿马城。"然后，他似乎猜到了伊丽莎白的担忧，又补充道："我问他关于福布斯船长的情况，他说自从船长启程去英国后，就再也没有他的消息了。"虽然她放弃了这个话题，但她后来在日记中吐露，正是这些细节，使她更爱、更钦佩这位作家出身的商人。

铁路工程因缺乏资金而停滞不前时，约翰向伊丽莎白提议一起去美国。"我想办法弄到更多的钱，你去看望你的父亲。"但她拒绝了。"医院需要我。你必须去，因为你是唯一有能力拯救公司的人，这是不可推卸的责任。"比起履行职责，伊丽莎白最关心的还是约翰的健康，近几个月来，约翰的健康状况明显恶化。她在纸上写道："我必须让约翰暂时远离铁路的焦虑和这片瘟疫之地。"

第三部分

『火车上的鼹鼠啃啮着
风的根须，前进着。』

——费德里科·加西亚·洛尔迦，《敬辞》（Salutación）

第一章　伊丽莎白·本顿的日记

1851年3月

　　我重读了自去年10月22日以来日记中所写的内容，发现记录的事件、印象和感受全都杂乱无章，让我难以理解。这些内容非常混乱，甚至没有按照时间顺序排列。约翰的出现和我们之间激荡出的爱情震撼了一切。神圣的爱情！神圣的震撼！它让我过去的几个月，成了我这一生中最充实的生活。每天、每星期和每月似乎更长了，那么这是否让人早早衰老了呢？照照镜子，就发现不是这样的。就连从来不敢和我谈论私事的杰克也告诉我，他从未见过他的女主人如此开心。他说"开心"，是因为他不敢对我说"美丽"这个词。今天我明白了，美丽源于心灵，体现在滋润面庞的甜美微笑中，体现在瞳孔闪烁的火花中，体现在脸颊绽放的红晕中。这就是我的感觉：美丽。

　　如此幸福的代价就是，我时刻都担心会失去它。我明白，在我和约翰共同生活的地方，幸福可能在眨眼之间就会结束。疾病、瘟疫、大自然的危险，一切都让我恐惧，让我生活在永久的不安中，一种幸福的不安，驱使我祝福上帝让我们继续在一起的每一天。我是多么爱他！有时我在想，这么多的爱从何而来？当然，我爱我的丈夫，但我对约翰的感觉是如此不同……既神圣又具有人性，更深沉，更难以触碰，更属于我。我在脑海中回放着我们第一次相爱的情景，想到只有那时我才知道什么是真正的付出，什么是分享一切的恒久快乐，我不禁微笑起来。罗伯特不仅爱我，还占有了我。但当约翰爱我时……

我不相信会有如此温柔的爱。他的嘴唇不仅仅是亲吻，还抚摸着我的双手、手臂、脸庞和脖子。他的嘴唇停留在我的胸口，对我呢喃着甜言蜜语，多么耐心，多么温柔！它们不仅在品尝我，还在我的每个毛孔中留下了它们的味道。我敞开心扉，接受他的爱抚，就像春天来临时花朵接受露水一样。他的嘴唇贴在我的嘴上，我们的呼吸融为一体，我们的身体和热情融为一体。在我们达到高潮之前，约翰让我睁开眼睛，看着我，说了一句女人能听到的最动听的话："我是你的，永远是你的。"爱的无穷乐趣在我们之间流淌。

如此伟大的爱情需要一个小窝，一个空间恰到好处、永远不会把我们分开的地方。这就是为什么鲍德温在河边为我们建造的小屋是理想之地。当然，这里有鳄鱼、野兽、昆虫和爬行动物——这是丛林！但这里也有色彩斑斓的鸟儿，它们唱着无尽的旋律；有花朵，它们在太阳入睡的时候散发芬芳；有树木，它们早在人类出现之前就已经存在；有各种棕桐树，它们滋养着当地人，现在也滋养着我们，为我们提供衣服和住所。不断落下的雨水是我们的饮用水，河里的鱼儿是我们的食物，野生动物和水果也是我们逐渐认识和品尝的食物。大自然的节奏伴随着我们的爱。

死亡环绕着我们，帮助我们强烈地享受爱的每一分钟和劳动的每一小时。这是一种艰辛的生活，当然，有时也是一种悲伤的生活。死亡总是如此。约翰把修建铁路当作个人的挑战，当托滕和鲍德温——我们亲爱的鲍德温——无论如何努力，都无法克服大自然设置的障碍时，我从他的眼神中读出了无助。我仍然不明白他们怎么能在这样的地方修建铁路。约翰向我解释了老橡树劳的伎俩，以及他和威廉·阿斯平沃尔之间的竞争，但我还是不明白。有时我在想，在那片广袤的沼泽地，热病和瘟疫肆虐，无数人在其中丧生，使人变成只有低级欲望的动物，这不过是世界变成了什么样子的一个隐喻。在这里，人们的死亡和自相残杀几乎毫无意义。我试图劝说那些伤病员放弃幻想，告诉他们我在加利福尼亚的经历，在那里，比起那些一夜暴富的人，有更多的人累断了腰也没找到一块金子。但他们听不进去，在没有完全康复的情况下，他们继续不慌不忙地前往新的希望之地。

一想到自己对他人的痛苦变得麻木不仁，我就备受煎熬。但是，如果每天都有一车一车的病人来到医院，他们都奄奄一息，而且每过一周，我们都要不断地从山上开拓出地方来容纳这些可怜虫，他们离开这个世界时，连坟墓上的名字都没有。是的，在这里，死亡仍然是无名的。我们能在为数不多的几个十字架上刻上名字——好心的杰克以无限的耐心完成了这项工作——这些十字架属于那些在痛苦中设法告诉我他们的名字，并让我给他们的父母、妻子或孩子写信的人。

正是这些事成为保护我的屏障，让我能够忍受托滕医生为获得维持医院的资金而想出的办法。我一到这里，他就告诉我，铁路公司缺乏足够的资金来完成它需要做的工作，他决定自己去做一个非常赚钱的生意。他把我带到医院边上的一个大棚里，那里有数百个木桶。他脸上带着既悲悯又自豪的奇怪表情，揭开了其中一个木桶。当我看到一具男尸漂浮在木桶里，像腌制的碎肉一样，我的血都凉了。医生好奇地等着我的反应，但我一句话也说不出来。最后他解释说："这些是无人认领的尸体，也就是说，几乎所有的尸体都是这样。我用盐水保存尸体，等着把尸体运往欧洲、美国的医院和大学，以期为医学研究做贡献。你不觉得这是一项值得称赞的工作吗？"我继续一言不发。虽然医生又把木桶盖上了，但这里还是弥漫着一股腌制过的死亡气息，我感觉自己整个人都被这股气息渗透了。"难道你不赞成我的做法吗？难道你不认为如果死亡可以派上用场，我们就应该加以利用吗？我已经运了40多桶，赚了4000多美元，你以为我哪儿来的钱建造医院、添置设备？死者无意中帮助了生者。"最后，我终于问道，公司的董事们是否知道这件可怕的事情。

"他们不仅知道，而且还赞成和赞扬此事。赚得钱太多了。下周我们将再运25桶，这次是运往英国。"托滕医生歪着头，盯着我说，"他们只买白人的尸体。杂种不行，狗也不行。"换句话说，我对自己说，颜色超越了死亡和皮肤，但心脏、肺、神经、肌肉……也是黑色的吗？

那天晚上，当我们在小窝门口享受夜幕降临的仪式时，我告诉约翰，医院院长是在和死亡打交道。他震惊而悲伤地看着我，然后把目光转向了河水。他小声说："托滕医生不是在贩卖死亡，而是在贩卖生命。"他还说："我知道他的做法很可怕，但他的出发点是好的：他帮助那些将来会救死扶伤的医科学生，同时他还为同样的目的筹集资金建造疗养院。"我愤怒地抗议道："但这些是人，不是动物。"约翰又看了我一眼，简单地说："这正是一个大问题：灵魂离开了肉体，他们还是人吗？"我本想回答说，凡人是不能问这样的问题的，但我意识到，我只是给约翰增添了许多烦恼，于是决定保持沉默。即使我们内心在呐喊，有时爱也需要沉默。

沉默是因为约翰对铁路探险的成功产生了严重的怀疑。每天下班来医院接我时，他的表情和步态都反映出一种长期的疲惫，这是他幻想破灭的征兆。他过去总是热情洋溢地告诉我，他们是如何一点一点地克服困难的，现在却变得沉默寡言，迫使我向他询问工作的进展情况。当铁轨终于到达加通时，他最后一次表达了喜悦之情。"我们战胜了沼泽。"他拥抱我时兴奋地宣布。然而，此时公司的资金已经枯竭，约翰只能自掏腰包支付最后一笔开支。

7月3日

铁路工程已经停工。只剩下十几个工人在用砍刀砍铁轨,试图阻止大自然的反攻。情况十分危急,约翰决定启程前往纽约寻找资源。他还想亲自了解范德比尔特准将开辟的尼加拉瓜航线的情况。据他说,这条路线是公司面临的最危险的绊脚石,因为如果这条路线巩固下来,就很难获得必要的资金来完成横贯地峡的铁路。他建议我陪他一起去看望父亲,但我决定留在这里,照顾我们的小屋和一些还在挣扎求生的病人。为了让约翰高兴,我写了一封长信,他将把这封信寄给密苏里州有影响力的参议员。

7月7日

约翰昨天离开了。虽然杰克很照顾我,并努力陪着我,但孤独感终于笼罩了我。我几乎无心写作,只是想哭。

7月9日

今天下午,我的悲伤溢于言表,大哭了一场。我去约翰偷偷写作的报纸上寻找慰藉,我发现我的旅行作家写出了如此深刻的诗句,这让我更加悲伤。他是多么爱我,又是多么害怕失去我!在他的每一首诗中,死亡都蛰伏着,准备飞翔。你为什么如此害怕死亡,亲爱的约翰?你知道什么我不知道的事情?

7月12日

悲伤已让位于最巨大、最崇高、最真实的喜悦。在我的子宫里，有一个新生命在搏动！约翰，快回来吧！我太高兴了，如果不和你分享，我一定会崩溃的。

8月11日

今天是约翰离开五周的日子。你在哪里？在做什么？为什么不写信？我想在你来的时候看到我依然纤细，一起看着我的腰肢随着新生命的律动而成熟，我的内心充满了新生命的律动。出什么事了吗，约翰？你还记得我吗？你会把我一个人留在我们河边的小屋里吗？

最后一班轮船——我多么热切地等待着它——本该带来你的一封信，但它来了，又走了，我依然两手空空，两眼空空，心灵空空。

我一遍又一遍地读你的诗，一遍又一遍地为那些关于爱与死亡的诗句而颤抖。

死亡挽歌

你为何如影随形
暗淡了我的每一步？
只有当她呼唤我的名字时，你才会离开我
然后她将我拥入怀中
虽然很久以前我就在废墟中发现了你
却从未与你为伴

那你为什么还要走在我身边
让我的春天枯萎?

停一停，新的一天
在我爱人的蓝眼睛里
死亡啊，你为何执意
让这黎明变得黯淡无光?

当你写下这些诗句时，你在想什么? 什么预感让你不安?

第二章

在袭击地峡沿岸的所有风暴中，现在席卷乔治·劳舰队旗舰"佐治亚"号的风暴是约翰·斯蒂芬斯所见过的最猛烈的一次。布鲁姆斯菲尔德船长是风帆时代的老海狼了，他坚持把轮船停在查格雷斯河口前，等待风暴减弱，以便让乘客和货物下船，尽快离开这个该死的地方。查格雷斯河暴涨的浑浊河水在河口掀起的巨浪，就像汹涌的大西洋向岸边掀起的巨浪一样巨大和猛烈，水手们发现，船只越来越难以控制。乌云密布的天穹似乎在海面上掠过，分不清闪电、雷鸣和雷电是从天上降下的，还是从海底升起的。

约翰·斯蒂芬斯紧紧抓住舰桥栏杆，以免被风浪卷走，他艰难地向前走着，一直走到驾驶舱前。就在他准备打开舱门时，船身突然向左舷倾斜，导致他失去平衡，在甲板上翻滚，直到撞上一艘救生艇的艇身，这才避免落入海中。

当时正在努力固定救生艇的水手扔给他一根绳子，斯蒂芬斯尽力抓住了绳子；船身再次摇摆，这次是向右舷摇摆，斯蒂芬斯紧紧抓住绳子冲进了驾驶舱。就在这时，门开了，大副抓住他，把他扶了进去。

"斯蒂芬斯先生，你不应该在这样的暴风雨中离开你的船舱。"船长斥责他，手里仍然紧紧抓住舵。

"我是来告诉你，试图上岸是没有用的，你的船处于危险之中。三角洲的海底到处都是因为要做和你一样的事情而失事的船只。"

"其他的船的船长……"

"但同样的风暴，可能会变得更糟。"

两个人大声喊着，让自己的声音盖过暴风雨的喧嚣。"佐治亚"号再次危险地趔趄了一下，船长发出了一声咒骂，然后是一句听不懂的命令。

"你有什么建议，斯蒂芬斯先生？你不觉得如果靠岸就会遇难吗？"

斯蒂芬斯忽略了船长的讽刺意味。

"这里往东几英里就是海军湾，风暴过去的时候，你们可以在那里避难。"

这个建议引起了老布鲁姆斯菲尔德的注意。

"我从海图上知道海军湾，但我从没去过。"

"我去过，船长。铁路公司的船经常停在那里，我向你保证，那里有足够的吃水，而且在风暴期间，水域比三角洲平静得多。"

船长沉思了片刻，和二副交换了一个眼神，二副和斯蒂芬斯一样，也在努力保持平衡。

"到达海军湾需要多长时间？"他最后问道。

"在这种天气下，一个小时吧，"斯蒂芬斯回答，"我们会在天黑前到达那里。"

"好吧，我们就去那里。我希望你没说错。"

"佐治亚"号驶离海岸，开始向东航行。在海军湾附近，暴风雨仍在肆虐，但船长一发现缺口，就下达了进港的命令。斯蒂芬斯对这一举动既崇拜又觉得害怕。

"这太冒险了，船长。你几乎什么都看不到。"二副喊道。

"我知道，但现在已经没有退路了。"重新掌舵的布鲁姆斯菲尔德回答道。

根据斯蒂芬斯的建议，指挥官让船只右舷紧靠岸边，经过最后一次颠簸，他们开始驶入风浪较小的水域。乘客们在甲板上得知，当晚他们将留在海军湾，第二天到达查格雷斯下船。渐渐地，大雨逐渐变成蒙蒙细雨，人们看到了码头和曼萨尼约的第一批建筑。当乘客们听到一声遥远而清晰的汽笛声时，他们开始怀疑自己身在何处。他们走近船舷，寻找声音的来源，惊奇地发现，从岛屿深处缓缓滑来一辆机车，机车后面是一个装满工人的平台。汽笛再次响起，机车冒出一股白烟，好像在向旅客们挥手，旅客们欢呼雀跃，掌声雷动。

在驾驶舱里，惊讶的船长问斯蒂芬斯："铁路修好了吗？"

"我们已经铺设了大约8英里的铁路，一直通到加通镇。

还有42英里要修。"

"但是，上帝啊，这意味着我们可以让乘客在这里下车，让火车把他们送到那里。"

"铁路不为公众服务，船长。"

"为什么？"

斯蒂芬斯犹豫了一会儿。

"因为正如我告诉过你的，还要修很长一段才能完工。"

"有什么能阻止他们把乘客一直送到加通呢？"布鲁姆斯菲尔德坚持说。

这时，二副出现报告说，由扎卡里亚斯·史密斯牧师率领的乘客代表团希望与船长会面。

"他们想在这里上岸，先生，然后走铁路。"

布鲁姆斯菲尔德看着斯蒂芬斯，耸了耸肩膀。

"我只是说说。"

"让我先上岸把情况告诉我们的总工程师。"斯蒂芬斯问道。

"好的，但我要提醒你，我不能耽搁其他乘客太久。"

当载着斯蒂芬斯的小船抵达码头时，托滕上校正等着帮他跳上岸。

"欢迎你，约翰，你能告诉我那艘船在我们的海湾里干什么吗？"

"恶劣的天气使我们无法接近查格雷斯，我建议船长在这里避难。乘客们看到了火车头，很快就来了一个代表团，要求把他们送到加通。"

"我看到他们已经在下船了，我该怎么跟他们说？"托滕问道。

"我在想，我们其实可以开通到加通的线路，收取车票钱。这将是一个筹集资金的好办法。"

"你没有从股东那里得到更多的钱吗？"

"很少，只够维修和一些紧急工作，不过阿斯平沃尔向我保证，他会在一个月内送来更多资金。伊丽莎白怎么样了？"

托滕阴沉的脸上刹那间露出了不寻常的笑容。

"她很好，但你不来，她很绝望。"

"我马上过去看她。"

"你不和我一起去和乘客们谈谈吗？"

"当然不，我对你的判断很有信心。"

当他们走向人力轨道车时，托滕说："实际上，把他们运到加通并不困难。问题是，我们的码头根本无法容纳前往加利福尼亚的人群。此外，他们会干扰我们卸载和搬运材料、设备和劳动力的活动。"

"你说得对，但从已经在这里的阿耳戈人那里弄点钱也无妨。我想，只要铁路能把他送到加通，要他们付多少钱他们都会付的。我提醒你们，船夫去戈尔戈纳每人要收15美元。我要去看伊丽莎白了，祝你好运，乔治。"

"祝你好运，祝你好运。"托滕喃喃地说。

半小时后，"佐治亚"号乘客派来的代表团团长史密斯牧师正式向上校提议，由铁路公司把他们送到加通。

他说："我们同意每位乘客付五美元，这是我们支付给船夫的河运费用的一半。"

托滕仔细打量了扎卡里亚斯·史密斯牧师和他的同伴们。这位神人从头到脚都穿着黑色的衣服。其他三个人中，一个看起来像个农民；另一个是典型的东部年轻人，受过良好教育，穿着正式；第三个人看起来像杂货店老板、理发师或机械师。上校心想："真是个不错的混合体。"

"我首先告诉你们，我们不准备载客。我们的车运载的是设备和建筑材料，目的是——"

"还有工人。"这位彬彬有礼的年轻人插话道。

"运往建筑工地，"托滕继续说道，没有理会对方的打断，"一天结束时，我们的工人确实要被运回站台，但他们已经习惯了火车旅行的这种不适。"

"我们不是在要求舒适，先生……"

"托滕先生，"牧师说，"据我所知，坐船从河路走、骑骡子也不是什么乡镇观光旅行。"

"牧师，我是想，要是万一发生事故，公司可没有什么责任。无论如何，鉴于你们是因为暴风雨才来到这里的，而且巴拿马铁路公司无论如何也要帮助你们，我们愿意每位乘客收取十美元，每件行李再加两美元的费用，为你们提供运输服务。"

托滕夸大了这一数额，因为他预计要讨价还价很长时间。让他感到惊讶的是，在与其他乘客简短协商后，牧师接受了这个提议。

"今晚我们将在'佐治亚'号上过夜，托滕先生，明天早上我们将下船，按照刚才商定的价格乘车前往加通。我们一共有360名乘客，但我还不能准确说出我们携带的包裹数量。如果我们在早上八点钟启程，你没意见吧？"

"没问题，我们会把三节车厢连接起来，然后看看每节车厢能载多少乘客，这样他们就能尽可能安全地旅行了。"

"你觉得你什么时候能把我们运完？"

"我真的不知道，这要看每节车厢能坐多少乘客了。我想不会超过12个，所以每趟36个人，总共10趟，机车往返加通只需半小时，加上装卸的时间，大约6小时后，我们就可以运完了。"

"太棒了，"扎卡里亚斯·史密斯赞叹道，"我们可以弥补一些损失的时间了。"

两周后，布鲁姆斯菲尔德船长一抵达纽约，就来到乔治·劳的办公室，向他讲述了自己最近在地峡的经历。

"你确定你说的是真的吗？"老橡树第二次问道。

"我亲眼所见，老板。他们建好了八英里长的铁路，我不知道他们是怎么把铁路铺到沼泽比旱地还多的地方的。"

"典型的阿斯平沃尔做出来的事。"劳大声说道。公司的救星就在他的眼皮底下，但因为这不在他最初的计划中，所以他无法看到。"码头设施呢？"

"码头很简陋，不适合接待乘客，但海湾条件很好。"

"那么，亲爱的船长，是时候再和敌人坐下来谈谈了。"

当宣布乔治·劳来访时，威廉·阿斯平沃尔并不感到惊讶。他想："他是来向我勒索尼加拉瓜航线上的钱的。"他一如既往的绅士，马上把老橡树迎了进来。

"威廉，最近好吗？"老橡树说，"我知道铁路的事情不太顺利。"

"老样子，乔治。大企业在成立初期都会遇到困难。当你决定在纽约建立有轨电车系统时，你也遇到了困难，不是吗？"

"没错，但我不用和范德比尔特准将竞争。"

阿斯平沃尔心想："这下可好了。"

"我不知道你是否知道，"劳继续说，"那只老狐狸一直在试图说服我把我的舰队转向尼加拉瓜航线。"

"我听说了一些事情。"

"他不仅要保住自己的航线，还要一劳永逸地取消铁路和巴拿马航线。你不会不知道，在他的船和我的船之间，我们运载了从东方到加利福尼亚的百分之七十的货物和乘客。"

阿斯平沃尔保持沉默，但他微微皱起的眉头告诉劳，他的老对手比表面上看起来更加忧心忡忡。

"好吧，"老橡树继续说道，"和往常一样，准将的提议很荒谬：只为他自己，不为其他人，所以我们还没有达成任何协议。另外，你知道，尽管我们有分歧，但我相信巴拿马航线和你们要建的铁路。见鬼，如果我不相信，我就不会买那么多股票，也不会争取进入董事会了。"

阿斯平沃尔淡淡一笑，继续一言不发。在一阵尴尬的沉默之后，劳突然问道：

"你是否知道你的铁路已经运送了第一批乘客？"

"我不知道你在说什么。"威廉惊讶地回答。

老橡树放声大笑起来。

"我想也是。你还是和以前一样天真，我真不知道你是怎么获得这样的商业成功的！"

乔治·劳接着详细讲述了他的旗舰轮船在上次航行中发生的事情：查格雷斯的风暴、海军湾的避难所、乘客们听到火车头汽笛声时的喜悦、与托滕上校的谈判。

"如果你向你的人打听，你就会知道，在那一天，铁路获得了第一笔收入，大约6000美元的客运和货运收入。但那些傻瓜什么都没告诉你吗？这是路线争夺战中发生的最重要的事情，你们却从对手那里听说了。难以置信！"

阿斯平沃尔沉思了片刻。事实上，虽然他对劳的说法一无所知，但他已经明白了这件事的意义：铁路可以取代河运路线，或者至少取代其中的一部分。

"乔治，今早是什么风把你吹来了？"他最后问道。

"很简单，我亲爱的朋友。我的船将驶向海军湾，而不是查格雷斯河，我的乘客将使用你们的铁路。我不清楚铁路线有多长，但我们至少要把它延伸到河道的尽头。"

阿斯平沃尔并没有忽略"我们"这个词。

"我们谈论的不仅仅是成千上万美元的意外收入，还有这条线路的宣传噱头，那就是部分路段将采用铁路，该死的河流将不再碍事。你意识到这个消息对股市的影响吗，威廉？"

"我当然知道，你想要什么回报？"

"该死的，让我说完。根据'佐治亚'号船长的说法，公司目前在曼萨尼约的设施需要进行大规模的改造。我有书面报告。"

老橡树从口袋里拿出一张皱巴巴的纸，开始读起来。

"码头需要扩大到至少1000英尺长，40英尺宽，还要加盖屋顶。在海湾入口处，需要建造一座灯塔，以便在恶劣天气下安全航行。布鲁姆斯菲尔德船长很难猜测海岸的情况。最后，还需要一座建筑，用于在将乘客转移到铁路之前接待他们。威廉，我的建议是启动这些改建工程，并由公司以股份的形式补偿我。此外，你们必须撤销反对和诉讼，并选举我为董事会成员。"

"当然！"阿斯平沃尔惊呼道，"这是你唯一的动力，不是吗？成为决策小组的一员。"

"难道你想让我做了这么多投资，还像个局外人一样袖手旁观吗？"

"你凭什么认为铁路公司没有足够的资源，来改善曼萨尼约的设施？"在谈话中，阿斯平沃尔第一次提高了嗓门。

"你凭什么保证我的船不会继续驶往查格雷斯，或者更糟糕的是，开始使用尼加拉瓜航线？"老橡树喊道。然后，他用更友好的语气继续说道："威廉，就这一次，像个商人一样吧。巴拿马铁路公司的股票价格已经跌到了谷底，但还是没人买。范德比尔特准将的负面宣传正在赢得公路之战，如果铁路不能尽快完工，或者没有完工的迹象，那么他迫使我们所有船东使用他的路线的日子就不远了。你和我，以及你所负责的其他投资者，都在铁路项目上投入了大量资金，如果准将获胜，这些资金将付之东流，而他获胜对你的影响比对我的影响更大，因为霍兰德与阿斯平沃尔公司在太平洋航线上将遭受重大损失。为了我们各自公司的健康发展，现在联合起来是必要的。"

老橡树说话的时候，阿斯平沃尔从椅子上站起来，走到窗前，这是他最喜欢的地方，他在那里驻足观看南街码头前晃动的船只。他的对手说的都是实话，而且，除了这个坚强的爱尔兰人在公司董事会中可能引起的竞争和骚动之外，投资者的利益、以某种方式从霍兰德与阿斯平沃尔公司获得生计的人们的利益，以及所有那些从铁路工程的实施和竣工中受益的人们的利益，都必须占上风。阿斯平沃尔也没有忽视航线之争对航运业未来的重要影响。此外，在巴拿马修建铁路不仅会使构思这个项目的投资者受益，而且会极大地促进人员和货物的交流，这是实现经济繁荣的最佳途径。让步的时候到了。

"好吧，乔治，我们来谈生意吧。"阿斯平沃尔坚定地说。

老橡树仿佛不敢相信自己的耳朵，呆呆地看着威廉。

"你是说你愿意接受我担任公司的董事？"

"我的意思是，在分歧和争吵之上，我们必须考虑那些依赖我们公司的人的利益、世界贸易的发展和这个国家的进步。如果一项协议能够决定巴拿马航线优先于范德比尔特的突发奇想，那么这样的联盟不仅是可取的，而且是必要的。当然，还有一些细节我们必须……"

乔治·劳没有让他的对话者把话说完，就从座位上跳起来，冲向他，拥抱了他。阿斯平沃尔愣了几秒钟，直到他尴尬地回抱对方，与其说是为了表示友好，不如说是为了摆脱这种让他极不舒服的局面。

"细节不是问题，威廉。你会发现，我许下诺言时，我就已经做好了承诺。老实说，我并没有做好你会接受我的提议的准备。我以为你最多也就是要求给你一点时间和你的伙伴们商量一下。从现在起，我向你保证，我们将建造最好的码头，灯塔将安装菲涅尔灯①，我们将让你的铁路，我们的铁路，成为一匹真正的金马。"

老橡树劳和威廉·阿斯平沃尔结束分歧的消息以迅雷不及掩耳之势传播开来。连续两周，纽约的报纸都在头版重点报道了这一重大协议。《论坛报》写道："传奇而大胆的商人乔治·劳与能干而富有远见的船主威廉·阿斯平沃尔的结合，相比于范德比尔特准将排除万难开发的尼加拉瓜航线，这场合作无异于保证巴拿马航线战胜范德比尔特。这对老商业对手的主要兴趣据说是巴拿马铁路的具体化，这条铁路在经历了许多磕磕绊绊之后，已经开始为前往加利福尼亚金矿

---

① 即聚光灯。

的旅客提供服务。虽然只有8英里长的铁轨，但短短的路程却为无畏的阿耳戈人省去了麻烦，他们不必顺着危险的查格雷斯河渡过许多艰难的河段。据说，作为协议的一部分，美国邮政轮船公司的轮船将直接抵达铁路的建设地点——地峡沿岸的一个小岛，岛上有一个风景如画的名字'曼萨尼约'。在那里，将建造一个现代化的码头，用于接待乘客并将他们直接送上铁路车厢。我们的记者设法采访了范德比尔特准将，他以其特有的嘲讽口吻评论说，即使上帝亲自加入他们的行列，巴拿马航线的推动者也不可能成功地用他们的航线取代尼加拉瓜航线，据他说，对于旅行者、东部各州以及加利福尼亚州和俄勒冈州的快速发展来说，尼加拉瓜航线是最方便的。"

在不到一个月的时间里，巴拿马铁路公司的股票就从10美分涨到了80美分，公司的资金再次充盈，在1851年9月15日的会议上，股东会选举乔治·劳为公司董事兼财务主管。两天后，在他参加的第一次会议上，老橡树向董事会其他成员概述了公司为改善曼萨尼约港口设施而准备进行的新投资的细节。当时，劳所拥有的股份几乎相当于阿斯平沃尔和斯蒂芬斯所拥有股份的总和，因此大家同意，他的额外出资将作为长期贷款记录在公司账簿上。"如果我们失败了，我就拿不到钱。"老橡树在结束发言时说，最后他出人意料地大笑起来。威廉·阿斯平沃尔因约翰·斯蒂芬斯缺席而主持会议，他以简短而感人的发言作为回应，强调了拥有乔治·劳这样有魄力、创业勇气和远见卓识的董事的重要性。"我们的分歧已经成为过去，因为我们必须携手前进。正如老橡树经常重复的那样，我们作为横跨巴拿马地峡的一匹铁马而启动的项目，很快就会成为一匹金马，除了能为我们带来利益之外，还将为我们国家的发展做出决定性的贡献。"会后，每一位董事都上前握住了老橡树宽厚有力、布满老茧的手。

第三章

　　托滕和鲍德温还不知道"佐治亚"号事件对公司财务的有利影响，他们徒劳地试图保持乐观。斯蒂芬斯在最后一次航行中带来的少量资源很快就用完了，距离他们在加通车站外半英里处铺设最后一段铁路已经过去了两个月。铁路工人们还抱怨缺乏热情洋溢的斯蒂芬斯总裁的支持，因为他一听说自己要当爸爸了，就把生意上的事情抛在一边，全身心地投入照顾伊丽莎白的工作中，而伊丽莎白已经开始出现妊娠反应。斯蒂芬斯很少在办公室露面，但依然饶有兴趣地听取鲍德温关于资金短缺和轨道维护复杂性的报告。"在聘用的40多名工人中，有十几名已经去世，另有20多名因缺乏资金而下岗。"鲍德温说，"我们已经到了无法控制自然的地步，饥饿的丛林将吞噬铁轨、机车、车厢……我们所有人。"总裁听完这些令人沮丧的报告后，只是提醒他的下属，阿斯平沃尔承诺的援助很快就会到达，然后开始谈论伊丽莎白、她的不适以及她未来的孩子必须在美国出生的问题。托滕和鲍德温默默地对视了一眼，在斯蒂芬斯回到他的小屋后，他们惊讶地议论着一个女人能改变一个男人的程度。

"他对这个女人着迷了。"托滕恼怒地说。

鲍德温笑着回答说："简直是爱得无可救药。"

"在伊丽莎白分娩之前，我们只能接受他这样心不在焉。"

在医院里，伊丽莎白的缺席打乱了一切。托滕医生习惯于在行政事务上依赖伊丽莎白，但他感到绝望的是，他再也无法掌握病人的入院和护理、葬礼服务以及"总裁夫人"负责的无数细节。尽管身体虚弱，伊丽莎白还是坚持每周至少来医院一次，试图把一切打理得井井有条。医生总是用同一句话问候她："你回来了，伊丽莎白！"而她会回答："只是今天过来，托滕医生，只是今天。胎儿情况还不太稳定。"

在小屋里，约翰和伊丽莎白现在大部分时间都在一起，在他们的长谈中，铁路工程和医院的话题不断出现。她问："你不怕失败吗？"他回答说，他对阿斯平沃尔有信心，对阿斯平沃尔的意志和对工程的承诺有信心。她会说："我担心医院的情况越来越糟，我不能再多做一些事情了，这让我很痛苦。"他会再次提醒她，她现在的首要职责是照顾腹中的孩子和她自己。但这些忧虑并没有影响约翰回来后河边小屋的幸福气氛。虽然伊丽莎白的身体还没有显示出一个新生命正在她体内孕育，但约翰只要看一眼她光彩照人的脸庞，看一眼她闪烁着泪光的眼睛，看一眼她脸上洋溢着的难以言喻的笑容，就会明白她的体内正在闪烁着新的光芒。斯蒂芬斯永远不会忘记那个下午，在经历了"佐治亚"号上的一系列事件之后，他终于回到了伊丽莎白的怀抱。

那天下午，小树林的上空，太阳还没有落山，但小窝周围的阴影已经聚拢过来。在小煤油灯闪烁的灯光下，约翰看到了伊丽莎白在门口慢慢摇晃的身影。他走近伊丽莎白，但仍然没有看清她的外表，他停顿了一下，与其说是在看她，不如说是在想象。他向前走去，尽量不发出声音，并吹响了他总是用来宣布自己到来的口哨。

"约翰？"伊丽莎白惊呼一声，从摇椅上坐了起来。

他又吹了一声口哨，走进了岌岌可危的光圈。

"约翰！"伊丽莎白喊道，"上帝保佑。我发誓，这一刻我一直在祈祷，希望你能好起来，快点回来。"

约翰一言不发，爬上台阶，紧紧地、温柔地拥抱着她，看着她的眼睛，吻了她。

"你比以前更美了。"他说。好像这是有可能的。

"你呢？让我看看你。嗯，还是很瘦，你工作很累吗？"

约翰目不转睛地盯着伊丽莎白。最后他说："是灯光还是你闪耀着不同的光芒？"

"是再次见到你的幸福，安然无恙。"

"你是多么美丽，伊丽莎白。"

他再次拥抱了她。

"此外，现在你怀里有我们两个人。"伊丽莎白喃喃地说。

他不太明白，当她握住他的手并把它放在腹部时，他用目光询问她。

"有什么东西，或者说，有个人正在我体内成长。是你的，也是我的。"

"你要有孩子了！"他大叫一声，从惊讶中回过神来。

他们又融进了一个无尽的拥抱。再次占有妻子的强烈欲望让位给了新的温柔，一种保护她、宠爱她、更加爱她的渴望。

第二天早上，伊丽莎白依偎在约翰的怀里醒来。她身体的温度、肌肤的触感、她从睡衣中露出的一双乳房、她张开的嘴唇……

"你不必这么小心。"她说。约翰开始不再像往常那样热情地与她做爱。

对他们俩来说，孩子的出现给他们带来了一种新的爱的方式、爱抚的方式和奉献的方式。激情变得柔和，他们更平静地达到高潮，更清楚地意识到相爱的行为并不一定随着感官的衰竭而结束。

约翰回来几周后，伊丽莎白的胸部和腹部开始变圆，第一个迹象表明，新生命的到来不会是一帆风顺的。大量出血迫使她不得不先卧床休息，然后将活动限制在最基本的范围内。恶心使她无法进食，很快，最初几天的清新和美丽荡然无存，仿佛她体内涌动的新生命需要吞噬容纳自己的身体。看到她如此疲惫不堪，约翰开始担心她的健康。在他的脑海中，不安取代了宁静，那种唤醒他渴望已久的孩子的宁静。但伊丽莎白的坚强和顽强战胜了约翰的绝望和不安，出乎意料的是，10月初的一天，她下了床，来到厨房，为自己做了一顿丰盛的早餐。约翰想知道怎么回事，她微笑着简单地说：

"你孩子决定要听话了。"

两天后，鲍德温带着好消息前来拜访，为这对夫妇的幸福生活更添喜悦。

"还记得在'佐治亚'号上发生的那件事吗？"鲍德温笑得比平时更灿烂了，"看来老橡树和阿斯平沃尔终于达成了协议。他们将建立一个码头，接待乘火车前往加通的乘客。昨天，第一批装载着材料和设备的船只抵达了海军湾。布鲁姆斯菲尔德船长告诉我们，从现在起，所有船只都会离开查格雷斯，在曼萨尼约上岸。这一消息引起了轩然大波，股价一路飙升。布鲁姆斯菲尔德亲自交出了公司送来的75万美元，用于继续施工，并向我们保证，年底前还会再送来75万美元。铁路得救了，约翰！"

"我就知道阿斯平沃尔不会失败！"斯蒂芬斯激动地喊道，"更好的消息是伊丽莎白已经摆脱了妊娠反应，她这两天吃得很好，你没看到她在好转吗？"

"当然，我正要说这件事呢。"鲍德温撒了个谎。

"爱情啊，爱情。"他自言自语道。

怀孕六个月的伊丽莎白现在就像是一个健康的楷模，让托滕医生高兴的是，她又开始负责医院的管理工作了。虽然在铁轨通过沼泽地区后，查格雷斯热病的患者减少了，但疾病和死亡仍然是工程队的头号敌人，托滕医生继续拼命寻找战胜疾病的灵丹妙药。他把最后的希望寄托在奎宁上，因为大量饮用奎宁似乎对人有好处。伊丽莎白一回到医院，医生就把自己的新秘密告诉了她。"我想我这次真是一针见血。"医生说，眉毛上扬，头歪向一边，眼睛比平时睁得更大更圆，"我发现它纯属偶然，因为我注意到那些喝了杜松子酒和奎宁水的感染者能更好地忍受疾病，或者至少活得更长。起初我以为这是杜松子酒的某种未知作用，但我很快发现，大量饮用杜松子酒，只能让那些可怜虫在大醉中把灵魂交给造物主。然而，奎宁却有积极的效果，我的几个病人都顺利渡过了最危险的时期。"像往常一样，伊丽莎白不赞同这位古怪医生采用的违背基督教的方法，但她很快发现他是对的，摄入大量苦味液体的病人似乎更能经受住沼泽热的折磨。伊丽莎白的康复也让约翰·斯蒂芬斯得以重返铁路公司领导岗位，这让托滕和鲍德温松了一口气，他们非常怀念公司总裁温和的态度、分析能力以及在决策时深思熟虑的判断力。

11月初的一个下午，当铁路人员正在讨论尽快从巴拿马开始铺设铁轨是否可取时，一位衣着光鲜的男子来到公司位于曼萨尼约的办公室，希望与经理面谈。

"下午好，"来访者说，"我叫阿塞西奥·艾兹普鲁亚，从首都来打听点消息。"

"艾兹普鲁亚先生，"斯蒂芬斯说，"伊丽莎白向我提起过你。"

"啊，是的，本顿·弗里曼夫人。"艾兹普鲁亚显得很自责，"一位优秀的记者和一位好朋友，她好吗？"

"现在很好，她现在是本顿·斯蒂芬斯夫人，已经怀孕6个月了。"

艾兹普鲁亚一直惦记着伊丽莎白，他做出了一个不太开心的手势，但斯蒂芬斯并没有注意到。

"我很高兴，并向你表示祝贺。请转达我的问候和祝福。"

"我很乐意。如果你有时间，我相信她会很高兴在我们家接待你的。"

"这很困难，但我还是要谢谢你。你看，我过来为的是一项非常私人和痛苦的任务。"

托滕和鲍德温一直漠不关心地听着谈话，现在他们把注意力转移了过来。

"我的儿子阿尔贝托3周前失踪了，到处都找不到他。他是个不安分的孩子，对任何事情都不退缩，有一次他跟我说要去铁路建设公司找份工作。难道没有我的帮助，他能受雇于你们吗？"

3个人交换了一下眼神。

"我亲自负责人员的招聘工作，"托滕回答道，"我可以向你保证，在过去的两个月里，虽然我们已经雇了500多名工人，但其中绝大多数都是迦太基黑人或来自加勒比群岛的黑人。我认为工地上的巴拿马人不超过两三个，他们也是有色人种。"

"你确定吗？"他喃喃地说，"难道他不可能在其他车站吗？"艾兹普鲁亚的失望之情溢于言表。

"除了曼萨尼约之外，我们唯一在施工的车站是加通。我每天都去那里，没有我的授权，他们谁也不能雇。"

鲍德温说："你难道没有考虑过，你的儿子和其他许多年轻人一样，已经乘船前往加利福尼亚的可能性吗？"

"我曾一度怀疑过，但你必须了解我的儿子：他是一个理想主义者，对金钱不感兴趣。相反，他曾多次与那些把我们的城市变成新版索多玛和蛾摩拉的淘金者们作对。他不止一次进了医院，是斯蒂芬斯夫人帮他缝合了伤口。"

斯蒂芬斯想："这就是他认识她的地方。"

沉默良久之后，艾兹普鲁亚走到每一位铁路工人面前，与他们握手道别。

"你真的没有时间来拜访我们吗？无论如何，你都必须在这里过夜。"

阿塞西奥·艾兹普鲁亚犹豫了一下。

"谢谢你，但我必须尽快返回巴拿马。我已被任命为副省长，由于省长在波哥大，我不想让政府部门再群龙无首了。顺便说一句，如果我能帮上什么忙，我愿意为你效劳。所有巴拿马人都非常希望铁路项目能够顺利完成。"

"我们正在讨论是否应该尽快开始铺设从首都到这里的铁路。你认为我们会遇到什么困难吗？"鲍德温问。

"除了下雨，没有。我想你们会等到旱季来临吧？"

"这就是我们的计划，不过我必须告诉你，我们已经不再害怕下雨了。你能告诉我们劳动力的供应情况吗？"

艾兹普鲁亚想了一会儿，最后说道："说得好，随着新酒店、酒馆和娱乐场所的建成，以及在这些地方工作的人们，巴拿马城有史以来第一次没有了失业者。我承认，坦率地说，我不知道哪个更好：是我们以前面临人口失业的困难，还是如今普遍存在的道德败坏和恶劣风气。回答你的问题，我想这完全取决于你准备付出多少代价。"

"这正是我们所担心的。淘金热让物价飞涨。"

"我在加通和曼萨尼约之间的路费花了10美元。此外，一个月前，一群船夫来到省长办公室，抱怨铁路破坏了他们的生计。"

斯蒂芬斯同意地说："不仅仅是船夫，他们现在已经把邦戈搬到加通去了。所有在查格雷斯和扬基查格雷斯经营旅店、赌场、仓库和其他生意的人都目睹了这些生意的消失，他们的投资也随之消失。这是人类不断重复的故事：一些人的进步就是另一些人的毁灭。"

艾兹普鲁亚说："毁灭会带来挫折和社会怨恨。我想，我们必须做好准备，迎接铁路竣工的那一刻，骡夫会失去工作，而如今沿线繁荣的其他行业也将因此倒闭。"

斯蒂芬斯回答说："这正是一个好的政府应该做的：预见未来并制订长期计划。"

副省长回答说："自由派试图预测新国家的未来，并做好面对未来的准备，而保守派却固守过去，坚持认为一切都不应改变。最糟糕的是，在新格拉纳达，我们不是文明地讨论分歧，而是致力于在毫无结果的内战中互相残杀。但是，我不是来这里谈哲学的。感谢你的宝贵时间。"

斯蒂芬斯说："我们祝你寻子成功。"

"谢谢你，并再次向斯蒂芬斯夫人致意。"

艾兹普鲁亚一出办公室的门，鲍德温就发表了评论：

"这孩子太不幸了。艾兹普鲁亚看起来是个好人。"

"他对国家大事很感兴趣。"斯蒂芬斯说，"他说的一切都是真的。"

"这不是我们的问题，"托滕指出，"我们是来修建铁路的，而不是来对后果瞻前顾后的。"

当晚晚餐时，约翰向伊丽莎白讲述了艾兹普鲁亚的来访及其对他儿子失踪的担忧。

"他让我向你问好。很明显，他很喜欢你。"

"虽然他很害羞，但我觉得他是在向我示好。和我一样，他也是刚丧偶不久。也许他认为环境会让我们走到一起，阿塞西奥是个好人。虽然他儿子阿尔贝托总是给他惹麻烦。"

"他似乎和阿耳戈人有过冲突。"

伊丽莎白摇了摇头。

"不止这些。我在医院给他治过几次病，这孩子精神不正常，憎恨一切让他想起淘金热的东西。是他在找阿耳戈人的麻烦。"

"如果是这样，他们杀了他，让他的尸体消失也就不奇

349

怪了。"

"可怜的阿塞西奥。"

12月14日，达连人团伙再次发动袭击。在曼萨尼约和加通之间的半路上，他们冲上火车，逼迫工程师停下火车头，进入车厢抢光乘客的财物。乘客们奋起反抗，在混战中，14名乘客和两名袭击者被打死。虽然匪徒从乘客身上抢到的东西很少，但他们还是设法拿到了公司用来支付工人工资的钱。

彼得·埃斯基尔森和胡里安·萨莫拉那天正好在车上，胡里安·萨莫拉自从救了他的老板一命后，从一名普通员工变成了公司的少数合伙人之一。他们听到第一声枪响，感觉到火车停了下来，就知道有人要抢劫了。他们挥舞着手枪，从最后一节车厢下来，躲在车轮后面，开始向正在抢劫其他车厢的歹徒射击。其余的乘客也纷纷效仿，半小时后，歹徒们撤走了，但没有打到最后两节车厢。

一切结束后，秘鲁人评论说："你似乎吸引了他们，老板。"

"我就担心会发生这样的事情，"埃斯基尔森说，"我警告过鲍德温，但他们没有采取足够的措施来保护火车。我们今晚要回曼萨尼约再和他们谈谈。你注意到那个美洲虎了吗？"

"是的，就是那个戴红色领巾的，对吗？"

"没错，但这不是上次的那个。这个皮肤更白，更年轻，骑马也不熟练。"

"也许有好几个呢？"

"也许吧，但还是很奇怪。"

第二天，在曼萨尼约，斯蒂芬斯、托滕和鲍德温开会讨论突袭的细节。

"很明显，达连人掌握了公司携带款项的准确信息，以及藏钱马车的确切位置，"托滕沮丧地评论道，"一切都表明，他们杀死的第一个人就是带钱的护卫，这就是他们的主要目标。"

"这证实了劫匪到处都有线人，"斯蒂芬斯观察道，"那么……范·怀克带来的游骑兵叫什么名字？"

"兰道夫·朗内尔斯。"托滕回答道。

"是的，朗内尔斯，他怎么样？"

"我只好再次自我介绍，因为他假装不认识我，虽然我后来意识到他这样做是为了保护自己的身份。他已经被公认为纳尔逊在骡子生意上的合伙人之一。据他说，他的线人网络比达连人的线人网络更有效，他在识别犯罪分子方面取得了很大进展。"

"但愿如此，"斯蒂芬斯说，"这次对铁路的突袭，他对我们毫无帮助。我能想象范德比尔特听到这个消息时的喜悦心情。"

这时，他们被告知埃斯基尔森有一个紧急消息要告诉他们。

"请他马上进来。"托滕说。

片刻之后，彼得·埃斯基尔森和胡里安·萨莫拉走进了小办公室。

"彼得，"鲍德温问候道，"什么风把你吹来了？"

埃斯基尔森自从第一次被达连人袭击后，左腿就一直一瘸一拐的，他和铁路建设者一一握手，萨莫拉也握了手。

"我想你们应该听说了火车被袭击的事情吧？"埃斯基尔森问道。

"你怎么这么快就听说了？你当时在加通吗？"

"不，胡里安和我在火车上。"

"又来了？"托滕难以置信地问。

"没错。胡里安说是我引诱了劫匪。重要的是我又看到了他们的行动，我想和你们带来的警卫谈谈这件事。"

铁路上的人交换了惊恐的眼神。

"你什么意思，彼得？"鲍德温最后说。

"第一次袭击后，我在罗梅罗医生家疗养时，铁路公司的两位先生来看过我。他们说，他们的工作是确保线路的安全和瓦解达连人团伙。其中一位，也就是名字最奇怪的那位，我再也没有见过。另一个名叫朗内尔斯，自称是纳尔逊的搭档，因此也是我的竞争对手，我在沿途的一些镇子里见过他几次。从我和他的谈话中，我了解到那个骑骡子的家伙什么都不知道，这也证实了我第一次见到他时的猜测：那家伙是被你带到这里来抓美洲虎和干掉达连人的。那天晚上，我告诉他我认出了其中一个袭击者，但几个月过去了，他却没有采取任何行动逮捕那个袭击者。"

"我不想干涉你们的工作，但这是我第二次被袭击了，现在我想我对美洲虎有了更多的了解，我认为有必要和朗内尔斯先生谈谈。"

"我们也是。"斯蒂芬斯说，他确信，欺骗北欧人是没有用的，"我相信，当他听到突袭的消息时，一定会和我们取得联系。如果没有，我们会派人去找他，一有消息我们就会通知你。接下来的几天你会去哪里？"

"我要去加通，我会在那里等。"

"我会陪他一起去。"托滕说，"现在，线路的安全是我的首要任务之一。"

当埃斯基尔森、萨莫拉和托滕到达加通时，兰道夫·朗内尔斯已经在城里谨慎地调查这次突袭的细节。会谈在"美国之家"酒店的北欧人办公室进行。朗内尔斯要求萨莫拉到酒吧去见他，并让萨莫拉公开告诉自己，埃斯基尔森和铁路经理想和他谈一笔生意。

"我很乐意和我的竞争对手谈谈，"他故意说得让所有人都听到，"他们在哪里？"

"他们在办公室里。"

朗内尔斯走到房间后面，悄悄地命令萨莫拉："你不要进去。你留在这里守着门，不要让任何人打扰我们。"

游骑兵打开办公室的门，大声问道："你想谈生意？"

"没错。"托滕装模作样地回答。

刚关上门，朗内尔斯的表情和语气就变了。

"我希望是重要的事情。无论是什么不谨慎的行为，都会危及我的任务，让我几个月的工作白费。美洲虎的线人无处不在，如果秘鲁人是其中之一，我也不会感到惊讶。"

"别夸大其词，朗内尔斯，萨莫拉不仅救了我的命，现在还是我的搭档和得力助手。"

"我一直觉得他这么快就来到袭击现场很可疑，我觉得他不是来救你的，而是来找你身上的钱的。"

"我知道你的任务要求你对每个人都保持怀疑，但你最好知道，在上次的袭击中，萨莫拉是个优秀的神枪手，他单枪匹马至少杀死了一个达连人。"

"那个秘鲁人在火车上吗？"游骑兵惊讶地问。

"是的，我们都在最后一节车厢，袭击者没过来。"

"这一切都很有趣，"托滕插话道，"但我认为我们应该继续讨论这次遭遇战产生的原因。朗内尔斯先生，对火车的袭击将对我们活动的开展造成巨大的损害。我们不仅不能允许这种事情再次发生，而且必须采取紧急措施，确保使用地峡路线的旅客感到受到保护。"

"你说的是要公开消息吗？"朗内尔斯明显带着嘲讽问道。

"范德比尔特准将肯定会把这个消息到处传扬的。我向你保证，一旦他听到铁路被袭击的消息，他就会大肆宣传，夸大其词。你能告诉我们任务的最新进展吗？"

朗内尔斯抬头看了看天花板，把手放在太阳穴上，眯起眼睛，低声说道："我的任务不仅仅是抓捕罪犯。如果你想知道我在抓捕达连人方面是否取得了进展，我的回答是肯定的。我已经接近最后一击了。"

"最后一击？"埃斯基尔森问。

"或者至少是最后一击。"

"你甚至还没有抓'掘金者山洞'酒馆的老板和'美国之家'酒店的服务员。"北欧人责备道。

"当然不是，通过跟踪他们，我的探子几乎认出了所有的团伙成员。"

"几乎全部？"

"我还是不确定美洲虎的身份，一开始我以为是奥哈拉，但他既没智慧也没纪律，什么都领导不了。"

"我想跟你谈的是美洲虎，在第一次袭击中带队的人和在袭击火车时发号施令的人不是同一个人。"

朗内尔斯一脸惊讶。

"你确定吗？"

"当然，当然。第一个美洲虎是个高个子、黑皮肤的男人，骑术很好。前天的美洲虎是个相当矮小的白人，骑术很差。"

朗内尔斯的目光再次迷失在虚空中。

"千面人会挡住你的去路，让你的任务变得困难重重。"他最后嘟囔道。然后他补充道："这就能解释很多问题了，我的朋友。随着调查的深入，我开始怀疑'美洲虎'只是一个神话，一个为了恐吓当局和在黑道中树立领导地位而编造的传说。在调查中，我发现有三名帮派成员可能就是美洲虎。我现在可以肯定，这三个人都是。"朗内尔斯说着，突然放声大笑起来，"没有领袖，只有三巨头！先生们，我的研究已经完成。我需要两周时间准备最后一击。"

"你打算怎么做？"托滕想知道。

"你还记得我们第一次面谈吗？我要求自由之手，来结束这场瘟疫，在这条地狱之路，在这条贪得无厌的罪人之路上，真的，我告诉你……"朗内尔斯的声音提高了音调，他的眼睛再次盯着一个不确定的点，变得狂热起来，"神圣的复仇时刻，主的时刻，已经来临。天启的号角将吹响，栖息在人类苦难的无形河流中的怪物将消失，和平最终将从高处降临，为我们赎罪，就像在索多玛和蛾摩拉一样。"

"阿门！"托滕讽刺地回答道。

"阿门！"朗内尔斯仿佛恍然大悟地回答道，然后不辞而别。

托滕和埃斯基尔森面面相觑，既好笑又沮丧。

"这个人疯了，"北欧人生硬地说，"而且，他很危险。"

"但他是我们这边的疯子，目前处于危险中的是我们的敌人。从第一次面谈开始，他就宣布他在地峡的出现是上帝托付给他的使命，但推荐他的人都说，在追捕罪犯方面，从来没有比兰道夫·朗内尔斯更有效的警卫了。"

第四章 伊丽莎白·本顿的日记

1851年11月7日

在过去的三个月里，我感到我的生命正在消逝，我体内孕育的生命正在夺走我自己的生命。你，我的小约翰，要求我们明白，把一个新生命带到这个世界上的行为，除了是无尽欢乐的源泉之外，也是对自然和时间流逝的挑战，就好像在孕育你的过程中，约翰和我在扮演造物主。

但今天，我的内心已经平静下来，我一点一点地恢复了体力，我再次坐下来，在我们小屋的门口，看着河水流过，就像标志着我们存在的日子一样，河水不停地流淌，总是一样的，但总是在更新，河水不知道它们就是后来永远消失在大海中的河水。我再次拿起笔。

在我痛苦煎熬的几个月里，比起担心自己的健康，我更担心约翰的健康！尽管我恳求他回去工作，杰克和何塞菲娜会好好照顾我，但他坚持留在我身边，坚持把我根本吃不完的食物端到床上。我注意到，这是我第一次在日记中提到何塞菲娜。有时候，我们就是这样自私，忘记了那些卑微的人，忘记了那些日常生活中的人，忘记了那些与我们的生活并行不悖的人，没有意识到他们的存在，没有意识到他们和我们一样是有感情、有渴望、有恐惧的人。

一天下午，何塞菲娜陪着她的哥哥来到医院，她的哥哥是一名船夫，在查格雷斯当地人与从美国来查格雷斯的冒险家之间的多次战斗中中弹受伤。托滕医生还没来得及开展治疗，他就死了，杰克，老好人杰克，开始了安慰何塞菲娜的工作。当何塞菲娜说"我现在该怎么办？我哥哥是我在这个世界上的全部"时，他本能地告诉她留在新希望医院帮助病人。我想他从见到她的那一刻起就对她有了感觉。何塞菲娜回到查格雷斯埋葬了她的哥哥，但三周后她又出现在医院，从那以后她和杰克就再也没有分开过。我真为他感到高兴！何塞菲娜是个美丽的女人。虽然她不是黑人，勉强算得上黑白混血儿，但她和我亲爱的杰西长得实在太像了。这是杰克有胆量告诉我关于她的第一句话："我又找到了我的杰西。"我立刻明白这是真的，对他来说，何塞菲娜就是他仍然深爱着的杰西的转世。爱，我们的心中是否会有一个能够包容众生的爱呢？

11月10日

当我感觉身体恢复后，我强迫约翰重新加入铁路的工作，感谢上帝和乔治·劳，铁路运行平稳。现在，所有的乘客都在曼萨尼约下了车，只要有铁轨，就可以乘坐铁路。公司有了新的资金，一千多名工人正在工作。不幸的是，死亡继续无情地降临，这意味着托滕医生恐怖的尸体生意蒸蒸日上。这已经不仅仅是查格雷斯热、痢疾和霍乱的问题了。随着曼萨尼约的发展，这里的妓女越来越多，她们和工人一样，来自四面八方，她们中的大多数是当地的黑人或黑白混血儿，她们收的服务费最低。但也有北美人、法国人、意大利人、西班牙人和东方人，她们的价格更高。淫乱和不卫生导致了性病大流行，许多人来到医院寻求帮助。那些感染梅毒等最严重疾病的人几乎从未离开过医院，除非他们乘着托滕医生的木桶离开。

我重读了一遍刚才写下的文字，发现很难相信这些文字出自我的笔下。仿佛死亡的临近正在慢慢削弱我们的同情心……在这片充满疯狂和毁灭的土地上，已经没有什么是神圣的了。

11月26日

经过一番恳求，我说服了约翰带我去曼萨尼约。这个在沼泽地中间拔地而起的小镇真是一团糟。这里的建筑都是用粗糙的木头搭建而成，沿着一条街道矗立着，而这条街道就是一条泥潭。人们用木板行走，木板搭起来，拆下来，再搭起来，直到到达目的地。大部分建筑都是酒馆、赌场和旅馆，它们都建在高地上，与腐臭的海水、爬行动物和蜘蛛隔绝开来。看着街上——更确切地说，是沼泽地里——的女人们卖笑，感觉她们一直处于狂欢之中。当我表示失望和尴尬时，约翰提醒我，所有的边境小镇都是这样起步的。我想起了密苏里河畔的西港，我最后一次见到罗伯特就是在那里。这段记忆对我来说是多么遥远，仿佛是另一个人过着那样的生活。

为了证明他的乐观并非虚妄，约翰带我去了港口，向我展示了真正的进步迹象。码头很大，很现代化。一艘轮船刚刚抵达，乘客们兴高采烈地沿着长长的、有屋顶的码头向我们走来。另一边，工人们正在对一栋砖砌建筑进行收尾工作。"这是第一座持久性建筑。"他告诉我，"这将是未来阿斯平沃尔车站的所在地。""阿斯平沃尔？"我问。"是的，阿斯平沃尔。这是我们为曼萨尼约取的名字。这是致敬威廉，曼萨尼约的存在要归功于他的远见和努力。"我诙谐地表示怀疑，这样一个充满瘟疫、肮脏和无耻的温床是否值得向阿斯平沃尔这样的贤人致敬，并提醒他，美国人曾满怀激情地创建了查格雷斯，但这个小镇不到两年就面目全非了。他回答说："我就想过你会有这样的反应，所以我不想带你来，但你太固执了。"他乐观地补充道："我向你们保证，这里将会出现一座重要的城市，它的名字会让后代记住这位创建了这座城市的商人。"

11月30日

昨天，我们有幸接待了鲍德温的一次定期来访。在这个疯狂的世界上，如果有人真正地喜欢自己的工作，那这个人就是这位负责路线布局的奇特工程师。在内心深处，他是一个真正的世外高人，喜欢独自探索新的地方。约翰和我从他对风景、自然和人物如诗如画、独具匠心的描述中获得了极大的乐趣。鲍德温是一位细致入微的观察者，也是一位天生的讲故事者，他想说得更准确时，就会给我们朗读他随身携带的精装笔记本上的内容。他总是随身携带笔记本，上面记录了他所看到的一切有趣的事情。他在讲述淘金热引发的奇闻轶事时尤其滔滔不绝。他跟我们说，有人运来了20头骆驼，这些骆驼是某个疯子从阿拉伯沙漠运来的，用来替代骡子。"我看到了，简直不敢相信——骆驼出现在地峡上！这些可怜的骆驼只坚持了不到一个月。那些没有病倒的骆驼蹄子已经腐烂，它们习惯了干燥、灼热的沙子，无法忍受热带地区的潮湿。"他还谈到他遇到的另一位商人，这位商人把两吨冰块运到巴拿马。"他用盐裹着装冰块的麻袋，从波士顿穿越合恩角后，运到了巴拿马，运了整整三个月。你们可以想象当时引发了多少好奇、多少骚动！他向我保证，他的生意很好，因为尽管在航行途中，几乎一半的冰块都化成了水，但剩下的冰块卖给酒馆、酒店和赌场后，他还是赚了不少钱，这些地方不惜一切代价想要为他们的顾客提供冰块，给顾客带来惊喜。"不过，我们最喜欢听的还是朋友讲述的铁路沿线车站的故事。他热情洋溢地让我们和他一起重温他走过的每一步：他在突破红树林屏障时遇到的困难；他在寻找绕过爬行动物和野兽出没的深谷的道路时遇到的困难；他在确定穿越许多河流和溪流的最合适地点时遇到的困难，这些河流和溪流在流入大西洋之前汇入查格雷斯河。他从当地人那里收集沿线地名，当地人不知道这些地名是何时或如何产生的：狮子山[①]、阿俄卡拉加托、博伊奥–索尔达多[②]、弗里霍莱斯[③]、塔韦尼利亚[④]、巴瓦科阿。鲍德温将这些奇怪的地名写在地图上，然后将它们串成一条崎岖的线，这条线代表着铁路将来要走的路线。他用食指在地图上指了指路线，在巴瓦科阿停了下来，严肃地说："到达这里不会有太大问题，尤其是在经历了曼萨尼约和黑沼泽的困难之后。但在这里，在巴瓦科阿，我们必须跨越查格雷斯河，这需要我们建造一座600多英尺长的桥梁。这将是我们的下一个重大挑战。"

虽然鲍德温对路线进展的详细描述扣人心弦，但他从笔记本中摘录的对大自然的描述才是真正的诗。听着他的描述，我们不难想象当地人称之为巨嘴鸟的那些长着巨大喙、色彩鲜艳、飞行笨拙的鸟儿；那些光秃秃的树干上长着一簇簇非常绿的叶子、以巴拿马为名的巨大树木；那些种类繁多的蝴蝶，它们在空气中涂抹着前所未有的色彩和色调；还有貘、猫、懒猴、食蚁兽、陆蟹和其他奇怪的动物，这些都是工程师第一次发现，并进行了精湛的描述。

---

① 狮子山（Lion Hill），位于加通和博伊奥之间的小村庄，铁路营地，自1851年以来一直存在，它被铁路施工人员如此命名，是因为附近山上的猴子在夜晚发出咆哮声，起初被误认为是狮子吼声。

② 博伊奥–索尔达多（Bohío Soldado），意为"士兵之家"，现已被加通湖淹没。

③ 弗里霍莱斯（Frijoles），意为"豆子"，旧址已被加通湖淹没。

④ 塔韦尼利亚（Tabernilla），意为"小酒馆"，现已被加通湖淹没。

来访结束后，鲍德温收起笔记本，背上他的旧皮背包，再次迷失在丛林中。他温暖的歌声仍在我们中间回荡，为我们的聚会增添了欢快的音符。

12月23日

今天上午，我陪同约翰参加了大西洋铁路总站大楼的落成典礼。考虑到我已经处于孕晚期——据估计，小家伙已经在我肚子里待了将近8个月——约翰很不情愿带我去，但我想见乔治·劳的愿望比他的不情愿更强烈，乔治·劳专程赶来参加典礼。约翰同意了，条件是我不能和他分开，也不能让老橡树有任何失礼之处。我开玩笑说："我只想问问他，是否知道他买下海岸边所有土地的举动让公司损失了多少钱。"

这次活动比我预想的要隆重。除了该省的省长，还有一位代表新格拉纳达政府出席的绅士，他身材纤长，叫维多利亚诺·德·迭戈·帕雷德斯。当约翰把我介绍给他时，他鞠了一躬，亲吻了我的手，并告诉我，他是我丈夫的好朋友和仰慕者。他用流利的英语赞叹道："像他这样有远见的人是进步之轮的推动者！"他还说："这就是为什么我们要把这座城市命名为阿斯平沃尔，因为它今天迈出了走向伟大未来的第一步。"

在致辞时，帕雷德斯先生对阿斯平沃尔、约翰、劳以及所有以各种方式参与实现铁路这一伟大工程的人大加赞赏。他保证说，他是怀着真正的喜悦和感激之情如此命名阿斯平沃尔这座城市的，这座正在建立的城市，不久的将来将成为美洲乃至全世界的商业中心。约翰也不得不发表了简短的讲话，他巧妙地将西班牙语和英语结合起来，让我为他的口才和对两种语言的完美掌握感到骄傲。

但是，那令人难忘的一天的高潮无疑是我与老橡树劳的谈话。一见到他，我就知道这个绰号是多么贴切：乔治·劳是一个非常高大、结实的男人，尽管已经六十多岁了，但身体非常挺拔，五官粗犷，可能曾经是个美男子，一双深蓝色的眼睛与他的胡须和白发形成鲜明对比。他的嘴角总是挂着近乎孩子气的微笑，嘲讽和恶作剧交织在一起。我努力回想我们谈话的细节："我想见你很久了，劳先生。约翰跟我说了很多关于你的事。""我想他已经告诉你了。不过，他没有告诉我你的事，这实在是不应该。我想，拥有如此珍贵的宝藏，一定不想与任何人分享。如果这个宝藏里还有另一个宝藏，那就更不用说了。""你非常善良。在得知你让铁路公司，当然也让我丈夫的生活变得如此艰难之后，我的印象就不是这样了。""问题不在于我，亲爱的夫人，而在于威廉·阿斯平沃尔的固执己见，他不想让一个粗人和那些来自东部的杰出绅士坐在同一个董事会里。""其中当然有我的丈夫。""请允许我提出异议，夫人。你的丈夫和我一样，都是这群人中的局外人。信不信由你，我和你丈夫之间更有共同点。我来自一个贫穷而遥远的小岛，饱受惊涛骇浪的蹂躏。我相信勤劳、进步和正义，并有幸在这些领域开展了开创性的工作。你的丈夫，你比我更清楚，他是一位艺术家，是遥远、未知和古老土地的发现者，是一个独特的人，现在正在追寻一个幻梦。我们都是来帮助我们在纽约的那些神经紧张的合作伙伴的：我，迫使他们面对现实；斯蒂芬斯，为他们打开梦想之门。""你的口才打动了我，劳先生。""这对我来说很不寻常……我可以叫你伊丽莎白吗？当然，在你面前，我别无选择，只能用与你的美貌和智慧相称的词语。至于你说的给企业带来的困难，我必须承认，我有时很佩服我们共同的朋友阿斯平沃尔的固执。在这个鸟不拉屎的地方修建铁路，真是一项壮举。不过，你必须承认，如果不是我，这个小镇，部长所说的'美洲未来的商业中心'，将不复存在，阿斯平沃尔也不会看到他的名字被载入史册，成为他自己和他后代的骄傲。""我希望你能接受，你更重视的是金钱的利益。""无论好坏，亲爱的女士，金钱是转动世界的车轮。我只是帮助它转得更快一些。"这时，约翰走了过来，邀请老橡树到我们的小屋做客，继续我们愉快的谈话。"没有什么比这更让我高兴的了，"爱尔兰人温和地回答道，"但我还得走铁轨去最后一个车站……它叫什么名字？它叫什么名字——弗罗西莱斯？"约翰放声大笑。"弗里霍莱斯，乔治，弗里霍莱斯。"劳也笑了。"弗里霍莱斯。"他艰难地说。"虽然我赞成把快乐和工作结合起来，但现在我要继续工作了，这才是我来的目的。与你这位美丽的女士会面、交谈，我很快乐。我祝贺你，斯蒂芬斯，不仅因为你妻子的美貌，还因为你的勇气。在这个远离文明的地方怀孕生子并不容易。"

在回家的路上，我告诉约翰我发现老橡树劳的个性非常有魅力，我想约翰并不喜欢这样。"你又不必和他做生意。"他冷淡地回答道。

12月25日

这个圣诞节给我留下了难以磨灭的记忆。今天上午，鲍德温和托滕上校出现在小木屋里，随行的还有一位身着笔挺黑衣的男子。约翰告诉我："有人来访。"我从他和铁路工人交换的眼神中看出，他在等他们。"这位是浸礼会的赫雷米亚斯·洛克伍德牧师。"托滕介绍道。他非常谨慎地握了握我的手，又握了握约翰的手，低头看了看我的大肚子，说他很高兴我们决定将我们的感情更进一步。约翰注意到我的惊讶，只是笑了笑。

在小木屋的门口，伴着潺潺的河水，仪式在大自然的背景音乐中举行。托滕和鲍德温担任见证人，他们也来和我们一起庆祝救世主的降临。何塞菲娜为我戴上了她亲手做的新娘头纱，虽然不大，但很美丽，然后约翰和我交换了我们已经戴上的戒指、花环和誓言。至死不渝的誓言让我不由自主地颤抖起来，这让约翰更加用力地握住了我的手。洛克伍德牧师一祝福我们的结合，我就要求他对杰克、何塞菲娜一起重复这个仪式，这下其他人都惊讶了。他用低沉的声音宣布："我不反对为有色人种的结合举行圣礼。"我给新娘戴上了面纱，面纱的洁白更衬托出她美丽的五官，我们借出了戒指和花环，约翰和我担任伴郎伴娘，鲍德温和托滕担任证婚人。这对新婚夫妇还发誓，无论顺境逆境，疾病健康，都要相亲相爱，至死不渝。听到死亡这个不吉利的字眼，我再次感到不安，但由于我们都很关心杰克和何塞菲娜的幸福，没有人注意到这一点。牧师把我们的结婚证书递给了我们，并答应为杰克·福布斯和何塞菲娜·佩纳再写一份结婚证书，等托滕一回到阿斯平沃尔就交给他。我们端上何塞菲娜悄悄准备的食物和蛋糕，打开一瓶陈年香槟，在那个圣诞节的早晨，我们忘记了铁路、淘金热和死亡的如影随形。就连洛克伍德牧师也放下了他的克制，讲起了一些轶事，透露出他敏锐的幽默感。"如果我知道今天有这么多婚礼，我就会带上一个旅伴，因为这样我也可以跟她结婚了。"他在告别时风趣地说，"这样我们就不是两场婚礼，而是三场了。"

当我们独处时，我感谢约翰送我这么珍贵的礼物，同时提醒他，在我们的爱情中，正式的法律程序是不必要的。"我们之间不需要，但对即将出生的孩子来说也许需要。没有人能预料到等待他的世界会有什么样的要求。"小约翰仿佛明白了我的意思，他让我感受到了一种强烈的疼痛。"我想他会在今年年底前出生。"我低声对丈夫说。

1852年1月3日

四天前，那个在我体内悸动的怪物终于决定在这个世界上占有一席之地。她与新年一起到来，就像一个新时代、新希望的预兆。听到她的第一声啼哭，凝视着她布满皱纹的小脸，与约翰一起分享幸福，知道我们在人生舞台上的经历不会是短暂的，这些感觉和记忆将永远伴随着我们。就在我写下这些文字的时候，约翰刚刚从我的怀里抱走了他的女儿，他带着她在房间里走来走去，对着她"咯咯"地笑。

是的，给我们带来欢乐的不是小约翰，而是小伊丽莎白。虽然我们都渴望有个男孩，但现在我们发誓，我们更喜欢女孩。人们会爱上自己所认识、了解的人和事，这个小生命唤醒了我们的情感，只有当我们知道我们要对另一个生命负责时，我们才会明白。约翰对我说："你的美丽值得重现。"我回答说："你的聪明也是。"我们一致同意共同努力，确保伊丽莎白尽快有一个小弟弟陪伴。

托滕医生在我分娩过程中的表现让我确信，只有与人分享过深刻的经历，我们才能真正了解他们。

他是多么耐心和温柔地照顾我！当他终于把孩子放在我胸前时，那双圆溜溜、面无表情的眼睛里闪烁着泪花。此外，他还感谢我有幸让他帮忙把一个新生命带到这个世界上。尽管托滕医生有很多怪癖，但他不仅是一位好医生，更重要的是，他是一个优秀的人。

1月5日

当我正努力满足小伊丽莎白惊人的食欲时，约翰悄悄地走过来，把一些诗句放在我的腿上。

巨大的痛苦绽放
一声细啼，点亮微笑
甜蜜的疲惫
一个新的预兆
一种永恒的气息，不疾不徐地生根发芽。

成熟的巨大光芒
用阳光玫瑰点缀万物；脆弱的平静
翅膀的呢喃
不确定的道路，近乎痛苦。

荒谬的渴望，让时间停滞在极光之河
和平与爱的河流，以及无助的焦虑
知道总是
新芽渴望开花。

　　我爱你，约翰！我想，当命运，或者说是上天把你带到
我身边时，我在你身上发现的第一件事，就是偎依在你心中
的无限敏感。

第五章

午夜过后，服务员曼努埃尔离开"美国之家"，前往位于戈尔戈纳郊区的家。他穿过中央公园，走上一条小路。有时从云层中露出的半轮明月足以照亮他的路。他刚走进郊区，四个蒙面人从暗处走了出来，二话不说就打他的头，捆住他的手脚，堵住他的嘴，给他戴上头罩，然后像捆包袱一样把他抬上了马背。两个小时后，在"掘金者山洞"酒馆里，一个陌生人告诉蒂姆·奥哈拉，美洲虎想马上见他，有一项重要的工作。蒂姆喝得半醉，跟着信使来到公园边上的一栋房子。红发男子站在门前心想："我以前从来不敢来距离美洲虎这么近的地方。"他刚跨进门，同样的四个蒙面人就扑了上来，并采取了与对待服务生类似的手段。

1852年3月30日当晚，根据兰道夫·朗内尔斯的命令，美洲虎团伙共有14人在戈尔戈纳被抓获。与此同时，26名与达连人团伙有关联的人被逮捕：9人在阿斯平沃尔，3人在克鲁塞斯镇，2人在天堂镇，12人在巴拿马城。在这次精心安排的行动中，朗内尔斯调集了60名手下，这些人在过去几个月里一直在监视和记录每个嫌疑人的行踪。在接下来的五天里，囚犯们在夜幕的掩护下被带到天堂镇和首都之间的一个废弃的旧棚子里，这里曾经是一家锯木厂的仓库。在突袭抓捕和转移期间，这些倒霉的人只有面包和水，而且在上司的严令下，抓他们的人没有给他们任何解释。终于，在4月7日晚上，朗内尔斯出现了。许多被俘者温顺地呜咽着，其他人则大声请求宽恕，而最大胆的人则要求解释，想要起来报复。在一个多星期的吃喝拉撒后，他们甚至连衣服都来不及换，身上散发出阵阵恶臭，以至于朗内尔斯不得不站在上风向。

"安静！"得克萨斯警卫用他蹩脚的西班牙语喊道，"提醒你们，你们是来为你们的罪行付出代价的。你们将为自己的谋杀和抢劫行为接受法律的制裁。由于这里没有权威和秩序，我就是唯一的法律。"

朗内尔斯无视大家的抗议和后悔之声，再次要求大家保持沉默。

"当受害者乞求宽恕时，你们是否感到怜悯？你们是否被受害者的眼泪和鲜血所触动？"朗内尔斯每说一句话，声音都变得尖锐起来，"犯了罪就要承担后果，违反了上帝的律法也就要受到相应的惩罚。我在人间的使命就是惩罚他们，把他们送到下一个世界，让他们在地狱的烈焰中永远燃烧。这种惩罚将具有示范性，让那些看到他们尸体的人知道，犯罪是没有回报的。如果你们还有一点尊严，我建议你们用尊严来忏悔自己罪恶的一生。上帝的仁慈是无限的，也许你会从他那里得到我永远无法给予你的宽恕。"

死刑犯们呻吟着、咒骂着，只有一个人跟跟跄跄地站了起来，声嘶力竭地呼喊着：

"我没有看到那个满口诅咒的人的脸，但我敢肯定，他的脸更像魔鬼，而不是上帝。"

朗内尔斯做了个手势，阻止了一名手下扑向叛军。

"你父亲是个正直的人，我为他感到遗憾。你周围的其他恶棍都是人渣，但你比他们更卑鄙，因为尽管你来自一个基督徒家庭，但你却选择沉溺于邪恶之中。我判你的罪恶为普通罪犯的一千倍！"

"罪犯就是那些像你和你的党羽一样，成为可恶的冒险家帮凶的人，这些冒险家为了中饱私囊，肆意蹂躏我祖祖辈辈居住的城市。"

叛乱者的话音刚落，四周一片寂静。朗内尔斯因愤怒而面容扭曲，他走近那个敢于反抗他的人，猛地摘下此人的兜帽，并用狂怒的目光盯着此人，然后用平静的声音说："你看到的这张脸就是那个敢于反抗你的人的脸：你看到的这张脸是主的天使的脸……这将是你坠入地狱之前最后看到的一张脸。"

意识到这是他生命中的最后一幕，男孩用所剩无几的唾液向俘虏他的人吐了一口唾沫。朗内尔斯慢慢地擦了擦脸，从枪套里拿出左轮手枪，对准阿尔贝托·艾兹普鲁亚的心脏，毫不犹豫地开了枪。

听到爆鸣声，其他俘虏以为自己会被当场处决，哭喊、乞求和哀号声愈演愈烈。但兰道夫·朗内尔斯另有打算。

深夜里，少数教区居民还在享受着新鲜的海风，他们不知道这些人为什么要在夜深人静的时候，在拱廊街的人行道上匆忙搭建木结构的架子。清晨五点多，脚手架搭建完毕，两辆马车在八名骑马男子的簇拥下，沿着修女大街向城市南端驶去。马蹄声淹没了马车内传出的呻吟声，如果教堂里的修女们在这个时候听到了什么声音，她们会把这归咎于那些冒险家的古怪行为，两年多来，这些冒险家在这座城市里横行霸道，不断扰乱这座城市的安宁。

在拱廊街，亲自督建巨大脚手架的兰道夫·朗内尔斯焦躁不安地来回踱步。当肃穆的队伍终于到来时，太阳已经开始撕裂阴影。39个戴着头罩的人从马车上下来，被推到得克萨斯人等待的地方。在他身后，四十条绳索带着各自的套索在黎明的微风中摇曳。这些人被迫走上脚手架的三个台阶，每个人都被放在自己的套索前。

"艾兹普鲁亚的尸体在哪里？"朗内尔斯恼怒地问。

"我们把他留在车上了。"他的一个助手回答道。

"马上把他带过来，即使他死了，我们也要把他吊起来。"

早上六点钟，比朗内尔斯计划的时间晚了半个小时，因犯们的头巾被取下，绞索套在了他们的脖子上。恐慌瞬间压制住了哀号。只听见海水平稳地拍打着城墙，以及早起海鸥的尖叫声。朗内尔斯打破了这不祥的寂静，他向那些还有一分钟时间最后一次向上帝祈祷的不幸者喊道：

"如果你们还知道祈祷的话，是时候了。"他讽刺地补充道。

"我也是美国人，我不应该受到这样的对待！"蒂姆·奥哈拉突然尖叫起来，他那淡红色的胡须被口水和泪水浸湿了，泪水也开始打湿了他脖子上的粗绳。

朗内尔斯走近这位前水手，瞪着他。

"你是你祖国的耻辱。所有这些印第安人、黑人和混血儿可能别无选择，只能成为恶人，但上帝让你成为白人和美国人，你没有任何借口，你就是自甘堕落。如果可以，我会吊死你两次。"

朗内尔斯背对着奥哈拉，退到刽子手面前，用坚定的声音喊道："时间到了！"

在临时脚手架的最远处，一个人在等待信号，以启动杠杆，打开陷阱，让被处决者的尸体从打开的木板中坠落。得克萨斯游骑兵冷静地举起右臂。

"现在！"他一边喊着，一边猛地放下手。

第一次尝试时，40个陷阱中只有15个被打开。当死刑犯在死亡线上挣扎时，刽子手再次用力拉动杠杆，又有8个死刑犯开始了恐怖的舞蹈。刽子手又移动了几次杠杆，但最终仍有3名死刑犯站在陷阱上，简陋的装置对命令无动于衷。被激怒的朗内尔斯一脚将它们踢开。不到六分钟后，40具双手被反绑、头颅怪异地歪向一边的尸体在晨曦中摇曳。阿尔贝托·艾兹普鲁亚的尸体可以从他僵硬的脖子和心口处沾在衬衫上的深色污渍辨认出来。

私刑结束后，朗内尔斯的手下在城里四处散开，散发传单，上面写着：

通知

今天，1852年4月8日凌晨，正义得到了伸张，这伙亡命之徒名叫达连人，他们违反了上帝和人类的法律，在铁路沿线抢劫、偷窃和谋杀同胞。企图重蹈覆辙的人都将遭受和他们同样的命运。

兰道夫·朗内尔斯

消息在圣费利佩和郊区的大街小巷不胫而走，谣言和不幸在小社区的传播速度之快令人吃惊。没过多久，教区居民们越聚越多，他们惊恐地望着得克萨斯警卫在镇上最舒适的拱廊街上搭建的临时脚手架，上面挂着摇摇晃晃的40多具尸体。

"这是怎么了？"

"这是魔鬼的杰作……"

"都是当局的错，他们在镇压犯罪方面无所作为……"

"难道他们就这样把他们晾在那里？"

"可怜的魔鬼……"

"左边那个，看起来像不像副省长艾兹普鲁亚的儿子？"

"圣母玛利亚啊！"

中午时分，当秃鹫们开始围成一圈飞舞时，省长、副省长、市政委员会主席和警察局局长来到了现场。阿塞西奥·艾兹普鲁亚没过多久就认出了儿子的尸体，愤怒和羞愧交织在一起，让他不可抑制地颤抖起来。最后，他声嘶力竭地喊道，泪水夺眶而出：

"这是什么疯子？这是哪门子正义？一个不受欢迎的外国人凭什么来这里杀害我们的孩子？谁能相信阿尔贝托是一个不法团伙的成员？朗内尔斯是唯一的凶手，他必须付出代价！"

就在艾兹普鲁亚继续咒骂的时候，省长下达了命令，要求尽快把尸体运下来，用基督教的方式安葬。大教堂的神父费尔明·约瓦内完成了为被处决者灵魂的第一次祈祷，并主动提出亲自负责停尸仪式。

当天上午，自愿剪断绳索的志愿者不得不用手帕蒙住脸。其中一人说："闻起来不是死尸的味道，而是屎尿的味道。"失望之余，秃鹫们只好栖息在遮蔽长廊的树枝上，无奈地看着多汁的美味从它们手中溜走。

这次私刑震惊了整个圣费利佩社区和郊区，尽管当局匆忙拆除了绞刑架并掩埋了尸体，但仍无法阻止那些侥幸目睹了这一恐怖场面的人传播消息，并添加他们自己的细节和夸张的说法。悲剧性的一天结束时，传言说被处死的不是40人，而是80人，而且在郊区，人们传说阿尔贝托·艾兹普鲁亚并不是唯一一个沦为牺牲品的名门子弟。当局在教会的协助下，匆忙让尸体消失，就是证明。

然而两天后，《星报与先驱报》在一份特刊中澄清说，共有40人被绞死。报道还说，毫无疑问，由于铁路公司雇来维持公共秩序的人犯下了严重而不公正的错误，被处死的人中有一位巴拿马名门望族的后裔，并指出，这位不幸的年轻人的尸体是唯一胸部有枪伤的，这表明他比其他人死得早，而且是在与其他人不同的情况下死去的。大篇幅报道最后说，可靠消息来源保证，省长巴托洛梅·卡尔沃在得知行刑消息后，曾向兰道夫·朗内尔斯先生提出决斗挑战，从而重申，没人能将正义掌握在自己手中。

尽管报纸上的大量报道如实地反映了所发生的一切，但在决斗方面却报道得不够，因为除了省长之外，阿塞西奥·艾兹普鲁亚为了洗刷侮辱，也向这个得克萨斯警卫派出了中间人，发起了决斗。然而，处决之后，兰道夫·朗内尔斯杳无音信，他可能不知道艾兹普鲁亚指派的中间人正在急切地寻找他，目的是通知他有人想与他决斗，有人仍等待着洗刷耻辱。副省长从未开过枪，但从悲剧发生的那天起，他总是随身携带一把旧手枪，以应对可能发生的遭遇。他不断重复着："我一看到他，就会杀了他……或者他会杀了我。"

私刑的消息通过彼得·埃斯基尔森之口传到了阿斯平沃尔镇，埃斯基尔森毫不掩饰自己的喜悦之情，对朗内尔斯的行动大加赞赏。约翰·斯蒂芬斯一拿到《星报与先驱报》，证实了北欧人所说事情的真实性，就召集托滕和鲍德温开了紧急会议。

托滕毫不客气地说："这家伙是不是疯了？我没想到他会走到这一步。"

斯蒂芬斯说："事情的经过确实令人震惊。可怜的艾兹普鲁亚就这样失去了儿子。"

"报纸上说朗内尔斯在为我们工作，"鲍德温忧心忡忡地说，"这就好比说是铁路公司下令实施私刑一样。"

"鲍德温说得对，有必要澄清一下。"

"或者至少告知当局我们与处决无关。"托滕补充道。

"我认为我们应该更进一步。我们不能被巴拿马人讨厌，尤其是现在我们已经开始铺设巴拿马城和克鲁塞斯之间的铁路。"

"我并不是想为朗内尔斯的野蛮行径开脱。"托滕稍稍平静了一些，"但我们不要忽视一个事实，那就是巴拿马人也对达连人的罪行感到厌烦。《星报与先驱报》的同一版报道了这一事件，并回顾了当局在实施和维持法律秩序方面的失败。"

鲍德温抗议说："但在这里和得克萨斯州，私刑都是一种犯罪。而新格拉纳达的当局不可能维持秩序，因为每周都有一千多名肆无忌惮的冒险家途经巴拿马前往金矿。我向你保证，在加利福尼亚，情况一定也是如此混乱。"

谈话结束时，铁路人员一致同意，除了向当局和巴拿马人表明铁路公司与朗内尔斯的行为毫无关系之外，他们还将召集得克萨斯人，对他的行为加以限制。

但是，朗内尔斯似乎已经人间蒸发了。事件发生一个月后，各种传言开始甚嚣尘上：达连人团伙的一些幸存者口口相传着他的情况；他被当局的反应吓坏了，决定返回美国；

任务成功后，范德比尔特准将给了他更多的钱，让他清除尼加拉瓜路线上的匪徒……

事实是，暴力浪潮似乎已经停止。除了几起影响不大的孤立事件外，旅客们穿越地峡前往加利福尼亚，或满载黄金从矿区返回，再也不用担心遭到抢劫，铁路在前进的道路上没有遇到更多的挫折，除了自然荒野拒绝向科技进步屈服，在前进道路上设置的障碍。

铁轨已经到达巴瓦科阿，铁路工人们正在研究修建查格雷斯河上长桥的最佳方法，这时，新的盗匪活动又开始在这条线路上出现。克鲁塞斯郊外的一个骡群遭到袭击，两名骡夫被杀；三天后，戈尔戈纳的一家酒吧遭到袭击，赌徒们的钱被抢走；第二天晚上，在"美国之家"酒店，一名旅客在自己的房间里被抢劫并被杀害。然而，最严重的事件发生在一周后的博伊奥-索尔达多，当时铁路公司的财务主管约翰·麦克格林被抢走了三千美元，并被残忍地刺伤。麦克格林临死前指认袭击他的人是托马斯·科普兰，此人是一个冒险家。在过去的两个月里，阿斯平沃尔的居民中开始流传他的传言，说他是一个流浪汉和打架斗殴者。然后，兰道夫·朗内尔斯又出现了。

在阿斯平沃尔主街尽头的"最后一杯"酒吧里，科普兰成了妓女和酒鬼们关注的焦点，他们假装饶有兴趣地听这位前牛仔讲述他在美国边疆的经历。

"在我离开美国之前，"科普兰吹嘘道，"我是得克萨斯州最厉害的警察。什么小偷、偷盗者或杀人犯都逃不过我的法眼。我来这里是为了向铁路公司提供服务，但正如你们所见，我决定先享受一下假期。酒保，给我的朋友们再来一杯！"

科普兰慷慨陈词，妙语连珠，引来阵阵叫好声、笑声和粗俗的议论声。到了傍晚五点钟，科普兰已经开始出现醉酒的迹象。就在这时，喧闹声中传来了朗内尔斯高亢的声音。

"托马斯·科普兰，你被捕了。"

紧挨着朗内尔斯的是胡里安·萨莫拉和另外两个人，其中一个是赤脚的黑人男子。他们都拿着锯短的猎枪。

科普兰慢慢地站了起来，露出了腰间的手枪，带着一丝轻蔑地问道："你是什么人？你们凭什么逮捕我？"

"我是兰道夫·朗内尔斯，今天我代表这座城市的人类和上帝的法律。"

听到这个可怕的名字，科普兰周围的人都退到了屋子后面。看到只有自己一个人，歹徒改变了态度。

"你想对我做什么？"

"绞死你，因为你犯了罪，包括谋杀约翰·麦克格林。"

当朗内尔斯及其两个手下扑倒科普兰，把他的双手反绑在背后，并把他推出酒馆时，科普兰的腿已经开始发软了。一群酒鬼和冒险家紧随其后，在中央大街的泥泞中大喊大叫，溅起一片片水花。

托滕上校正在查看当天的账目，他从办公室的窗户向外张望，想看看发生了什么骚乱。透过瓢泼大雨，他看到了朗内尔斯的身影，便立刻抓起斗篷，加入了骚乱的人群，并在一个街区外追上了朗内尔斯。

"朗内尔斯，又怎么了？"托滕咕哝道。

"托滕上校，好久不见。"朗内尔斯彬彬有礼地说。

"我们找你已经一个多月了，你的搭档纳尔逊没告诉你吗？"托滕责备道。

"没有，我没见过纳尔逊，"游骑兵冷冷地回答道。就在他们说话的时候，他们来到了铁路站场。

"你还没告诉我要做什么。"托滕坚持说。

"我要绞死这个罪犯，完成你交给我的任务。"

"没有人让你自行执法！"托滕低声说。

"如果你还记得我们的谈话，我要求的是行动自由。"

"而不是私刑。"

朗内尔斯停住脚步，盯着托滕。

"上校，在我处决了达连人之后，铁路上的抢劫和谋杀就停止了。但仍有一些单枪匹马的罪犯，比如这个卑鄙小人，他杀了好几个人，其中包括你们公司的一名员工。当'杀人偿命'的消息传开后，这个小镇和沿途的其他地方都会变得更加安全。旅行者可以乘坐你们的火车，你们公司的三千名工人也可以安心铺设铁轨，这就是我受雇的目的，我一直在履行我的职责，现在，让我行动吧！"

托滕忍住了，什么也没说。

当他们走到院子尽头时，朗内尔斯的手下放开了科普兰，科普兰跪倒在地，开始求饶。人群仿佛听到了什么信号，开始高喊着要绞死这个杀人犯。

朗内尔斯满意地说："你看，托滕，是人民在呼唤正义。"

"别把这群赌徒、冒险家、妓女和人民混为一谈，朗内尔斯。"托滕背对着他回答道。

"他们就是你要为之修建铁路的人。他们不是人民，但他们会是你的顾客。"托滕边走边说。他又咬了咬舌头。

游骑兵走到铁路公司用来卸船的巨型蒸汽起重机旁，接过萨莫拉递给他的带绳套的绳子，把它扔到巨型起重机的臂膀上。他两次都没有成功，当他最终成功时，人群后面响起了一片叫好声。然后他转向操作员，操作员坐在吊臂上，目瞪口呆地看着这一幕。

"当我发出信号时，启动机器。"

然后，他命令手下将科普兰从地上抬起，自己则给科普兰套上绞索，在这个可怜虫的脖子上打了个结，这个可怜虫此时正在号叫着求饶。

"他有三十秒的时间向造物主自首，不过我想他的仁慈不会到那个地步。"

人群开始呐喊："一、二、三……二十、二十一……二十五、二十六……"

当他们数到三十时，节奏和音调都慢了下来，最后只能听到呻吟声和祈祷声。死刑犯语无伦次地说道："主啊……圣母玛利亚啊，我们的天父……"

直到最后他发出了撕心裂肺的哭喊声："我不想死！"

朗内尔斯毫不畏惧，下令启动起重机。操作员服从命令，机器开始冒出哧哧的蒸汽，长臂抬起，科普兰的身体就像木偶一样，在长臂的一端开始了死亡之舞。

20秒钟后，一切都结束了。在起重机的顶端，死刑犯的躯体摇摇晃晃，缓慢地左右摆动。远处，白昼的最后一抹夕阳即将落下。

得克萨斯州警卫的新举措再次震惊了巴拿马省当局，他们坚持认为，他们不会允许一个无情的外国人继续篡夺公共职能，恢复《圣经》中的以眼还眼、以牙还牙。然而，省长和地峡的居民们都知道，这些都只是说说而已，也许是为了维护当局的尊严，虽然这个得克萨斯人的行为令人憎恶，而且与地峡人的传统和习俗格格不入，但至少有助于在淘金热造成的混乱中维持一些秩序。阿塞西奥·艾兹普鲁亚听说朗内尔斯再次出现的消息后，立刻在腰间别上那把老式手枪，再次走在小镇的街道上。但这位警卫又消失了，他不知道阿尔贝托·艾兹普鲁亚的父亲正在找他，要杀了他。

斯蒂芬斯和托滕在向董事会提交的定期报告中强调，他们对范·怀克董事雇用警卫打击不法分子的手段感到恐惧。不过，他们也承认，犯罪浪潮似乎受到了控制，工作进展令人满意。"在大西洋一侧，我们已经把铁路修到了巴瓦科阿，在那里需要修建一座相当大的桥来横跨查格雷斯河。我们希望他们能够接受休斯报告中提出的建议，用能够承受河水冲刷的铁桥取代木桥。"

第六章 伊丽莎白·本顿·斯蒂芬斯的日记

3月15日

在过去的两个月里，小伊丽莎白让我无暇顾及这些笔记。何塞菲娜和杰克帮我做家务，但我在给她喂奶、梳理头发和哄她睡觉之后，就没有什么时间写作了。她马上就要三个月大了，但仍然像刚出生时一样，什么都做不了。我一直在仔细观察小屋周围的动物，发现它们的后代比人类成长得快。只有雏鸟会在窝里待上很长一段时间，它们赤身裸体，张开嘴巴，叽叽喳喳地叫着，完全依赖母鸟给它们带来的温暖和食物。直到它们羽翼丰满，展翅高飞。就像我的小女儿一样。这里出现了另一个本质区别。离开母亲后，动物们就永远离开了，也许有一天雄性会挑战自己的父亲，争夺群体的霸主地位。而人类，即使与父母分居或不和，也始终保持着亲情。虽然听起来很可笑，但我认为动物并不知道它们有祖父母，不像我们会继续尊重和爱护父母的祖先。就我而言，父亲有了外孙女以后，发生了奇迹般的变化，自从我把小伊丽莎白出生的消息告诉父亲后，我收到了他的两封信。这两封信都不是写给我的，而是写给她的，但无论如何，在他的思考和建议中，都有了一丝亲情的味道。

我知道这有点让人反感，但小家伙的到来让我不得不思考以前没有注意到的事情。晚上，当约翰处理完事务回来时，我试着和他讨论这些事情。他面带微笑，略带哲理地把女儿抱在怀里，在她耳边轻声细语，直到她睡着，然后把她放到小床上。之后，他告诉我铁路的情况、他遭遇的挫折，他想要尽快完成工作、回到文明世界的愿望。他希望让小伊丽莎白在一个健康的环境中成长。我没有告诉她，我们的小木屋，鲍德温给我们的美丽家园，我们如此悉心照料的家园，现在已经不再是庇护我们爱情的巢穴，在我看来，它是一个时刻被危险包围的地方，是我们的女儿无忧无虑成长的障碍。我保持沉默是因为我在约翰身上看到了逃离这里的渴望，他和我一样想离开，甚至他更想离开。

4月4日

今天早上，在离开两个月之后，鲍德温又出现了。他打招呼说："我来见见小家伙。"当他凝视着睡在小床上的她时，我从他的表情中感受到了一种陌生的怀旧情绪。"总有一天，你会有自己的孩子。"我说。他没有笑，而是苦笑着问我约翰的情况。我回答说："他不久前和杰克出去打柴了。"我们坐在门廊上，看着河水静静地流淌。我们谈起了这里的美景，谈起了我对困扰我们的不安全感和害虫的苦恼，还谈起了我的决定——最后一根铁轨铺设完毕之时，我就返回美国。鲍德温说："恐怕还得等上几年。""几年？几年是多少年？"我烦躁地问。这时约翰和杰克满载着木柴回来了。"我看你星期天也要工作。"鲍德温开玩笑说。"这不是工作，只是履行我的家庭责任。"我丈夫回答道，然后他们拥抱在一起。我很想听听现场工程师关于工程进度的报告，便坐下来听。

据鲍德温说，他们现在面临的最严重的问题是董事会决定用木材代替铁来建造沿线的桥梁。"他们不仅想省钱，还想省时间。虽然众所周知，在这种环境下，木材在几个月内就会老化，但他们的理由是，工程完工就能给铁路公司带来足够的资源，将所有木质结构更换为铁质结构。"约翰解释说，这正是阿斯平沃尔在上一封信中告诉他的，阿斯平沃尔在信中还回顾说，休斯上校报告中的建议正在被采纳。鲍德温恼怒地评论道："这份报告除了使一切变得复杂和拖延之外，什么也没做。有172条河流或溪流需要用桥梁或涵洞来跨越。用木头临时搭建的策略可以用在较小的桥梁上，但像我们正在查格雷斯河上搭建的桥梁，其结构从一开始就必须是铁制的。我担心我们在那里修建木桥会造成灾难，造成长时间的延误。"我又重复了一遍问题："那么什么时候才能完工呢，詹姆斯？"鲍德温回答说，他不能肯定，但在他看来，第一辆火车头从这一端开到另一端至少还需要两年时间。"我们正顺利地从巴拿马开往克鲁塞斯山顶，这一段将在一年内完工。然而，巴瓦科阿和克鲁塞斯之间的剩余路段虽然较短，但由于查格雷斯河的流向和陡峭的地形，情况要复杂得多。为了加快施工进度，我们计划雇用7000名工人，来自世界各地。我最后一次从托滕那里听到的消息是，霍兰德与阿斯平沃尔公司的一艘船将从东方运来1000多名中国人。"我忍不住问自己："如果7000个不幸的人成为疾病、蛇和鳄鱼袭击的受害者，他们将在哪里得到照顾？尽管托滕医生尽了最大努力，新希望医院已经不堪重负了。死者又将在哪里埋葬呢？"沉默片刻后，鲍德温解释说，在太平洋的塔沃加岛上正在修建一座大型医院，沿途的每个车站都会有医务室。我的丈夫则特意提醒我，阿斯平沃尔的决定总是充满了公平和怜悯的味道。鲍德温最后说："毫无疑问，随着工人数量的增加，生病和死亡的人数也会增加。但是，我们正在努力至少为他们提供住房和食物，以及他们生病时所需的护理。"接下来的谈话围绕着得克萨斯人朗内尔斯为杜绝路上的犯罪行为所采取的残酷有效的方法展开。鲍德温不无讽刺地推论道："也就是说，消灭了有罪不罚现象，也就消灭了犯罪。"我很高兴听到约翰说，没有什么能证明私刑是正当的，因为罪人最终都会被正义制裁的。

午餐结束后，我离开去照顾小伊丽莎白，铁路建设者们则继续在门口交谈。我最后一次向外看时，他们都在安详地打瞌睡。

4月12日

我最可怕的噩梦成真了。三天前，小伊丽莎白发烧醒来。她不吃奶，喝了一点水又马上吐出来。我毫不犹豫地让约翰带我们去首都。中午时分，我们先来到新希望医院。托滕医生做了简单的检查后，试图让我振作起来，向我保证，孩子都会生病，而且他认为小伊丽莎白的病不是查格雷斯热。在巴瓦科阿，我们换乘了胡里安·萨莫拉亲自驾驶的骡车，第二天一早，我们就穿过了城墙。

我们直接去找伊卡萨医生，他穿着睡衣就来接我们了。经过检查，他得出诊断，小伊丽莎白是因为咽喉感染而发烧，并没有沼泽热或霍乱的症状。他建议我继续给她补充水分并尝试母乳喂养，还让我放心，第二天带她去圣约翰医院做进一步检查。

感谢上帝，今天小伊丽莎白已经渡过了难关，又一次津津有味地吮吸母乳。但我的痛苦仍未平息，这段经历让我更加确信，为了保护我的女儿，我必须尽快带她离开地峡这个充满疾病的地方。约翰明白这一点，我们已经开始计划搬到华盛顿。他会和我们一起去见我父亲，我父亲每封信中都要求见见外孙女，约翰也将借此机会会见阿斯平沃尔和公司的其他董事。他曾一度想辞去总裁职务，全身心地投入养育孩子的家庭生活中，但我说服了他，他有责任回来继续领导这个项目，直到项目完成。

4月17日

在巴拿马城短暂停留期间，我们住在威廉·纳尔逊的家里，他现在是这座城市生活中非常重要的人物。他决定谁能去加利福尼亚，谁留下来等另一艘船，他位于公园前的办公室被急于知道何时轮到自己的阿耳戈人包围着。不用我开口，他就告诉我，克利夫兰·福布斯船长继续在英国和纽约之间的航线上航行，麦肯农仍然是"加利福尼亚"号的大副。"他最近驶往旧金山。他还是一如既往的热心肠，仍在努力说服克利夫兰回到他的老船上指挥。"纳尔逊的话再次激起了我的负罪感，我以为我已经克服了这种负罪感。愧疚，首先是愧疚给幻想插上了翅膀，愧疚忽视了感情是多么脆弱。

虽然这座城市更加井然有序，但外国人（主要是北美人，他们在前往黄金之地的途中在这里中转）的影响却越来越明显。街上说英语的人比说西班牙语的人多，唯一定期发行的报纸仍然是《星报与先驱报》，几乎所有的旅馆、餐馆、食堂和赌场都冠以外国名字。虽然与我交谈过的巴拿马人都承认，旅行者的涌入给他们带来了意想不到的经济收益，但从他们的言语中，就像从他们的沉默中一样，很容易发现他们对任何能让他们想起我的国家的东西都深恶痛绝。外国人一律被贬称为"北方佬"，他们把城市里发生的一切坏事都归咎于外国人。被剥夺了财产的人这样表达自己的想法是很自然的，但从非常杰出的伊卡萨医生口中听到这种说法，这就令人不安了。

在返回阿斯平沃尔之前，我请约翰陪我去见阿塞西奥·艾兹普鲁亚。他在省长大楼一间简陋的办公室里接待了我们。我的上帝啊，可怜的人！他消瘦了许多，衣着寒酸，语调机械，目光空洞无神。告别前，他向我们坦言，最痛苦的事情是，他还没能恢复家族的荣誉。"这个罪犯不仅仅杀害我的儿子，玷污家族的名誉，他躲藏起来，不给我开枪的机会。"约翰和我保持沉默，他继续自言自语："大家都认为挑战职业枪手是一种自杀行为，也许他们是对的。但我相信总有办法的，无论结果如何，都不会比不光彩的现实和不确定性更糟。"当我们起身离开时，他用愤怒和责备的语气问约翰："一家所谓严肃的公司怎么可能雇用这样一个杀人犯？"我紧紧握住约翰的手，恳求他的理解。"这还不够，这还不够。"当我们匆匆离开艾兹普鲁亚的办公室时，他又重复了一遍。

　　在加通山通往希望山的路上，小伊丽莎白在我怀里安然入睡，我意识到在这样的地形下修建铁路是多么巨大的工程。从车窗望出去，沼泽和丛林尽收眼底，我感觉我们会被丛林一口吞没，或者会沉入腐臭的河水中，无影无踪。每当马车缓缓驶过众多桥梁中的一座，木制脚手架就会发出呻吟声，似乎在乞求减轻重量。这时，我想到了将在巴瓦科阿建造的横跨查格雷斯河的长桥，并让约翰答应坚持要求董事们接受托滕和鲍德温的建议，将木制框架改为铁制。

4月30日

明天，"伊利诺伊"号将驶往纽约，我与约翰和小伊丽莎白一起登船。两个星期后，我将到达华盛顿，在我父亲的房子里安顿下来，而我的丈夫将回来继续与疾病和自然做斗争。他努力让自己看起来开朗些，但我太了解他了，他的眼睛里有太多的悲伤！

今天下午，我来到门廊上，最后一次看着河面上的影子睡着了，而庇护着鲍德温小屋的大树穹顶上还有光亮。鹦鹉们比往常更加肆无忌惮，似乎在齐声斥责我离家出走。突然间，万籁俱寂，大自然也在沉思吗？夜幕慢慢降临，我身后的窗户中亮了灯。小屋内，杰克和何塞菲娜的身影来来往往，为晚餐做着最后的收尾工作。很快，约翰就会出现，我们会坐在桌边吃饭，讨论今天发生的事情，现在，我们的小姑娘已经会微笑了，她的小成就让我们的生活充满了乐趣。从明天起，一切都将改变。我将回到仿佛是上辈子居住的大城市，回到父亲坚实安全的家，我的女儿将在那里无忧无虑地成长。我生命中的这一个阶段，其中的梦想和情感永远不会再重演了，这个阶段已经结束。就应该这样，我想。今天的首要任务是小伊丽莎白的幸福。我去偷看她的小床，她睡得很香，天真无邪，对任何危险和担忧都视而不见。她看起来很健康，我强迫自己回忆起在她生病期间我所遭受的可怕痛苦，我反复对自己说，带她离开这里是唯一合理的决定。此外，约翰也同意……但他真的同意吗？我给过他选择吗？他做出了巨大的牺牲，他告诉我，他将关闭小屋，去阿斯平沃尔和托滕一起生活，这对他来说就等于关闭了所有幸福的蛛丝马迹。他试图让我放心，他向我保证，甚至在孩子出生之前，他就想过把小女儿接到美国去。"记住，我们是为她而活。"这是他最喜欢说的一句话。但事实并非如此，约翰，我们也是为自己而活。这就是我们幸福的真谛，也是小伊丽莎白幸福的真谛。我以前怎么没发现呢？把你一个人留在这里，也就等于让你离开了她，离开了我自己。如果我不在的时候你出了什么事，我永远都不会原谅自己的，小女孩也不会原谅我的。我们住在河边的小木屋里，周围充满了危险、疾病和不确定性，但我们在一起，永远在一起，这就是我们所爱的人面对命运的方式。

5月1日

昨晚，约翰和我发生了第一次大争吵。他进来问旅行安排得怎么样了，我回答说，经过深思熟虑，并与小伊丽莎白商量后，我们决定留下来。他以为我在开玩笑，勉强笑了笑。"我们不会走的，约翰。我是认真的。"我坚持说。然后，我第一次看到了他的愤怒。"你疯了吗？你带着孩子移居美国，这个决定是我们慎重考虑过的，我认为，这对你和孩子都是最好的。此外，我还要前往纽约，防止查格雷斯河大桥的建设出现严重失误。为什么现在要改变计划呢？你们在这里生活很危险，如果她再次生病怎么办？如果你这个不可理喻的决定导致她感染查格雷斯热病并死亡，你会做何感想？"我等他稍微平静下来，当他终于坐下来时，我坐在他身边，握住他的一只手，试着跟他讲道理。"从我决定要在你身边度过余生的那一刻起，我就知道我们要走的路不会一帆风顺。但我将我的生命与你的生命结合在一起，与你的努力结合在一起，去完成一项几乎不可能完成的工作。这就是为什么。记得吗？我违背了你的意愿，去医院帮忙。当然，小伊丽莎白的病让我感到害怕，但她也是我们的一部分，是我们梦想的一部分，是我们胜利的一部分，也是我们失败的一部分。作为母亲和妻子，我的直觉告诉我，我们必须团结在一起，因为只有这样，我们才能面对和克服困难，肯定会有很多困难。是的，约翰，在这些地方生活确实比较危险，小伊丽莎白可能会生病，可能会死亡。你我也会有这个可能。但真正重要的是，如果发生任何事情，我们都会在她身边，相互支持。就像几周前一样，如果你的职责要求你去纽约，就去吧，我们会等你回到这间小屋，这里是我们唯一真正的家。"沉默了许久，约翰站了起来，走到婴儿床前，欣喜地望着她，然后抱住我，激动地说："谢谢你，伊丽莎白。我保证我们永远不会分开。我会让托滕去纽约的。"

没错，约翰。我们永远不会分开。

第七章

　　"海巫"号扬起满帆，迅速滑过巴拿马城，然后停泊在佩里科岛附近，仿佛在向人们展示她传奇般的美丽。早些时候，威廉·纳尔逊在当地人中放出消息，这艘漂亮的快船将于当天下午抵达巴拿马城。拱廊街上挤满了来自圣费利佩和郊区的人们，其中还夹杂着许多阿耳戈人，他们等待这艘船的到来已经好几个星期了，这艘船将把他们带到向往已久的加利福尼亚。

　　好奇的人们问："它是一艘非常漂亮、时尚的船，但为什么叫这个名字呢？"其中一个镇上的聪明人很认真地解释说，"海巫"这个名字是船厂工人起的，他们保证自己所说的是真的——在造船的时候，每天早上都会有一个身穿白衣的女人的身影出现在船头，一旦发觉有人在盯着自己，她就会马上消失。随后，话题转移到了"海巫"号造访地峡的原因上，另一个人同样肯定地解释说，随着蒸汽轮船的出现，"海巫"号的辉煌时代已经过去，霍兰德与阿斯平沃尔公司决定让"海巫"号不再走东部航线，让它在最后的岁月里帮助运送途经巴拿马前往加利福尼亚的大批冒险家。

只有威廉·纳尔逊知道这艘快船不寻常地航行到巴拿马的真正原因，当船抛锚时，他驾驶一艘划艇从右舷靠近。尽管纳尔逊身材魁梧，但他已经习惯了这种工作，他毫不费力地爬上梯子，一上船就热情地与船长握手。

"一切都还好吧？"他问道，并嗅了嗅空气，讽刺地补充道，"我是说，除了有臭味以外？"

"一切都好，"船长有点尴尬地回答，"你不会指望我们在没有卫生设施的情况下，带着满满一舱中国人航行三个月，船上还能散发着玫瑰花的香味吧？"

"当然不是，船长。你们一共要载多少乘客？"

"453名华工，我们只死了5个人。考虑到他们被关了那么久，其他的情况都还不错，剩下的800名华工将乘坐'东方女皇'号过来，不到一周就能到了。你打算怎么把他们运上岸？"

"就像那艘船运我过来一样，没别的法子。"

"你有多少艘船？"

"一共20艘，我想你可以给我添几艘。"

"你可以弄走我船上的15艘，但我建议我们等'东方女皇'号到达后，再把剩下的人一起送到你那里，让这些劳工都收拾好自己，吃好喝好。"

"一个星期？铁路公司已经等了一个月，但我同意你的意见，最好是把他们一起运走。"

4天后，"东方女皇"号载着其他中国人抵达了。1852年10月的一个早晨，巴拿马人入神地看着近800名劳工排着长队在中央大街上行进。他们穿着同样的蓝色粗布长袍，头戴同样的宽边锥形草帽，脚蹬同样的黑色布鞋，脚穿同样的白色长袜。最令围观者感到好笑的是，他们的辫子一直垂到腰间。他们低着头，双手插在宽大的袖子里，迈着短促的步伐，几乎是趿拉着鞋，悄无声息地行进着。在城墙外，离公共市场很近的地方，铁路公司把纳尔逊的、朗内尔斯的、乌尔塔多与埃斯基尔森运输公司的所有骡子都集中了起来，把新来的工人运到克鲁塞斯。

5个月前，巴拿马铁路公司董事会在纽约召开了一次特别会议，处理几项需要紧急决策的事项。议程上的第一个也是最重要的一个项目是审议托滕上校的最新请求，该请求也由斯蒂芬斯总裁签署，即用铁桥取代计划中的查格雷斯河上的木桥结构。此事最严重的一点是，托滕在信中警告董事们，如果不接受他们的请求，他将无法对工程的安全负责，这将迫使他将自己的职位交由董事会处置。威廉·阿斯平沃尔很快支持了托滕的请求，他指出，除了工地的总工程师外，公司总裁本人也建议修改计划。但董事们不愿意把大桥的造价提高三倍，更不愿意把完工时间拖延几个月，这个项目已经开始产生效益了。董事们争吵得都丧失了耐心，这时老橡树劳发言，提出了一个他认为可以解决两难问题的建议。

"托滕上校肯定不愿意用木材修桥。我们也知道，他和代表我们所有人的斯蒂芬斯一样，都有必要留在巴拿马。我的建议是，我们把托滕提升为总监理，雇用一个不仅能按照休斯上校的计划建造木桥，而且有经验加快工作进度的人。"

"这个人是谁？"森特副董事长问道。

"工程师迈纳·斯托里。据我所知，今天在这个国家，或者在其他国家，他在铁路、公路和桥梁建设方面最负盛名。"

"年轻的神童。"阿斯平沃尔评论道。

"只是比我们年轻，威廉。如果我没记错的话，斯托里现在应该四十多岁了。他为我工作过几次，他的效率和组织能力令人印象深刻。"

"就是说你没有起诉过他？"森特问道。包括老橡树在内的所有人都开怀大笑起来。

当乔治·劳的提议获得批准，让他与斯托里达成满意的解决方案时，他们还在大笑。

接着，他们又讨论了雇用更多工人的必要性，他们宣读了托滕的另一封来信，要求至少再雇用1000名工人。托滕在信中写道："如果我们真的想加快工程进度，我们至少需要7000名长期工。我建议讨论一下，我们可不可以雇用中国人，虽然他们看起来体弱多病，但我确信他们是优秀的工人。"

"中国人？"劳问，"从地球另一端引进中国人？"

霍雷肖·艾伦回答说："托滕就是这么建议的。应威廉的要求，我对此事进行了调研，尽管路途遥远，运输成本高昂，但中国劳工比我们目前招募的劳工便宜。我们并不直接雇用苦力，而是从广州雇了一个劳工中介，负责招募真正想来美国寻找新天地的中国人。中介向每个苦力支付每月25美元的工资，每天不到1美元。唯一的条件是，我们必须为他们提供他们古老文化中的食物和其他必需的草药：大米、牡蛎干、生鱼、豆类、咸菜、茶叶、鸦片……"

"这与殖民时代英国人在佐治亚州和弗吉尼亚州推行的奴隶制度有什么区别！"阿斯平沃尔喊道，"恐怕这不合我国法律。"

"我们的法律不允许，但中国的法律允许。"艾伦回答说，"不管怎样，法律问题都是广州劳工中介的事。"

阿斯平沃尔坚持说："到目前为止，我们在雇用工人方面一直很遵守法律。我可不想给自己抹黑。"

"你又来了，威廉，你又来了，想一个人改变全世界。你难道没有想过，这可能是那些可怜虫摆脱苦难的唯一机会。"

"劳说得对，"艾伦说，"比起高工资，中国劳工更想出国。"

阿斯平沃尔最后说："我服从大多数人的意见。我希望我们不会有后悔的一天。"

阿斯平沃尔的信，传达了任命工程师迈纳·斯托里为工程总监以及提升托滕上校为总监理的消息，在新承包商预计抵达地峡的日期的前一周，这封信到了约翰·斯蒂芬斯手中。威廉在信中解释了董事会大多数成员的理由，尽管他本人并不同意，并要求斯蒂芬斯尽最大努力支持斯托里。公司总裁立即去找托滕，托滕当时正在码头检查第三台机车的试运行情况，总裁没有多说什么，只是把董事们的决定告诉了托滕。

"我想这是一种委婉的说法，意思是不再需要我的服务了。"

"我不这么认为，乔治。你知道斯托里吗？"

"我们这行的人都知道他，他是个年轻的神童，毕业于全国最好的大学，以认真和能干著称。我很惊讶，如果他真像他们说的那样有那么多成就，他居然同意搬到地峡来做这个工程。"

"横贯地峡的铁路工程已经名扬天下了，也许他还想增加他在热带地区工作的经验。"

"这正是我担心的：他对这些荒凉地区的丛林、沼泽、雨水或河流毫无经验，这地方都被上帝遗忘了。他们要怎么安排鲍德温？"

"阿斯平沃尔的信中没有提到他，所以他将继续负责轨道设计。他什么时候从太平洋地区回来？"

"我真的不知道，我想他现在正在寻找库莱布拉镇和天堂之间的最佳路线。他不会支持董事会的决定的。"

一周后，迈纳·斯托里乘坐"佐治亚"号抵达阿斯平沃尔。他有四名比他年轻的工程师助手。斯蒂芬斯和托滕去码头迎接他，他们发现斯托里是一个中等身材、金发、浅色眼睛、胡须修剪整齐的年轻人。虽然他努力做出友好的态度，但很明显，斯托里的一切，他的言谈举止、他的态度、他经常夸张地使用技术术语，这些都显示出他受过良好教育，并且习惯于指挥别人，让别人服从。他的每一次发言都得到了助手们的赞同。一到办公室，他就坚持要立即向托滕通报他的任命理由、工作计划，强调两人应当通力合作。

"你们应该把我看作是来继续你们工程的人，"这位年轻的工程师居高临下地说道，语气一点不和蔼可亲，"我的方法，也就是今天大学里教授的方法，可能和你的不一样，但我们的目标是一致的：完成这个重大项目，让我们作为工程师和美国人感到自豪，让雇用我们的股东能得到最物美价廉的成果。"

"说得好！"助手们附和道。

上校只是说他会尽力合作。采访结束后，沮丧的托滕对斯蒂芬斯发表了评论：

"我一点也不喜欢他这样。这家伙没有幕僚，却有一帮随从专门向他献殷勤。他们就差给他鼓掌了。"

斯托里和他的手下从抵达那天起就开始工作。在办公室里，他们翻阅并整理了图纸和控制表，甚至重新摆放了家具。然后，他们来到储藏仓库，指示如何搬迁材料和设备。在机车场，斯托里安排了额外的轨道和转盘，以方便机车和车厢的移动和返回。一些员工向托滕寻求指示，所以托滕得知了正在发生的一切，这促使托滕召集阿斯平沃尔的所有员工开会，介绍斯托里，并告诉他们他将成为总主管，新来的工程师和他的团队将负责日常工程。会议结束后，斯托里走到托滕身边，低声说："上校，你说得太好了，但上校，你应该警告他们，不遵守我的指示的人都会被开除。生活经验告诉我，无论做什么事情，纪律都是关键。"

托滕久久地凝视着他年轻的同事，决定是时候说清楚了。

"跟我到办公室去，斯托里。我们需要谈谈。"

观察到这位年轻的工程师正准备叫他的手下，托滕拉住他的胳膊，用一种不容置疑的语气说："你一个人。"

一进办公室，托滕就让恼羞成怒的斯托里坐到办公桌后面的椅子上，自己则坐在对面。

"从昨天开始，我就对一些事情耿耿于怀，如果我不跟你说，我会良心不安。我首先要告诉你，你说如果工人不服从你的指示，就打算开除工人，但是，他们来这里不仅仅是为了工资。他们是一群人中的一员，像斯蒂芬斯，像鲍德温，像我一样，他们相信，必须不惜一切代价建造铁路，请注意。"

"我之所以用'相信'这个动词，是因为这些人的行为中充满了信念，一种近乎宗教的态度，这让他们能忍受在地峡上生活的长期危险，忍受着甚至在医学书籍上都没有记载而且还无法治愈的疾病。你知道有多少人死于查格雷斯热吗？根据我的计算，已经有两千多人了。别以为只有劳工才会死。我见过像你这样的工程师染病去世的，他们都年纪轻轻、前程似锦的，还有医生、会计师、教师和护士。这样的例子不胜枚举。所以可以肯定，如果你解雇了某个人，你就很难再找到人替代他们，工程就更难完工了。但完不了工也好，因为你们可以回归自己的家庭，忘记在这里生活的噩梦。你当然不知道在热带地区工作是什么滋味，就像我来卡塔赫纳修建迪克运河之前一样。我可以向你们保证，地球上没有比我们修建铁路的这个地方更荒凉、更多疾病肆虐、更有害的地方了。这里可以连着下九个月的雨，还有三个月几乎天天下雨。雨水伴随着雷暴，雷暴引发的闪电也会带来死亡和毁灭。整个沿海地区就是一个大沼泽，里面栖息着最凶猛的鳄鱼、最致命的蛇、蚊子和最贪婪的恙虫。在沼泽之外，我们不得不面对茂密到连阳光都无法穿透的丛林。我们无法确定河水的流量，因为河水的流量会随着上游降雨量的多少而变化。我再说一遍，斯托里，你从未见过像这里这样的雨。别的地方的雨没有那么多，也不会下那么久，这里就好像有一条河，有时上帝会把河引到这里来，请记住，铁路要跨越172条河流和小溪，其中查格雷斯河的流量最大。现在让我来告诉你，你打算用木头建造的桥梁会有什么问题。问题不在于木桥有多长，也不在于火车有多重。我知道有更长的木桥可以支撑更重的火车。我的朋友，最大的问题是河流。我见过连续两天下雨后，河水上涨了30多英尺的情况。当地人向我保证，他们看到过更大的涨水。在这种情况下，无论木结构建筑能承受多大的重量，它都撑不住。这就是为什么我坚持要建一座铁桥，这不是心血来潮。我也不想花更多的钱，也不想不必要地延长施工时间。但我确信，如果要在查格雷斯河上修建铁路，就不能修建木桥。"

托滕的最后一句话气势惊人，这引起了长时间的沉默。

"谢谢你说得这么清楚，"斯托里最后从椅子上站起来说，"我们明天七点钟在这里碰头，走一走铁轨。"

第二天七点零二分，铁路工人们乘坐一辆机车离开了阿斯平沃尔，后面跟着四节车厢和一节平车。虽然托滕建议，用一节车厢就够了，但斯托里还是想在类似于轨道建成后的运行条件下测试机车的性能。

托滕坚持说："我们知道机车性能怎么样。我们每周都会派一列火车去巴瓦科阿，车上坐满了冒险家。"

"但是没有一个乘客会去观察火车头和列车其他部分的性能，不是吗？"这是斯托里的回答。

第一站是到希望山探望医院并接斯蒂芬斯。在短短的旅途中，斯托里从一个窗口走到对面的窗口，从那里走到机车，然后走到最后一节车厢，他的助手们总是跟在他的后面，他向助手们口述他的观察结果和指示，助手们马上认真地写在一个绿色封面的大笔记本上。到达希望山后，斯蒂芬斯一上车，斯托里就指示火车立即继续前进。

"但你不想去医院看看吗？"托滕问道。

"我既不想作为铁路建设者去，也不想作为病人去！"斯托里感叹道，这句俏皮话引起了助手们的哄堂大笑。"我想说的是，"他居高临下地推辞道，"照顾病人并不是我的直接职责。我请求你们将其作为自己的职责之一。"

托滕和斯蒂芬斯面面相觑，一言不发。

在他们到达明迪河之前，暴雨下了起来。斯托里第一次遇到热带暴雨，他对此非常感兴趣，加倍努力地观察着这一切。他来回踱步，经过机车，走到最后一节车厢，在后栏杆处站了很久，观察着身后的景色。他注意到，在接近明迪河时，火车头的速度减慢了：

"上校，为什么要改变运行速度？如果线路修建得很好，就没有理由这样做，无论是在桥梁上，还是在其他任何地方，也许只有在非常急的弯道上需要减速，无论如何，这是一个糟糕的设计。"

"只是为了以防万一，工程师，"上校无奈地回答，"你很清楚，桥梁结构是临时用木材建造的。在我们换上持久性的铁制结构之前，工程师们只能下令放慢速度，以避免额外的震动。我提醒你们，除了车身的重量外，震动也……"

"上校，请你不要再教训我了。在大学里，这些桥梁的物理知识我都学过。"

托滕没有理会这位年轻工程师的得意忘形，他再次与斯蒂芬斯交换了一下眼神，然后只是含蓄地讽刺道："我会努力记住，你在大学课堂上学到的东西，是我在野外工作中学不到的。"

车队离开了明迪、阿俄卡拉加托、博伊奥-索尔达多、弗里霍莱斯和塔韦尼利亚等车站，于下午两点抵达巴瓦科阿。在整个旅途中，斯托里和他的部下都遵循着同样的程序，绿色笔记本上的数据和建议也越来越多，其中一项建议是为不同的车站寻找更合适的名称。托滕解释说,这些名字是地峡历史上一直沿用的,为了便于当地人理解,应该保留这些名字,但事实证明他的解释毫无用处。

"我的一位助手非常熟悉西班牙语,他告诉我这些名字根本没有连贯的含义。"

"这里的人每天都吃豆子,Barbacoa是一种烹饪豆子的方法。"托滕用几乎听不见的声音嘟囔着,但还是引起了斯蒂芬斯的一阵笑声。

他们在巴瓦科阿下了火车后,斯托里完全顾不上吃午饭,径直去看了建桥的选址。他站在河岸顶端,用一种挑衅的姿态,第一次凝视着这条已经成为他对手的河流。他计算出河床的宽度为300英尺,河坡的高度为100英尺,并观察到河水拖着原木、石头和泥浆汹涌而下,他想知道这场连绵不断的大雨造成的洪水估计有多大。托滕叫来一位担任助手的当地人,问他这个问题。

"大约15英尺。雨势还不大。"

听到专家口中的翻译,斯托里恼火地转向托滕。

"难道他们没有更科学的方法来计算河流的流量吗?难道我们只能依靠一个当地人毫无根据的经验估计吗?"

"你很快就会意识到,这里的很多事情都要依靠世世代代生活在这里的人的经验。我不知道有什么科学方法,可以计算查格雷斯河在今天这样的暴雨之后会上涨多少。请记住,导致我们看到的水位上涨的雨水并不是落在这里的雨水,而是落在上游山上的雨水,河水就是从那里上涨的。"

"走着瞧吧。"斯托里说。

在回来的路上，这位年轻的工程师忙着查看笔记本上的记录，并与助手们讨论。他对黑沼泽、丛林、降雨、炎热、查格雷斯河、蚊虫叮咬和恙虫仿佛毫不在意。

出发10天后，斯托里召集托滕上校和约翰·斯蒂芬斯开会，令他们惊讶的是，他的随行人员一个也没有出席。他一如既往地恳切地告诉他们，他已经就大桥的材质问题做出了最终决定。

"根据总监理的建议和施工队收集的实地数据，我们对设计进行了一些修改，你们可以看到用红色标出的修改：斜坡用一层石块和砂浆加固，并加高了12英尺；桥墩的支撑也用同样的方法加固；下部结构的框架增加了一倍；路面宽度增加了4英尺。"

托滕仔细查看了新设计后问道：

"在新的计算中，你估计查格雷斯河的最高水位是多少？"

"30英尺，比休斯预计的高出12英尺。"

"这还不够。"

"我们研究了河道的宽度、河水的流速、降雨量，我们认为是这样的。我们原先估计是25英尺，但为了保护铁路，我们增加到了30英尺。"

"为了工程的顺利进行，我祝你们好运，并请允许我再提出一个建议。"

斯托里等待托滕继续说下去。

"最近，大约有800名中国劳工来到轨道上工作。我正考虑让他们来修桥，因为他们身材并不高大，体重较轻，可以在高处灵活移动，这是其他工人所不具备的特质。"

　　"中国人？"

　　斯托里的表情中流露出难以置信，甚至有一丝嘲笑。

　　"800名中国劳工，是的，长官。他们现在可能在库莱布拉铺设通往巴拿马的铁轨。但是，相信我，他们非常适合修建你们的桥。"

　　"我们的桥，上校。"

　　"你的桥，工程师，我得提醒你，我的桥得用铁造。"

第八章

　　自从詹姆斯·鲍德温开始在小木屋这里做客以来，约翰和伊丽莎白第一次看到他灰心丧气。他的幽默感，他讲述大自然秘密的热情，他面对铁路工作挑战时的传统乐观主义，都消失了，取而代之的是一种彻头彻尾的悲观态度。

　　到达小木屋的当晚，他在吃饭时说："我对迈纳·斯托里没有任何怨恨。他想做的事是错的，但他在履行职责。我非常反感的是董事会的态度。他们做出了这么大的牺牲，又如此忠诚，怎么可能这样对待托滕上校呢？阿斯平沃尔那著名的沉着冷静到哪里去了？"

　　"我提醒你，"斯蒂芬斯打断道，"威廉不同意董事会大多数人的决定，但他不能独断专行。"

　　"但其实他可以这么做！"鲍德温愤慨地喊道，"阿斯平沃尔是这个项目无可争议的领导者。"

　　"但他和老橡树做了交易，这很无可奈何，以前他一直是绝对领导人，但现在，老橡树是个聪明人，对一些董事很有影响力。"

"无论如何，我向上校递交了辞呈，因为我不想眼睁睁看着桥塌掉，但他不接受，要我回太平洋区待几个月，直到巴瓦科阿的工程完工。"

"我也不会接受的，詹姆斯。我们三个人是一个团队，不管我们愿不愿意，完成工作的责任都在我们肩上。"

"好了，不谈桥梁和铁路了，"伊丽莎白插话道，"打开那本笔记本，告诉我们在过去的两个月里，有哪些事情引起了你的注意。"

"我很乐意这样做，但首先让我预言一下，河水第一次大涨时，大桥就会垮塌。由于河床的弧度，水头在目前正在筑堤的地方流速最大。因此，我不仅建议用铁筑堤，而且建议在下游50米处筑堤，即使那边的河床宽度稍宽一些。他们没有听我的，因为好像现在最重要的，是节省资金和时间，以便最大限度地利用投资。"

斯蒂芬斯评论说："而且要抢在尼加拉瓜航线之前通车。别忘了这一点。不过，正如伊丽莎白所说，关于桥梁的话题就到此为止吧。告诉我们，你还发现了哪些有趣的事情？"

"我不需要笔记本，因为在过去的几个月里，我发现的最有趣的东西并不属于自然界。你听说过中国劳工的到来吗？"

"约翰告诉我的，大约是800人，不是吗？"

"没错，确切地说，是756人。我想告诉你的是，两星期前，我第一次看到他们工作。这些家伙像一支庞大的军团，用团队合作克服了单个人体力不足的缺点，就像一台完美同步的机器，各个部件齐头并进。他们告诉我，起初其他工人，尤其是体重和蛮力都是他们两倍的爱尔兰人，都取笑他们，但爱尔兰人很快就意识到，苦力们钉钢轨和枕木的效率更高，这正是因为他们没有过分夸耀个人的力量，而是相互支持。负责巴瓦科阿和戈尔戈纳之间工程的工头告诉我，其他工人每铺设100米铁轨，中国劳工就能铺设150米。

"我从没见过中国劳工，他们是什么样的？"伊丽莎白听得入迷，问道。

"就像我告诉过你的，他们个子不高，穿着一种蓝色的袍子，非常宽大，他们戴着大草帽，帽子后面有一条长长的辫子，一直垂到腰部，他们还穿着特制的凉鞋。他们工作时不说话，步伐一致。他们效率很高，斯托里在上校的建议下，指派其中的200人从事桥梁结构的工作。他们在大桥之间灵活穿梭，就像在飞一样，令人钦佩。"

鲍德温沉默了一会儿。

"他们看起来就像一群蓝色的蝴蝶。"他最后说。

"你的比喻总是回归自然。"伊丽莎白笑着说。

"说到这座桥，施工进展如何？"斯蒂芬斯问。

"进展很快。我上次去是3天前，它的桁架几乎和斜坡一样高了。我必须承认，这是一个漂亮的建筑，斯托里是一个出色的管理者。他每天早上第一个到工地，下午最后一个离开。"

"他打算什么时候完工？"

"上次我和他谈话时，他带着天生的傲慢告诉我，1月2日，第一辆火车头将驶过大桥，你、托滕和我将受邀参加庆祝活动。"

查格雷斯河上的大桥比斯托里预定的通车日期提前两周完工，这在很大程度上要归功于苦力们的高效率。这座桥的结构和谐而坚固，它从河床边的堤坝上拔地而起，呈椭圆形弧线上升，直到距离路面的最后支撑点五米处才合龙。在安装最后一根横梁的前几天，下了一场大雨，河水上涨了15英尺多，但没有造成任何后果。在通车前的几天里，为了测试工程的承载力，斯托里先用一辆人力轨道车，然后用两节相向出发，在中间交汇的车厢，再用一节机车，最后用一列完整的火车（有四节车厢，走了两站）。让他们感到非常满意和自豪的是，这个结构承受住了负荷，只是在膨胀时发出了几声木头特有的吱嘎声。

伟大的一天到来了，在大桥的北端，在为通车那一刻搭建的遮阳篷下，斯托里及其助手、斯蒂芬斯、伊丽莎白、托滕、鲍德温、公司工头以及代表工地上不同种族的约50名工人聚集在一起。在这群人中间，苦力们穿着蓝色，格外显眼。从首都赶来的有省长、市长、军队首领、天主教会代表、其他小官僚以及《星报与先驱报》的一名记者。

仪式开始时，神父费尔明·约瓦内为大桥祈福，在洒圣水之前，他简要强调了大桥对地峡和世界发展的重要性。随后，省长、市长和斯蒂芬斯也发表了讲话。公司总裁话音刚落，远处就传来了火车头的汽笛声，冒着滚滚浓烟，后面跟着几节车厢。火车不紧不慢地穿过大桥，在距离庆祝场地几米远的地方停了下来。在宾客们的掌声中，工程师象征性地走下机车，将一个变速杆递给了斯托里。年轻的工程师激动地发言，感谢来宾们的光临，感谢每一位工人的热心贡献，使大桥得以在创纪录的时间内建成。他的演讲既冷静又雄辩，最后承诺在1853年年底之前，第一条跨洋铁路将把阿斯平沃尔和巴拿马城两座城市连接起来。他的讲话引来更多的掌声和欢呼声，然后大家一起为成功干杯，共享丰盛的午餐。

在一张桌子上，约翰·斯蒂芬斯、伊丽莎白、托滕上校和詹姆斯·鲍德温正在交流彼此对通车仪式的印象。

"非常……激动人心的仪式。"

"……斯托里把每个细节都安排得很好，你得承认他是个高效的管理者。"

"……也是个出色的工程师，没有谁只用木头就建起这样一座桥。"

"……速度也不可能这么快。"

"……可惜它要倒了。"

最后一句话出自鲍德温之口，引起了一阵沉默，最后还是伊丽莎白打破了沉默。

"结构看起来非常坚固，河水甚至没有打湿山坡。"

"但河水以后会的，"托滕说，"而且不仅仅是打湿山坡。雨季才刚刚开始，虽然我感觉云层里还有很多水。也许在接下来的三个月里，这座桥还支撑得住，但迟早有一天，当雨季来临时，查格雷斯河会暴发一场世界末日般的洪水，然后灾难就会降临。"

"真可怕！"伊丽莎白惊呼道，"我希望那时没有火车运行。"

斯蒂芬斯说："这不用我们担心，因为如果下雨超过24小时，我就会命令火车停运。"

大桥通车一周后的1月9日，阿斯平沃尔开始下雨。起初只是小雨，是典型的季节性小雨，但到了中午，从大西洋逼近的乌云密布，迫使巴拿马铁路公司办公室在黑暗中点燃了灯。到了下午两点，雨越下越大，到了晚上七点，阿斯平沃尔的高地都快被水淹没了。在托滕的陪同下，斯蒂芬斯顶着没过膝盖的积水，步行到车站，下令暂停火车服务，直到雨停。没过多久，斯托里就出现在办公室，愤怒地向托滕抱怨这一决定。

斯蒂芬斯说："这个命令不是上校下的，而是我下的。为了保护铁路财产和乘客生命安全，这是必要的预防措施。"

斯托里说："我提醒你，我是工程负责人。"

"没错，工程师，你负责轨道的建设，但我负责公司的运营，包括列车的运行。"斯蒂芬斯站了起来，似乎在强调他的话，"在雨停之前，火车不会运行。"

斯托里眼中闪过一丝怒火。

"不能就这样下去，我们必须和董事会的其他成员一起解决这个问题。"他说，然后摔门而去。

托滕和斯蒂芬斯一直保持沉默，直到公司总裁说，他要去看看妻子和女儿。

他说："小木屋所在的那条河的支流从未漫过河岸，但我最好还是去一趟。"

"这种天气怎么去？即使是最清澈的溪流也暗藏危险。"

"别担心，我对这条道路和每条小溪都了如指掌。如果路没被水淹没，我会坐人力轨道车到希望山，然后从那里继续骑马。"

"跟着上帝走吧，约翰。我留在这里，看看会发生什么。"

第二天，大雨一直下个不停，到了傍晚，曼萨尼约岛完全被洪水淹没。水进入了建筑物的底层，覆盖了通往黑沼泽的道路和铁轨。在机车场，斯托里和托滕与员工们一起努力将最贵重的设备转移到安全地带，深夜，他们决定前往巴瓦科阿站检查桥梁的状况。为了前往黑沼泽，他们不得不乘船，并登上一辆人力轨道车，人力轨道车似乎漂浮在水面上，而水面已经开始高出铁轨的高度。在希望山，斯蒂芬斯和他们会合了。

"小木屋里一切都好吗？"托滕问道。

"一切都好。看起来不可思议，但是查格雷斯河的支流从没有泛滥过。"

"雨停了会干涸吗？"斯托里问，与其说是对此感兴趣，不如说是出于礼貌。

"不会，虽然流量减少了很多，但它从未干涸过。据鲍德温说，它是查格雷斯河的一条偏僻而独立的支流，大河无论怎么涨落都不会影响到它。你认为我们可以坐在人力轨道车的平台上继续前往巴瓦科阿吗？"

"我希望可以。"托滕回答道，"这完全取决于轨道的损坏情况，主要是桥梁和涵洞的损坏情况。"

斯蒂芬斯评论说："或者说一会儿的损坏，因为这场大雨丝毫没有减弱的迹象。"

托滕、斯蒂芬斯、斯托里和他的两名助手轮流拉着人力轨道车，这辆小车顺利地通过了明迪河大桥，也顺利地通过了加通站、狮子山站和阿俄卡拉加托站，但就在到达博伊奥-索尔达多之前，他们不得不停下来，因为其中一个涵洞的栏杆被大水冲走了。

"我们能步行过去吗？"斯蒂芬斯问道。

"什么都看不见，不下水就无法知道水流的强度和深度，"托滕边说边在腰上系了一根绳子，"为了安全起见，把绳子系在那棵树上，别松手，我可不想掉进大西洋里。"

摸索着，上校开始沿着路走，消失在黑暗中。几分钟后，他的声音传了过来。

"水没过了我的膝盖。看来有人在钉铁轨时没做好工作。"

清理完陷阱后，他们计算了一下，距离巴瓦科阿只有三公里，于是继续徒步翻越枕木。在博伊奥-索尔达多，一位曾在桥上工作过的当地工头加入了队伍。托滕问他如何看待这种情况，他说，他以前见过持续时间更长的雨，但从未见过下得有这么大的雨。

他说："我们可能会遇到大洪水。"

在弗里霍莱斯和塔韦尼利亚，又有一些工人加入了他们的行列，早上5点前，队伍到达了巴瓦科阿，鲍德温正在那里等着他们。

"昨天下午晚些时候，"他不打招呼，立即报告说，"水位上升了大约20英尺。上次我去检查时，桥还完好无损。"

"谢谢。"斯托里回答道，他被自认为是对手的人的兴趣所打动。

不需要同意，他们就像被磁铁吸引一样，默默地在黑暗中向大河走去。当他们听到河水的咆哮声时，还有300码的路程。斯托里想继续往前走，看看桥的状况，但托滕和斯蒂芬斯劝阻了他。

斯蒂芬斯和蔼地说："离天亮没多久了，不值得冒这个险。"

他们都坐下来等待。

当阴影开始降临，雨渐渐变小时，斯托里再也无法忍受了。他迈着坚定的步伐，开始向桥上走去。斯蒂芬斯、托滕、鲍德温和其他人跟在他身后。

"就在那儿！"当年轻的工程师透过浓雾看到上方的拱桥时，他喊道，"在那儿！拱桥挡住了洪水！"

这时候，河水已经看不见了，大家停在入口处等待黎明的到来。虽然太阳迟迟不肯露面，但笼罩在河床上的薄雾逐渐散去，最后河水终于清晰可见。

"这是一场可怕的洪水，对吗？"斯托里问道。

"还是和昨天一样的水位。"鲍德温说。

"但上游还在下雨。"工头阴沉地说。

"所以呢？"托滕问道。

"我们得再等等。我想我们会看到另一个洪峰。"他预测道。

"什么意思？"恢复了傲慢语气的斯托里想知道。

鲍德温回答说："上游还在下雨，河水会涨得更高。我们得再等等。"

大家又坐下来，趁着雨已经停了，生起了火，煮起了咖啡和玉米饼。斯托里和他的助手们虽然很恼火，但似乎很乐观。

在水头出现前一分钟，人们开始听到响声。

"又打雷了吗？"斯蒂芬斯问道。

"不是打雷，是河水！"鲍德温惊慌地说。

工头已经站了起来。

"即将到来的洪水很大！"他惊恐地喊道，然后向桥上跑去。

他们都跟着他跑过了入口。洪水的声音，就像沉闷的雷声，一秒比一秒大，直到最后，他们终于可以看到洪水像巨浪一样冲下来，冲垮了河岸，冲走了泥土、树木和石头，如此巨大，仿佛要冲到桥的高度。巨大的声响震耳欲聋。

"我从未见过这样的场面！"鲍德温大声喊道。

当地人惊慌失措地逃走了，托滕开始大声呼喊其他人离开桥面。但斯托里眼睛紧盯着河面，拒不服从。

"我的桥守得住！"他疯狂地吼叫着。

托滕向鲍德温招手，他们试图把斯托里从桥上拉下来，但徒劳无功。斯托里的助手中最强壮的一个，准确地击中了他的下巴，斯托里的腿软了下来，于是助手把他扛起来带走了。

但即使在岸上，这群人也没有安全感。似乎水头会漫过山坡，将他们全部吞没。

"我们在这里很安全！"鲍德温大声喊道，试图让自己的声音盖过地狱般的咆哮。

这时，斯托里已经恢复了意识，目不转睛地看着这一幕。洪水先是冲过堤坝，然后冲走了桥墩，最后，整个桥梁结构就像孩子手中的玩具一样，轰然倒塌，融化在洪水之中，洪水无情地继续向大海肆虐。

渐渐地，喧闹声消失了，铁路工人们沉浸在一片无法穿透的寂静之中，大自然似乎也沉寂了下来。托滕非常同情这位年轻同事的悲痛，他走近斯托里，把手搭在斯托里的肩膀上，向斯托里保证自己从未见过这样大的洪水。

但斯托里还是无法从震惊中清醒过来。他一声不吭地走到桥边，面朝河水站在那里，眼睛紧紧盯着曾经美丽的桥址上留下的巨大空洞。

悲剧发生三天后，当托滕上校和斯蒂芬斯正在准备向董事会提交报告时，迈纳·斯托里过来拜访他们。

工程师说："我是来道别的。"

他的外表和态度一点儿也不像五个月前那个傲慢自信的工程师，五个月前，他来到地峡，准备用一座木桥征服查格雷斯河，完成一项将他的名字写入史册的工程。他更瘦了，衣着也不像以前那样整洁，举止也柔和了，眼睛里曾经闪烁的火花也熄灭了。

　　"你现在要做什么？"斯蒂芬斯问道。

　　"首先，我当然会亲自向董事会报告所发生的一切，并递交辞呈。在我的报告中，我会建议让托滕上校重新负责这项工作。"

　　"我感谢你的好意。"

　　"没什么好谢的，虽然你可能没兴趣知道，但在这五个月里，我从你身上学到了一些很重要的东西，大学里不教的东西。"

　　"没什么大不了的，"托滕不自在地说，"你是一个伟大的工程师，还有很多东西要做。"

　　"只是我要从工程领域退出了。"

　　"怎么退？"斯蒂芬斯和托滕几乎异口同声地问。

　　"就那么退出。我在弗吉尼亚州有一个小农场，我将在那里生产当地最好的棉花。我设计了一种新的种植方法，如果成功的话，每一亩地的产量都会提高。但我不想让你感到无聊，我的船马上就要启航了，所以我必须走了。如果你已经为董事会准备好了报告，我愿意亲自送过去。"

　　"我会去码头送送你。"托滕说。

　　一到纽约，迈纳·斯托里就兑现了自己的诺言，他向董事会解释了查格雷斯河大桥灾难的详细情况，并递交了辞呈，然后强烈建议再次任命乔治·托滕上校，声称托滕不仅要建造一座新桥，还要完成剩下的工作。

"我提醒各位，"他对董事们说，"这个注定要成为历史一部分的工程，就像毫无疑问会成为历史的一部分的跨洋铁路一样，需要有真正的远见卓识之士来领导。担当此任的人要怀着信念，而且不仅仅是信念，还要怀着神秘主义的精神投身于这项工作。像约翰·斯蒂芬斯、詹姆斯·鲍德温和托滕上校这样的人，才是成功的唯一保证。"

这位年轻的工程奇才从此杳无音信。

斯托里离开后的第二天，托滕上校与斯蒂芬斯和鲍德温会面，计划在查格雷斯河上修建新桥，确定路线的其他部分，并确定完工的大致日期。达成共识后，他立即向董事会提交了另一份报告，指出他将很快开始在鲍德温选定的地点修建堤坝，并要求立即运送修建所需的铁料，因为"这座桥将在很大程度上决定我们是否能在预期的时间内完成工程"。关于路线的其他部分，他解释说，为了不用再建一座大桥，将对原来的路线进行修改，舍弃克鲁塞斯镇。托滕在信中写道："我们将在库莱布拉大陆分水岭上切开一个缺口，使最高点不超过250英尺，这样做不仅能缩短旅行时间，还能提高机车的运行效率。与此同时，我们还将在库莱布拉和巴拿马城之间铺设铁轨，与巴拿马至库莱布拉之间已经在建的铁轨相连接。"报告接着说："为了开展新的工作，并在1854年年底之前完工，我们需要获得授权，以雇用更多的工人，从而保持以前报告中提到的7000人的数量。他们必须从世界各地招募工人，因为在卡塔赫纳和加勒比地区，黑人劳动力的来源已经枯竭了。"中国劳工表现出了很高的效率，但他们与其他工人之间的矛盾让托滕没有建议董事会雇用更多劳动力。

三周后，第一批用于建造新桥的铁料运抵，同一艘船还送来了批准托滕请求的信。由阿斯平沃尔署名的信中说："正在爱尔兰、英国、西班牙、法国、德国、印度和马来西亚招募工人，工人们不久将运抵地峡。"

到1853年年中，有近7000名工人在沿线各工地工作，劳动力问题已成为最紧迫的问题之一。不同种族的人之间经常发生冲突，工头不得不将同种族的人集中起来，让最容易对立的种族在距离较远的工地工作，而不混在一起。持续存在的困难之一是华工引起了其他工人的抱怨，特别是爱尔兰人，他们派出一个代表团向托滕抱怨。尽管托滕驳回了这一投诉，但他的一名助手将这一投诉转达给了纽约的董事会负责人。

然而，公司与工人之间产生的最严重的冲突，是以几个法国人为首的200名工人与克鲁塞斯镇长塞巴斯蒂安·华雷斯勾结，要求增加工资。工人与镇长达成的协议是，如果每个工人同意给他一美元，镇长就会行使权力，要求公司付给他的"勇士"们每小时20美元的工资，而不是之前的80美分。由于托滕拒绝接受这种荒唐的要求，上校一出现在克鲁塞斯，华雷斯就下令逮捕他，并亲自将他关进监狱。

华雷斯轻蔑地说："要么向工人们支付应得的报酬，要么就蹲监狱吧。"

托滕警告他说："你这是任意妄为，后果很严重的。"

兰道夫·朗内尔斯、胡里安·萨莫拉和他们的20名地峡卫队成员驰入克鲁塞斯，在关押托滕的牢房窗户上系上绳子，并在一匹马的帮助下，在墙上破开一个大洞，此时托滕在监狱里还没有待够二十四小时。

随后，朗内尔斯来到镇长办公室，发现镇长躲在办公桌下面。朗内尔斯把他拖了出来，把他的双手反绑在背后，然后把他推到了广场上。人们纷纷来到街上，带着惊恐和好笑的心情看着这一幕。镇长深知得克萨斯警卫的名声，一路上都在求饶。

"我没有做该上绞架的事，饶命，饶命！"他尖叫着。

"闭嘴，你这个傻瓜，我不会绞死你的。"朗内尔斯低声对他说。

朗内尔斯把华雷斯带到广场，把他绑在一棵树上，撕破他的衬衫，在他背上抽了二十鞭。惩罚结束后，朗内尔斯把鞭子交给一个手下，爬上自己的马背，带着托滕、萨莫拉和其余的地峡警卫离开了镇子。

"我应该谢谢你。"托滕在他们放慢速度时说道。

"是的。"朗内尔斯一如既往地回答道。

他们默默地骑着马向前走，在看到戈尔戈纳时，朗内尔斯把马靠近托滕的马，托滕在马鞍上的笨拙姿势暴露了他对马的厌恶。

"我有事要告诉你，上校。"

托滕忐忑不安地盯着他。

"我在地峡的任务结束了。这条线路上的犯罪活动已经停止，列车运行没有安全问题，工人们也不用担心被袭击。你应该明白，我来这里不是为了解决劳资纠纷或惩罚腐败官员，而是为了打击恶魔。"

"我们又如何保证你一走，坏人就不会卷土重来呢？"

"我留下的是一支训练有素、装备精良的地峡卫队。他们知道自己该做什么。萨莫拉会是个好领袖。"

"你之前不是还认为那个年轻的秘鲁人是达连人团伙的成员吗？"托滕讽刺地问。

"是啊。有时候我们也会犯错，不过我还是认为，这个男孩最终选择了正确的道路，虽然他差点选择了错误的道路。"

"你要走了，埃斯基尔森有什么想法？"

"他同意，这也符合他的利益，他的旅馆和骡队能得到充分的保护。"

"所以你要回得克萨斯？"

"暂时不会，我听说在尼加拉瓜的航线上，也会遇到坏人的问题，我要去一趟那里。"

"你会为范德比尔特准将工作吗？"托滕失望地问。

当他们进入戈尔戈纳镇时，朗内尔斯停下了马。

"你不会懂的，上校，我不是为人工作的。我的使命摆在上帝面前，他指引着我的脚步。让我来到这里的预言已经实现了，因为查格雷斯河的河水中不再有怪物或罪人。我们将拭目以待尼加拉瓜的圣胡安河是否会发生同样的事情。"

得克萨斯人与托滕道别，摸了摸帽子，转身上马，在手下的跟随下骑马离去。

托滕自言自语道："毫无疑问，他疯了，就像这个世界上许多人一样，在这个整个世界似乎都失去了理智的时代。"

他不甘心地策马扬鞭，大声总结道："但他是个能干的疯子。"

第九章

9月的一个下午，托滕正在监督新桥的施工，一位工头找到他。

"上校，我们和中国人之间好像产生了一些问题。"他说。

"我已经注意到干活的人很少，怎么了？"

"我自己也不知道。但他们派我来说要和老板谈谈。"

"让他们明天十点前到办公室来，现在让他们回去工作。"

第二天，当托滕来到巴瓦科阿的办公室时，他发现门口蹲着一个劳工。

"翻译在哪儿？"上校问道，他并不指望得到答案。

"金洋力会说英语。"中国人的回答让托滕大吃一惊。

金洋力不是普通的苦力。他出生在北方，他记得家里的长辈们还在谈论清王朝征服和统治整个中国的美好时光。他的祖父忠实地遵照"精心挑选的名字会给新生儿带来好运"的传统给他取了这个名字。金姓是满族人最古老的姓氏之一，"洋"是海洋的意思，"力"是力量的意思。祖父不断地告诉他："我给你取的这个名字预示着你的命运。"在给他讲了无穷无尽的故事后，祖父用同样的预言结束了自己的讲述："记住，你是洋力，你生于虎年，总有一天你会成为真正的海洋之力量。"祖父去世后不久，洋力的父亲，这位在家乡代表着最高权力的上尉军衔的人，在省指挥官面前失宠，全家被迫南迁。经过六个多月的艰苦跋涉，洋力一家在广州郊区的一个小村庄——三新村（音）定居下来。幸运的是，同村还有一位英语老师，她是一位传教士的遗孀，她在最后的岁月里努力教金氏三兄弟英语。只有洋力对祖父的教诲记忆犹新，他对学习这门陌生的语言很感兴趣，据这位有着淡蓝色眼睛的女士说，这门语言将帮助他征服世界。于是，当一位来自广州的商人来到村里，向愿意接受合同去美国工作一年的人提供去美国的船票时，已经23岁的洋力知道，他名字中的预言开始实现了，于是马上签了字。作为工作的回报，他每周只能得到食宿和一美元，但一年后他就可以自由地实现祖父的梦想了。尽管他向家人保证，在美国他将实现自己的梦想，变得富有，并为家人寄来生活费，但家人还是深受打击。但是，因为目的地的中文意思是"金山"，所以一家人克服了悲痛，为洋力祝福，并陪同他来到广州港。在那里，他们被"海巫"号迷住了，他们对洋力说，他将登上一艘美丽的船进行神奇的航行，他们很满足。

洋力的第一个失望是，他意识到有350个华工，那些人都没有他们家族的血统高贵，而且也很无知，但他们与他一起乘坐这艘大船。其次是他发现自己身处船舱深处，没有通风和卫生设施。也许那时他才意识到，从那时起，在那一年里，他只能做一个苦力。当他在地峡上岸时，第三次也是最大的一次失望降临了。他问翻译："是美国吗？"翻译没有回答他的问题。但如果那片土地是美国的话，也远非他想象中的金山银山。工作地点炎热、潮湿、贫穷、危险，装载和铺设铁轨和枕木的工作让人筋疲力尽，而他们睡觉的营房又脏又臭。最初的日子很糟糕，洋力默默地哀叹自己理想的幻灭，为远离家乡而悲伤。但他很快就释怀了，而且由于他接受了较好的教育并掌握了英语，他开始逐渐成为近800名来洋铁路工作的苦力的天然领导者。

"问题出在哪里？为什么你们停止工作了？"托滕不由分说地问道。

"我叫金洋力。"他没有回答问题。

托滕第一次注意到眼前这个人，并意识到他与其他苦力不同。他更高更瘦，颧骨更高，脸不那么圆，皮肤不那么黄，眼睛更有神。

"好了，洋力。别光站着，坐下来告诉我发生了什么事。"

"谢谢你，先生。苦力们不介意为钱辛苦工作，也不介意住在条件很差的营房里，更不介意其他工人和工头的嘲讽。我们能忍受这一切，是因为我们知道，当这一年结束时，我们就能在美国获得自由。"

洋力停顿了一下，两只好奇的眼睛紧紧盯着托滕，托滕对这个华工的英语水平感到惊讶。

"所以呢，有什么问题吗？"

"我们也不在乎，命运安排我们中的一些人死于查格雷斯热病。我们忍受这一切，是因为当我们完成一天的工作后，我们可以忘记那些折磨我们的坏事，憧憬与我们的家庭团聚，期待更美好的生活。"

洋力又停顿了一下，迎着托滕的目光，托滕开始感到不自在。

"继续，继续。"他不耐烦地命令道。

"我们需要鸦片，先生，它能让我们摆脱苦难。"

"就这些吗？"托滕既难以置信又失望地问道。

"这对我们来说已经足够了。"

"我今天就去看看鸦片为什么还没到。很可能是货物丢失了。后天再来，我会有答案的。"

"谢谢你，先生。"

洋力起身鞠躬，离开了办公室。但没人能告诉托滕中国鸦片的下落。他感到很不高兴，于是派人去找当晚乘火车前来转移工人的采购供应经理。

"我以为你知道这件事，上校，"采购供应经理推辞说，"几天前，我们收到一封信，通知我们不再向地峡运送鸦片，因为纽约州法律禁止消费毒品。"

"这是谁下的命令？"

"这封信函是由公司副董事长森特先生签署的。"

"如果能让他们更好地工作，我又管他抽什么呢！他们在这里吸鸦片，而不是在纽约。你多久能运一批新货来？"

经理犹豫了一会儿。

"谁来下令购买？"

"我来，他妈的！我需要中国人高效率地工作，这样我们才能按期完工。"

经理又犹豫了。

"但是，恕我直言，先生，我有公司副董事长的指示。"

"我会告诉身为总裁的斯蒂芬斯撤销这些指示，并让他购买那些该死的鸦片。"

"我没意见，但请记住，鸦片的价格是：每个华工每天15美分，也就是大约每天120美元。"

"真是够了！我早该知道的。难道没有人明白，我们的首要任务是让铁路尽快投入运营，这样才能盈利吗？"

在托滕的要求下，斯蒂芬斯推翻了副董事长森特的指示，命令仓库经理立即采取措施，将新一批鸦片运往地峡。工头将此事告诉洋力时，洋力再次坚持要与托滕对话，托滕第二天就去见了洋力。

"我已经搞清楚了情况，你们很快就会收到鸦片。"上校一见洋力走进他的办公室就说道。

"现在的形势非常严峻，长官。中国人的情绪很低落。"

"你也和其他苦力一样有忧郁症吗？"

洋力低下头，保持沉默。

上校坚持说："我看你很健康，很精神。"他开始对中国人的故事感兴趣了。

"我很悲伤，总是很悲伤。我不吸鸦片，我不是苦力，而是满族人的后代。满族是中国一个骄傲的民族。"

"那洋力来这里干什么？"

"我来金山是为了完成我爷爷的遗愿，帮助我的家人。"

"加利福尼亚州有金矿的消息也传到中国了吗？"

"不，先生，对我们来说，整个美国都是金山。"

托滕不明白中国人的寓意，他答应尽最大努力尽快把鸦片运到这里，以此结束谈话。

第二天早上，托滕正在帐篷里吃早饭，工头气喘吁吁、目光呆滞地出现在他面前。

"一场恐怖的悲剧发生了，上校。请马上跟我来。"他恳求道。

"怎么了？你为什么这么难过？"

"是中国人，他们在自杀！你必须亲眼看看。"

华工居住的营房离其他营房很远，离托滕的帐篷大约有十五分钟的路程。第一起自杀事件是在路边的一棵树上发现的。华工用自己的弓上吊自杀，尸体安详地飘荡在树枝上。

"这个可怜虫干了什么？"托滕惊恐地喊道。

"他不是唯一一个，上校。还有很多。"

当他们接近营地时，越来越多的尸体出现了，像怪异的蓝色花环一样挂在树上。

"他们怎么能这样自裁？"托滕一遍又一遍地重复着，嗓子都快喊哑了。

他们很快意识到，用弓箭或藤蔓上吊并不是苦力们自杀的唯一方法。在河岸上，他们发现了无数面朝下漂浮着的尸体，当他们把尸体翻过来时，才发现他们是把塞满石头的麻袋绑在脖子上，这么淹死自己的。

"洋力之前提醒过我。"托滕悲叹道，双手捂住头，眼泪无法控制。

他们继续前行，在另一个靠近马来人的营地的地方，他们发现了数十具被割喉的尸体。

"这些人并不是自杀的！"托滕惊慌地说。

后来他才了解到，一些华工下不去手自杀，他们用省下来的一点钱交给马来人，让他们割断自己的喉咙，而马来人履行了这个任务。

在那个命运多舛的黄昏，托滕和他的手下统计出了594名自杀者。有些人因为怕被人发现而走入深林中自尽，他们的尸体是由秃鹫发现的。这些秃鹫受到腐肉的吸引，早早地开始盘旋在这个悲剧之地的上空。为了尽快安葬尸体，上校下令停止巴瓦科阿的工程，并委托正在那里工作的两千名工人挖掘一个大坑，将尸体倒入其中。这些工人堆叠在一起，看起来像是破损且没用的洋娃娃。傍晚时分，只剩下已经填上了的巨大的尸坑，成为悲剧发生的唯一痕迹。那些人几周前穿着他们的蓝大褂、戴着草帽，拖着长辫，穿着黑布鞋，静静地来回工作，不知疲倦，只是希望有一天能在金山、美利坚大陆上开始新的生活。

在克服了这场灾难的冲击之后，托滕最早做出的决定之一，就是防止其余的华工遭遇同样的命运。他亲自去找洋力，发现他正在工人宿舍的中庭与几个幸存者激烈地交谈，而他们跪坐在他周围歇斯底里地哭泣。托滕要求他把他们都叫到一起，带到铁路场地上。

"你打算对他们做什么？"洋力焦虑地问道。

"我还不知道。目前，只是要防止他们自杀。"

听到中国人自杀的消息，斯蒂芬斯和鲍德温感到无比震惊，难以置信，他们当天晚上就来到了巴瓦科阿。他们在托滕的帐篷里坐下，听他亲口讲述了这场可怕的悲剧。

"如果不是你告诉我，我是不会相信的。"在上校讲完之后，斯蒂芬斯打破了长久的宁静。

"我自己也很难相信，这简直是一场噩梦。"托滕坦白地说道。

鲍德温低头沉思良久，最后抬起了头，问道：

"这一切都是因为鸦片吗？"

"不。仔细想想，我不认为缺鸦片是导致这起大规模自杀事件的唯一原因。"托滕回答道，"在那些华工中，有一个受过较好教育的人，他会说英语。通过我与他的交谈，我得出结论，这些中国人是被欺骗来到这里的。他们被承诺去美国工作，美国在他们的语言中意味着金山，但最后他们却发现自己深陷在这个泥潭中，许多人因沼泽热而生病并丧生。尽管如此，他们仍然充满希望，期待着一年后完成合同、获得自由，他们积极工作，忍受其他工人的虐待和这片可恶土地上其他人都无法忍受的条件。工作结束后，他们回到自己的营房，回到他们的祈祷、饭食之中……每一口鸦片都是逃离压垮他们的现实的一步。但当所有的苦难一下子袭来时，他们失去了一切希望，便决定永远地逃离尘世。"

因为喉咙发紧，托滕停顿了一下。

"洋力曾经警告过我，他们很忧郁，但我从未想到他们会走到这种地步。"

"不仅你，没有人会想到。"斯蒂芬斯试图安慰他。

"我们该让剩下的人怎么办？还有多少人？"鲍德温问道。

"不到200人。"托滕回答道，"我考虑，把他们送到一个允许吸食鸦片的地方。我想，在牙买加有很多华人在甘蔗园工作。我会让他们乘坐第一艘离港的船去那里。"

次日早上，上校准备把洋力叫到他的办公室，告知他的决定。鲍德温对这个中国人很好奇，所以留在巴瓦科阿，而约翰·斯蒂芬斯则回去告诉伊丽莎白这场悲剧，以免她从旁人口中得知。

洋力和督工一起过来了，他们鞠躬后坐下来聆听。洋力的脸上没有任何情感。

当托滕提出他的计划后，洋力只是凝视着他，面不改色，一言不发。

"你觉得怎样？为何不说话？"托滕着急地问道。

"基本上所有的华工都会去牙买加，为了逃离这片恶地。但有些人，比如我，想要留下来。"

"为什么你会留在这片恶地？"鲍德温好奇地提问，抢在托滕之前。

"铁路很重要，阿斯平沃尔也很重要。我认为这可能是我和我的祖父梦寐以求的美洲。"

"在发生这样的事情后，我不想再让华工在铁路上工作。"托滕断然地说道。

"我可以做其他事情，什么都行。"这个中国人立刻回答道。

"你认为还有多少华工会留下来？"鲍德温问道。

"10个或者20个。其他人太害怕查格雷斯热病了。"

鲍德温找到了托滕。

"这些可怜的人已经受够苦了。如果有人想留下来，我相信凭借他们良好的工作履历，找到工作并不困难。这里什么都需要。而且，这个洋力我觉得很有意思，可以让他当我的助手。"

"我以为你喜欢独自工作。"

"不是独自工作，而是安静地工作。而这个东方人似乎也跟我一样喜欢沉默。"

自杀事件发生5天后，180名华工乘坐小型轮船"戈尔戈纳"号前往牙买加。留在这片地旷人稀的地方的16人很快找到了工作，其中3人在新希望医院工作，其余的在埃斯基尔森的酒店里。与此同时，洋力陪伴鲍德温寻找合适铺轨的位置，这项工作似乎永无止境。除了说必要的话，鲍德温对新助手唯一的要求，就是让他换上一件卡其色的衬衫和长裤，把布鞋换成高筒橡胶靴。虽然鲍德温也要求剪掉洋力的辫子，但对他继续戴着那顶大草帽，用来防晒和遮雨，鲍德温并没有任何异议。

第十章　伊丽莎白·本顿·斯蒂芬斯的日记

1853年9月

我回顾了一下去年写的东西，这些零散的笔记我一直保留着，以便日后整理并添加到这本日记中。读完之后，我决定把它们放在一边。与其说这是我的经历，倒不如说这是一本利兹的回忆相册：她第一次在没有帮助的情况下坐起来、她的第一颗牙齿、我剪下并保留的第一束卷发、她迈出的第一小步、我对她可能会淹死在河里的恐惧。我也在其中描述了我的幸福，我们看到她健康快乐成长的幸福，约翰是多么爱她，我的上帝！他对女儿的温柔和付出是如此之大，有时甚至让我热泪盈眶。约翰下午下班时，她等着他回来，一看到他沿着小石板路走来，她就兴奋地大笑、尖叫，抱住他的胳膊，直到晚饭时间，都没有分开过。自从她开始走路后，约翰就尽量早点回家，牵着她的手沿着他和杰克在小屋后面开辟的小路散步。在那里，他们一起发现了小鸟、松鼠、蝴蝶，尤其是猴子，它们的叫声和把戏最让利兹感到有趣。约翰总是让她给我讲讲他们在丛林里看到的一切，她几乎不会说话，睁大眼睛盯着我，调皮地笑着，我就用吻把她吃掉！

就在我一页页地描绘我们的幸福生活的时候，铁路尽管经历了失败和艰辛，但仍在一英里一英里地向沼泽、丛林、河流和高山挺进。人类再次战胜了自然，但代价是什么呢？除了每天都发生的生命损失的悲剧，还有伴随着伟大工程不可避免的不幸。最令人震惊的莫过于几个月前发生的悲剧，近600名中国劳工决定以最怪诞、最戏剧化的方式结束自己的生命。虽然约翰没有亲眼看到这些被吊死、溺死或被同伴刺死的尸体，但承担着发现和清点这一痛苦任务的托滕上校的叙述足以让人毛骨悚然、心惊肉跳。除了中国人，还必须加上查格雷斯河大桥的灾难，这场灾难没有造成人员伤亡，却沉重打击了工人们的士气，使工程进度推迟了一年。此外，对朗内尔斯——大家都称他为刽子手——的私刑虽然结束了对路线名声的损害，却在约翰和公司其他老板的心中留下了苦涩的滋味，他们对朗内尔斯来到地峡负有责任。这么多悲剧的后果是，铁路工人的热情正在减退。我每天都注意到这一点，因为约翰向我讲述工作及其进展情况，并提醒我付出的高昂代价，不是金钱，而是痛苦、苦难、道德败坏，以及加利福尼亚的黄金，全人类都染上了疯病。即使是最乐观开朗的鲍德温，也隐隐流露出一丝苦涩和遗憾，在他每次来访时，我们都会对铁路工程造成的许多不幸感到悲伤。在他最后一次访问期间，鲍德温和约翰坐下来分析托滕上校最新报告中的数字。尽管看起来令人难以置信，但这条还远未完工的铁路已经运送了6万多名乘客，收取了大约100万美元的客运和货运费。据他们称，按照目前的发展速度，巴拿马铁路公司将成为纽约证券交易所有史以来最有生产力的公司。托滕向我们保证，这条铁路线将在1854年年底，也就是一年内竣工，四年内股东们将收回投资成本，开始分红。正如老橡树劳所说，这是一匹真正的金马。

如此多的痛苦、如此多的艰辛、如此多的死亡是否合理？当那些押注于这一伟大工程的投资者获得丰厚利润时，他们是否会想起成千上万的人在安装每一根枕木时死于疾病、死于野兽、死于一切过激的行为？虽然我尽量不让约翰知道我的苦恼，但还是忍不住向老好人鲍德温倾诉。他用那双梦幻般的眼睛凝视着我，提醒我说，如果在整个历史长河中都存在着像我这样的痛苦情绪，我们就永远不会知道埃及金字塔、罗马斗兽场或约翰发现的玛雅遗址。看着他的新助手，他补充道："也不会有中国的长城。我预言，有一天，人类将不得不制定法律，以防止一些人的繁荣成为另一些人的痛苦。进步是建立在痛苦和泪水之上的，亲爱的伊丽莎白。"鲍德温告诉我："我们已经在巴拿马和天堂镇之间的铁路工作了三个星期，在这个地峡的首府，最能体现让你担忧的矛盾之处莫过于此。这个庄严、宁静的地方如今成了冒险家的温床，成了人类野心无限膨胀的沃土。有些人赚得盆满钵满，有些人却眼睁睁地看着自己的习俗、传统和生活方式被连根拔起。他们眼睁睁地看着进步与自己擦肩而过，却没有参与其中。你知道阿塞西奥最后完全疯了吗？他拒绝接受朗内尔斯已经离开地峡的事实，继续在街上游荡，寻找朗内尔斯，要与他决斗。看着真可怜。"

12月20日

我已经决定不再打开这本日记了。现在写有什么用呢？有些悲伤如此深沉，甚至连语言都无法进入它们栖息的角落，然后沉默变成无法抑制的哭泣。为了利兹，为了与这无限的痛苦格格不入的利兹，我试着微笑，试着掩饰悲伤，但我没有成功。她给我带来的幸福和压在我身上的巨大悲伤，我怎么协调得过来呢？

也许我应该感觉到这一点，就像我亲爱的约翰感觉到这一点一样。在他的诗句中，在他长时间的沉默中，在他急切地想要挤出我们的小女孩给他的每一分钟幸福时，死亡都在缠绕着他。我当时以为，他的狂热不过是害怕利兹离开我们的反应。今天我才明白，原来他一直都在担心自己会过早地离开，真是讽刺！我决定留在这里，留在这个充满疾病和危险的地方，不惜牺牲我女儿的安危，却不知道我所危及的是他的生命。

11月底那个阴雨绵绵的下午，是托滕医生把他带到了小木屋。托滕医生只说了一句话："斯蒂芬斯总裁感觉很不好。"他无须多言。发烧让约翰颤抖得说不出话来，但他极力告诉我一切都好。那一刻最痛苦的是，他无法接受利兹伸出的双臂，无限的悲伤涌上了他的脸庞。在托滕医生的帮助下，我把他放到床上，给他盖上毯子。不用医生确认，查格雷斯热即将夺走我丈夫的生命。我见过很多男人这样颤抖！发烧和可怕的头痛之后是抽搐、无法控制的恶心和呕血，直到几天后他的皮肤和眼睛变成黄色，就像秋天的树叶一样。

托滕医生带来了几瓶奎宁水。他对我说："这是现在唯一能帮助他的东西。"我亲眼见过了许多人的死亡，他们现在就躺在希望山公墓的无名十字架下。我也知道，现在这场战斗是在恶魔和约翰之间展开的，而我所能做的就是坐在他身边，给他湿敷，然后等待。天快亮时，剧烈的反胃和呕吐开始了。当我发现没有血迹时，我感到了希望。

天刚亮，托滕上校就来了。他徒劳地掩饰着自己的忧虑，竭力让我振作起来："请记住，特劳特温和鲍德温得过这个病，但他们都战胜了疾病。虽然只有我的几个助手知道，但我也得过查格雷斯热，两周后我就回来工作了。"我对上校的良好祝愿表示感谢，并掩饰了自己的悲观情绪：我很清楚我丈夫的体力很差，而且他对死亡很迷恋。深夜，约翰突然清醒过来，喃喃地叫着利兹的名字。我从卧室门口把她抱给他看，她再次伸出双臂，对父亲不抱她感到惊讶，泪流满面。不久之后，约翰又陷入了昏迷，当晚他的呕吐物中出现了血迹。托滕兄弟继续鼓励我，但我们都知道，只有奇迹才能救约翰。跪在病床前，我开始热切地祈祷，我坚信上帝会回应我的祈祷，因为他的无限怜悯不会让这个小女孩失去父爱。但是，奇迹的源泉已经枯竭。

为什么上帝会在我们最需要他的时候隐藏自己呢？

患病两天后，约翰的肤色和眼睛都变成了可恨的黄色。那时，我不允许利兹偷看奄奄一息的他。如果她在稚嫩的年纪还能怀有记忆，我希望她对父亲的记忆是健康、英俊的男人的记忆，也是我现在徒劳地试图唤起的记忆。当我想起约翰时——我总是想起他——记忆中他的笑脸和活泼的目光就会溜走，让位给那张形容枯槁、蜡黄的脸，没有神情和笑容。于是，在孤独的深渊里，我请求上帝至少让我保留对他美好形象的记忆。但他还是不听我的。

11月28日，约翰在感染黄热病五天后去世。同一天，詹姆斯出现在小屋，正好赶上他去世。"我一听到消息就赶来了。"他在声音断断续续、泪水夺眶而出之前勉强告诉我。在那里，在河边的小屋里，在约翰毫无生气的尸体前，我们一起哭泣，直到泪水流尽。

12月23日

这是我周围的世界第二次崩溃。但现在的世界更加强烈，更加独特，更加无法重现，更加属于我。不仅这个世界崩溃了，我也分崩离析了。在奄奄一息的约翰身边度过的那些不眠之夜，当痛苦像长矛一样穿透我的身体，每一次打击都变得更加尖锐，陷得更深时，我感觉自己被肢解了，我的双手、双臂和双腿都掉落了，身体的其他部分炸成碎片，头和心脏飞向远方，直到消失不见。利兹凄厉的哭声，然后是她的拥抱和笑声，让我重新拼凑起这块随时都会散架的拼图。为什么我们不能永远是孩子，天真无邪，完整无缺，只关注我们生活的这一刻？利兹在我身边翩翩起舞，牵着我的手穿过船上的走廊，带我去看大海，睡前依偎在我的怀里，对痛苦视而不见，笑得好像她的父亲从未庇护过她。这就是我们所有人面对死亡的方式吗？孩子们真的能感觉到生命和来世之间的关系吗？我们是否能从他们身上学到，痛苦和幸福一样，只是一瞬间，而不是永恒，即使所爱的人已不在身边，也可以重新获得幸福？你在哪里，约翰？你现在居住的地方是否如此遥远，以至于我强烈的爱，以及我不断呼唤你的痛苦呐喊，都无法打动你？还是上帝禁止那些来到他王国的人，倾听我们这些等待时机的人的声音？在送我们回纽约的船舱里，躺着约翰的遗体。托滕医生非常谨慎地运用他的知识，使尸体在航程结束时仍然保持着死亡时的新鲜。他用来给约翰防腐的技术，也是他用来保存送往美国和欧洲的尸体的技术。多么讽刺啊！我曾对这种野蛮行径深恶痛绝，而现在，我却带着我曾经深爱的人——而且只要我还活着，我就会一直深爱着他——让他与他的祖先永远长眠。

几个晚上以来，当我终于能够入睡时，我一直被同样的噩梦所困扰：我掀开约翰现在所住的棺材盖，发现里面只有骷髅的恐怖笑声和空洞的眼神。

当我任由笔尖抒发我的无能、痛苦和愤怒时，我想到了利兹，她对一切不属于她自己小世界的事物都漠不关心，在每一个重新开始的时刻，她把我的鞋子放进床头柜最下面的抽屉里，以此自娱自乐。对她来说，此时此刻最重要的事情莫过于把鞋子放进抽屉里。由于抽屉很小，她试了一次又一次都没有成功。孩子就是这样，天真无邪，不知感恩。留在小木屋小房间里的玩具和她自己发明的游戏——在丛林中的小路上奔跑，每天都有新发现；看着杰克为她做的纸板小船在河面上漂流；用异常幼稚的残忍手段扯父亲的胡须——所有这些都被抛在脑后，消失在时间的长河中。而你，我的小宝贝，依然保持着你的热情，什么都不能剥夺你的快乐，这种快乐是你自发产生的，世界上的陷阱都无法打扰你，直到有一天。你父亲是对的，在他写下的诗句中，当他意识到"新芽渴望开花"时，他的焦虑让人心悸。

12月25日

还在海上。没有约翰的第一个圣诞节，很快就是没有他的第一个新年，没有他的利兹的第一个生日，她已经两岁了。过去飞逝的时光，如今却停滞不前。当我们快乐时，时光是否走得如此之快，而当悲伤淹没我们时，时光是否走得如此之慢？

12月27日

我是否应该接受生活、若无其事地继续下去？没有约翰的黎明，没有约翰的生活，没有约翰的死亡。但是，没有他的痛苦，远比不上我想到利兹甚至永远不会怀有对父亲的记忆时的痛苦。她不会记得抱着她的那双温柔的臂膀，不会记得哄她入睡的甜美的声音，不会记得他干净的眼睛，不会记得他无尽慈祥的笑容。我有一个最好的丈夫，我知道随着时间的流逝，美好的回忆会减轻我内心的痛苦。利兹只会记得我告诉她的关于她父亲的事情，但语言永远无法取代感情；在我感受到甜蜜、温柔和爱之前，我怎么能描述它们呢？

1854年1月2日

今天，我们终于抵达纽约。在船的甲板上，我眺望着五年前离开的城市。这座城市发生了很大的变化，但与此同时，一切都没有改变。越来越高的大楼，越来越多的船只停靠在港口，同样的景象只是更加热闹了。我把利兹搂在怀里，她用惊叹声和她刚学会的几个单词，表达了她对眼前新事物的热情。这与河边小木屋周围的自然景观是多么不同啊！鲍德温的小木屋最终留给了他自己。我不得不坚持让他接受。他说："我在一个地方待的时间基本上不超过两天，我怎么能照顾它呢？"他终于同意了，但要等到我和利兹回来。他说："因为我知道你们会回来。"哦，詹姆斯，你觉得，我能忍受回到那个见证了无数爱和幸福的地方的痛苦吗？你觉得我能坚强地忍受每一刻、每一个地方都留存着约翰的记忆吗？不，詹姆斯，我真的不知道我的命运、我们的命运会怎样，但我不知道我和利兹还会不会回到那里。那是我生命中永远不想再触碰的一个阶段。

在码头上，威廉·阿斯平沃尔带着悲痛和深情的表情迎接我们。利兹好像知道他是父亲的朋友，伸手拥抱了这位船运大亨。利兹还在他的怀里，他拉起我的手，亲吻我的脸颊，用低沉的声音告诉我，他的好朋友和商业伙伴的去世给他带来了多大的伤害。他最后说："没有他，这个世界就不一样了。"他把我们领到码头入口处，那里有两辆车在等着：一辆是非常优雅的敞篷车，由两匹漂亮的白马拉着；另一辆由一匹垂头丧气的黑马拉着，将运走约翰的遗体。殡仪馆的老板在两名能干的员工的协助下，把棺材放进了车厢，当我擦干眼泪时，我看到阿斯平沃尔浅蓝色的眼睛泪眼模糊。利兹还在他怀里，好奇地看着我们。在马车夫和他的助手的帮助下，我们爬上了马车。一进马车，威廉——他让我不要叫他阿斯平沃尔先生——请求我接受他的款待。"在我家，我为你和你的女儿安排了几个房间。能接待约翰·劳埃德·斯蒂芬斯的妻女是我的荣幸，我坚持请你允许我招待你。"

阿斯平沃尔和我心目中的他竟如此相像。要不是知道他是全国最重要、最富有的商人之一，谁都会以为这个温文尔雅、目光清澈、忧郁的人是个传教士或大学校长。现在我更能理解他与老橡树劳的竞争关系：他们互为对立面。

阿斯平沃尔的豪宅位于曼哈顿北部，远离喧嚣，体现了主人的个性——宽敞、典雅、朴素，尽管一些细节透露出主人的富有。最引人注目的是许多来自远东的物品，如屏风、地毯和花瓶，品位高雅，彰显了霍兰德与阿斯平沃尔公司对古老中国的涉足。

晚上，在与他美丽的妻子和四个孩子共进晚餐时，我了解到威廉·阿斯平沃尔不仅仅是一位航运巨头，除了是银行和保险公司的董事外，他还是多家慈善机构和教会慈善委员会的主席。

第二天，当我们驱车前往约翰位于格林威治村的家时，威廉向我透露，他是约翰遗嘱的受托人和执行人。"你是他在巴拿马铁路公司股份的唯一继承人。不久后，这笔投资的价值将远远超过它现在在证券交易所交易的26万美元。他把其余的财产留给了他的姐姐埃琳娜，你们很快就会见到她。我必须提醒你，她是个脾气暴躁、难以相处的女人。约翰的母亲去世后，他的父亲也病倒了，卧床多年。埃琳娜是兄弟姐妹中的老大，她牺牲了自己的青春，先是照顾母亲，然后又照顾父亲，如今她是唯一留在家中的人。最小的妹妹嫁给了一个英国水手，现在住在印度的某个地方，每年圣诞节她都会从那里寄来贺卡，诉说自己有多么幸福，却无意中让老处女更不幸了。"事实证明，威廉的警告是不够的。还没等威廉介绍完我们，我就听到埃琳娜的第一句话："这么说，你要为我弟弟牺牲了自己的光荣、英年早逝负责？"威廉立即澄清说，去监督铁路工程的决定是约翰做出的，这甚至违背了他的建议。"我相信你不会不知道，你弟弟是一个对他所做的每一件事都全力以赴的人。"埃琳娜坚持说："但他也知道该走多远，在他从巴拿马写来的为数不多的几封信中，他除了谈论与他共度一生的美妙女人之外，什么也没说。不，阿斯平沃尔先生，不是铁路把他留在热带丛林里，让他暴露在危险和疾病中，最终夺去了他的生命，而是这个女人，我再也忍不住了。""也许你会感到欣慰，因为我和你弟弟深爱着对方，这份爱孕育了一个漂亮的孩子，她姓你的姓，也有着你的一些特征和姿态。"埃琳娜看着我，眼睛里闪烁着怒火。她痛苦地说："别跟我谈爱情，别那么虚伪。"当我把约翰的私人物品，包括他一直随身携带的关于玛雅遗址的书递给她时，她轻蔑地说："我猜你会留着他的遗作，那是他留下的最有价值的东西。"我强忍着愤怒的泪水回答说，约翰逝世前写的唯一的东西就是诗歌，我不愿意与任何人分享。由于情况只会变得更糟，威廉急忙带我离开了那所充满怨恨和沮丧的房子。

之后的场景一直留在我的记忆中，模糊不清，就像我们想要忘记的事情一样。比起那些前来为约翰送行的人们冷漠的表情，我更记得他的姐姐埃琳娜痛哭流涕，在吊唁的人群中尤为突出。除了作家、艺术家和商人，铁路公司的董事和一些政治人物也参加了葬礼，我已经忘记了他们大多数人的长相和名字。在所有这些人中，除了威廉，只有乔治·劳对我表示了真正的同情和爱戴。"我知道阿斯平沃尔会照顾你和你的小女儿，但我也想让你知道，你需要什么都可以找我。"为了保护我不被约翰那个恶毒的姐姐伤害，他和威廉在教堂和墓地都保护着我，约翰的遗体最后被安放在他母亲的旁边。葬礼结束后，我最后一次努力向埃琳娜道别，她轻蔑地看了我一眼，然后转过身去。她说得对吗，约翰？是我出现在你的生命中，注定了你的早逝吗？

1月12日

明天我们就要去华盛顿，去我父亲的家了。利兹和我在阿斯平沃尔家度过了一周，在这七天里，他们不遗余力地让我忘掉一切。当谈到热带地区的生活时，几乎总是那个最小的孩子发问，她有着天生的好奇心，威廉就把话题转移到不那么令人苦恼的事情上。然而，在我们的短居即将结束时，我鼓起勇气向威廉和他的妻子安娜讲述了我在地峡的经历：灾难、物资短缺、危险，尤其是无时不在的死亡。他们听后深表同情，威廉说他从未想象过困难会如此巨大。然后，为了稍稍驱散空气中弥漫的阴郁气息，我向他们讲述了原野的美丽、鲍德温如诗如画的发现、我们在河边的小屋，以及我们在那里是多么快乐。随后，沉闷的气氛被甜美的忧伤所取代。

1月16日

随着时间的流逝，我亲爱的约翰，我越来越相信，如果不是为了你，我的话是毫无意义的。今天我想告诉你，时间非但没有减轻我的痛苦，反而让痛苦从我的灵魂深处涌出，占据了我的身体。我的双手想念着你，我的双臂想念着你，我的嘴巴想念着你，我的整个身体都想念着你，我如此想念你的爱抚，以至于当我重温我们爱情的喜悦时，我的内心都会悸动！

1月18日

我们来到我父亲——这位来自密苏里州的张扬参议员——的家才三天，我就已经很想逃离了。什么都没变！我们刚到，他还没来得及拥抱我们，指责就已经开始了。"在这里，你可以远离热带地区的危险，你可以学习，可以拥有朋友。"他一边打量着利兹的五官和肤色，一边对她说。他更像是一位医生在诊断病人，而不是一位第一次见到外孙女的外公。他最后感叹道："感谢上帝，她看起来很健康。"我只是告诉他，尽管他已经六十岁了，但看起来也很健康。事实的确如此。在我看来，父亲看起来更高大魁梧了。他说："要想在华盛顿生存下去，你必须有良好的体魄。"他还嘲讽地补充道："但要想在你走出的丛林中生存下去，良好的体魄还远远不够……顺便说一句，我对你丈夫的遭遇感到遗憾。我知道他是个重要人物，我一直想知道他为什么会在那场瘟疫中虚度一生。"我强硬地回应道："如果说约翰·劳埃德·斯蒂芬斯做对了一件事，那就是没有浪费他生命中的一分钟。我向你保证，他修建铁路的梦想、他参与的铁路工程，这些会使他的名字在历史上比你的名字更加闪亮。"他又好笑又无奈地看着我。"好吧，好吧，我看你一点也没变。总是两手各拿一块石头，随时准备朝你父亲的头上扔过去。"我旅途劳累，只想洗个澡，一个人静静地陪着女儿、静静地回忆，请他原谅我的冒犯。他怔怔地看了我很久，露出他特有的自足的微笑，然后叫来管家送我们回房间。如果说我曾有过搬回去和父亲一起住的念头，那么当晚我就打消了这个念头。

1月29日

有时我怀疑父亲的动机。我不知道他是真的那么爱他的外孙女，还是只想讨好她，强迫我和他一起生活一辈子。或者两者兼而有之。在我写这篇日记的时候，他已经脱掉了外套和马甲，正在大客厅的地毯上和利兹以及他昨天送给她的活泼的小狗点点嬉戏。我的小女儿很开心，就像她沿着约翰在小屋后面开辟的小路散步回来时一样，而今天这条小路可能已经被丛林吞没了。但是，为了和女儿玩耍，约翰在阿斯平沃尔小镇工作后，就在河边的石子路上骑马、散步，被炎热和昆虫包围后，才会回到小屋里。而我的父亲则从国会山的办公室回来，乘坐舒适的马车，抵御冬日的严寒，穿过华盛顿宽阔的街道，来到位于康涅狄格大街的豪宅门外。利兹忽视了这一差异，这让我感到无比悲哀。

然而，毫无疑问，密苏里州参议员和他的外孙女彼此相爱，我无权剥夺她享受参议员为她提供的舒适和安全的生活，即使我的生活已经变成了充满怀疑和矛盾的小地狱。

4月6日

冬天，无尽的寒夜，麻木了我写作的欲望。今天，春天尽管怯生生的，但它再次为这座伟大城市单调的灰色涂上色彩，此时，我收到了威廉·阿斯平沃尔的信，他告诉我一个好消息，他将于下周来访。我再次打开这本被遗弃在抽屉底层的日记，重读我写下的内容——距离和时间是多么有助于把事情看得透彻——然后再次让笔在空白的纸页上滑动。

在过去的几个月里，我和父亲一直在暗中争夺利兹的注意力。当外公忙于处理州里那些棘手的问题时，我可以整天陪着她，但他在傍晚满载着礼物到来时，我的优势就黯然失色了。由于利兹的房间已经放不下礼物了，他把一间客房改成了游戏室。同样不利于我的现实是，利兹被外公宠坏了，我是唯一一个对她实施管教的人。因此，我一天中取得的小小胜利都被父亲的礼物和拥抱所淹没。有时我觉得他是想证明，如果不是因为我传统的叛逆，我也可能是被他宠坏的孩子。

4月14日

威廉·阿斯平沃尔的来访真是令人愉快！他昨天一早就到了，给我带了礼物——一个极好的中国花瓶，还给利兹带了礼物——一个弹簧娃娃。但带给我最好的礼物，是霍兰德与阿斯平沃尔公司正在建造的一艘新的轮船，这是船队中最现代、最豪华的一艘，"将以约翰·劳埃德·斯蒂芬斯的名字命名，以纪念这位为巴拿马铁路建设做出巨大贡献的人"。他向我保证，这艘华丽的船只将于明年年初完工。"这艘船有两根桅杆和两个烟囱，速度将创历史新高，可容纳900名乘客，他们将享受到前所未有的舒适，包括冷热自来水。它肯定会是我们最好的船，我会给你足够的时间，在船下水典礼那天来纽约，为它举行洗礼仪式①。我保证你不会错过。"晚餐时，我父亲受威廉所倡导的和平的影响，放下了他那粗鲁和夸夸其谈的态度，专心致志地倾听我们的来访者阿斯平沃尔对国家总体状况和奴隶制即将带来的纷争进行了冷静分析。父亲没有像往常那样激烈，他认为底线是经济问题。他说："最大的问题是，南方各州的贫穷，它们的生计依赖于奴隶制。"威廉沉默了片刻，然后语气不变地回答道："参议员，最大的问题是，这实际上是一个人道主义问题，而人道主义问题与纯粹的经济问题不同，从来都是在没有巨大动荡的情况下解决的，这也是我们这个伟大国家的所有人，尤其是国家领导人必须面对的问题。"父亲意识到，阿斯平沃尔的观点与我就这一问题与他长期争论中的观点如出一辙，他看着我，笑了笑，近乎是欢快地承认道："在这个问题上我明显处于劣势，所以我们换个话题吧：你觉得总统的表现如何？"谈话一直持续到书房的钟声敲响12点，我们的客人才匆匆告辞，并为自己辜负了我们的盛情而道歉。约翰的这位朋友是一个多么正直、和蔼和谨慎的人啊！

6月6日

今天，我坐在枫树下写作，这棵树一直守护着我父亲

---

① 在新船下水典礼上，会由一名女士将酒瓶撞到船头上，使酒洒在船身，这种仪式类似于一种"洗礼"，会给船舶带来好运，保佑船在大海中平安航行。

位于圣路易斯郊区的庄园。他坚持让我们在这里度过夏天，在华盛顿，夏天是如此乏味。利兹很喜欢她的新玩具——一匹小马、一头小牛、几只鹅、几只鸭和几只鸡，以及这个小农场里的其他一切，她说是汤姆——我父亲不希望她叫他外公——送给她的。他正在竞选连任，只在周末和我们在一起，所以我有足够的时间和女儿独处，防止外公的溺爱把女儿变成那种令人讨厌的社会顽童。约翰不会原谅他的。

9月23日

在圣路易斯度过了一个愉快的夏天之后，回到华盛顿，我又开始写作了。在这三个月里，我和女儿一起享受大自然和开阔的空间，女儿虽然温柔多情，但已经开始表现出独立和叛逆的迹象。我多么庆幸她更像她的父亲和我，而不是像她的外公！她从我们这里继承的东西，将成为我父亲不断争取她的一道不可逾越的障碍，不管我父亲如何努力，他都没办法把利兹变成一个只关心平庸事物的富家女。

我不知道自己为什么会这么想……是因为我以前叛逆的残余吗？

是为了捍卫我的自由吗？命运在给予了我充分的自由之后，又夺走了它？不，我不应该抱怨或怀疑我父亲对利兹的爱。爱是一种无可替代的情感，只是有时应该有所节制。

10月12日

鲍德温的来信，真让人高兴！在我打开它之前，那些被时间推到脑后的充满情感的回忆已经回来了。为了更好地品味它，我全文抄录了信的内容。

亲爱的伊丽莎白：

我知道你会理解并原谅我迟迟没有给你写信。你丈夫的去世给我们这些认识他的人带来了沉重的打击，我只能耽搁一些时日。我甚至不想对你说——但你看，我还是说了——你的离去改变了一切。我们，托滕、我自己、其他50名工程师和7000名工人，仍然在从事铁路建设，但现在我们几乎是机械地工作，以设计为指导，由于公司催促我们尽快完工，我们的设计各不相同。我们缺乏及时的建议、审慎的态度、理解力以及——确切地说——人性的温暖，而约翰正是凭借这些，让这项改变了我们每个人的工程不再仅仅是例行公事，不再是痛苦的工作。但反思到此为止。这封信，除了表达你比任何人都更了解的感情之外，还有一个目的，就是向你通报这里发生的事情。

先说第一件事。小屋，我们的小屋，还在河边。还记得伊迪丝·皮尔逊吗？那个从新奥尔良来的女孩，她和浸礼会的人一起在阿斯平沃尔公司新建的医院里当护士。现在她是鲍德温太太了，几天前她向我宣布，九个月后将会有人来给我们的小屋带来温暖——更多的温暖。正如你所看到的，我已经做出了很大努力，以确保我今天照看的这个可爱的地方不会辜负它的主人。

另一个消息——事实上，这还不是谣言——是我们严厉的托滕上校也找到了一个人，这个人很快就会把他从传统的厌世情绪中解放出来。据说是一位来自圣费利佩的美丽女士。我不禁要问：我们不是也从约翰那里学到，没有女人陪伴的生活是不值得过的？

杰克和何塞菲娜——他们总是问我们是否有你的消息——过得很好，他们的第一个孩子马上就要出生了。他们让我告诉你，如果是男孩，就叫约翰，如果是女孩，当然就叫伊丽莎白。我建议他们自己写信给你，但他们不敢。还记得金洋力吗？那个在悲剧中幸存下来的苦力，后来成了我的助手。他说服了埃斯基尔森支持他在阿斯平沃尔开店，他在阿斯平沃尔什么商品都卖。他孜孜不倦地工作，以实现他把家人都接到金山的梦想。他很快就要成功了。

铁路建设的进度一天比一天快。整条线路已经铺设完毕，让伊迪丝感到高兴或不幸的是，我缺席她身边的时间越来越长了。我现在负责在库莱布拉的切口工作，以便将山脉的高度降低到250英尺。这是摆在我们面前的最后一个巨大挑战，但到今年年底，我们就能把铁轨铺设完成，然后就在山顶上，把这段铁轨与从巴拿马城下来的铁轨接轨。横跨查格雷斯河的大桥已经完工，虽然没有斯托里他们建造的大桥那么引人注目，但毫无疑问，它将经得起任何涨水的考验。托滕为自己的大桥感到非常自豪，他向我们保证，明年年初，我们将最终为整个项目举行落成典礼。

潮湿炎热的热带地区总能给我带来惊喜，我将把我在这里的新发现留到以后再写。现在我必须把信写完，交给杰克，他正在等着我写信，亲自把信交给下一艘离开阿斯平沃尔前往纽约的船的船长。你一定要尽快来信，告诉我们你的情况：在华盛顿的生活，尤其是利兹在文明社会中的处境。你还想念这些一直把你放在心里的朋友吗？

詹姆斯

P.S.我忘了向你转达托滕兄弟的亲切问候，并祝愿你父亲一切顺利。

多么令人愉快的一封信！我当然会写信的，亲爱的詹姆斯。你刚刚唤起的感情还在我的灵魂深处激荡，我会马上写信的。

11月16日

为什么我对秋天如此情有独钟？与像火球一样的树梢相比，第一阵寒风迫使我们蜷缩在家中最隐秘的地方，壁炉的温暖是永恒的。也许我的生活有点像秋天：它迸发出火焰、色彩绚烂，却又像冬天霜冻来临时的树木一样，被赤裸裸地抛弃，变得冰冷。这就是我的感受，尽管父亲说他从未见过如此美丽的我。他坚持要我陪他参加这座城市的一些社交活动，尤其是每年的这个时候，政客和商人们迫于严冬的寒冷，都会趁机裹上最好的皮草。我不记得自己拒绝了多少次，但一周前，他求我陪他参加皮尔斯总统欢迎新国会议员入主白宫的晚会。他提醒我，他的名字是下届总统大选的热门候选人之一，当政治领袖们意识到第一女儿将是一位美貌与智慧都无与伦比的女性时，他们的地位将更上一层楼。我放声大笑，告诉他离1856年选举还很遥远。他很认真地回答说：在政治上，一切都指日可待。然后，我提醒他注意，我正在为我丈夫服丧。他指出，如果说我的性格有什么与众不同之处的话，那就是我不遵守社会试图强加给我们的虚伪的共存规则。总之，我不得不陪他去参加聚会，如此奢侈和虚荣！约翰曾告诉我，他作为一名作家和杰出的旅行家，参加过好几次这样的活动，但我从未料到会有这么奢侈。与当晚聚集在权力中心的女士们所展示的奢华相比，我穿着朴素的黑色礼服，戴着朴素的首饰，感觉自己微不足道。父亲在我耳边轻声念叨着最重要人物的名字，并反复强调他很高兴我给他们留下了如此美好的印象。事实上，当我们告别时，总统本人在亲吻我的手时，还称赞我的父亲有最美丽的女士相伴。显然，勇敢是从政成功不可或缺的品质。

约翰，如果你知道我今晚有多想念你就好了！许多显赫的人都对我表示过友好，我从中看到了，他们或许想与我发展爱情，但当我把他们和你相比时，他们在我看来是多么可怜啊！我父亲经常责备我："你还有大好的前程，你和你的女儿应该得到另一次幸福的机会。"他忽略了——即使我向他解释1000遍，他也不会明白——回忆你是我唯一能想到的幸福，对我来说，再也不会有第二个劳埃德·斯蒂芬斯了。永远不会有了。

1855年2月8日

我有太多的话要说！百感交集，有太多的快乐，同时也有太多的不确定。

3天前，我参加了"约翰·劳埃德·斯蒂芬斯"号轮船的下水仪式。威廉的马车在华盛顿接我去了纽约，当然，我在那里和阿斯平沃尔一家住在一起。当天晚上，铁路公司的董事们聚集在他们家，庆祝从地峡传来的铁路竣工的消息，第一列火车已经顺利地从阿斯平沃尔穿越到巴拿马。在一个简单的仪式上，威廉宣布："向工程竣工，特别是向约翰·劳埃德·斯蒂芬斯致敬，今晚他的遗孀代表他出席了仪式。我还要向乔治·托滕和詹姆斯·鲍德温致敬，没有他们的献身精神和敬业精神，就不可能完成这项工作，我还要向所有参与这项工作的人员致敬。"祝酒词结束后，他请在座的各位注意，然后开始宣读托滕关于这项工作的最后报告中的一段话。

通过这封信，我向公司提供了过去五年来我所提供信息的完整数据。正如各位董事所看到的，这项工程的成本大约为800万美元。不过，我必须指出，除了经济成本，这项工程还造成了无法估量的生命损失和痛苦。在我们的墓地里，有成千上万的人从世界各地来到地峡，从事美洲铁路这项有远见的工作。数以百计的人在热带丛林中丧生并永远消失了，而我们却无法为他们举行基督教的葬礼。我必须承认，大多数墓碑上甚至没有名字，无法辨认死者的遗体。在地球的每一个角落，肯定都有家人在等待亲人归来，却不知道他们的等待是徒劳的。我们这些肩负着修建巴拿马铁路重任的人意识到，虽然股东们在项目上投入的资金很快就会产生可观的回报，但人的损失却永远无法弥补。

威廉把托滕的信折好递给我，用比平时更悲伤的眼神看着我，并再次提醒在场的人，为铁路事业献出生命的人中有一位是公司的创始人和首任总裁。"我相信，约翰·劳埃德·斯蒂芬斯一定会非常高兴地知道，随着以他的名字命名的轮船下水，我们不仅是在纪念他，也是在纪念托滕上校所说的所有人。"每一位董事都走到我面前，向我重复他们是多么自豪能与约翰一起分担建造巴拿马铁路的任务。老橡树一边重复着"他是个伟大的人，他是个伟大的人"，一边把我搂在怀里。我的眼泪不争气地流了下来。

当晚给我留下深刻印象的一位人物是科尼利厄斯·范·怀克，他是一位纽约人，后来变成了西部的边疆人。据他说，他来纽约只是为了说服家人和朋友与他一起回到加利福尼亚，在那里"你们可以享受到人类所能想象到的最广阔、草木最丰茂、最自由的土地"。幸运的是，一些人对迁往加利福尼亚的渴望似乎并不局限于黄金。

第二天下午4点，我们来到位于哈得孙河畔的史密斯与迪蒙造船厂，参加"约翰·劳埃德·斯蒂芬斯"号的下水仪式。在等待仪式开始的时候，威廉邀请我去见见这艘霍兰德与阿斯平沃尔船队的新船，然后我们一起来到舰桥，寻找为我们当向导的船长。在甲板上，被地图和海图包围的是克利夫兰·福布斯。威廉说："我不知道你是否还记得，福布斯船长曾在你第一次前往地峡时指挥过'大西洋漫步者'号。"克利夫兰站了起来，微笑着伸出手。他的表情中没有丝毫惊讶，而我也努力掩饰自己的惊讶。"我当然记得福布斯船长，"我急忙说，"他还指挥过一艘船，'加利福尼亚'号，把我从旧金山带到了巴拿马。吉姆和麦肯农怎么样了？"我自然而然地问。威廉疑惑地看了我们一眼，克利夫兰告诉我，吉姆仍然是他的助手，吉姆对我的到访非常兴奋，很快就会出来迎接我。"至于麦肯农，"他沮丧地说，"恐怕没有什么好消息。一年多以前，他同意指挥一艘古老的英国帆船'东方骑士'号，把中国人从上海带往旧金山。就在他终于以船长身份首次亮相的那天，这艘船从旧金山启航，却再也没有到达目的地。可怜的麦肯农，我一直以为还能再见到他，听到他那充满感染力的欢乐笑声。你可以想象我有多么想念他，我是他的朋友，而不是他的船长。不过，让我感到欣慰的是，他实现了拥有自己的船的愿望。有许多人永远看不到自己的梦想成真。"威廉的表情反映出他越来越惊讶，他利用克利夫兰话后的沉默提醒我们，时间不早了，我们还要参观新船。

在启动仪式上，有祝酒词、演讲和掌声。我一直站在威廉和克利夫兰之间，想着生活对我们的讽刺。"约翰·劳埃德·斯蒂芬斯"号的新船长和我没有更多的言语交流，直到我们告别时，他告诉我，听到我丈夫的死讯，他感到非常遗憾。"我本想写信给你，但我马上接到阿斯平沃尔的邀请，让我指挥他的新船，我宁愿等待机会亲自向你表示哀悼。"我只是向他表示了感谢。

今晚，在我写这篇日记时，我在卧室里独自寻找安静和清醒，以解读与克利夫兰·福布斯相遇后悄悄渗入我灵魂深处的情感。尽管他什么也没说，但他的一个眼神，一个默契的微笑，一个不由自主的手势，都足以让我相信，他心中仍有爱的火苗在燃烧。这个曾经愿意为我放弃一切的男人的出现，是否让我再次感到不安？是否撕开了覆盖在我身上的厚厚的痛苦面纱，让一缕微弱的希望照亮了我的孤独？今天下午的相遇只是一个偶然，还是命运的轨迹真的存在？如果是这样，那么在我第一次守寡之后突然出现在我生命中的那个男人今天再次出现在我面前，而我还没有停止对失去最美好的人的哀悼，这又有什么意义呢？上帝啊，克利夫兰·福布斯怎么能是为纪念我的约翰而建造的这艘船的第一任船长呢？

第十一章

当"伊利诺伊"号船长通知乘客，巴拿马海岸近在眼前时，伊丽莎白·斯蒂芬斯离开船舱来到甲板上，在那里她见到了一群杂七杂八的乘客。商人、医生、教授、律师、工程师、军人、宗教人士，但最重要的是冒险家，他们挤在右舷栏杆旁，想第一眼看到这个传奇的地方，五年多来，成千上万的旅客把美好未来的希望寄托在加利福尼亚的矿山上，他们穿越这里前往加利福尼亚。伊丽莎白和颜悦色地重复了三遍"请让一让"，这些人就为她打开了一条通往栏杆的荣誉之路。那是1856年4月的一天，天气晴朗，远处可以看到地峡山脉，像蓝色浮雕一样。

伊丽莎白还记得，当她满怀憧憬地与丈夫相约前往遥远的西部开始新生活时，她第一次在"大西洋漫步者"号的甲板上凝视着眼前的景色。从那时起，时间仅仅过去了八年，但对伊丽莎白来说，却仿佛过了很久。无论是她对自由和开创自己未来的渴望，还是她叛逆独立的性格，都无法阻止她在爱情来敲门时敞开大门。从她的第一任丈夫那里，她只体会到了青春之爱的快乐，那些披着浪漫主义外衣的爱情，是在父权的主导成为精神无法承受之重的时候到来的。与约翰·劳埃德·斯蒂芬斯在一起，她才知道，真正的爱是让人们发现自己的爱的能力，让人们明白给予比接受更快乐。是的，与约翰在一起时，她付出了一切，用尽了再次坠入爱河的可能。在约翰之后，她思考，她推理，但爱情这个词已经从她的字典里抹去了。

与克利夫兰·福布斯会面两个月后，伊丽莎白收到了"约翰·劳埃德·斯蒂芬斯"号船长的第一封信。在这封友好而近乎正式的信中，他表达了在这艘为纪念她已故丈夫而建造的轮船落成典礼上再次见到她的喜悦之情："毫无疑问，他是一位具有多种特质的伟人，从著书立说到指挥巴拿马铁路等重要工程，他的去世不仅是你的损失，也是整个国家的损失，令人遗憾。"这封信很奇怪，伊丽莎白没有回信。

四个月后，第二封信从克利夫兰那里寄来。信中询问他是否收到了第一封信，并暗示他希望再次见到她。这一次，伊丽莎白回了一封简短的信，她在信中明确地告诉他，她生活中唯一的兴趣就是照顾女儿的幸福。

克利夫兰又写了一封信，这次是一封较长的信，他在信中向她保证，他理解伊丽莎白的优先考虑，告诉她乘坐为纪念约翰·斯蒂芬斯而建造的豪华现代轮船出海是多么惬意，并建议她也许应该乘坐这艘轮船去加利福尼亚旅行。"你一定会喜欢看到旧金山是如何从你所熟悉的冒险家和流氓的贫民窟，变成一个充满活力和繁荣的城市的。"

如果不是在收到最后一封信两周后与弗兰克·沃克的偶然相遇，伊丽莎白根本不会想到克利夫兰的提议。

伊丽莎白和父亲一起离开福特剧院时，一位非常尊贵的绅士走过来问她是不是弗里曼夫人。伊丽莎白一眼就认出了这位旧金山银行家，她在旧金山生活期间，这位银行家给了她很多帮助。

"我是伊丽莎白，没错，你是弗兰克·沃克，真没想到！你来华盛顿有什么事吗？"

参议员上前回答："沃克先生是来自加利福尼亚州和俄勒冈州的民主党代表，他可能是来参加选举下一任总统候选人的大会的。我是密苏里州的参议员托马斯·本顿，很高兴见到你。"

"太巧了！"沃克感叹道，"我两天前刚到，打算明天去国会山拜访你。当我启程前往旧金山时，本顿参议员的名字还在我们党的总统候选人提名名单上，但前天，当我在仅仅六周后抵达纽约时，我在《每日新闻》上读到，你已经公开宣布不再希望获得提名。"

"是真的，我的朋友沃克，说来话长，现在我告诉你，政治力量已经发生了变化，如今，我当选的机会非常渺茫。如果你今晚无事可做，何不提前我们的聚会，去我家吃点冷盘？除了谈论政治，你和我女儿还有机会叙叙旧。"

"我很乐意，本顿参议员，能在你家接受款待是我的荣幸，能和你的女儿交谈也是我的荣幸。"

当晚，本顿父女了解到旧金山市的巨大发展。

"如果你回去，伊丽莎白，你肯定认不出来了。我们有
了一个能容纳六艘船只的新港口，海湾里到处都是船只，船
只墓场的遗迹也不复存在，城市秩序井然，我们开始享受一
些文化活动，这些活动让东部的生活变得如此惬意。""我
不知道你是否知道，参议员，在淘金热刚刚开始的时候，你
的女儿拥有旧金山最好的杂货店。"

"她跟我说过一些，但我不知道生意能有这么好。"

"我只需要在收银台后面，看着每笔买卖，就行了。但
是，爸爸，你可以想象，这不是一个女人的工作。"

"我必须承认，"沃克说，"从你女儿手里买下'上帝
之手'是我这辈子最划算的买卖。我最近在萨克拉门托开了
一家分店，两家店都是摇钱树，真的，因为基本上每个顾客
都用金银付款。"

参议员说："我很想去加利福尼亚看看。"他怀念起童
年时在密苏里州的广阔天地。

"为什么不去呢？我下周就要回旧金山了。我将有机会
乘坐'约翰·劳埃德·斯蒂芬斯'号，我确信这是有史以来
最豪华的蒸汽轮船。"

父女俩面面相觑。

"我不知道你是否知道，我的女儿是约翰·劳埃德·斯
蒂芬斯的遗孀。"

沃克刚想问，劝伊丽莎白离开旧金山的船长是谁，但又

克制住了。

"不，我不知道，我很抱歉。斯蒂芬斯是个伟大的美国人。"

"谢谢你，弗兰克。约翰去世已经一年多了，如你所见，我现在住在华盛顿，和我父亲还有我女儿利兹在一起。"

"她是有史以来最可爱的人。"参议员突然说道，打破了谈话的沉闷气氛。

谈话继续进行，并且非常愉快，临别时，弗兰克·沃克多次邀请他们到旧金山拜访自己。

"我的家就是你们的家。"他说，"能在那里接待你们是我的荣幸。"

"非常感谢你，我的朋友沃克。相信我，我和我的女儿都非常感兴趣。我们过去的话会告诉你的。"

在与弗兰克·沃克会面几天后，伊丽莎白收到了威廉·阿斯平沃尔的来信，信中在一段友好的开场白之后，他提议伊丽莎白去巴拿马旅行，看看现在铁路线完工后穿越地峡有多容易。"我们的想法是，请你把自己的经历写下来，出版发行，这样，未来的旅行者就可以得到可靠的见证。大家都知道，在巴拿马，不管在查格雷斯河上航行，还是在骡背上旅行的时候，就已经有数以百计的人发表了从纽约到加利福尼亚的旅行经历，这些出版物对我们没有任何好处。范德比尔特不遗余力地挽救他那半死不活的尼加拉瓜路线，却还在用这些过时的记载来诋毁巴拿马路线和我们的铁路。因此，如果你能在叙述中严格遵守事实真相，优雅地描述一位旅客从纽约登船，在阿斯平沃尔下船，然后乘坐铁路前往巴拿马的经历，那将是非常及时和有益的。当然，如果你们也愿意继续前往旧金山，那就再好不过了。我提醒你，'约翰·劳埃德·斯蒂芬斯'号走的是太平洋航线，每六周从巴拿马启航一次。"

阿斯平沃尔的信是伊丽莎白决定进行这次航行的最后动力。她与父亲通了电话，父亲很遗憾不能陪她一起去，因为当时政治风云变幻，华盛顿需要他留下来。四岁的利兹非常喜欢和外公汤姆待在一起，也特别喜欢过去两年一直照顾她的保姆，她只关心母亲会给她带多少礼物。

阿斯平沃尔亲自负责这次旅行的每一个细节。伊丽莎白将于4月4日乘坐"伊利诺伊"号出海，最迟于13日在阿斯平沃尔上岸，14日登上开往巴拿马的火车，15日登上开往旧金山的"约翰·劳埃德·斯蒂芬斯"号。

伊丽莎白习惯于诚实地面对自己，她想知道究竟是什么驱使她踏上如此漫长的旅程：是为了满足威廉·阿斯平沃尔的愿望，同时也为她丈夫梦想建立的公司的发展做出贡献？是为了怀念那些在她记忆中留下永远印记的人、地方和经历？是单纯的心血来潮，还是想知道克利夫兰是否真的还燃烧着爱的火焰？在她的内心深处，她明白，尽管这些理由都足以证明她的决定是正确的，但她所有行为背后的真正原因是她对自由的深深渴望，是那种不甘平庸让她常年处于躁动不安的状态。对伊丽莎白来说，当下只是逃离未来的一个瞬间，而未来则是未知的诱惑。约翰死后，她顺从地走上了寡妇、母亲和女儿的道路。但随着时间的流逝，伊丽莎白知道，过去的悸动再次占据了她的心灵，未知而神秘的生活仍在等待着她。

"伊利诺伊"号驶入了海军湾宁静的水域，伊丽莎白仍然靠在船舷上，以编年史家的眼光凝视着翻新后的阿斯平沃尔镇。从远处看，它就像一座繁荣的城市。在长长的、有屋顶的码头栈桥旁，矗立着一座高雅、庞大的双层车站。远处，一辆机车后面跟着几节车厢，驶出铁路站场，缓缓驶出车站。在主干道上，建筑物显得坚固而恒久，而在新的小街上，十几座正在建设中的建筑物证实了大西洋码头发展的活力。六年前，那片沼泽地曾让铁路工人们魂不附体，如今已无影无踪。伊丽莎白回到自己的船舱，在游记中做了一些记录，然后怀着焦急的心情准备下船。

当她走下舷梯时，她在码头上等待的人群中寻找着熟悉的面孔，却失望地发现一个也没有。但她刚上岸，就认出了那个人，他笑着张开双臂向她走来。

"詹姆斯，你的胡子落在哪里了？我几乎不认识你。你是另一个人，更年轻，更漂亮。"

"欢迎，伊丽莎白。伊迪丝比我年轻好几岁，婚礼前她要求我把胡子刮掉，看看我们能不能缩小年龄差距。你还是那么漂亮！利兹和你父亲怎么样？"

"利兹和我父亲都很好。他们关系可好了，所以只有我来这里。杰克一家呢？"

"我在这里，夫人。"

杰克抱着孩子，何塞菲娜在他身边，他又哭又笑。

"多漂亮的孩子啊。"伊丽莎白说，把他抱在怀里。

"他叫约翰。"

伊丽莎白的眼里噙满了泪水。

"鲍德温已经告诉我何塞菲娜怀孕了。我很高兴是个男孩……他的名字叫约翰。"

何塞菲娜说："我们很高兴见到你。我们希望你能同意做他的教母。"

"我当然愿意。等我从旧金山回来，你们就安排仪式。"

注意到鲍德温脸上的好奇，伊丽莎白告诉了他此行的原因。

"……这就是我回到新闻界的原因。"她说完后补充道。

"所以你现在是铁路记者了！"鲍德温欣喜地赞叹道。

"不仅是铁路的记者，还是整个巴拿马航线的记者。"伊丽莎白风趣地说，"我们会给范德比尔特准将致命一击的。那托滕一家呢？"

"上校住在巴拿马城，他在车站等着你们的行程报告。我们稍后会在新希望医院见到托滕医生，他们都很好，你们会和我们在一起几天？"

"'约翰·劳埃德·斯蒂芬斯'号15日傍晚从巴拿马启航，也就是明天。我原计划在地峡上待两天，但恶劣的天气使我们在穿越时耽误了一天半的时间。我今晚就住在这里，明天再坐火车及时赶到船上。我希望从旧金山回来后有更多的时间游览巴拿马城。"

"明天，星期二，下午两点有一班火车。快点，一分钟也不能耽误，伊迪丝和小詹姆斯在船舱里等着你呢。"

在阿斯平沃尔短暂游览之后，伊丽莎白可以更好地了解这座小城的发展，然后他们登上了公司的专列，不到十五分钟，火车就把他们送到了希望山车站。在穿越黑沼泽时，伊丽莎白好奇地观察到许多工作人员正在不同的地点工作。

"很多工作还在继续。"她惊讶地说道。

"在岛上，我们已经完成了所有的回填工作，"鲍德温解释道，"在这里，我们的工作更加艰难。恐怕要花上几年时间才能把整个沼泽清理干净。"

在希望山车站的月台上，站着一位比她记忆中更瘦削、耳朵更尖的托滕医生。

他对伊丽莎白说："医院你肯定认不出来了。"他一边说，一边隆重地和伊丽莎白握手。事实也确实如此。新病房面积更大、通风更好、新设备更多，最重要的是医生和护士也更多了，这表明托滕医生在与死亡的斗争中始终保持着热情。

"我们的黄热病病例减少了，但痢疾和霍乱病例增加了。虽然病人数量在增加，但死亡率却在下降。我想告诉你，杰克已经成为我的得力助手。他学到了很多东西，有时还能帮我诊断和治疗。"

伊丽莎白夸奖了杰克，杰克谦虚地笑了笑。伊丽莎白抑制不住自己的情绪，小声问托滕关于木桶的事。

医生把光秃秃的脑袋歪向一边，嘴角勾起熟悉的狡黠，脸上露出了类似于微笑的表情。

"现在公司为我提供了充足的资金，这已经没有必要了。"

在拥抱和泪水中，伊丽莎白告别了托滕医生、杰克和何塞菲娜，答应从旧金山回来后多陪陪他们，然后在鲍德温的陪同下，重新踏上了火车。

火车头再次启动时，詹姆斯说："我们已经快到了。在明迪稍远的地方，我建了一个停靠站，这样我们就离小屋很近了。"

在火车上，伊丽莎白独自思索着，她庆幸自己克服了今天最初的情绪。她的眼泪流得很少，见到朋友的喜悦使她克服了回程的痛苦。面对这个她经历过最伟大的爱和最深切的悲痛的地方，她还能保持同样的毅力吗？

"我们到了。"詹姆斯打断了他的思绪。

火车在一个小棚子前停了下来，小棚子搭建在离铁轨大约五码远的地方，棚子里停着一辆马车。棚子旁边的一个临时畜栏里，有一匹马，它对火车的到来毫不畏惧。帮伊丽莎白拿完行李后，鲍德温去找那匹马，它温顺地让人把自己套在车上。

鲍德温说："我把约翰走过的路修好了，这样伊迪丝、吉米和我就可以沿着这条路走了。这驾马车是我为数不多的奢侈品之一。"

"我很高兴。"伊丽莎白微笑着回答。

当他们走近小木屋时，詹姆斯和伊丽莎白越来越说不出话来，来到河边时，他们之间陷入了一种无言的沉默。伊丽莎白的第一段回忆，是乘着大自然无与伦比的气息、潮湿的泥土和无人种植的色彩斑斓的花朵的翅膀而来的。鲍德温的话又浮现在她的脑海中，她大声地重复着："我发现，在这荒凉的热带地区，就连绿色植物也散发着气味。"随着气味而来的还有丛林的音乐，潺潺的河水声、鸟儿的歌声、大黄蜂的嗡嗡声、猴子欢快的叫声和谐地交织在一起。这让她回到了约翰第一次带她参观未来家园的时候。眼泪又流了下来。

马车离开了河的拐弯处，小屋出现在布满卵石的小路尽头，约翰每天晚上都会回到她的身边。痛苦和渴望变得难以忍受，她要求鲍德温停下来。她擦掉眼泪，但泪水越来越多，她只好下山继续步行，片刻之后，她看到了伊迪丝，伊迪丝怀抱着小男孩正向她走来。她自言自语道："在他们身上，我们重新找回了生活的快乐。"

在与过去重逢的那个晚上，小屋里也是欢笑多于泪水，伊丽莎白终于能够平静地对待自己的悲伤。虽然女儿的幸福永远是她的头等大事，约翰的记忆也永远不会离开她，但她会接受父亲和朋友们的建议，努力重新享受生活。"从明天开始。"她在入睡前对自己承诺道。

4月15日，星期二，一个凉爽宜人、阳光明媚的日子，从阿斯平沃尔开往巴拿马的火车在明迪站和加通站之间停了一下，这是路线图之外的停靠，是为了去接伊丽莎白。 .

"别忘了，你答应过从旧金山回来后要和我们住上几天。"鲍德温在他们看到火车头时提醒她。

"你不知道你帮了我多少，我在你的陪伴下过得有多开心。下次我再回来时，希望我能忍住眼泪。"

"我也是。"鲍德温半开玩笑半认真地回答道。

火车在一片蒸汽中停了下来，列车员装完行李后，伊丽莎白急忙拥抱了鲍德温，亲吻了他的脸颊，然后上了车厢，同样热心的列车员把她领到了头等车厢的座位上。当列车开始行驶时，伊丽莎白走近车窗，再次向她的朋友道别。几秒钟后，鲍德温从视线中消失了，但伊丽莎白仍然靠在窗边，挥舞着手臂，久久地道别，仿佛在向她即将离去的过去告别。

看着黑暗腐臭的沼泽水、阴沉难测的红树林、众多的河流和溪流、深深的沟壑和陡峭的山坡，伊丽莎白终于明白了铁路工人们要克服的不可思议的困难。她不禁问道："他们是如何在这样的地方铺设铁轨的？"这列特快列车马不停蹄地经过了狮子山站、阿俄卡拉加托站、博伊奥-索尔达多站、弗里霍莱斯站和塔韦尼利亚站。当列车缓缓驶入查格雷斯河大桥时，伊丽莎白凝视着雄伟的河水，此时河水缓慢而平静地流淌着，她回忆起了工程师的悲剧，他敢于用一座宏伟而脆弱的木桥来对抗河水暴涨的愤怒。她窥视着车厢下方深邃的空隙，听到横梁发出的呻吟声，身体不禁微微颤抖。过桥后，火车在巴瓦科阿短暂停留，装满水，载上一些乘客，继续前行。戈尔戈纳、马塔钦①和帝国②这些乡镇车站的名字让伊丽莎白想起了难忘的故事，这些车站在她眼前快速地闪过。在旅程的最高点库莱布拉，火车再次停下来加水，然后开始缓缓驶向太平洋。在巴拿马城站附近，火车减速了，伊丽莎白惊讶地看到了大量临时搭建的房屋，这些房屋正四面八方宣扬着居住者的赤贫，泥土房屋和茅草屋顶让她想起了第一次见到查格雷斯镇时的情景。尘土飞扬、破旧不堪的小巷里挤满了有色人种，他们似乎漫无目的地游荡着。她沮丧地想："雨季来临时，这些可怜的人该怎么办呢？"火车在终点站停了下来，列车长走过来问她行李要送去哪里。

"我要上'约翰·劳埃德·斯蒂芬斯'号轮船，你能把它送到那里吗？"

"当然可以，夫人。你想让我们把你的手提包也带走吗？"

"不用了，非常感谢。包留在我这里。"

在月台的楼梯脚下，托滕上校和威廉·纳尔逊正在等待。

"欢迎。"他们异口同声地说。

上校尴尬地拥抱了她，而纳尔逊的拥抱则更轻松，并询

---

① 马塔钦（Matachín），意为"屠夫"，也有说法表达此地与华工有关。查格雷斯河在这里与其最大的支流奥维斯波河汇合。

② 帝国（Empire），是对西班牙语"Emperador"（皇帝）的误读，距巴拿马城19公里。

问是否可以帮她拿手提包。

"好好保管它，我把日记和路线笔记都放在里面。"

"我希望你能写点关于我们的好话。"托滕开玩笑说。

"火车上的服务非常好。我仍然不敢相信，他们竟然能在这样的地方修建铁路。"

"我必须承认，每次我去那里，我都会对工程已经完成而感到惊讶。事实上，鲍德温知道如何选择最佳地点铺设铁轨，尽管该地区非常荒凉。我想你在阿斯平沃尔见过他了吧。"

"当然见过了，上校。我和詹姆斯一家在河边小屋度过了一个愉快的夜晚，说到家人，我听说你要放弃单身了。"

上校脸上浓密的胡须掩盖不住他短暂的脸红。纳尔逊非常自豪地回答道：

"虽然他仍然矢口否认，但事实是，阿莱曼家族——你还记得他们吗——已经开始筹备婚礼了。"

"只是传言，只是传言。"托滕喃喃道。"在我们启航之前，你想吃点什么吗？"他转移话题问道。

"是不是已经很晚了？不是说五点开船吗？"

"九点才会涨潮，现在才四点，所以我们还有几个小时。如果你愿意，我们可以去太平洋旅馆，那里有城里最好吃的鱼。"

在去酒店的路上，伊丽莎白告诉托滕和纳尔逊，火车站周围的贫民窟给她留下了深刻的印象。

托滕回答说："我们选址的时候，这里还没有你在火车上看到的那种棚屋，'沼泽'街区也没有这么脏乱。随着铁路的建成，除了船夫和骡夫，沿线酒店、酒馆和赌场的服务员也失业了，他们都纷纷搬到城市里寻找就业机会。由于铁路与轮船的连接，通航的速度太快了，许多在酒店、餐馆、酒吧和其他娱乐场所工作的人也被解雇了，这些娱乐场所是为了服务那些花了数天或数周时间等待乘船前往加利福尼亚的旅客而设立的。结果就是你们所看到的：成百上千的悲惨家庭挤在城市的贫民窟里。我们在车站外看到的卖水果、快餐和其他小吃的人就是这些不幸者中的一员。"

伊丽莎白说："至少，这座城市更有秩序、更和平了。"

纳尔逊说："这是一种误解，外国人和本地人之间已经发生了一些冲突。有时我觉得我们就像生活在一个火药桶上。"

"别夸大其词，威廉。铁路带来了繁荣，巴拿马人的生活比以前更好了。"

"对某些人来说是繁荣，但正如你自己所承认的，这对另一些人来说却是痛苦。"

下午四点十五分，伊丽莎白、威廉·纳尔逊和托滕上校坐在太平洋大厦露台上俯瞰海滩的一张桌子旁共进午餐。他们刚点完菜，就听到了枪声。

"是枪声。"纳尔逊惊恐地说。

"就像以前一样。"托滕评论道，并不以为意。

几分钟后，他们听到了"沼泽"街区附近圣安娜教堂的钟声。

纳尔逊说："一定有什么不寻常的事情发生了，我去看看，马上回来。"

十分钟后，纳尔逊回来了，他已经窒息，并表现出明显的担忧。

"情况非常严重，"他一边擦着脸上的汗水一边说，"一名旅客和一名水果商贩之间似乎发生了口角。斗殴范围很广，已有多人受伤。目前首当其冲的是当地人，他们拿着砍刀和匕首走出家门。待在这里不安全。"

这时，又听到几声枪响，为他们服务的服务员走了进来，大声喊道："他们在抢劫，并放火烧了麦卡斯特的商店，还袭击了隔壁的海洋旅馆。"

"谁？"托滕问。

服务员回答说："是'沼泽'街区的人。一些旅行者在开枪。我要离开这里，我建议你们也这样做。"

"警察呢？"托滕喊道，但服务生已经沿着海滩走了。

当他们走到街上时，之前一直很镇定的伊丽莎白感到恐慌。一群手持砍刀、棍棒和石块的当地暴徒正在追赶几名试图逃往海滩的"伊利诺伊"号乘客。一些外国人躲进了海洋酒店，从那里开枪射击。在伊丽莎白面前，一个黑人被子弹打伤倒下了，他的同伴气急败坏地追了上去，直到追上一个倒在地上求饶的可怜男孩。黑人毫不犹豫地将砍刀插进了受害者的胸膛，然后又去寻找另一个人来发泄他的愤怒。

"我的上帝啊！"伊丽莎白惊恐地叫道，"他们在自相残杀！"

"你有武器吗？"纳尔逊问托滕。

"没有，但我们在车站有一些步枪和手枪。"

"我们必须想方设法赶到那里。我们要去海滩。"

两个人从伊丽莎白身旁走过，回到太平洋大厦，来到海滩，来到码头。成百上千的人，其中大部分是妇女和儿童，正沿着平台向"塔沃加"号轮船跑去，"塔沃加"号轮船负责将乘客转移到在海湾等候的船只上。

"我们该怎么办？"托滕问道。

"渡船要等潮水退去才能离开。"

"我们去车站吧。"

码头一片混乱。一些旅客占据了窗户边上的位置，用步枪和手枪射击，试图阻止逼近的人群。在大厅中央，托滕上校认出了正在努力维持秩序的站长，便走了过去。

"'伊利诺伊'号的其他乘客在哪里？"他高声问道。

"大部分儿童和妇女被带到了'塔沃加'号轮船上，其余的都躲在一楼的办公室里。我估计这里大约有100人，但绝大多数还在外面的旅馆里，谁知道在哪里。"

"武器呢？"

"如果你想要我的，可以给你。"

"不，你留着吧，斯蒂芬斯夫人在哪里待着会最安全？"

"我猜二楼比较安全，妇女和孩子们都在那里。"

"那你就和她一起去，照顾一下她吧。"

"你打算怎么办，上校？"伊丽莎白心疼地问。

"我会努力组织保卫车站。为什么当局还没人来？你怎么看，纳尔逊？"

"确切地说，我必须去找法布雷加省长，让他调动宪兵队。"

伊丽莎白恳求道："外面杀声震天，请不要出去。"

"我会去海滩的，别担心。此外，很多人都认识我，有些人还欠我人情。"

纳尔逊刚离开警局，就有人喊道：

"省长和警察来了。"

"是时候了！"托滕松了一口气，朝侧门走去，准备出去和当局代表谈谈。

但没有人命令从车站开枪的乘客停止射击，当省长安抚好人群后走近大楼时，有一枪打掉了他的帽子，另一枪打伤了走在他身边的秘书的腿。看到自己的长官遭到袭击，警察们立即做出了反应。他们被激怒了，开始向车站大楼投掷武器。窗户被炸碎了，暴徒们现在觉得有了执法人员的支持，他们以更大的愤怒再次发起攻击。伊丽莎白正准备上楼时，车站服务员颈部中弹，倒在她身边。她本能地跪在伤者身边，试图压住喷涌而出的鲜血。就在她从包里掏出手帕时，前门被撞开了，一群疯狂的当地人冲进了大楼。她的眼睛最后看到的是一张因仇恨而扭曲的黝黑面孔，一把锋利的弯刀正向她的胸口袭来。

在"约翰·劳埃德·斯蒂芬斯"号上，船长克利夫兰·福布斯离岸边太远，听不到枪声，直到深夜，大副告诉他铁路终点站发生了暴乱，他才意识到发生了不寻常的事情。他曾考虑乘船上岸了解情况，但他意识到，"塔沃加"号渡轮将在船只往返之前很长时间载着第一批乘客抵达，因此他打消了这个念头。在等待潮水到来的过程中，他想起了伊丽莎白，一种不祥的预兆噬咬着他的心。晚上十点钟左右，"塔沃加"号的灯光出现在眼前，福布斯船长亲自去迎接乘客。当他看到这群人中只有妇女和儿童时，他知道事情已经很严重了。"塔沃加"号的船长面无表情地把他拉到一边，告诉他拉希耶纳加的当地人发动了暴乱，并冲进了铁路总站。

"发生了一场可怕的屠杀。开船时，估计有22名乘客遇难。遇难者们有男人、女人和孩子。"

"但是，又是什么让他们如此疯狂？"

"我不知道，船长。报告很混乱，里面充满了矛盾。"

无奈之下克利夫兰又赶回去查看，伊丽莎白是否在新来的乘客中。没有找到伊丽莎白，他再次询问"塔沃加"号的船长。

"岸上还有妇女和儿童吗？"

"我知道，船长。我知道，有些旅客在车站一楼避难。他们会在下一班船上来。"

一小时后，"塔沃加"号再次停靠在"约翰·劳埃德·斯蒂芬斯"码头。水手们得知拉希耶纳加的悲剧后，看到船长亲自接待每一位乘客，并不感到惊讶，他们的脸上都流露出痛苦的神情。最先从"塔沃加"号转移到"约翰·劳埃德·斯蒂芬斯"号的是儿童和妇女。在昏暗的环境中，克利夫兰觉得每个登上舰桥的年轻女人都像伊丽莎白。当最后一名乘客转船时，他爬上了舷梯，希望能在渡船上找到落单的伊丽莎白。

"船长，已经没有乘客了。""塔沃加"号的指挥官说，他正等着命令。

"你确定吗？"

"绝对确定。我亲自数过了。有22人不能再继续航行了。"

克利夫兰给副手打了电话，告诉他自己将乘坐"塔沃加"号返航，"约翰·劳埃德·斯蒂芬斯"号当晚不会启航。

"告诉乘客们，我们将在天亮时启程。发生了这样的事，他们会理解的。"

渡船一靠岸，克利夫兰就跳上月台，一直跑到车站。他发现那里没有人影，一片漆黑。他刚要离开，一个身穿制服的男人一手拿步枪，一手拿着台灯，从行李房走了出来。

"你在找什么，船长？"

"今天下午死去的那些人的尸体在哪儿？"

"我听说他们被送往大教堂，明天下葬。"

那就是克利夫兰要去的地方，郊区和圣费利佩教堂的街道上一片死寂，房屋门窗紧闭，里面一片漆黑，不祥的寂静伴随着他匆匆上路的脚步。克利夫兰发现教堂大门紧闭，便来到牧师住宅，开始用力敲门，直到一个穿着睡衣的男人打开了门。

"已经过了半夜，有什么事吗？"

"请原谅，请原谅，我是'约翰·劳埃德·斯蒂芬斯'号轮船的克利夫兰·福布斯船长。我被告知今天下午有几名乘客被谋杀了，我需要查查他们是谁。"

"我是费尔明·约瓦内，大教堂的唱诗班的负责人。是的，车站发生的悲剧令人感到悲痛。你是在找哪位乘客吗？"

克利夫兰犹豫了一会儿。

"是的，神父，我在找乘客伊丽莎白·斯蒂芬斯。"

"铁路建设者的遗孀？"

"就是她。"

沉默了一会儿。

"铁路监理托滕上校，不想把斯蒂芬斯夫人的遗体留在这里。他解释说……"

"所以她死了？"

"是的，船长。我很遗憾。"

看到他倒下，约瓦内神父搀扶着他，把他带到牧师住宅小礼拜堂里的个人跪位上。

"你想在这里待多久都行。"

克利夫兰跪了下来。

尾
声

铁路工人将伊丽莎白·斯蒂芬斯的遗体安葬在河边小屋旁一个简陋的墓穴里。墓碑上简单地写着："约翰·斯蒂芬斯之妻伊丽莎白·斯蒂芬斯安息于此。1825—1856。"仪式结束后，詹姆斯·鲍德温前往华盛顿，给参议员本顿和利兹带来了伊丽莎白的一些私人物品，包括那本奇迹般地躲过了洗劫和火焰的日记。不久，托马斯·本顿派人运走了女儿的遗体，现在安放在圣路易斯浸礼会教堂的家族墓穴中。

　　利兹·斯蒂芬斯18岁那年，早已放弃政坛、全心全意照顾她的外公将伊丽莎白的日记和密苏里州的地契交到了她的手中。老人说："我们谈了很多关于你母亲的事，但现在是你亲自去了解她的时候了。"在同一个文件夹里，还有她父亲的旅行笔记和诗句。利兹读了又读，重读了这些美丽而真实的故事，并下定决心，有朝一日一定要回到她出生的那个神话般的地方，回到她父母相识、相爱和失去生命的地方。

25岁时，她的祖父去世，利兹迎来了实现梦想的机会。她毕业于哥伦比亚大学，主修古典文学，辅修新闻学，年纪轻轻就成了《哈珀月刊》的助理编辑，当编辑决定做一篇关于巴拿马铁路的报道时，利兹被选中了。她的上司说："由阿斯平沃尔构想、你父亲推动的这家公司，在淘金热高峰期修建了第一条连接大西洋和太平洋的铁路，是华尔街历史上最繁荣的公司。但是，1869年美国太平洋铁路的开通意味着巴拿马铁路线没那么重要了。我想，关于这20年间发生的事情的报告会受到我们读者的欢迎。你来写最合适了。"

1872年6月29日，利兹·斯蒂芬斯在阿斯平沃尔登陆。当时下着大雨，从码头到铁路总站的一小段路，她不可避免地被淋湿了。一进宽敞的大厅，她就走向门上写着"车站经理"的办公室。一位穿着衬衫、打着领带的年轻美国男子很有礼貌地向她打招呼。

"我能为你做什么，小姐？"

"我不是为了坐火车之类的事情来的。不知道你能否指引我去詹姆斯·鲍德温的小屋？"

年轻人惊讶地看着她。

"你说什么？"

"詹姆斯·鲍德温的小屋。我只知道它是25年前建的，位于查格雷斯河的一条支流上。"

"请你稍等片刻，我给我们的一位老员工打个电话，看他能不能帮到你，请坐。"

5分钟后，年轻人回来了，他身边跟着一个皮肤黝黑、头发花白的当地人，走路很吃力。

"这位是皮内达先生，他从铁路开工起就在这里工作。"

"你好，小姐，听说你在找鲍德温的小屋？"

"没错。"

"是的，现在叫斯蒂芬斯的小屋。"

沉默了一会儿。

"约翰·斯蒂芬斯是我的父亲。"

"我猜到了，小姐。你和你母亲简直一模一样。我们亲切地称她为'总裁夫人'。我为你父亲和托滕上校工作，是加通和巴瓦科阿之间的线路工头。"

"很高兴见到你，皮内达先生。鲍德温，他还住在小屋里吗？"

"我想是的，自从他的妻子和儿子死后，他就不再为铁路工作了，在阿斯平沃尔也没见过他了。"

"什么时候的事？"

"两年前，小姐，一艘从牙买加来的船给我们带来了上次的霍乱疫情。"

"真是个悲剧。我怎么去斯蒂芬斯的小屋？"

"坐火车去明迪，然后你就得租辆车了，虽然我不知道还有没有路能通到那里。你应该雇个向导。"

"非常感谢你的帮助，也感谢你，经理先生。"女孩起身说道。

"不客气，不客气。"年轻人急忙说，他被利兹恬静的美貌打动了，"我在想，为了让你少走些路，我可以安排我们的一列火车在明迪之后稍做停留，离小屋更近一些。我还可以让其中一节车厢装上几匹马。正好明天星期天我休息，如果你不介意的话，我可以陪你去……"

"当然不介意，我很乐意接受。"

不知不觉中，利兹的笑容中流露出了天真无邪的调皮，这让他想起了她的母亲。

"我叫约瑟夫·波特。"

"很高兴见到你，约瑟夫。你知道我的名字。"

"我的朋友叫我乔。"

"那么很高兴认识你，乔。朋友们叫我利兹，现在还有'美国之家'酒店吗？"

"当然有，不过现在有更现代更优雅的酒店了。"

"出于一些原因，我更喜欢'美国之家'。我们的火车几点出发？"

"你觉得八点合适吗？"

"我没问题，那明天见了。"

利兹花了一天的时间游览了阿斯平沃尔镇，当地人坚持称它为科隆镇。很难想象它20年前的样子。那时铁路工人们第一次勇敢地踏上那片被称为曼萨尼约的岛国土地。

第二天早上8点，利兹和乔在终点站碰面，几分钟后，火车开动了。按照乔的指示，经过明迪站后，火车头放慢了速度。

乔说："工程师向我保证，他知道通往斯蒂芬斯小屋的路的确切起点。"

利兹被眼前的景色迷住了，这是她从未见过的景色，所以她没有太在意乔的话，直到火车停了下来。

"看来我们到了。"男孩说，"我去牵马。"

乔去找马的时候，利兹下了火车，充满兴趣地寻找通往小屋的道路。在火车头上，火车司机一直在向她打手势，直到她终于在灌木丛中发现了一个看似坍塌的屋顶。她朝那里走去，兴奋地发现那是一个棚屋的残骸。在草丛的掩映下，可以看到一边有一个小畜栏，再往前走一点，树丛中有一个开口。

"我想就是这里了。"她对牵着马走过来的乔喊道。

女孩敏捷地爬上马，然后他们开始上路。

乔说："可以看出这里曾经有一条更宽的路，他们现在还时常走这条路。"利兹陷入了沉思，她轻声回答："是的。"

"我们一定快到了。"利兹终于打破了沉默，努力回忆着这个她两岁时就熟悉的地方。

突然，在一个拐弯处，小屋映入眼帘；这与利兹想象中的小屋大相径庭！没有花园点缀，屋顶破了一半，窗户也坏了，通往门口的台阶少了一级。

"看起来像是被遗弃了，还有人住在这里吗？"乔压低声音问道。

他话音未落，一个穿着蓝色工作服和同样褪色的衬衫的男人出现了。他头发花白，胡子刮得干干净净。利兹从马上下来，迎了上去。

"詹姆斯·鲍德温？"她不确定地问。

"当然是我，伊丽莎白，怎么这么久才来？"鲍德温微笑着回答。

利兹既困惑又害怕鲍德温失去理智，于是她澄清道：

"我是利兹·斯蒂芬斯，约翰和伊丽莎白的女儿。"

"不，你的小名叫利兹，但你的名字叫伊丽莎白，就像你母亲一样。你长得很像她，不过那双梦幻般的眼睛是你父亲的。欢迎你，孩子。"

鲍德温张开双臂欢迎利兹的到来，乔看着这一幕，不知如何是好。

"请进，请进，伊丽莎白的朋友就是我的朋友。你知道的，我和她有很多话要谈。"

"别担心我。我在河边等你。"乔说。

当他们坐在门口摇摇晃晃的椅子上时，利兹告诉鲍德温，她在《哈珀月刊》工作，受委托讲述铁路的故事。

"我不再为铁路工作了。伊迪丝和吉米死后，我就辞职了。现在我是美国自然科学研究所的代表，我拿着薪水做我最喜欢的事情：收集植物。"鲍德温拍了拍大腿，笑着说："我记得我和你父亲第一次来到查格雷斯的时候，是为了秘密研究修建铁路的可能性，我们假装是来研究自然的科学家。而这正是三十年后我正在做的事情！所以，你想听铁路的故事吗？我有一些故事要讲给你听！"

鲍德温开始说话了。他像过去一样侃侃而谈——阿斯平沃尔的远见卓识，斯蒂芬斯的热情和慷慨，他们无疑是铁路的伟大先驱；托滕上校，"我所认识的人中最勤奋的人，也是唯一一个能够完成铁路这项神话般的工作的人"；彼得·埃斯基尔森，被放逐的北欧人，变成了酒店大亨，两次成为美洲虎团伙的受害者和幸存者；胡里安·萨莫拉，一个卑微的秘鲁人，他卖掉了去加利福尼亚的机票，历经无数沧桑后成为地峡卫队的队长；阿塞西奥·艾兹普鲁亚，一个杰出的巴拿马人，为世界各地冒险家入侵他的城市而痛苦到疯狂，最终导致了他儿子的死亡；得克萨斯来的警卫兰道夫·朗内尔斯，他在巴拿马和尼加拉瓜对歹徒施以私刑后，最终回到地峡，成为一名无趣的商人；美国黑人奴隶杰克，他在巴拿马找到了自由和幸福；神秘的托滕医生和他与死亡的不懈斗争；中国人集体自杀事件的幸存者金洋力，现在是沿线几家繁荣商店的老板；还有成千上万为修建铁路、促进人类进步而牺牲的各族人民。

这位前工程师不间断地讲了近两个小时。他说完后，整个小屋陷入了庄严的寂静之中，只有潺潺的河水和丛林的声音打断了他的讲话。

"来吧，我有东西要给你看。"鲍德温起身拉着利兹的手说。

绕着小屋转了一圈后，男人和女孩在一条蜿蜒穿过丛林的小路前停了下来。

"我父亲的足迹！"利兹惊呼道。

"你还记得吗？你那时还小。"

"我在我母亲的日记里读到过。"

"你妈妈的日记……她一定写了很多东西！你想翻翻吗？我去叫乔，免得他无聊。"

利兹走进丛林，惊奇地发现，和小屋不同，她现在走的这条小路保存得很好。她想，"就像我妈妈常说的，鲍德温只在乎大自然"。来到小路的尽头，她坐在一个用倒下的圆木做成的小板凳上，等待着与父亲晚上散步时的一些回忆涌上心头。但是什么也没有：尽管她想尽办法，儿时的记忆已经永远地溜走了。

过了一会儿，乔出现了。

"很抱歉打断你们的谈话，但还有不到一个小时火车就要来接我们了。"

"别担心，我正要走呢。"

回到小木屋，鲍德温护送年轻人上马。

"这里不寂寞吗？"利兹问道。

"回忆战胜了孤独，你让我想起了很多！走吧，我的泪水已经流干了。"

结束了对父母挚友的探望，利兹全身心地投入到将她带到地峡的任务中。在新希望医院，她失望地得知托滕医生已经返回美国，而杰克现在正在首都的圣胡安·德迪奥斯医院工作。她参观了希望山公墓，亲眼见到了数以千计的十字架，其中大部分都是无名的，这些十字架标志着那些在修建铁路线时牺牲的无名人士的墓地。乘着火车，她走遍了阿斯平沃尔和巴拿马之间的路线，认出了每个车站的独特名称。在写下自己的印象时，她不自觉地重复着母亲说过的话：

"那些人是如何在这样的地方铺设铁轨的？是什么神奇的精神在驱使着他们？"最后，她来到了巴拿马，看到了美国铁路的开通给这座混合着不同种族、语言和文化的不平等的城市带来的破坏性影响。她试图想象淘金热时期的巴拿马，成千上万的冒险家打破了巴拿马沉睡的传统和习俗。她最后去了拱廊街，这个田园般的地方曾是她父母之间燃起爱情之处。在那里，她沉浸在眼前一望无际的景色中，她明白，与所有伟大的工程一样，巴拿马铁路不仅仅是一个成功的事业，它更是创造它的英雄们的想象力、乐观主义、热情、坚韧和牺牲精神的结晶。

伊丽莎白·斯蒂芬斯撰写的日志是1872年10月出版的《哈珀月刊》的主题。

巴拿马铁路

在纽约证券交易所的历史上，没有哪家公司比巴拿马铁路公司盈利更多。该公司的股票交易屡创新高，其股东获得的股息在华尔街首屈一指。巴拿马铁路公司被称为"金马"并非没有道理。然而，任何静下心来研究巴拿马地峡铁路建设史诗的人都会明白，这不仅仅是一个公司的故事，更是一个关于人类的故事，一个真正有远见卓识的人类的故事。